Dieser Band enthält sechzehn hervorragende Kurzgeschichten von britischen, irischen, amerikanischen und kanadischen Autoren. Die ältesten sind W. Somerset Maugham, Virginia Woolf und James Joyce, die jüngsten sind Truman Capote und Douglas Spettigue. Schauplätze, Typen und Stimmungen, erzählerische Temperamente und Kunstmittel wechseln in bunter Folge – das Big Book of Modern Stories ist unterhaltend und anregend auf hohem literarischen Niveau.

Dank dem Paralleldruck – den Originaltexten ist Absatz für Absatz eine deutsche Übersetzung gegenübergestellt – ist das Big Book außerdem ein sehr brauchbares, förderliches Buch für Englisch Lernende aller Klassen.

dtv zweisprachig · Edition Langewiesche-Brandt

THE BIG BOOK OF MODERN STORIES
GROSSES KURZGESCHICHTEN-BUCH (1)

Erzählungen von Truman Capote, William Faulkner, William Goyen, Ernest Hemingway, Aldous Huxley, James Joyce, Carson McCullers, Katherine Mansfield, W. Somerset Maugham, Sean O'Faolain, Patricia K. Page, William Saroyan, Douglas Spettigue, John Steinbeck, Dylan Thomas, Virginia Woolf

Mit Übersetzungen von Erich Fried, Annemarie Horschitz-Horst, Ulrich Friedrich Müller, Elisabeth Schnack, Maria von Schweinitz, Angela Uthe-Spencker, Dieter E. Zimmer

Deutscher Taschenbuch Verlag

Originalausgabe
1. Auflage 1980. 8. Auflage Juli 1992
Deutscher Taschenbuch Verlag GmbH & Co. KG, München
Copyright-Nachweise auf Seite 317 f.
Umschlaggestaltung: Celestino Piatti
Gesamtherstellung: Kösel, Kempten
ISBN 3-423-09163-0. Printed in Germany

Big Book of Modern Stories · Großes Kurzgeschichten-Buch

Inhaltsverzeichnis

James Joyce (1882–1941 Irland)
Eveline · Eveline
Übersetzung: Dieter E. Zimmer
304 · 305

Auswahl: Kristof Wachinger. Redaktion: Hella Leicht

Donald Efaw, who was six years old plus three months, was standing on the corner of 3rd Avenue and 37th Street where his angry father Harry had asked him an hour ago to wait a minute while he stepped into the store for some stuff for Alice who was sick in bed, coughing and crying. Alice was three and she had kept everybody awake all night. Donald's angry father Harry hadn't liked the noise at all and he'd blamed it on Mama. Mama's name was Mabelle. "Mabelle Louisa Atkins Fernandez before I married Harry Efaw," the boy had once heard his mother say to a man who had come to fix the broken window in the kitchen. "My husband is part-Indian on his mother's side, and I'm part-Indian on my father's. Fernandez sounds more Spanish or Mexican than Indian, but my father was part-Indian just the same. We never lived among them, though, the way some part-Indians do. We always lived in cities."

The boy wore overalls and an old checkered coat his father had outgrown that might have been an overcoat for him if it hadn't been so ill-fitting. The sleeves had been cut to fit the boy, but that was all. The pockets were out of reach, so the boy rubbed his hands to keep them warm. It was eleven o'clock in the morning now.

Donald's father had gone into the place, and pretty soon he would come out and they'd walk home and Mama would give Alice some of the stuff – milk and medicine – and she'd stop crying und coughing and Mama and Papa would stop fighting.

The place was Haggerty's. It had an entrance on the corner and another on the side street. Harry Efaw had used the 37th Street exit five minutes after he had gone in. He hadn't *forgotten* the boy in the street, he had just wanted to get away from him for awhile, and from the rest of them, too. He had one little shot of

Donald Efaw, sechs Jahre und drei Monate alt, stand an der Ecke der dritten Avenue und der siebenunddreißigsten Straße; sein ärgerlicher Vater Harry hatte ihm vor einer Stunde befohlen, eine Minute hier zu warten, während er in den Laden ging, um eine Arznei für Alice zu holen, die hustend und weinend krank zu Bett lag. Alice war drei und hatte sie alle die ganze Nacht wachgehalten. Donalds nervöser Vater Harry haßte den Lärm und gab Mutter die Schuld. Mutter hieß Mabelle. «Mabelle Louisa Atkins Fernandez, ehe ich Harry Efaw heiratete», hatte der Junge seine Mutter einmal zu einem Mann sagen hören, der das zerbrochene Fenster in der Küche reparieren sollte. «Mein Mann hat von seiner Mutter etwas Indianerblut, und ich habe von meinem Vater etwas Indianerblut. Fernandez klingt mehr mexikanisch oder spanisch als indianisch, aber mein Vater hatte trotzdem einen Schuß indianisches Blut. Allerdings haben wir nie unter Indianern gelebt, wie manche Mischlinge. Wir haben immer in Städten gewohnt.»

Der Junge trug Überziehhosen und ein altes kariertes Jackett, das sein Vater abgetragen hatte; wenn es nicht so schlecht gesessen hätte, dann hätte es einen Mantel für das Kind abgeben können. Die Ärmel waren abgeschnitten, damit sie ihm paßten, das war alles. Die Taschen saßen außer Reichweite, und der Junge mußte sich die Hände reiben, um sie warm zu halten. Es war jetzt vormittags gegen elf Uhr.

Donalds Vater war in den Laden gegangen. Nun würde er sicher bald herauskommen; und dann gingen sie heim, und dann gab Mutter Alice etwas von dem Zeug – Milch und Medizin –, und dann hörte Alice auf zu weinen und zu husten, und die Eltern hörten auf zu streiten.

Der Laden war Haggertys Bar. Sie hatte einen Eingang an der Ecke und einen andern an der Seitenstraße. Harry Efaw hatte den Ausgang nach der 37. Straße benutzt, fünf Minuten nachdem er hineingegangen war. Er hatte den Jungen auf der Straße nicht *vergessen*, er wollte nur eine Weile weg von ihm, und auch weg von den andern. Er hatte einen kleinen Schuß

rye that had cost too much and that was all. It had cost a quarter and that was too much for one little shot of rye. He had gulped the drink down and hurried out of the place and walked away, planning to come back after a few minutes to pick the boy up and then buy the food and medicine and go back home to see if something could be done about the little girl's sickness, but somehow or other he had gone right on walking.

At last Donald stepped into the place and saw that it was not like any other store he had ever seen. The man in the white coat looked at him and said, "You can't come in here. Go on home."

"Where's my father?"

"Is this boy's father in the house?" the man called out, and everybody in the place, seven men, turned and looked at Donald. They looked only a moment and then went back to their drinking and talking.

"Your father's not here," the man said, "whoever he is."

"Harry," Donald said. "Harry Efaw."

"I don't know anybody named Harry Efaw. Now, go on home."

"He told me to wait outside a minute."

"Yes, I know. Well, a lot of fellows come in here for a drink and then go. I guess that's what he did. If he told you to wait outside, you'd better do it. You can't stay in here."

"It's cold outside."

"I know it's cold outside," the bartender said. "But you can't stay in here. Wait outside like your father told you to, or go home."

"I don't know how," the boy said.

"Do you know the address?"

The boy obviously didn't know the meaning of the question, so the bartender tried to put it another way.

"Do you know the number of the house and the name of the street?"

"No. We walked. We came for medicine for Alice."

Korn getrunken, der zu viel gekostet hatte, das war alles. Er hatte einen Vierteldollar gekostet, und das war zu viel für einen Korn. Er hatte ihn hinuntergekippt und war aus dem Lokal gelaufen und weggegangen; er wollte nach ein paar Minuten zurückkommen und den Jungen abholen und dann Lebensmittel und Medizin kaufen und nach Hause gehen, um zu sehen, ob etwas gegen die Krankheit des kleinen Mädchens zu tun sei, aber irgendwie war er einfach immer weitergegangen.

Endlich trat Donald in den Laden und merkte, daß er anders war als jeder andere Laden, den er gesehen hatte. Der Mann in der weißen Jacke sah ihn an und sagte: «Du darfst nicht hier herein. Geh nach Hause.»

«Wo ist mein Vater?»

«Ist der Vater dieses Jungen hier im Hause?» rief der Mann, und alle Leute im Lokal, es waren sieben Männer, drehten sich um und sahen Donald an. Sie sahen ihn nur einen Augenblick an, dann fuhren sie fort zu trinken und zu reden.

«Wer auch dein Vater ist», sagte der Mann, «hier ist er nicht.»

«Harry», sagte Donald. «Harry Efaw.»

«Ich kenne niemand, der Harry Efaw heißt. Los, geh nach Hause!»

«Er sagte mir, ich soll draußen eine Minute warten.»

«Ja, ich weiß. Na ja, hier kommen viele Leute her, die bloß ein Glas trinken und dann gehen. Ich glaube, er hat's auch so gemacht. Wenn er dir gesagt hat, du sollst draußen warten, dann tu's lieber. Du kannst nicht hier drin bleiben.»

«Draußen ist es kalt.»

«Ich weiß, daß es draußen kalt ist», sagte der Barkellner. «Aber du kannst hier nicht bleiben. Warte draußen, wie's dir dein Vater gesagt hat, oder geh nach Hause.»

«Ich weiß nicht wie», sagte der Junge.

«Weißt du die Adresse?»

Offenbar verstand der Junge den Sinn der Frage nicht, und so versuchte es der Barkellner auf andere Art.

«Weißt du die Nummer von eurem Haus und den Namen der Straße?»

«Nein. Wir kamen zu Fuß. Um Medizin für Alice zu holen.»

"Yes, I know," the bartender said patiently. "And I know it's cold outside, too, but you'd better get out of here just the same. I can't have small boys coming into this place."

A sickly man of sixty or so who was more than half-drunk und half-dead got up from his table and went to the bartender.

"I'll be glad to get the boy home if he can show me the way."

"Sit down," the bartender said. "The boy doesn't know the way."

"Maybe he does," the man said. "I've had children of my own and the street's no place for a small boy. I'll be glad to get him home to his mother."

"I know," the bartender said. "But just go sit down."

"I'll take you home, sonny," the old man said.

"Sit down," the bartender almost shouted, and the old man turned in astonishment.

"What do you take me for, anyway?" he said softly. "The boy's scared and cold and needs his mother."

"Will you please sit down?" the bartender said. "I know all about the boy. And you're not the man to get him home to his mother, either."

"*Somebody's* got to get him home to his mother," the old man said softly, and then belched. He was in the kind of worn and lumpy clothing the bartender knew had been given to him by a charitable institution. He probably had another thirty or forty cents to spend for beer, money he'd gotten by begging, most likely.

"It's the third day after Christmas," the old man went on. "It's not so long after Christmas any of us has got a right to forget trying to help a small boy home."

"Ah, what's the matter?" another drinker asked from his chair.

"Nothing's the matter," the bartender said. "This

«Ja, ich weiß», sagte der Mann geduldig. «Und ich weiß auch, daß es draußen kalt ist, aber es ist besser, du gehst trotzdem hier heraus. Ich darf keine kleinen Jungen in dies Lokal kommen lassen.»

Ein schwächlicher Mann von etwa sechzig, der mehr als halbbetrunken und halbtot war, stand von seinem Tisch auf und ging auf den Barkellner zu.

«Ich würde den Jungen gern nach Hause bringen, wenn er mir den Weg zeigt.»

«Setzen Sie sich wieder», sagte der Barkellner. «Der Junge weiß den Weg nicht.»

«Vielleicht doch», sagte der Mann. «Ich habe selbst Kinder gehabt, und die Straße ist kein Platz für kleine Jungen. Ich bringe ihn wirklich gerne nach Hause zu seiner Mutter.»

«Ich weiß», sagte der Barkellner. «Aber setzen Sie sich nur hin.»

«Ich bringe dich heim, Jungchen», sagte der alte Mann.

«Setzen Sie sich hin!» Der Barkellner schrie es fast, und der alte Mann drehte sich erstaunt um.

«Für was halten Sie mich überhaupt?» fragte er leise. «Der Junge hat Angst bekommen und friert und braucht seine Mutter.»

«Wollen Sie sich bitte hinsetzen?» sagte der Barkellner. «Ich weiß alles von dem Jungen. Und Sie sind schon gar nicht der Mann, um ihn nach Hause zu seiner Mutter zu bringen.»

«Jemand muß ihn doch nach Hause zu seiner Mutter bringen», sagte der alte Mann leise, dann rülpste er. Er steckte in abgetragener und derber Kleidung von der Art, die man – das wußte der Barkellner – von Wohlfahrtsverbänden bekommt. Er besaß vermutlich noch dreißig oder vierzig Cents für Bier, Geld, das er sich höchstwahrscheinlich erbettelt hatte.

«Es ist der dritte Tag nach Weihnachten», fuhr der alte Mann fort. «Es ist noch nicht lange nach Weihnachten; keiner von uns hat das Recht, einfach zu vergessen, daß man so einem kleinen Burschen nach Hause helfen muß!»

«He, was ist eigentlich los?» fragte ein anderer Trinker von seinem Platz her.

«Nichts ist los», sagte der Barkellner. «Der Vater dieses

boy's father asked him to wait for him outside, that's all." The bartender turned to Donald Efaw. "If you don't know how to get home, just wait outside like your father told you to, and pretty soon he'll be back and he'll take you home. Now, go on and get out of here."

The boy left the place and began standing where he had already stood more than an hour. The old man began to follow the boy. The bartender swung himself over the bar, caught the old man by the shoulders at the swinging doors, twisted him around and walked him back to his chair.

"Now sit down," he said softly. "It's not your place to worry about the boy. Keep your worry for yourself. I'll see that nothing happens to him."

"What do you take me for, anyway?" the old man said again.

At the swinging doors for a look up and down the street the bartender, a short, heavy Irishman in his early fifties, turned and said, "Have you had a look at yourself in a mirror lately? You wouldn't get to the next corner holding the hand of a small boy."

"Why not?" the old man demanded.

"Because you don't look like any small boy's father or grandfather or friend or anything else."

"I've had children of my own," the old man said feebly.

"I know," the bartender said. "But just sit still. Some people are allowed to be kind to children and some aren't, that's all."

He took a bottle of beer to the old man's table and set it down by the old man's empty glass.

"Here's a bottle on me," he said. "I'm allowed to be kind to old men like yourself once in awhile, and you're allowed to be kind to bartenders like me once in awhile, but you're not allowed to be kind to a small boy whose father is some place in the neighborhood, most likely. Just sit still and drink your beer."

Jungen hat zu ihm gesagt, er soll draußen auf ihn warten – das ist alles.» Der Mann wandte sich an Donald Efaw. «Wenn du nicht weißt, wie du nach Hause kommst, dann warte eben draußen, wie's dir dein Vater gesagt hat; sicher kommt er bald zurück und nimmt dich mit nach Hause. Nun mach voran – geh raus!»

Der Junge verließ das Lokal und begab sich wieder dorthin, wo er schon über eine Stunde gestanden hatte. Der alte Mann ging dem Jungen nach. Der Barkellner schwang sich über die Bar, griff vor der Schwingtür den Alten bei den Schultern, drehte ihn herum und führte ihn zurück zu seinem Stuhl.

«Jetzt setzen Sie sich», sagte er sanft. «Es steht Ihnen nicht zu, sich Gedanken über den Jungen zu machen. Kümmern Sie sich um sich selbst. Ich werde dafür sorgen, daß ihm nichts passiert.»

«Für was halten Sie mich überhaupt?» sagte der alte Mann wieder.

Mit einem kurzen Blick die Straße auf und nieder wandte sich der Barkellner, ein kleiner gedrungener Ire Anfang der Fünfzig, an der Schwingtür um und sagte: «Haben Sie in letzter Zeit einmal in den Spiegel gesehen? Sie würden nicht bis zur nächsten Ecke kommen, mit dem kleinen Jungen an der Hand.»

«Warum nicht?» fragte der alte Mann.

«Weil Sie nicht wie der Vater irgend eines kleinen Jungen aussehen oder wie ein Großvater oder Freund oder sowas.»

«Ich habe selbst Kinder gehabt», sagte der Alte leise.

«Ich weiß», sagte der Barkellner. «Aber sitzen Sie bloß still. Manche Leute dürfen eben nett zu Kindern sein, und manche nicht. Das ist alles.»

Er brachte eine Flasche Bier zum Tisch des alten Mannes und stellte sie neben sein leeres Glas.

«Hier ist eine Flasche auf meine Rechnung», sagte er. «Ich darf zu alten Männern, wie Sie einer sind, manchmal nett sein, und Sie dürfen manchmal zu Barkellnern, wie ich einer bin, nett sein. Aber Sie dürfen nicht nett sein zu einem kleinen Burschen, dessen Vater wahrscheinlich in einem Lokal hier in der Nähe ist. Sitzen Sie lieber still und trinken Sie Ihr Bier.»

"I don't want your dirty beer," the old man said. "You can't hold *me* prisoner in your dirty saloon."

"Just sit still until the boy's father comes and takes him home, and then you can get out of here as fast as you like."

"I want to get out of here *now*," the old man said. "I don't have to take insults from anybody in this whole world. If I told you a few things about who I am I guess you wouldn't talk to me the way you've been talking."

"All right," the bartender said. He wanted to keep things from getting out of hand, he didn't want a fuss, and he felt he might be able to humor the old man out of his wish to be helpful to the boy. "Tell me a few things about who you are and maybe I won't talk to you the way I've been talking."

"I'll say you won't," the old man said.

The bartender was glad to notice that the old man was pouring beer into his glass. He watched the old man drink the top third of the glass, and then the old man said, "My name is Algayler, that's what it is."

He drank some more of his beer and the bartender waited for him to go on. He was standing at the end of the bar now, so he could keep his eyes on the boy in the street. The boy was rubbing his hands together, but it was all right. He was a boy who had been toughened by hard times of all kinds, and this waiting in the street for his father wasn't going to be too much for him.

"Algayler," the old man said again, and he went on softly. The bartender couldn't hear what he was saying now, but that didn't matter because he knew the old man would be all right from now on. He was back in himself altogether again where he belonged.

A woman who had been coming to the saloon every day now around noon for a week or so came in with a fox-terrier on a leash and said, "There's a small boy standing out front in the cold. Now, whose boy is he?"

«Ich brauche Ihr dreckiges Bier nicht», sagte der alte Mann. «Mich können Sie nicht festsetzen in Ihrer dreckigen Bar.»

«Bleiben Sie bloß still sitzen, bis der Vater des Jungen kommt und ihn nach Hause bringt, dann können Sie so schnell Sie wollen hier heraus.»

«Ich will aber *jetzt* hier raus», sagte der alte Mann. «Ich brauche von niemand in der ganzen Welt Schimpfworte einzustecken. Wenn ich Ihnen mal was darüber erzählte, wer ich bin, ich glaube, dann würden Sie nicht so zu mir sprechen, wie Sie gesprochen haben.»

«Gut, gut», sagte der Barkellner. Er wollte nicht, daß ihm die Sache aus der Hand glitt, er wollte keinen Krach, und er spürte, daß er den Alten im guten davon abbringen konnte, dem Jungen durchaus helfen zu wollen. «Erzählen Sie mir was darüber, wer Sie sind, und vielleicht sprech ich dann ganz anders zu Ihnen, nicht so wie jetzt.»

«Das würden Sie sicher, sag ich Ihnen!» sagte der alte Mann.

Der Barkellner war froh, als er sah, daß der Alte sich Bier in sein Glas goß. Er beobachtete, wie er das erste Drittel des Glases austrank, und dann sagte der alte Mann: «Mein Name ist Algayler, ja, das ist mein Name.»

Er trank noch etwas Bier, und der Barkellner wartete, daß er weiterspräche. Er stand jetzt am Ende der Theke, so daß er ein Auge auf den Jungen auf der Straße haben konnte. Das Kind rieb die Hände aneinander, aber sonst fehlte ihm offenbar nichts. Es war ein Junge, der durch Härten aller Art zäh geworden war, und das Warten auf der Straße, bis der Vater käme, würde ihm nicht übermäßig viel anhaben können.

«Algayler», sagte der alte Mann wieder, und er sprach leise weiter. Der Barkellner konnte nicht hören, was er dann sagte, aber das machte nichts, denn er wußte, daß der Alte von jetzt an in Ordnung war. Er hatte wieder völlig zu sich selbst zurückgefunden.

Eine Frau, die schon etwa eine Woche jeden Tag um Mittag in die Bar kam, trat ein mit einem Foxterrier an der Leine und sagte: «Draußen steht ein kleiner Junge vor der Tür – in der Kälte! Zu wem gehört er denn?»

The woman clamped her false teeth together as she looked over the drinkers, and her dog danced around her feet getting used to the warmth of the place.

"He's all right," the bartender said. "His father's gone on an errand. He'll be back in a minute."

"Well, he'd *better* be back in a minute," the woman said. "If there's one thing I can't stand it's a father who leaves a boy standing in the street."

"Algayler," the old man turned and said in a very loud voice.

"What did you say to me, you drunken old bum?" the woman said. Her dog moved toward the old man, tightening the leash, and barked several times.

"It's all right," the bartender said politely. "He only said his name."

"Well, it's a good thing he didn't say something else," the woman said, clamping down on her false teeth again.

The dog calmed down a little, too, but still had to dance about because of the warmth. He was wearing the coat she always strapped on him in the cold weather, but it never did his feet any good, and it was his feet that felt the cold the most.

The bartender poured beer into a glass for the woman and she began to drink, standing at the bar. Finally, she got up on a stool to take things easy, and the dog stopped dancing to look around the place.

The bartender took Algayler another bottle of free beer and without a word, or even a glance, they were agreed that they could get along on this basis.

A man of thirty-five or so whose face and neatly trimmed moustache seemed faintly familiar came in from the 37th Street entrance and asked for a shot of bourbon, and after the drink had been poured, the bartender said very quietly so that no one else would hear him, "That wouldn't be your son standing outside, would it?"

Die Frau biß die falschen Zähne zusammen, als sie die Trinker musterte, und der Hund tanzte um ihre Füße, um sich an die Wärme des Lokals zu gewöhnen.

«Ihm fehlt nichts», sagte der Barkellner. «Sein Vater macht eine Besorgung. Er wird jede Minute zurückkommen.»

«Er täte gut daran, in einer Minute zurückzukommen», sagte die Frau. «Wenn ich etwas nicht ausstehen kann, dann ist es ein Vater, der seinen Jungen auf der Straße rumstehen läßt!»

«Algayler.» Der alte Mann drehte sich um und sprach mit sehr lauter Stimme.

«Was sagen Sie zu mir, Sie betrunkener alter Strolch?» sagte die Frau. Der Hund ging auf den alten Mann zu, strammte die Leine und bellte ein paar Mal.

«Es ist nichts Schlimmes», sagte der Barkellner höflich. «Er hat nur seinen Namen gesagt.»

«Na, dann ist es ja in Ordnung, wenn er nichts anderes gesagt hat», meinte die Frau und biß ihre falschen Zähne wieder zusammen.

Auch der Hund beruhigte sich ein wenig, mußte aber immer noch wegen der Wärme herumtanzen. Er trug eine kleine Schabracke, die sie ihm bei kaltem Wetter immer anzog, aber die nützte seinen Pfoten nichts, und seine Pfoten waren es, die die Kälte am meisten spürten.

Der Barkellner goß Bier für die Frau in ein Glas, und sie begann, an der Bar stehend, zu trinken. Schließlich kletterte sie auf einen Barstuhl, um sich's gemütlich zu machen, und der Hund hörte auf zu tanzen, um herumzuschnüffeln.

Der Barkellner brachte Algayler eine weitere Flasche Freibier, und ohne ein Wort, ja ohne einen Blick waren beide übereingekommen, auf dieser Basis Frieden zu halten.

Ein Mann von etwa fünfunddreißig, dessen Gesicht und sauber geschnittenes Bärtchen irgendwie bekannt schienen, trat von der Tür zur siebenunddreißigsten Straße her ein und forderte einen Schluck Bourbon; der Barkellner schenkte ein und fragte darauf so leise, daß kein anderer ihn hören konnte: «Das ist doch sicher nicht Ihr Sohn, der da draußen steht, nicht wahr?»

The man had lifted the small glass to his lips, looking at it, but now, having heard the question, he looked away from the glass to the bartender, then swallowed the drink quickly and without a word moved to the front window to have a look at the boy. At last he turned to the bartender and shook his head. He wanted another and had it and then went out and walked past the boy, hardly noticing him.

After finishing the second free bottle of beer Algayler began to doze in his chair, and the woman with the fox-terrier began to tell the bartender something about her dog.

"I've had Tippy all his life," she said, "and we've been together the whole time. Every minute of it."

A fellow under thirty in pretty good clothes came in at a quarter after twelve and asked for Johnny Walker Black Label over ice with a water chaser, but quickly settled for Red Label, and after finishing the drink said, "Where's the television?"

"We don't have any."

"No television?" the man said cheerfully. "What kind of a bar is this, anyway? I didn't know there was a bar in New York that didn't have a television. What do people look at in here, anyway?"

"All we've got is the phonograph."

"Well, O.K., then," the man said, "If that's all you've got, that's all you've got. What would you like to hear?"

"Suit yourself."

The man studied the titles of the various records that were in the machine and then said, "How about Benny Goodman doing *Jingle Bells*?"

"Suit yourself," the bartender said.

"O.K..," the man said, putting a nickel into the slot. "*Jingle Bells* it is."

The machine began to work as the man sat at the bar again and the bartender fixed him another Red Label over ice. The music began and after listening

Der Mann hatte das kleine Glas an die Lippen gehoben und dabei angeschaut, aber nun, nachdem er die Frage gehört hatte, sah er vom Glas auf zum Barkellner, schluckte den Bourbon schnell hinunter und ging wortlos zum Fenster, um einen Blick auf den Jungen zu werfen. Schließlich wandte er sich nach dem Barkellner um und schüttelte den Kopf. Er forderte noch ein Glas und trank es aus, dann ging er hinaus und an dem Jungen vorbei, ihn kaum beachtend.

Nachdem Algayler seine zweite Flasche Freibier ausgetrunken hatte, begann er auf seinem Stuhl vor sich hinzudösen, und die Frau mit dem Foxterrier fing an, dem Barkellner etwas von ihrem Hund zu erzählen.

«Ich habe Tippy seit er lebt», sagte sie, «und wir sind die ganze Zeit zusammen gewesen. Jede Minute!»

Ein Mann unter Dreißig in ziemlich guter Kleidung kam um Viertel nach zwölf herein und bestellte sich einen Johnny Walker, Schwarzes Etikett, auf Eis und mit einem Glas Wasser, entschied sich dann rasch für Rotes Etikett, und als er ausgetrunken hatte, fragte er: «Wo ist der Fernseher?»

«Wir haben keinen.»

«Keinen Fernseher?» fragte der Mann aufgeräumt. «Ja, was ist denn das für'n Laden? Ich wußte nicht, daß es in ganz New York 'ne Bar gibt, die keinen Fernseher hat. Was sehen sich die Leute denn hier drin an?»

«Wir haben bloß einen Musikautomaten.»

«Gut, also okay», sagte der Mann. «Wenn das alles ist, was Sie haben, dann ist es eben alles. Was möchten Sie gern hören?»

«Ganz nach Ihrem Belieben.»

Der Mann studierte die Titel der verschiedenen Platten, die im Automaten waren, und sagte dann: «Wie wär's mit Benny Goodman – ‹Jingle Bells›?»

«Wie Sie wünschen», sagte der Barkellner.

«Okay», sagte der Mann und steckte einen Nickel in den Schlitz, «also ‹Jingle Bells›.»

Der Automat lief an, während sich der Mann wieder an die Bar setzte und der Barkellner ihm noch ein Glas Rotes Etikett auf Eis eingoß. Die Musik begann, und nachdem der Mann

a moment the man said, "That ain't *Jingle Bells*, that's something else."

"You pressed the wrong number."

"Well," the man said pleasantly, "no matter. No matter at all. That ain't a bad number, either."

The boy came in again but the machine was making too much noise for the bartender to be able to tell him to get out without shouting at him, so he went to the boy and led him out to his place in the street.

"Where's my father?" Donald Efaw said.

"He'll be back in a minute. You just stay out here."

This went on until half past two when snow began to fall. The bartender chose an appropriate moment to go out and bring the boy in. He began to make trips to the kitchen fetching the boy things to eat. The boy sat on a box, behind the bar, out of sight, and ate off the top of another box.

After eating, the boy began to fall asleep, so the bartender fixed him a place to stretch out on some empty beer cases, using his overcoat for a mattress and three old aprons out of the laundry bag and his street coat for covering. He and the boy hadn't said a word since he had brought the boy in, and now, stretched out, on the verge of falling asleep, the boy almost smiled and wept at the same time.

The morning drinkers were gone now, including Algayler and the woman with the false teeth and the fox-terrier and the trade changed once again while the boy slept.

It was a quarter to five when the boy sat up. He remembered the bartender after a moment, but again they didn't speak. He sat up, as if he were in his bed at home, and then, after dreaming with his eyes open for ten minutes, stepped down.

It was dark outside now and it was snowing the way it does in a storm. The boy watched the snow a moment and then turned and looked up at the bartender.

einen Augenblick zugehört hatte, sagte er: «Das ist nicht ‹Jingle Bells›, das ist etwas anderes.»

«Sie haben auf die falsche Nummer gedrückt.»

«Na», sagte der Mann freundlich, «spielt keine Rolle. Spielt keine Rolle. Das da ist auch keine schlechte Nummer.»

Der Junge kam wieder herein, aber der Musikautomat machte zu viel Lärm – der Barkellner konnte ihm nicht sagen, er solle hinausgehen, ohne ihn anzuschreien, und so ging er hinüber zu dem Jungen und führte ihn hinaus auf die Straße.

«Wo ist mein Vater?» sagte Donald Efaw.

«Er wird jede Minute zurück sein. Warte nur hier draußen!»

So ging es weiter bis halb drei, als es anfing zu schneien. Der Barkellner paßte einen geeigneten Augenblick ab, um hinauszugehen und den Jungen hereinzuholen. Er machte kleine Abstecher in die Küche und holte dem Kind etwas zu essen. Der Junge saß auf einer Kiste hinter der Theke, so daß ihn niemand sehen konnte, und aß von dem Deckel einer zweiten Kiste.

Nachdem er gegessen hatte, wurde er schläfrig, und nun machte ihm der Barkellner ein Lager auf ein paar leeren Bierkästen, wo er sich ausstrecken konnte; er benutzte seinen Mantel als Matratze und drei alte Schürzen aus dem Wäschebeutel und sein Jackett als Decke. Sie hatten beide kein Wort gesprochen, er und der Junge, seit er ihn hereingebracht hatte, und als das Kind sich jetzt ausstreckte und am Einschlafen war, lächelte und weinte es beinahe gleichzeitig.

Die Trinker vom Vormittag waren weggegangen, mit ihnen Algayler und die Frau mit den falschen Zähnen und dem Foxterrier, und das einkehrende Publikum wechselte ein weiteres Mal, während der Junge immer noch schlief.

Es war Viertel vor fünf, als er sich aufrichtete. Er erinnerte sich schnell an den Barkellner, aber sie sprachen wieder nicht. Er setzte sich auf, als wäre er zu Hause in seinem Bett, träumte zehn Minuten mit offenen Augen und stieg dann herunter.

Jetzt war es draußen dunkel, und es schneite so heftig wie bei einem Unwetter. Der Junge betrachtete einen Augenblick den Schnee, dann wandte er sich um und sah zu dem Barkellner auf.

"Did my father come back?" he said.

"Not yet," the bartender said.

He knelt down to talk to the boy.

"I'll be through work in a few minutes, and if you can show me your house when you see it, I'll try to get you home."

"Didn't my father come back?"

"No, he didn't. Maybe he forgot where he left you."

"He left me right here," the boy said, as if that were something impossible to forget. "Right out front."

"I know."

The night bartender came out of the kitchen in his white coat and noticed the boy.

"Who's that, John? One of your kids?"

"Yeah," the bartender said because he didn't want to try to tell the other bartender what had happened.

"Where'd he get that coat?"

The boy winced and looked at the floor.

"It's one of my old coats," the bartender said. "He's got his own of course, but this is the coat he *likes* to wear."

The boy looked up at the bartender suddenly, amazed.

"Yeah, that's the way it is with kids, John," the night bartender said. "Always wanting to be like the old man."

"That's right," the other said.

He took off his white coat and got into his street coat and overcoat, and took the boy by the hand.

"Good night," he said, and the night bartender answered him and watched him step out into the street with the boy.

They walked together in silence three blocks and then stepped into a drug store and sat at the counter.

"Chocolate or vanilla?"

"I don't know."

"One chocolate, one vanilla ice cream soda," the

«Ist mein Vater zurückgekommen?» fragte er.

«Noch nicht», sagte der Barkellner.

Er kniete sich zu dem Jungen, um mit ihm zu sprechen.

«In ein paar Minuten bin ich mit meiner Arbeit fertig, und wenn du mir euer Haus zeigen kannst, wenn du's siehst, werde ich versuchen, dich nach Hause zu bringen.»

«Ist denn mein Vater nicht gekommen?»

«Nein. Vielleicht hat er vergessen, wo er dich stehen ließ.»

«Er hat mich doch hier stehen gelassen», sagte der Junge, als wäre das etwas, was man unmöglich vergessen kann. «Direkt vor der Tür.»

«Ich weiß.»

Der Barkellner vom Nachtdienst kam in seiner weißen Jacke aus der Küche und sah den Jungen.

«Wer ist denn das, John? Eins von deinen Kindern?»

«Hmm ja», sagte der Barkellner, der keine Lust hatte, dem andern auseinanderzusetzen, was geschehen war.

«Wo hat er denn den Rock her?»

Der Junge zuckte zusammen und sah zu Boden.

«Es ist ein alter Rock von mir», sagte der Barkellner. «Er hat natürlich einen eigenen, aber er will durchaus gerade diesen alten Rock tragen.»

Der Junge blickte mit einem Mal zu dem Barkellner auf, überrascht.

«Ja, ja, John, so ist es nun einmal mit Kindern», sagte der vom Nachtdienst, «immer wollen sie gerne so sein wie der Vater.»

«Das stimmt», sagte der Barkellner.

Er legte seinen weißen Kittel ab und zog sein Straßenjackett und seinen Mantel an und nahm den Jungen bei der Hand.

«Gute Nacht», sagte er, und sein Kollege wünschte ihm auch Gute Nacht und sah ihm nach, wie er mit dem Jungen auf die Straße trat.

Schweigend gingen sie drei Blocks weiter, dann traten sie in einen Drugstore und setzten sich an den Ladentisch.

«Schokolade oder Vanille?»

«Ich weiß nicht.»

«Ein Schokoladen- und ein Vanille-Eiscreme-Soda», sagte

bartender said to the soda jerk, and when the drinks were set down on the counter the bartender went to work on the vanilla. The boy did all right on the other, and then they stepped out into the snow again.

"Now, try to remember which way you live. Can you do that?"

"I don't *know* which way."

The bartender stood in the snow, trying to think what to do, but the going was tough, and he got nowhere.

"Well," he said at last, "do you think you could spend the night at my house with my kids? I' ve got two boys and a little girl. We'll make a place for you to sleep, and tomorrow your father will come and get you."

"Will he?"

"Sure he will."

They walked along in the silent snow and then the bartender heard the boy begin to cry softly. He didn't try to comfort the boy because he knew there was no comforting him. The boy didn't let himself go, though, he just cried softly, and moved along with his friend. He had heard about strangers and he had heard about enemies and he had come to believe that they were the same thing, but here was somebody he had never seen before who was neither a stranger nor an enemy. All the same it was awful lonesome without his angry father.

They began to go up some steps that were covered with snow and the boy's friend said, "This is where we live. We'll have some hot food and then you can go to bed until tomorrow when your father will come and get you."

"When will he come?" the boy said.

"In the morning," his friend said.

When they stepped into the light of the house the bartender saw that the boy was finished crying, perhaps for the rest of his life.

der Barkellner zu dem Soda-Jungen, und als die Gläser auf der Theke standen, machte sich der Barkellner an das Vanille-Eis. Der Junge ließ sich das andere schmecken, und dann gingen sie wieder zusammen hinaus in den Schnee.

«So, nun versuch dich mal zu erinnern, in welcher Richtung du wohnst. Kannst du das wohl?»

«Ich weiß die Richtung nicht.»

Der Barkellner stand im Schnee und versuchte sich klarzumachen, was er tun sollte, aber das war schwer, und er kam nicht weit.

«Also», sagte er schließlich, «was meinst du – willst du die Nacht zu Hause bei mir und meinen Kindern bleiben? Ich habe zwei Jungen und ein kleines Mädchen. Wir machen dir ein Lager, wo du schlafen kannst, und morgen kommt dein Vater und holt dich ab.»

«Kommt er?»

«Na sicher!»

Sie gingen weiter im lautlosen Schneetreiben, und dann hörte der Barkellner, wie der Junge leise zu weinen anfing. Er versuchte nicht, ihn zu trösten, weil er wußte, daß es für ihn keinen Trost gab. Aber der Junge ließ sich nicht gehen, er weinte nur ganz leise und ging mit seinem Freund weiter. Er hatte von Fremden gehört und er hatte von Feinden gehört, und er war zu der Meinung gekommen, daß sie ein und dasselbe seien, aber hier war nun jemand, den er nie zuvor gesehen hatte, und der doch weder ein Fremder noch ein Feind war. Trotzdem war es schrecklich einsam ohne seinen ewig gereizten Vater.

Sie fingen an, ein paar Stufen hinaufzusteigen, die mit Schnee bedeckt waren, und der Freund des Jungen sagte: «Siehst du, hier wohnen wir. Jetzt bekommen wir etwas Warmes zu essen, und dann kannst du dich schlafen legen, bis morgen, wenn dein Vater dich abholen kommt.»

«Wann wird er kommen?» fragte der Junge.

«Morgen früh», sagte sein Freund.

Als sie in das beleuchtete Haus traten, sah der Barkellner, daß der Junge nicht mehr weinte – vielleicht würde er nie mehr weinen müssen.

Oliver Bacon lived at the top of a house overlooking the Green Park. He had a flat; chairs jutted out at the right angles – chairs covered in hide. Sofas filled the bays of the windows – sofas covered in tapestry. The windows, the three long windows, had the proper allowance of discreet net and figured satin. The mahogany sideboard bulged discreetly with the right brandies, whiskies and liqueurs. And from the middle window he looked down upon the glossy roofs of fashionable cars packed in the narrow straits of Piccadilly. A more central position could not be imagined. And at eight in the morning he would have his breakfast brought in on a tray by a man-servant: the man-servant would unfold his crimson dressing-gown; he would rip his letters open with his long pointed nails and would extract thick white cards of invitation upon which the engraving stood up roughly from duchesses, countesses, viscountesses and Honourable Ladies. Then he would wash; then he would eat his toast; then he would read his paper by the bright burning fire of electric coals.

"Behold Oliver," he would say, addressing himself. "You who began life in a filthy little alley, you who...", and he would look down at his legs, so shapely in their perfect trousers; at his boots; at his spats. They were all shapely, shining; cut from the best cloth by the best scissors in Savile Row. But he dismantled himself often and became again a little boy in a dark alley.

He had once thought that the height of his ambition – selling stolen dogs to fashionable women in Whitechapel. And once he had been done. "Oh, Oliver," his mother had wailed. "Oh, Oliver! When will you have sense, my son?" ... Then he had gone behind a counter; had sold cheap watches; then he had taken a wallet to

Oliver Bacon lebte ganz oben in einem Hause mit weitem Blick über den Green Park. Er hatte eine Etagenwohnung. Da standen Sessel in gehöriger Anordnung – lederbezogene Sessel. Sofas füllten die Fensternischen – mit gewirkten Stoffen bezogene Sofas. Die Fenster, die drei hohen Fenster, trugen das rechte Maß an diskretem Tüll und geblümtem Satin. Das Mahagonibüffet barg in seinen vornehmen Rundungen die üblichen Cognacs, Whiskies und Liköre. Und vom Mittelfenster aus blickte er auf die blanken Dächer von vornehmen Wagen, die sich in den engen Straßen von Piccadilly drängten. Man konnte sich keine zentralere Lage vorstellen. Und um acht Uhr morgens würde sein Frühstück auf einem Teewagen vom Diener hereingebracht werden; der Diener würde ihm seinen karminroten Morgenrock ausbreiten; er würde mit seinen langen spitzen Fingernägeln seine Briefe aufreißen und schwere weiße Einladungskarten herausziehen, auf denen in kräftig erhabenem Stahlstich die Namen von Herzoginnen, Gräfinnen, Vicomtessen und Ehrenwerten Ladies standen. Dann würde er sich waschen, dann würde er seinen Toast verzehren, und dann würde er beim hellen Schein des elektrischen Kaminfeuers seine Zeitung lesen.

«Sieh mal an, Oliver», redete er sich dann wohl an. «Du, der du dein Leben in einer schmutzigen kleinen Gasse begonnen hast, der du ...» Er blickte dann auf seine Beine, die waren so wohlgeformt in ihren untadeligen Hosen, auf seine Schuhe, auf seine Gamaschen. Alles war vornehm und sauber gepflegt, aus bestem Stoff von den besten Scheren der Savile Row zugeschnitten. Aber er ließ oft alle Pracht abfallen und sah sich wieder als kleiner Junge in einer dunklen Gasse. Das höchste Ziel seines Ehrgeizes, so hatte er einst geglaubt, sei es, gestohlene Hunde an gewisse feine Damen von Whitechapel zu verkaufen. Und einmal war er dabei hereingefallen. «Oh Oliver», hatte seine Mutter gejammert, «wann wirst du endlich vernünftig, mein Sohn?» ... Dann war er hinter einen Ladentisch gegangen und hatte billige Uhren verkauft; dann hatte er einen kleinen Lederbeutel nach Amsterdam ge-

Amsterdam . . . At that memory he would chuckle – the old Oliver remembering the young. Yes, he had done well with the three diamonds; also there was the commission on the emerald. After that he went into the private room behind the shop in Hatton Garden; the room with the scales, the safe, the thick magnifying glasses. And then . . . and then . . . He chuckled. When he passed through the knots of jewellers in the hot evening who were discussing prices, gold mines, diamonds, reports from South Africa, one of them would lay a finger to the side of his nose and murmur, "Hum-m-m," as he passed.

It was no more than a murmur, no more than a nudge on the shoulder, a finger on the nose, a buzz that ran through the cluster of jewellers in Hatton Garden on a hot afternoon – oh, many years ago now! But still Oliver felt it purring down his spine, the nudge, the murmur that meant, "Look at him – young Oliver, the young jeweller – there he goes." Young he was then. And he dressed better and better; and had, first a hansom cab; then a car; and first he went up to the dress circle, then down into the stalls. And he had a villa at Richmond, overlooking the river, with trellises of red roses; and Mademoiselle used to pick one every morning and stick it in his buttonhole.

"So," said Oliver Bacon, rising and stretching his legs. "So . . ."

And he stood beneath the picture of an old lady on the mantelpiece and raised his hands. "I have kept my word," he said, laying his hands together, palm to palm, as if he were doing homage to her. "I have won my bet." That was so; he was the richest jeweller in England; but his nose, which was long and flexible, like an elephant's trunk, seemed to say by its curious quiver at the nostrils (but it seemed as if the whole nose quivered, not only the nostrils) that he was not satisfied yet; still smelt something under the ground

bracht... Bei dieser Erinnerung kicherte er jedesmal, der alte Oliver, der an den jungen dachte. Ja, er hatte wirklich sehr gut verdient an den drei Diamanten, und dann war da noch die Provision auf den Smaragd. Danach war er in das Privatbüro hinter dem Laden in jener anderen Straße, Hatton Garden, gekommen, in das Büro mit den Waagschalen, dem Safe und den dicken Vergrößerungsgläsern. Und dann... und dann... Er kicherte. Wenn er an warmen Abenden durch die Gruppen der Juweliere gegangen war, die über Preise, Goldminen, Diamanten und Berichte aus Afrika diskutierten, hatte stets einer von ihnen den Finger seitlich an die Nase gelegt und «Hm, hm» gemurmelt, während er vorbeischritt. Es war nur ein leises Gemurmel gewesen, nur ein leichtes Klopfen auf die Schulter, ein Finger an der Nase, ein Summen, das durch den Schwarm der Juweliere von Hatton Garden an einem warmen Nachmittag gegangen war – oh, wie viele Jahre lag das schon zurück! Aber Oliver fühlte es noch sein Rückgrat hinunterrieseln, dieses Einander-Anstoßen, dieses Gemurmel, das bedeutete: «Seht ihn euch an – der junge Oliver, der junge Juwelier – da geht er.» Jung war er damals gewesen. Und dann hatte er sich immer besser gekleidet und hatte erst eine zweirädrige offene Kutsche, später aber ein Auto gehabt; und erst hatte er im Rang gesessen und dann unten in den vorderen Reihen des Parketts. Und er hatte eine Villa in Richmond mit Blick über den Fluß und Spalieren voll roter Rosen; und Mademoiselle pflegte jeden Morgen eine zu pflücken und in sein Knopfloch zu stecken.

«So», sagte Oliver Bacon, indem er aufstand und seine Beine streckte. «So...»

Er stellte sich unter das Bild einer alten Dame, das auf dem Kaminsims stand, und hob die Hände. «Ich habe Wort gehalten», sagte er und legte die Hände flach aufeinander, als bringe er ihr eine Huldigung dar. «Ich habe die Wette gewonnen.» Es stimmte schon, er war der reichste Juwelier von England, aber seine Nase, die lang und schmiegsam war wie ein Elefantenrüssel, schien mit dem eigenartigen Zucken um die Nasenflügel (es sah allerdings aus, als zuckte die ganze Nase, nicht nur die Nasenflügel) zu sagen, daß er noch nicht befriedigt war; er witterte immer noch etwas unter der Erde, ein Stückchen

a little farther off. Imagine a giant hog in a pasture rich with truffles; after unearthing this truffle and that, still it smells a bigger, a blacker truffle under the ground farther off. So Oliver snuffed always in the rich earth of Mayfair another truffle, a blacker, a bigger farther off.

Now then he straightened the pearl in his tie, cased himself in his smart blue overcoat; took his yellow gloves and his cane; and swayed as he descended the stairs and half snuffed, half sighed through his long sharp nose as he passed out into Piccadilly. For was he not still a sad man, a dissatisfied man, a man who seeks something that is hidden, though he had won his bet?

He swayed slightly as he walked, as the camel at the zoo sways from side to side when it walks along the asphalt paths laden with grocers and their wives eating from paper bags and throwing little bits of silver paper crumpled up on to the path. The camel despises the grocers; the camel is dissatisfied with its lot; the camel sees the blue lake, and the fringe of palm trees in front of it. So the great jeweller, the greatest jeweller in the whole world, swung down Piccadilly, perfectly dressed, with his gloves, with his cane; but dissatisfied still, till he reached the dark little shop, that was famous in France, in Germany, in Austria, in Italy, and all over America – the dark little shop in the street off Bond Street.

As usual, he strode through the shop without speaking, through the four men, the two old men, Marshall and Spencer, and the two young men, Hammond and Wicks who stood straight and looked at him, envying him. It was only with one finger of the amber-coloured glove, waggling, that he acknowledged their presence. And he went in and shut the door of his private room behind him.

Then he unlocked the grating that barred the window. The cries of Bond Street came in; the purr of

weiter. Man stelle sich ein riesiges Schwein auf einer trüffelreichen Wiese vor: auch wenn es schon die eine oder andere Trüffel herausgewühlt hat, wittert es doch eine noch dickere, noch schwärzere Trüffel in der Erde, weiter weg. Ebenso witterte Oliver in der fetten Erde von Mayfair immer noch eine Trüffel, eine schwärzere, dickere Trüffel, weiter weg.

Jetzt aber steckte er die Perle in seinem Schlips gerade, hüllte sich in seinen eleganten blauen Mantel und griff nach seinen gelben Handschuhen und seinem Stock; er schwankte, als er die Treppe hinabging, und machte ein halb schnaufendes, halb seufzendes Geräusch durch seine lange, scharfe Nase, als er das Haus verließ und Piccadilly betrat. Denn war er nicht, obwohl er seine Wette gewonnen hatte, immer noch ein trauriger Mann, ein unbefriedigter Mann, ein Mann, der etwas Verborgenes sucht?

Auch beim Gehen schwankte er ein wenig, so wie ein Kamel im Tierpark von einer Seite zur anderen schwankt, wenn es die asphaltierten Wege entlangschreitet, auf denen brave Kolonialwarenhändler mit ihren Frauen aus Papiertüten essen und kleine zerknüllte Stücke Silberpapier auf den Weg werfen. Das Kamel verachtet diese Krämer, das Kamel ist mit seinem Schicksal unzufrieden, das Kamel sieht den blauen See vor sich und den Palmenhain. Ebenso schaukelte der große Juwelier, der größte Juwelier der ganzen Welt, tadellos angezogen, mit Handschuhen und Stock, und doch noch unbefriedigt, die große Straße Piccadilly hinunter, bis er bei dem dunklen kleinen Laden ankam, der berühmt war in Frankreich, Deutschland, Österreich, Italien und ganz Amerika – der dunkle kleine Laden in einer Seitenstraße der Bond Street.

Wie gewöhnlich ging er, ohne zu sprechen, stracks durch den Laden, vorbei an den vier Herren, den beiden alten Herren Marshall und Spencer und den beiden jungen Herren Hammond und Wicks, die aufrecht dastanden und ihn neidvoll anblickten. Nur mit dem Wippen eines Fingers im bernsteinfarbenen Handschuh nahm er ihre Gegenwart zur Kenntnis. Er betrat sein Privatbüro und machte die Tür hinter sich zu.

Dann schloß er das Gitter auf, mit dem das Fenster versperrt war. Die Rufe aus der Bond Street und das Schnurren des

the distant traffic. The light from reflectors at the back of the shop struck upwards. One tree waved six green leaves, for it was June. But Mademoiselle had married Mr. Pedder of the local brewery – no one stuck roses in his buttonhole now.

"So," he half sighed, half snorted, "so – –"

Then he touched a spring in the wall and slowly the panelling slid open, and behind it were the steel safes, five, no, six of them, all of burnished steel. He twisted a key; unlocked one; then another.

Each was lined with a pad of deep crimson velvet; in each lay jewels – bracelets, necklaces, rings, tiaras, ducal coronets; loose stones in glass shells; rubies, emeralds, pearls, diamonds. All safe, shining, cool, yet burning, eternally, with their own compressed light.

"Tears!" said Oliver, looking at the pearls.

"Heart's blood!" he said, looking at the rubies.

"Gunpowder!" he continued, rattling the diamonds so that they flashed and blazed.

"Gunpowder enough to blow Mayfair – sky high, high, high!" He threw his head back and made a sound like a horse neighing as he said it.

The telephone buzzed obsequiously in a low muted voice on his table. He shut the safe.

"In ten minutes," he said. "Not before." And he sat down at his desk and looked at the heads of the Roman emperors that were graved on his sleeve links. And again he dismantled himself and became once more the little boy playing marbles in the alley where they sell stolen dogs on Sunday. He became that wily astute little boy, with lips like wet cherries. He dabbled his fingers in ropes of tripe; he dipped them in pans of frying fish; he dodged in and out among the crowds. He was slim, lissome, with eyes like licked stones. And now – now – the hands of the clock ticked on, one, two, three, four ... The Duchess of Lambourne waited his pleasure; the Duchess of

fernen Verkehrs kamen herein. Das Licht von den Scheinwerfern hinten im Laden drang nach oben. Der eine Baum bewegte seine sechs grünen Blätter, denn es war Juni. Aber Mademoiselle hatte Herrn Pedder von der Brauerei am Ort geheiratet – niemand steckte ihm jetzt Rosen ins Knopfloch.

«So.» Halb geseufzt, halb geschnauft: «So –»

Dann drückte er auf eine Feder in der Wand; langsam glitt die Täfelung auseinander, und dahinter erschienen die Stahlschränke, fünf, nein sechs waren es, alle aus brüniertem Stahl. Er drehte einen Schlüssel und öffnete erst einen, dann noch einen. Jeder war mit einem Polster von karminrotem Samt ausgeschlagen, in jedem lagen Juwelen – Armbänder, Halsketten, Ringe, hohe Diademe, Herzogskronen; ungefaßte Steine in Glasschälchen; Rubine, Smaragde, Perlen, Diamanten. Alle sicher verwahrt, schimmernd, kühl und doch auf ewig brennend in ihrem eigenen komprimierten Licht.

«Tränen!» sagte Oliver und blickte auf die Perlen.

«Herzblut!» sagte er und blickte auf die Rubine.

«Schießpulver!» fuhr er fort und rasselte mit den Diamanten, daß sie blitzten und loderten.

«Genug Schießpulver, um Mayfair in die Luft zu jagen – hoch, hoch!» Er warf den Kopf zurück, und während er das sagte, gab er einen Ton von sich wie ein wieherndes Pferd.

Das Telephon auf seinem Tisch summte unterwürfig mit leiser, erstickter Stimme. Er schloß den Safe.

«In zehn Minuten», sagte er, «nicht früher.» Und er setzte sich an seinen Tisch und blickte auf die Köpfe der römischen Kaiser, die in seine Manschettenknöpfe graviert waren. Und wieder ließ er alle Pracht abfallen und wurde noch einmal der kleine Junge, der mit Murmeln in der Gasse spielt, in der am Sonntag gestohlene Hunde verkauft werden. Er wurde wirklich dieser verschlagene, schlaue kleine Junge mit Lippen wie nasse Kirschen. Er wühlte mit den Fingern in Strängen von Eingeweiden, er tauchte sie in Pfannen mit brutzelndem Fisch, er lief im Zickzack durch die Menschenmenge. Er war schlank und geschmeidig und hatte Augen wie geleckte Kiesel. Und jetzt – jetzt – die Zeiger der Uhr tickten weiter, eins, zwei, drei, vier . . . Die Herzogin von Lambourne wartete, bis es ihm belieben

Lambourne, daughter of a hundred Earls. She would wait for ten minutes on a chair at the counter. She would wait his pleasure. She would wait till he was ready to see her. He watched the clock in its shagreen case. The hand moved on. With each tick the clock handed him – so it seemed – paté de foie gras, a glass of champagne, another of fine brandy, a cigar costing one guinea. The clock laid them on the table beside him as the ten minutes passed. Then he heard soft slow footsteps approaching; a rustle in the corridor. The door opened. Mr. Hammond flattened himself against the wall.

"Her Grace!" he announced.

And he waited there, flattened against the wall.

And Oliver, rising, could hear the rustle of the dress of the Duchess as she came down the passage. Then she loomed up, filling the door, filling the room with the aroma, the prestige, the arrogance, the pomp, the price of all the Dukes and Duchesses swollen in one wave. And as a wave breaks, she broke, as she sat down, spreading and splashing and falling over Oliver Bacon, the great jeweller, covering him with sparkling bright colours, green, rose, violet; and odours; and iridescences; and rays shooting from fingers, nodding from plumes, flashing from silk; for she was very large, very fat, tightly girt in pink taffeta, and past her prime. As a parasol with many flounces, as a peacock with many feathers, shuts its flounces, folds its feathers, so she subsided and shut herself as she sank down in the leather arm-chair.

"Good morning, Mr. Bacon," said the Duchess. And she held out her hand which came through the slit of her white glove. And Oliver bent low as he shook it. And as their hands touched the link was forged between them once more. They were friends, yet enemies; he was master, she was mistress; each cheated the other, each needed the other, each feared

würde, die Herzogin von Lambourne, Tochter von hundert Grafen. Sie würde zehn Minuten auf einem Stuhl am Ladentisch warten. Sie würde warten, bis es ihm belieben würde. Sie würde warten, bis er geneigt wäre, sie zu empfangen. Er beobachtete die Uhr in ihrem mit Chagrinleder bezogenen Gehäuse. Der Zeiger rückte weiter. Mit jedem Ticken reichte ihm die Uhr – so schien es – Gänseleberpastete, einen Kelch Champagner, ein Glas alten Cognac, eine Zigarre zu einundzwanzig Schilling. Die Uhr legte das alles neben ihm auf den Tisch, während die zehn Minuten verstrichen. Dann hörte er, wie sich weiche bedächtige Schritte näherten, und ein Rascheln im Flur. Die Tür ging auf. Herr Hammond drückte sich flach gegen die Wand.

«Ihre Gnaden», meldete er.

Und er wartete dort, flach gegen die Wand gedrückt.

Und Oliver konnte im Aufstehen das Kleid der Herzogin rascheln hören, während sie den Gang entlangkam. Dann erschien sie und füllte die Tür und den ganzen Raum mit dem Duft, mit dem Nimbus, dem Hochmut, dem Prunk und dem Stolz aller Herzöge und Herzoginnen, angewachsen zu einer einzigen Welle. Und wie eine Welle sich bricht, so brach sie im Hinsetzen rinnend und sprühend und verrauschend über Oliver Bacon, dem großen Juwelier, zusammen und überschüttete ihn mit glitzernden hellen Farben, grün, rot, violett; und mit Düften; und mit den Spektren des Regenbogens: Strahlen schossen von ihren Fingern, kamen nickend von Federn und blitzend von Seide; denn sie war sehr breit, sehr fett, eng in blaßroten Taft gewickelt und stand nicht mehr im Frühling ihres Lebens. Wie ein Sonnenschirm mit vielen Falbeln oder ein Pfau mit vielen Federn seine Falbeln faltet oder seine Federn zusammenlegt, so faltete sie sich und sank sie zusammen, als sie sich in den Ledersessel fallen ließ.

«Guten Morgen, Herr Bacon», sagte die Herzogin. Und sie streckte ihre Hand hin, die durch den Einschnitt ihres weißen Handschuhs herausquoll. Und Oliver verneigte sich tief, als er sie schüttelte. Und mit der Berührung ihrer Hände war das Band zwischen ihnen wieder geknüpft. Sie waren Freunde und doch Feinde; er war der Herr, sie die Herrin; jeder von beiden betrog den anderen, jeder brauchte den anderen, jeder fürchte-

the other, each felt this and knew this every time they
touched hands thus in the little back room with the
white light outside, and the tree with its six leaves,
and the sound of the street in the distance and behind
them the safes.

"And today, Duchess – what can I do for you
today?" said Oliver, very softly.

The Duchess opened her heart, her private heart
gaped wide. And with a sigh but no words she took
from her bag a long washleather pouch – it looked like
a lean yellow ferret. And from a slit in the ferret's
belly she dropped pearls – ten pearls. They rolled
from the slit in the ferret's belly – one, two, three,
four – like the eggs of some heavenly bird.

"All's that's left me, dear Mr. Bacon," she
moaned. Five, six, seven – down they rolled, down the
slopes of the vast mountain sides that fell between her
knees into one narrow valley – the eighth, the ninth,
and the tenth. There they lay in the glow of the
peach-blossom taffeta. Ten pearls.

"From the Appleby cincture," she mourned. "The
last ... the last of them all."

Oliver stretched out and took one of the pearls
between finger and thumb. It was round, it was
lustrous. But real was it, or false? Was she lying
again? Did she dare?

She laid her plump padded finger across her lips.
"If the Duke knew..." she whispered. "Dear Mr.
Bacon, a bit of bad luck..."

Been gambling again, had she?

"That villain! That sharper!" she hissed.

The man with the chipped cheek bone? A bad 'un.
And the Duke was straight as a poker; with side
whiskers; would cut her off, shut her up down there if
he knew – what I know, thought Oliver, and glanced
at the safe.

"Araminta, Daphne, Diana," she moaned. "It's for
them."

te den anderen, jeder von beiden fühlte das und jeder wußte das, sobald ihre Hände sich berührten in dem kleinen Hinterzimmer mit dem weißen Licht von draußen, dem Baum mit den sechs Blättern, dem Geräusch der Straße in der Ferne und den Stahlschränken hinter ihnen.

«Und heute, Herzogin – was kann ich heute für Sie tun?» sagte Oliver sehr sanft.

Die Herzogin öffnete ihr Herz, weit offen stand ihr ganz privates Herz. Und mit einem Seufzer, aber ohne Worte, nahm sie aus der Handtasche ein langes waschledernes Säckchen – es sah aus wie ein mageres gelbes Frettchen. Und aus einem Schlitz im Bauch des Frettchens schüttelte sie Perlen – zehn Perlen. Sie rollten aus dem Schlitz im Bauch des Frettchens – eine, zwei, drei, vier – wie die Eier irgendeines himmlischen Vogels.

«Das ist alles, was ich noch habe, lieber Herr Bacon», stöhnte sie. Fünf, sechs, sieben – da rollten sie hinab, die Neigung der Berghänge hinab, die sich zwischen den Knien der Herzogin zu einem engen Tal vereinigten – die achte, die neunte, die zehnte. Da lagen sie im Glanze des Pfirsichblütentafts. Zehn Perlen.

«Vom Appleby-Gürtel», klagte sie. «Die letzten ... die allerletzten.»

Oliver streckte die Hand aus und nahm eine von den Perlen zwischen Mittelfinger und Daumen. Sie war rund, sie glänzte. Aber war sie echt oder falsch? Log die Herzogin wieder? Wagte sie es?

Sie legte ihren plumpen, wulstigen Finger auf die Lippen. «Wenn der Herzog das wüßte ...» flüsterte sie. «Lieber Herr Bacon, ein bißchen Pech ...»

Hatte sie wirklich schon wieder gespielt?

«Dieser Schurke! Dieser Schwindler!» zischte sie.

Der Mann mit dem zerhauenen Backenknochen? Ein böser Kerl. Und der Herzog mit seinem Backenbart war gerade und steif wie ein Feuerstocher und würde sie enterben und sie da unten einsperren, wenn er wüßte – was ich weiß, dachte Oliver und blickte auf den Safe.

«Araminta, Daphne, Diana», stöhnte sie, «für *sie* tue ich es.»

The ladies Araminta, Daphne, Diana – her daughters. He knew them; adored them. But it was Diana he loved.

"You have all my secrets," she leered. Tears slid; tears fell; tears, like diamonds, collecting powder in the ruts of her cherry blossom cheeks.

"Old friend," she murmured, "old friend."

"Old friend," he repeated, "old friend," as if he licked the words.

"How much?" he queried.

She covered the pearls with her hand.

"Twenty thousand," she whispered.

But was it real or false, the one he held in his hand? The Appleby cincture – hadn't she sold it already? He would ring for Spencer or Hammond. "Take it and test it," he would say. He stretched to the bell.

"You will come down tomorrow?" she urged, she interrupted. "The Prime Minister – His Royal Highness..." She stopped. "And Diana..." she added.

Oliver took his hand off the bell.

He looked past her, at the backs of the houses in Bond Street. But he saw, not the houses in Bond Street, but a dimpling river; and trout rising and salmon; and the Prime Minister; and himself too, in white waistcoat; and then, Diana. He looked down at the pearl in his hand. But how could he test it, in the light of the river, in the light of the eyes of Diana? But the eyes of the Duchess were on him.

"Twenty thousand," she moaned. "My honour!"

The honour of the mother of Diana! He drew his cheque book towards him; he took out his pen.

"Twenty – –" he wrote. Then he stopped writing. The eyes of the old woman in the picture were on him – of the old woman his mother.

"Oliver!" she warned him. "Have sense! Don't be a fool!"

"Oliver!" the Duchess entreated – it was "Oliver"

Die Damen Araminta, Daphne und Diana – ihre Töchter. Er kannte sie und betete sie an. Aber Diana liebte er.

«Sie kennen alle meine Geheimnisse», sagte sie blinzelnd. Tränen kullerten, Tränen fielen; Tränen wie Diamanten, die den Puder in den Furchen ihrer Kirschblütenwangen zusammenlaufen ließen.

«Alter Freund», murmelte sie, «alter Freund.»

«Alter Freund», wiederholte er, «alter Freund», als ob er die Worte auflecke.

«Wieviel?» fragte er.

Sie bedeckte die Perlen mit der Hand.

«Zwanzigtausend», flüsterte sie.

Aber war sie nun echt oder falsch, diese hier, die er in der Hand hielt? Der Appleby-Gürtel – hatte sie den nicht schon verkauft? Er würde nach Spencer oder Hammond läuten. «Nehmen Sie dies und prüfen Sie es», würde er sagen. Er griff nach der Glocke.

«Sie kommen doch morgen zu uns?» fragte sie eindringlich und unterbrach ihn. «Der Premierminister – seine Königliche Hoheit...» Sie hielt inne. «Und Diana...» setzte sie hinzu.

Oliver nahm die Hand von der Glocke.

Er blickte hinter ihr auf die Rückfront von den Häusern der Bond Street. Aber er sah nicht die Häuser der Bond Street, er sah einen leicht gekräuselten Fluß und springende Forellen und Lachse und den Premierminister und auch sich selbst in weißer Weste – und Diana. Er blickte auf die Perle in seiner Hand. Aber wie sollte er sie prüfen im Glanz des Flusses, im Glanz von Dianas Augen? Und die Augen der Herzogin lagen auf ihm.

«Zwanzigtausend», stöhnte sie. «Meine Ehre!»

Die Ehre von Dianas Mutter! Er zog sein Scheckheft heran und nahm seinen Federhalter heraus.

«Zwanzig –», schrieb er. Dann hörte er auf zu schreiben. Die Augen der alten Frau auf dem Bild lagen auf ihm – der alten Frau, seiner Mutter.

«Oliver!» warnte sie ihn. «Sei vernünftig! Sei doch kein Narr!»

«Oliver!» flehte die Herzogin – «Oliver» sagte sie jetzt,

now, not "Mr. Bacon." "You'll come for a long weekend?"

Alone in the woods with Diana! Riding alone in the woods with Diana!

"Thousand," he wrote, and signed it.

"Here you are," he said.

And there opened all the flounces of the parasol, all the plumes of the peacock, the radiance of the wave, the swords and spears of Agincourt, as she rose from her chair. And the two old men and the two young men, Spencer and Marshall, Wicks and Hammond, flattened themselves behind the counter envying him as he led her through the shop to the door. And he waggled his yellow glove in their faces, and she held her honour – a cheque for twenty thousand pounds with his signature – quite firmly in her hands.

"Are they false or are they real?" asked Oliver, shutting his private door. There they were, ten pearls on the blotting-paper on the table. He took them to the window. He held them under his lens to the light ... This, then, was the truffle he had routed out of the earth! Rotten at the centre – rotten at the core!

"Forgive me, oh, my mother!" he sighed, raising his hands as if he asked pardon of the old woman in the picture. And again he was a little boy in the alley where they sold dogs on Sunday.

"For," he murmured, laying the palms of his hands together, "it is to be a long week-end."

Aldous Huxley: The Portrait

"Pictures," said Mr. Bigger; "you want to see some pictures? Well, we have a very interesting mixed exhibition of modern stuff in our galleries at the moment. French and English, you know."

nicht «Herr Bacon». «Sie kommen doch auf ein verlängertes Wochenende?»

Allein im Wald mit Diana! Allein mit Diana durch die Wälder reiten!

«Tausend», schrieb er und unterzeichnete den Scheck.

«Hier», sagte er.

Und schon gingen alle Falbeln des Sonnenschirms auf, alle Federn des Pfaus, der Glanz der Welle und die Schwerter und Lanzen von Azincourt, als sie sich nun von ihrem Stuhl erhob. Und die beiden alten Herren und die beiden jungen Herren, Spencer und Marshall, Wicks und Hammond, drückten sich hinter den Ladentisch und beneideten ihn, wie er sie durch das Geschäft zur Tür führte. Und er wippte mit seinen gelben Handschuhen vor ihren Augen, und sie hielt ihre Ehre – einen Scheck auf zwanzigtausend Pfund mit seiner Unterschrift – ganz fest in der Hand.

«Sind sie nun falsch oder sind sie echt?» fragte Oliver, indem er die Tür seines Privatbüros schloß. Da lagen sie, die zehn Perlen, auf dem Löschpapier auf seinem Tisch. Er nahm sie ans Fenster. Er hielt sie unter seiner Lupe ans Licht . . . Das also war nun die Trüffel, die er aus der Erde gewühlt hatte! Morsch im Zentrum – morsch im Mark!

«Vergib mir, oh, Mutter!» seufzte er und hob die Hände, als bäte er die alte Frau auf dem Bild um Verzeihung. Und wieder war er ein kleiner Junge in der Gasse, in der am Sonntag gestohlene Hunde verkauft wurden.

«Bedenke», flüsterte er, indem er die Handflächen aufeinander legte, «es soll ein langes Wochenende werden.»

Aldous Huxley: Das Portrait

«Gemälde», sagte Herr Bigger, «Sie möchten sich ein paar Gemälde ansehen? Wir haben da gerade eine sehr interessante Ausstellung von verschiedenen modernen Sachen in unserer Sammlung. Französische und englische, wissen Sie.»

The customer held up his hand, shook his head. "No, no. Nothing modern for me," he declared, in his pleasant northern English. "I want real pictures, old pictures. Rembrandt and Sir Joshua Reynolds and that sort of thing."

"Perfectly." Mr. Bigger nodded. "Old Masters. Oh, of course we deal in the old as well als the modern."

"The fact is," said the other, "that I've just bought a rather large house – a Manor House," he added, in impressive tones.

Mr. Bigger smiled; there was an ingenuousness about this simple-minded fellow which was most engaging. He wondered how the man had made his money. "A Manor House." The way he had said it was really charming. Here was a man who had worked his way up from serfdom to the lordship of a manor, from the broad base of the feudal pyramid to the narrow summit. His own history and all the history of classes had been implicit in that awed proud emphasis on the "Manor". But the stranger was running on; Mr. Bigger could not allow his thoughts to wander farther. "In a house of this style," he was saying, "and with a position like mine to keep up, one must have a few pictures. Old Masters, you know; Rembrandts and What's-his-names."

"Of course," said Mr. Bigger, "an Old Master is a symbol of social superiority."

"That's just it," cried the other, beaming, "you have said just what I wanted to say."

Mr. Bigger bowed and smiled. It was delightful to find some one who took one's little ironies as sober seriousness.

"Of course, we should only need Old Masters downstairs, in the reception-room. It would be too much of a good thing to have them in the bedrooms too."

"Altogether too much of a good thing," Mr. Bigger assented.

"As a matter of fact," the Lord of the Manor went

Der Kunde hob die Hand und schüttelte den Kopf. «Nein, nein. Für mich nichts Modernes», erklärte er mit seinem netten nordenglischen Akzent. «Ich möchte richtige Bilder, alte Bilder. Rembrandt und Joshua Reynolds und etwas in der Art.»

«Sehr wohl.» Herr Bigger nickte. «Alte Meister. Oh, natürlich führen wir die Alten ebenso wie die Neuen.»

«Die Sache ist die», sagte der andere, «daß ich gerade ein ziemlich großes Haus gekauft habe – einen Landsitz», fügte er mit eindrucksvoller Betonung hinzu.

Herr Bigger lächelte; dieser einfältige Zeitgenosse hatte eine höchst anziehende Unbefangenheit. Er hätte gerne gewußt, wie dieser Mann wohl zu seinem Geld gekommen war. «Ein Landsitz.» Die Art, wie er das gesagt hatte, war wirklich entzückend. Da war also ein Mann, der sich aus der Leibeigenschaft zum Herrenstand eines Landsitzbewohners emporgearbeitet hatte, von der breiten Basis der Feudalpyramide zu ihrer schmalen Spitze. Seine eigene Geschichte und die ganze Geschichte der Gesellschaftsklassen hatte in dieser ehrfurchtgebietenden stolzen Betonung des «Landsitzes» gelegen. Aber der Fremde sprach weiter; Herr Bigger durfte seinen Gedanken nicht weiter freien Lauf lassen. «In einem Haus von solchem Stil», sagte er gerade, «und wenn man sich einer Stellung wie der meinen würdig erweisen will, braucht man ein paar Bilder. Alte Meister, wissen Sie; Rembrandt und Dingsda . . .»

«Selbstverständlich», sagte Herr Bigger, «ein alter Meister ist ein Symbol sozialer Überlegenheit.»

«So ist es», rief der andere strahlend, «Sie haben genau das gesagt, was ich sagen wollte.»

Herr Bigger machte eine Verbeugung und lächelte. Es war köstlich, jemanden gefunden zu haben, der einem seine kleinen ironischen Bemerkungen als vollen Ernst abnahm.

«Natürlich werden wir alte Meister nur unten in der Empfangshalle brauchen. Es wäre wohl zuviel des Guten, auch noch welche in die Schlafzimmer zu hängen.»

«Ja, allerdings, es wäre zuviel des Guten», bestätigte Herr Bigger.

«Nämlich», fuhr der Herr des Landsitzes fort, «meine

on, "my daughter – she does a bit of sketching. And very pretty it is. I'm having some of her things framed to hang in the bedrooms. It's useful having an artist in the family. Saves you buying pictures. But, of course, we must have something old downstairs."

"I think I have exactly what you want." Mr. Bigger got up und rang the bell. "My daughter does a little sketching" – he pictured a large, blonde, barmaidish personage, thirty-one and not yet married, running a bit to seed. His secretary appeared at the door. "Bring me the Venetian portrait, Miss Pratt, the one in the back room. You know which I mean."

"You're very snug in here," said the Lord of the Manor. "Business good, I hope."

Mr. Bigger sighed. "The slump," he said. "We art dealers feel it worse than any one."

"Ah, the slump." The Lord of the Manor chuckled. "I foresaw it all the time. Some people seemed to think the good times were going to last for ever. What fools! I sold out of everything at the crest of the wave. That's why I can buy pictures now."

Mr. Bigger laughed too. This was the right sort of customer. "Wish I'd had anything to sell out during the boom," he said.

The Lord of the Manor laughed till the tears rolled down his cheeks. He was still laughing when Miss Pratt re-entered the room. She carried a picture, shieldwise, in her two hands, before her.

"Put it on the easel, Miss Pratt," said Mr. Bigger. "Now," he turned to the Lord of the Manor, "what do you think of that?"

The picture that stood on the easel before them was a halflength portrait. Plump-faced, white-skinned, high-bosomed in her deeply scalloped dress of blue silk, the subject of the picture seemed a typical Italian lady of the middle eighteenth century. A little complacent smile curved the pouting lips, and in one

Tochter – die zeichnet ein bißchen. Sehr schön sogar. Ich lasse gerade ein paar von ihren Sachen rahmen, um sie in den Schlafzimmern aufzuhängen. Sehr nützlich, einen Künstler in der Familie zu haben. Braucht man keine Bilder zu kaufen. Aber unten müssen wir natürlich was Altes haben.»

«Ich glaube, ich habe genau das, was Sie wünschen.» Herr Bigger stand auf und drückte auf die Klingel. ‹Meine Tochter zeichnet ein bißchen› – er stellte sich eine große, blonde, wie eine Kellnerin aussehende Person vor, einunddreißig Jahre alt, noch nicht verheiratet und schon etwas verblüht. Seine Sekretärin erschien in der Tür. «Bringen Sie mir das venezianische Portrait, Fräulein Pratt, das aus dem hinteren Raum. Sie wissen schon, welches ich meine.»

«Sie haben es sehr gemütlich hier», sagte der Herr des Landsitzes, «die Geschäfte gehen gut, hoffe ich.»

Herr Bigger seufzte. «Die Geldknappheit», sagte er, «wir Kunsthändler spüren sie schlimmer als irgend jemand.»

«Ah, die Geldknappheit.» Der Herr des Landsitzes kicherte. «Ich habe sie die ganze Zeit vorausgesehen. Manche Leute haben offenbar geglaubt, es ginge immer so weiter mit den guten Zeiten. Dummköpfe! Ich habe alles noch auf dem Kamm der Welle ausverkauft. Deshalb kann ich jetzt Bilder kaufen.»

Herr Bigger lachte ebenfalls. Das war der richtige Kunde. «Ich wünschte, ich hätte während der Hochkonjunktur etwas für den Ausverkauf gehabt», sagte er.

Der Herr des Landsitzes lachte, bis ihm die Tränen über die Wangen liefen. Er lachte noch, als Fräulein Pratt das Zimmer wieder betrat. Sie trug ein Gemälde mit beiden Händen vor sich her wie einen Schild.

«Stellen Sie es auf die Staffelei, Fräulein Pratt», sagte Herr Bigger. «Na», meinte er, zum Herrn des Landsitzes gewandt, «was halten Sie davon?»

Das Gemälde, das da vor ihnen auf der Staffelei stand, war ein Brustbild. Gegenstand des Portraits, mit vollen Gesichtszügen, weißer Haut und hohem Busen in einem tief ausgeschnittenen Seidenkleid, schien eine typische italienische Dame aus der Mitte des achtzehnten Jahrhunderts zu sein. Ein selbstzufriedenes Lächeln verzog ihre schmollenden Lippen, und in der

hand she held a black mask, as though she had just taken it off after a day of carnival.

"Very nice," said the Lord of the Manor; but he added doubtfully, "It isn't very like Rembrandt, is it? It's all so clear and bright. Generally in Old Masters you can never see anything at all, they are so dark and foggy."

"Very true," said Mr. Bigger. "But not all Old Masters are like Rembrandt."

"I suppose not." The Lord of the Manor seemed hardly to be convinced.

"This is eighteenth-century Venetian. Their colour was always luminous. Giangolini was the painter. He died young, you know. Not more than half a dozen of his pictures are known. And this is one."

The Lord of the Manor nodded. He could appreciate the value of rarity.

"One notices at a first glance the influence of Longhi," Mr. Bigger went on airily. "And there is something of the morbidezza of Rosalba in the painting of the face."

The Lord of the Manor was looking uncomfortably from Mr. Bigger to the picture and from the picture to Mr. Bigger. There is nothing so embarrassing as to be talked at by some one possessing more knowledge than you do. Mr. Bigger pressed his advantage.

"Curious," he went on, "that one sees nothing of Tiepolo's manner in this. Don't you think so?"

The Lord of the Manor nodded. His face wore a gloomy expression. The corners of his baby's mouth drooped. One almost expected him to burst into tears.

"It's pleasant," said Mr. Bigger, relenting at last, "to talk to somebody who really knows about painting. So few people do."

"Well, I can't say I've ever gone into the subject very deeply," said the Lord of the Manor modestly. "But I know what I like when I see it." His

einen Hand hielt sie eine schwarze Maske, als hätte sie sie gerade nach einem Karnevalstag abgenommen.

«Sehr hübsch», sagte der Herr des Landsitzes ; aber er setzte zweifelnd hinzu : «Es sieht nicht sehr nach Rembrandt aus, nicht wahr ? Es ist alles so klar und hell. Bei alten Meistern kann man doch im allgemeinen gar nichts erkennen, die sind doch ganz dunkel und trübe.»

«Sehr wahr», sagte Herr Bigger. «Aber nicht alle alten Meister sind wie Rembrandt.»

«Mag sein.» Der Herr des Landsitzes schien nicht ganz überzeugt.

«Dies ist ein Venezianer aus dem achtzehnten Jahrhundert. Die hatten stets leuchtende Farben. Giangolini hieß der Maler. Er ist jung gestorben, müssen Sie wissen. Es sind nicht mehr als ein halbes Dutzend seiner Gemälde bekannt. Und dies ist eines davon.»

Der Herr des Landsitzes nickte. Den Wert der Seltenheit wußte er zu schätzen.

«Man bemerkt auf den ersten Blick den Einfluß von Longhi», fuhr Herr Bigger lebhaft fort. «Und in der Auffassung des Gesichts liegt etwas von der Morbidezza Rosalbas.»

Der Herr des Landsitzes blickte unbehaglich von Herrn Bigger zum Bild und vom Bild zu Herrn Bigger. Nichts bringt einen mehr in Verlegenheit, als wenn einem jemand etwas erzählt, der mehr Kenntnisse hat als man selbst. Herr Bigger nützte seinen Vorteil aus.

«Erstaunlich», fuhr er fort, «daß man nichts von Tiepolos Malweise hier erkennt. Finden Sie nicht auch ?»

Der Herr des Landsitzes nickte. Sein Gesicht zeigte einen schwermütigen Ausdruck. Die Winkel seines Kindermundes hingen schlaff herunter. Fast erwartete man, er werde in Tränen ausbrechen.

«Es ist ein Genuß», sagte Herr Bigger und ließ sich endlich erweichen, «mit jemandem zu sprechen, der wirklich etwas von Malerei versteht. Das ist bei so wenig Menschen der Fall.»

«Nun, ich kann nicht sagen, daß ich sehr tief in die Materie eingedrungen wäre», meinte der Herr des Landsitzes bescheiden. «Aber ich weiß, was mir gefällt, wenn ich es sehe.» Sein

face brightened again, as he felt himself on safer ground.

"A natural instinct," said Mr. Bigger. "That's a very precious gift. I could see by your face that you had it; I could see that the moment you came into the gallery."

The Lord of the Manor was delighted. "Really, now," he said. He felt himself growing larger, more important. "Really." He cocked his head critically on one side. "Yes. I must say I think that's a very fine bit of painting. Very fine. But the fact is, I should rather have liked a more historical piece, if you know what I mean. Something more ancestor-like, you know. A portrait of somebody with a story – like Anne Boleyn, or Nell Gwynn, or the Duke of Wellington, or some one like that."

"But, my dear sir, I was just going to tell you. This picture has a story." Mr. Bigger leaned forward and tapped the Lord of the Manor on the knee. His eyes twinkled with benevolent and amused brightness under his bushy eyebrows. There was a knowing kindliness in his smile. "A most remarkable story is connected with the painting of that picture."

"You don't say so?" The Lord of the Manor raised his eyebrows.

Mr. Bigger leaned back in his chair. "The lady you see there," he said, indicating the portrait with a wave of the hand, "was the wife of the fourth Earl Hurtmore. The family is now extinct. The ninth Earl died only last year. I got this picture when the house was sold up. It's sad to see the passing of these old ancestral homes." Mr. Bigger sighed. The Lord of the Manor looked solemn, as though he were in church. There was a moment's silence; then Mr. Bigger went on in a changed tone. "From his portraits, which I have seen, the fourth Earl seems to have been a longfaced, gloomy, grey-looking fellow. One can never imagine him young; he was the sort of man

Gesicht hellte sich auf, weil er sich wieder auf festem Boden fühlte.

«Ein natürlicher Instinkt», sagte Herr Bigger. «Das ist eine sehr wertvolle Gabe. Ich konnte es Ihrem Gesicht ansehen, daß Sie diese Gabe haben, ich konnte das in dem Augenblick sehen, als Sie die Galerie betraten.»

Der Herr des Landsitzes war entzückt. «Nun ja», sagte er. Er fühlte sich größer, bedeutender werden. «Nun ja.» Er legte den Kopf kritisch auf die Seite. «Doch, ich muß zugeben, das ist etwas sehr Schönes, ein sehr gutes Bild. Aber eigentlich wäre mir eine mehr historische Sache lieber gewesen, wenn Sie wissen, was ich damit meine. Etwas mehr Ahnenhaftes, wissen Sie. Ein Portrait von jemandem mit einer Geschichte – so jemand wie Anne Boleyn oder wie Nell Gwynn oder wie der Herzog von Wellington oder so jemand.»

«Aber mein lieber Herr, ich wollte Ihnen ja gerade erzählen. Dieses Gemälde *hat* eine Geschichte.» Herr Bigger lehnte sich vor und berührte den Herrn des Landsitzes am Knie. Seine Augen funkelten vor wohlwollender und belustigter Lebhaftigkeit unter den buschigen Augenbrauen. Wohlwissende Freundlichkeit lag in seinem Lächeln. «Eine höchst bemerkenswerte Geschichte ist mit dem Zustandekommen dieses Gemäldes verbunden.»

«Was Sie nicht sagen?» Der Herr des Landsitzes hob die Augenbrauen.

Herr Bigger lehnte sich in den Stuhl zurück. «Die Dame, die Sie hier sehen», sagte er und zeigte mit einer Handbewegung auf das Bild, «war die Frau des vierten Grafen Hurtmore. Die Familie ist jetzt erloschen. Der neunte Graf ist erst im letzten Jahr gestorben. Ich erwarb dieses Gemälde, als das Haus versteigert wurde. Es ist betrüblich, dem Untergang dieser alten Stammschlösser beizuwohnen.» Herr Bigger seufzte. Der Herr des Landsitzes blickte feierlich, als wäre er in der Kirche. Einen Augenblick herrschte Schweigen, dann fuhr Herr Bigger mit veränderter Stimme fort: «Nach seinen Portraits zu schließen, die ich gesehen habe, war der vierte Graf ein langschädeliger, düsterer Bursche von grauer Gesichtsfarbe. Man kann sich nicht vorstellen, daß er jemals jung war; er

who looks permanently fifty. His chief interests in life were music and Roman antiquities. There is one portrait of him holding an ivory flute in one hand and resting the other on a fragment of Roman carving. He spent at least half his life travelling in Italy, looking for antiques and listening to music. When he was about fifty-five, he suddenly decided that it was about time to get married. This was the lady of his choice." Mr. Bigger pointed to the picture. "His money and his title must have made up for many deficiencies. One can't imagine, from her appearance, that Lady Hurtmore took a great deal of interest in Roman antiquities. Nor, I should think, did she care much for the science and history of music. She liked clothes, she liked society, she liked gambling, she liked flirting, she liked enjoying herself. It doesn't seem that the newly wedded couple got on too well. But still, they avoided an open breach. A year after the marriage Lord Hurtmore decided to pay another visit to Italy. They reached Venice in the early autumn. For Lord Hurtmore, Venice meant unlimited music. It meant Galuppi's daily concerts at the orphanage of the Misericordia. It meant Piccini at Santa Maria. It meant new operas at the San Moise; it meant delicious cantatas at a hundred churches. It meant private concerts of amateurs; it meant Porpora and the finest singers in Europe; it meant Tartini and the greatest violinists. For Lady Hurtmore, Venice meant something rather different. It meant gambling at the Ridotto, masked balls, gay supper-parties – all the delights of the most amusing city in the world. Living their separate lives, both might have been happy here in Venice almost indefinitely. But one day Lord Hurtmore had the disastrous idea of having his wife's portrait painted. Young Giangolini was recommended to him as the promising, the coming painter. Lady Hurtmore began her sittings. Giangolini was handsome and dashing, Giangolini was young.

gehörte zu denen, die immer fünfzig Jahre alt aussehen. Seine Hauptinteressen im Leben waren Musik und römische Altertümer. Es gibt ein Portrait von ihm, auf dem er eine elfenbeinerne Flöte in der einen Hand hält und die andere Hand auf das Bruchstück einer römischen Plastik stützt. Er hat mindestens sein halbes Leben auf Italienreisen zugebracht, indem er Altertümer suchte und Musik hörte. Als er etwa fünfundfünfzig Jahre alt war, beschloß er plötzlich, jetzt sei es wohl an der Zeit, zu heiraten. Und dies war die Dame seiner Wahl.» Herr Bigger deutete auf das Bild. «Sein Geld und sein Titel werden manche Mängel haben ausgleichen müssen. Nach ihrem Aussehen kann man sich nicht vorstellen, daß Lady Hurtmore ausnehmend großes Interesse an römischen Altertümern hatte. Noch wird sie sich, meine ich, viel um Musikgeschichte und Musikwissenschaft gekümmert haben. Sie liebte Kleider, sie liebte Gesellschaft, sie liebte das Glücksspiel, sie liebte den Flirt, sie wollte ihr Vergnügen haben. Es scheint, als habe sich das jungvermählte Paar nicht allzugut verstanden. Aber sie vermieden doch den offenen Bruch. Ein Jahr nach der Hochzeit beschloß Lord Hurtmore, wieder nach Italien zu reisen. Im Frühherbst kamen sie in Venedig an. Für Lord Hurtmore bedeutete Venedig unendlich viel Musik. Es bedeutete Galuppis tägliche Konzerte im Waisenhaus zur Misericordia. Es bedeutete Piccini in Santa Maria. Es bedeutete neue Opern in San Moisé; es bedeutete wundervolle Konzerte in hundert Kirchen. Es bedeutete private Liebhaberkonzerte; es bedeutete Porpora und die besten Sänger Europas; es bedeutete Tartini und die größten Geiger. Für Lady Hurtmore bedeutete Venedig etwas erheblich anderes. Es bedeutete Glücksspiel im Ridotto, Maskenbälle, lustige Abendgesellschaften – die ganzen Freuden der unterhaltsamsten Stadt von der Welt. Hätte jeder sein Leben für sich gelebt, so hätten beide hier in Venedig auf fast unendliche Zeit glücklich leben können. Aber eines Tages kam Lord Hurtmore auf den unheilvollen Gedanken, das Portrait seiner Frau malen zu lassen. Der junge Giangolini wurde ihm als der vielversprechende, kommende Maler genannt. Lady Hurtmore begann ihre Sitzungen. Giangolini war verwirrend schön, Giangolini war jung. Seine Fertigkeit in der Liebe war so

He had an amorous technique as perfect as his artistic technique. Lady Hurtmore would have been more than human if she had been able to resist him. She was not more than human."

"None of us are, eh?" The Lord of the Manor dug his finger into Mr. Bigger's ribs and laughed.

Politely, Mr. Bigger joined in his mirth; when it had subsided, he went on. "In the end they decided to run away together across the border. They would live at Vienna – live on the Hurtmore family jewels, which the lady would be careful to pack in her suitcase. They were worth upwards of twenty thousand, the Hurtmore jewels; and in Vienna, under Maria-Theresa, one could live handsomely on the interest of twenty thousand.

"The arrangements were easily made. Giangolini had a friend who did everything for them – got them passports under an assumed name, hired horses to be in waiting on the mainland, placed his gondola at their disposal. They decided to flee on the day of the last sitting. The day came. Lord Hurtmore, according to his usual custom, brought his wife to Giangolini's studio in a gondola, left her there, perched on the high-backed model's throne, and went off again to listen to Galuppi's concert at the Misericordia. It was the time of full carnival. Even in broad daylight people went about in masks. Lady Hurtmore wore one of black silk – you see her holding it, there, in the portrait. Her husband, though he was no reveller and disapproved of carnival junketings, preferred to conform to the grotesque fashion of his neighbours rather than attract attention to himself by not conforming.

"The long black cloak, the huge three-cornered black hat, the long-nosed mask of white paper were the ordinary attire of every Venetian gentleman in these carnival weeks. Lord Hurtmore did not care to be conspicuous; he wore the same. There must have been something richly absurd and incongruous in the

vollkommen wie seine Fertigkeit in der Kunst. Lady Hurtmore hätte ein übermenschliches Wesen sein müssen, um ihm widerstehen zu können. Sie war aber kein übermenschliches Wesen.»

«Wir beide ja auch nicht, oder?» Der Herr des Landsitzes stieß Herrn Bigger mit dem Finger in die Rippen und lachte.

Herr Bigger schloß sich seiner Fröhlichkeit höflich an; als sie nachgelassen hatte, fuhr er fort: «Schließlich beschlossen sie, zusammen über die Grenze zu entfliehen. Sie würden in Wien leben – von dem Familienschmuck der Hurtmores, den die Lady sorgfältig in ihr Köfferchen packen würde.

Er war über zwanzigtausend Pfund wert, der Schmuck der Hurtmores, und im Wien der Maria Theresia konnte man recht großzügig von den Zinsen von zwanzigtausend Pfund leben.

Die Vorbereitungen waren schnell getroffen. Giangolini hatte einen Freund, der alles für sie erledigte – er besorgte ihnen Pässe unter angenommenen Namen, mietete Pferde, die auf dem Festland warten sollten, und er stellte ihnen seine Gondel zur Verfügung. Sie beschlossen, am Tag der letzten Sitzung zu fliehen. Der Tag kam. Lord Hurtmore brachte nach seiner Gewohnheit seine Gattin in einer Gondel zu Giangolinis Atelier, sah sie dort noch auf dem Modellstuhl mit der hohen Lehne sitzen und ging wieder fort, um Galuppis Konzert in der Misericordia zu hören. Es war die hohe Zeit des Karnevals. Selbst im hellen Tageslicht liefen die Leute in Masken herum. Lady Hurtmore trug eine aus schwarzer Seide – Sie sehen, sie trägt sie auch hier im Bild. Ihr Gatte war zwar kein Lebemann und mißbilligte die Karnevalsbelustigungen, aber dennoch paßte er sich lieber den grotesken Sitten seiner Nachbarn an, als durch mangelnde Anpassung die Aufmerksamkeit auf sich zu lenken.

Ein langer schwarzer Mantel, ein großer schwarzer Dreispitz und eine langnasige weiße Pappmaske bildeten die übliche Kleidung jedes venezianischen Herrn in diesen Karnevalswochen. Lord Hurtmore lag nichts daran, aufzufallen; er trug dasselbe. Er muß einen großartig albernen und widersinnigen Anblick geboten haben, dieser ernste und feierlich

spectacle of this grave and solemn-faced English milord dressed in the clown's uniform of a gay Venetian masker. 'Pantaloon in the clothes of Pulcinella,' was how the lovers described him to one another; the old dotard of the eternal comedy dressed up as the clown. Well, this morning, as I have said, Lord Hurtmore came as usual in his hired gondola, bringing his lady with him. And she in her turn was bringing, under the folds of her capacious cloak, a little leather box wherein, snug, on their silken bed, reposed the Hurtmore jewels. Seated in the dark little cabin of the gondola they watched the churches, the richly fretted palazzi, the high mean houses gliding past them. From under his Punch's mask Lord Hurtmore's voice spoke gravely, slowly, imperturbably.

"'The learned Father Martini,' he said, 'has promised to do me the honour of coming to dine with us to-morrow. I doubt if any man knows more of musical history than he. I will ask you to be at pains to do him special honour.'

"'You may be sure I will, my lord.' She could hardly contain the laughing excitement that bubbled up within her. To-morrow at dinner-time she would be far away – over the frontier, beyond Gorizia, galloping along the Vienna road. Poor old Pantaloon! But no, she wasn't in the least sorry for him. After all, he had his music, he had his odds and ends of broken marble. Under her cloak she clutched the jewel-case more tightly. How intoxicatingly amusing her secret was!"

Mr. Bigger clasped his hands and pressed them dramatically over his heart. He was enjoying himself. He turned his long, foxy nose towards the Lord of the Manor, and smiled benevolently. The Lord of the Manor for his part was all attention.

"Well?" he inquired.

Mr. Bigger unclasped his hands, and let them fall on to his knees.

dreinschauende englische Lord im Narrengewand einer lusti-
gen venezianischen Maske. ‹Pantalone in den Kleidern von
Pulcinella› – so nannten ihn die Liebenden untereinander ;
der verliebte Tattergreis der unsterblichen Komödie, als Clown
herausstaffiert. Nun gut, an diesem Morgen also kam Lord
Hurtmore, wie gesagt, wie gewöhnlich in seiner Mietgondel
und brachte seine Gattin mit. Und sie ihrerseits brachte in den
Falten ihres weiten Mantels ein kleines Lederkästchen mit,
in dem, wohlverwahrt auf seidenem Lager, der Hurtmore-
Schmuck ruhte. Sie saßen in der dunklen kleinen Kabine der
Gondel und sahen zu, wie die Kirchen, die reich mit Maßwerk
verzierten Palazzi und die hohen, ärmlichen Bürgerhäuser
an ihnen vorbeiglitten. Hinter seiner Hanswurst-Maske hervor ertönte Lord Hurtmores ernste, bedächtige, gleichmütige
Stimme.

‹Der gelehrte Pater Martini›, sagte er, ‹hat zugesagt, mir die
Ehre anzutun, morgen zum Mittagessen zu uns zu kommen.
Ich glaube nicht, daß irgend jemand mehr von Musikgeschichte
versteht als er. Ich möchte Euch bitten, darauf bedacht zu sein,
ihm besondere Ehre zu erweisen.›

‹Verlaßt Euch darauf, Mylord.› Dabei konnte sie kaum
den Lachreiz bändigen, der in ihr aufstieg. Morgen zur Mit-
tagszeit würde sie weit weg sein – jenseits der Grenze, hinter
Görz, im Galopp auf der Straße nach Wien.

Armer alter Panta-
lone! Aber nein, er tat ihr nicht im geringsten leid. Er hatte
schließlich seine Musik, er hatte den alten Plunder seiner
Marmortrümmer. Unter ihrem Mantel faßte sie das
Schmuckkästchen fester. Wie berauschend lustig war ihr Geheimnis!»

Herr Bigger faltete die Hände und drückte sie dramatisch
auf sein Herz. Er unterhielt sich prächtig. Er wandte seine
lange Fuchsnase dem Herrn des Landsitzes zu und lächelte
wohlwollend. Der Herr des Landsitzes seinerseits war ganz
Ohr.

«Und dann?» fragte er.

Herr Bigger nahm die Hände auseinander und ließ sie auf
seine Knie fallen.

"Well," he said, "the gondola draws up at Giango-lini's door, Lord Hurtmore helps his wife out, leads her up to the painter's great room on the first floor, commits her into his charge with his usual polite formula, and then goes off to hear Galuppi's morning concert at the Misericordia. The lovers have a good two hours to make their final preparations.

"Old Pantaloon safely out of sight, up pops the painter's useful friend, masked and cloaked like every one else in the streets and on the canals of this carnival Venice. There follow embracements and handshakings and laughter all round; everything has been so marvellously successful, not a suspicion roused. From under Lady Hurtmore's cloak comes the jewel-case. She opens it, and there are loud Italian exclamations of astonishment and admiration. The brilliants, the pearls, the great Hurtmore emeralds, the ruby clasps, the diamond ear-rings – all these bright, glittering things are lovingly examined, knowingly handled. Fifty thousand sequins at the least is the estimate of the useful friend. The two lovers throw themselves ecstatically into one another's arms.

"The useful friend interrupts them; there are still a few last things to be done. They must go and sign for their passports at the Ministry of Police. Oh, a mere formality; but still it has to be done. He will go out at the same time and sell one of the lady's diamonds to provide the necessary funds for the journey."

Mr. Bigger paused to light a cigarette. He blew a cloud of smoke, and went on.

"So they set out, all in their masks and capes, the useful friend in one direction, the painter and his mistress in another. Ah, love in Venice!" Mr. Bigger turned up his eyes in ecstasy. "Have you ever been in Venice and in love, sir?" he inquired of the Lord of the Manor.

"Never farther than Dieppe," said the Lord of the Manor, shaking his head.

«Und dann», sagte er, «fährt die Gondel vor Giangolinis Tür vor, Lord Hurtmore hilft seiner Frau heraus, führt sie hinauf in den ersten Stock zu dem großen Zimmer des Malers, vertraut sie ihm mit seiner gewohnten höflichen Redensart an und geht dann fort, um Galuppis Morgenkonzert in der Misericordia zu hören. Die Liebenden haben reichlich zwei Stunden, um ihre letzten Vorbereitungen zu treffen.

Kaum ist der alte Pantalone zuverlässig außer Sicht, taucht des Malers nützlicher Freund auf, mit Maske und Mantel wie jedermann in den Straßen und auf den Kanälen Venedigs im Karneval. Es folgen Umarmungen und Händeschütteln und Gelächter aller Beteiligten; es hat ja alles so wunderbar geklappt, kein Verdacht ist aufgekommen. Unter Lady Hurtmores Mantel erscheint das Schmuckkästchen. Sie öffnet es, und es ertönen laute italienische Ausrufe des Erstaunens und der Bewunderung. Die Brillanten, die Perlen, die großen Hurtmore-Smaragde, die Rubinschnallen, die Diamantohrringe – alle diese leuchtenden, glitzernden Sachen werden liebevoll geprüft und mit Sachkenntnis befühlt. Mindestens fünfzigtausend Zechinen lautet die Schätzung des nützlichen Freundes. Die beiden Liebenden fallen sich ekstatisch in die Arme.

Der nützliche Freund unterbricht sie; es sind noch ein paar letzte Angelegenheiten zu erledigen. Sie müssen für ihre Pässe auf der Polizeiverwaltung unterschreiben. Oh, eine bloße Formalität, aber es muß doch geschehen. Er wird während dieser Zeit auch weggehen und einen von den Diamanten der Dame verkaufen, um das nötige Geld für die Reise zu beschaffen.»

Herr Bigger hielt inne, um sich eine Zigarette anzuzünden. Er stieß eine Rauchwolke aus und fuhr fort.

«So zogen sie los, alle in Maske und Überwurf, der nützliche Freund in die eine, der Maler und seine Geliebte in die andere Richtung. Ach, Liebe in Venedig!» Herr Bigger verdrehte seine Augen vor Entzücken. «Waren Sie schon einmal in Venedig und verliebt?» fragte er den Herrn des Landsitzes.

«Ich war nie weiter als Dieppe», sagte der Herr des Landsitzes und schüttelte den Kopf.

"Ah, then you've missed one of life's great experiences. You can never fully and completely understand what must have been the sensations of little Lady Hurtmore and the artist as they glided down the long canals, gazing at one another through the eyeholes of their masks. Sometimes, perhaps, they kissed – though it would have been difficult to do that without unmasking, and there was always the danger that some one might have recognized their naked faces through the windows of their little cabin. No, on the whole," Mr. Bigger concluded reflectively, "I expect they confined themselves to looking at one another. But in Venice drowsing along the canals, one can almost be satisfied with looking – just looking."

He caressed the air with his hand and let his voice droop away into silence. He took two or three puffs at his cigarette without saying anything. When he went on, his voice was very quiet and even.

"About half an hour after they had gone, a gondola drew up at Giangolini's door and a man in a paper mask, wrapped in a black cloak and wearing on his head the inevitable three-cornered hat, got out and went upstairs to the painters's room. It was empty. The portrait smiled sweetly and a little fatuously from the easel. But no painter stood before it and the model's throne was untenanted. The long-nosed mask looked about the room with an expressionless curiosity. The wandering glance came to rest at last on the jewel-case that stood where the lovers had carelessly left it, open on the table. Deep-set and darkly shadowed behind the grotesque mask, the eyes dwelt long and fixedly on this object. Long-nosed Pulcinella seemed to be wrapped in meditation.

"A few minutes later there was the sound of footsteps on the stairs, of two voices laughing together. The masker turned away to look out of the window. Behind him the door opened noisily; drunk

«Oh, dann haben Sie eine der großen Erfahrungen des Lebens versäumt und können gar nicht voll und ganz nachempfinden, welche Gefühle die kleine Lady Hurtmore und den Künstler bewegt haben müssen, als sie die Kanäle entlangfuhren und einander durch die Augenlöcher ihrer Masken anblickten. Gelegentlich gaben sie sich vielleicht einen Kuß – obgleich es wohl schwierig war, das ohne Demaskierung zu tun, und dann bestand ja die Gefahr, daß jemand ihre enthüllten Gesichter durch die Fenster der kleinen Kabine hätte erkennen können. Nein, eigentlich», schloß Herr Bigger nachdenklich, «nehme ich an, daß die beiden sich darauf beschränkten, einander anzuschauen. Aber wenn man in Venedig verträumt durch die Kanäle gleitet, kann man fast schon mit Schauen zufrieden sein – mit dem bloßen Schauen.»

Er fuhr liebkosend mit der Hand durch die Luft und ließ seine Stimme langsam zum Schweigen verklingen. Er nahm zwei oder drei Züge aus der Zigarette, ohne etwas zu sagen. Als er fortfuhr, war seine Stimme sehr ruhig und gleichmäßig.

«Ungefähr eine halbe Stunde nach ihrem Weggang fuhr eine Gondel an Giangolinis Tür vor, und ein Mann mit einer Pappmaske, der in einen schwarzen Mantel gehüllt war und auf dem Kopf den unvermeidlichen Dreispitz trug, stieg aus und ging hinauf in das Zimmer des Malers. Es war leer. Das Portrait lächelte lieblich und ein wenig einfältig von der Staffelei. Aber kein Maler stand davor, und der Modellstuhl war unbesetzt. Die langnasige Maske blickte mit ausdrucksloser Neugier im Raum umher.

Der schweifende Blick kam schließlich auf dem Schmuckkästchen zum Stillstand, das sich da befand, wo es die Liebenden achtlos gelassen hatten: offen auf dem Tisch. Die Augen, tiefliegend und dunkel beschattet hinter der grotesken Maske, verweilten lange und starr auf diesem Gegenstand. Der langnasige Pulcinella schien in Nachdenken versunken.

Wenige Minuten später war das Geräusch von Schritten auf der Treppe zu hören, dazu zweistimmiges Gelächter. Die Maske wandte sich ab und blickte aus dem Fenster. Hinter ihr öffnete sich geräuschvoll die Tür, und trunken vor Aufregung,

with excitement, with gay, laughable irresponsibility, the lovers burst in.

"'Aha, *caro amico!* Back already. What luck with the diamond?'

"The cloaked figure at the window did not stir; Giangolini rattled gaily on. There had been no trouble whatever about the signatures, no questions asked; he had the passports in his pocket. They could start at once.

"Lady Hurtmore suddenly began to laugh uncontrollably; she couldn't stop.

"'What's the matter?' asked Giangolini, laughing too.

"'I was thinking,' she gasped between the paroxysms of her mirth, 'I was thinking of old Pantaloon sitting at the Misericordia, solemn as an owl, listening' – she almost choked, and the words came out shrill and forced as though she were speaking through tears – 'listening to old Galuppi's boring old cantatas.'

"The man at the window turned round. 'Unfortunately, madam,' he said, 'the learned maestro was indisposed this morning. There was no concert.' He took off his mask. 'And so I took the liberty of returning earlier than usual.' The long, grey, unsmiling face of Lord Hurtmore confronted them.

"The lovers stared at him for a moment speechlessly. Lady Hurtmore put her hand to her heart; it had given a fearful jump, and she felt a horrible sensation in the pit of her stomach. Poor Giangolini had gone as white as his paper mask. Even in these days of *cicisbei*, of official gentlemen friends, there were cases on record of outraged and jealous husbands resorting to homicide. He was unarmed, but goodness only knew what weapons of destruction were concealed under that enigmatic black cloak. But Lord Hurtmore did nothing brutal or undignified. Gravely and calmly, as he did everything, he walked over to the table, picked

vor lustiger, alberner Leichtsinnigkeit, platzten die Liebenden herein.

‹Haha, caro amico! Schon zurück. Wie ging's mit dem Diamanten?›

Die verhüllte Gestalt am Fenster rührte sich nicht; Giangolini plapperte lustig weiter. Es hatte keinerlei Schwierigkeiten mit den Unterschriften gegeben, es waren keine Fragen gestellt worden, er hatte die Pässe in der Tasche. Sie konnten sofort aufbrechen.

Plötzlich begann Lady Hurtmore unbeherrscht zu lachen; sie konnte nicht aufhören.

‹Was ist eigentlich los?› fragte Giangolini und lachte ebenfalls.

‹Ich dachte›, keuchte sie zwischen den Krämpfen ihrer Fröhlichkeit, ‹ich mußte gerade an den alten Pantalone denken, der jetzt in der Misericordia sitzt, feierlich wie eine Eule, und wie er› – sie erstickte beinahe, und die Worte kamen schrill und mühsam heraus, als spräche sie unter Tränen – ‹und wie er die langweiligen alten Kantaten vom alten Galuppi anhört.›

Der Mann am Fenster drehte sich um. ‹Bedauerlicherweise, Madame›, sagte er, ‹war der gelehrte Meister heute morgen indisponiert. Das Konzert ist ausgefallen.› Er nahm seine Maske ab. ‹Deshalb war ich so frei, früher als gewöhnlich zurückzukehren.› Das lange, graue, nie lächelnde Gesicht Lord Hurtmores war vor ihnen.

Die Liebenden starrten ihn einen Augenblick lang sprachlos an. Lady Hurtmore legte die Hand auf ihr Herz; es hatte einen schrecklichen Sprung getan, und in der Magengrube hatte sie ein entsetzliches Gefühl. Der arme Giangolini war weiß geworden wie seine Pappmaske. Selbst in jenen Tagen der Cicisbei, der offiziellen Hausfreunde, berichtete man Fälle von beleidigten und eifersüchtigen Ehemännern, die zu Totschlag geführt hatten. Er war unbewaffnet, und der Himmel mochte wissen, welche Mordwaffen unter dem geheimnisvollen schwarzen Mantel verborgen waren. Aber Lord Hurtmore tat nichts Unbesonnenes oder Unwürdiges. Ernst und ruhig, wie er alles tat, ging er zum Tisch, nahm das Schmuckkästchen,

up the jewel-case, closed it with the greatest care, and saying, 'My box, I think,' put it in his pocket and walked out of the room. The lovers were left looking questioningly at one another."

There was a silence.

"What happened then?" asked the Lord of the Manor.

"The anti-climax," Mr. Bigger replied, shaking his head mournfully. "Giangolini had bargained to elope with fifty thousand sequins. Lady Hurtmore didn't, on reflection, much relish the idea of love in a cottage. Woman's place, she decided at last, is the home – with the family jewels. But would Lord Hurtmore see the matter in precisely the same light? That was the question, the alarming, disquieting question. She decided to go and see for herself.

"She got back just in time for dinner. 'His Illustrissimous Excellency is waiting in the dining-room,' said the major-domo. The tall doors were flung open before her; she swam in majestically, chin held high – but with what a terror in her soul! Her husband was standing by the fireplace. He advanced to meet her.

"'I was expecting you, madam,' he said, and led her to her place.

"That was the only reference he ever made to the incident. In the afternoon he sent a servant to fetch the portrait from the painter's studio. It formed part of their baggage when, a month later, they set out for England. The story has been passed down with the picture from one generation to the next. I had it from an old friend of the family when I bought the portrait last year."

Mr. Bigger threw his cigarette end into the grate. He flattered himself that he had told that tale very well.

"Very interesting," said the Lord of the Manor, "very interesting indeed. Quite historical, isn't it?

schloß es mit größter Sorgfalt, und indem er sagte ‹Das ist wohl mein Kasten› steckte er es in die Tasche und verließ den Raum. Die Liebenden blieben allein und blickten einander fragend an.»

Eine Pause trat ein.

«Und was kam dann?» fragte schließlich der Herr des Landsitzes.

«Die Ernüchterung», entgegnete Herr Bigger, indem er traurig den Kopf schüttelte. «Giangolini hatte darauf gerechnet, mit fünfzigtausend Zechinen durchzugehen. Und Lady Hurtmore fand bei näherer Betrachtung an der Vorstellung von der Liebe in einer Hütte wenig Geschmack. Der Platz der Frau, so entschied sie schließlich, ist daheim – beim Familienschmuck. Aber würde Lord Hurtmore die Angelegenheit im gleichen Lichte sehen? Das war die Frage, die beunruhigende, die verwirrende Frage. Sie beschloß, hinzugehen und sich selbst zu überzeugen.

Sie kam gerade rechtzeitig zum Mittagessen zurück. ‹Seine Durchlauchtigste Exzellenz warten bereits im Speisezimmer›, sagte der Haushofmeister. Die hohen Türen wurden vor ihr aufgerissen; majestätisch rauschte sie hinein, mit hocherhobenem Kinn – aber mit welch einer Furcht im Herzen! Ihr Gatte stand am Kamin. Er ging ihr entgegen.

‹Ich habe Euch erwartet, Madame›, sagte er und führte sie an ihren Platz.

Das war die einzige Anspielung, die er jemals auf den Zwischenfall machte. Am Nachmittag schickte er einen Diener, um das Portrait aus dem Atelier des Malers holen zu lassen. Es war in ihrem Gepäck, als sie einen Monat später nach England abreisten. Die Geschichte ist mit dem Gemälde von einer Generation auf die andere gekommen. Ich hörte sie von einem alten Freund der Familie, als ich das Portrait im vergangenen Jahr kaufte.»

Herr Bigger warf den Zigarettenstummel in den Kaminrost. Er schmeichelte sich, die Geschichte sehr gut vorgetragen zu haben.

«Sehr interessant», sagte der Herr des Landsitzes, «wirklich sehr interessant. Ziemlich historisch, nicht wahr? Mit Nell

One could hardly do better with Nell Gwynn or Anne Boleyn, could one?"

Mr. Bigger smiled vaguely, distantly. He was thinking of Venice – the Russian countess staying in his pension, the tufted tree in the courtyard outside his bedroom, that strong, hot scent she used (it made you catch your breath when you first smelt it), and there was the bathing on the Lido, and the gondola, and the dome of the Salute against the hazy sky, looking just as it looked when Guardi painted it. How enormously long ago and far away it all seemed now! He was hardly more than a boy then; it had been his first great adventure. He woke up with a start from his reverie.

The Lord of the Manor was speaking. "How much, now, would you want for that picture?" he asked. His tone was detached, off-hand; he was a rare one for bargaining.

"Well," said Mr. Bigger, quitting with reluctance the Russian countess, the paradisiacal Venice of five-and-twenty years ago, "I've asked as much as a thousand for less important works than this. But I don't mind letting this go to you for seven-fifty."

The Lord of the Manor whistled. "Seven-fifty?" he repeated. "It's too much."

"But, my dear sir," Mr. Bigger protested, "think what you'd have to pay for a Rembrandt of this size and quality – twenty thousand at least. Seven hundred and fifty isn't at all too much. On the contrary, it's very little considering the importance of the picture you're getting. You have a good enough judgment to see that this is a very fine work of art."

"Oh, I'm not denying that," said the Lord of the Manor. "All I say is that seven-fifty's a lot of money. Whe-ew! I'm glad my daughter does sketching. Think if I'd had to furnish the bedrooms with pictures at seven-fifty a time!" He laughed.

Mr. Bigger smiled. "You must also remember," he

Gwynn und Anne Boleyn könnte man wohl kaum besser fahren, oder?»

Herr Bigger lächelte unbestimmt, abwesend. Er dachte an Venedig – an die russische Gräfin in seiner Pension, an den buschigen Baum im Hof vor seinem Schlafzimmer, an das starke, heiße Parfum, das sie benutzte (es ließ einem den Atem stocken, wenn man es zum ersten Mal spürte). Und dann das Baden am Lido, und die Gondel, und die Kuppel von Santa Maria della Salute gegen den dunstigen Himmel, genau wie einst, als Guardi sie gemalt hatte. Wie unerhört lang her und weit weg schien das jetzt alles! Er war damals noch fast ein Knabe gewesen; es hatte sein erstes Abenteuer bedeutet. Mit einem Ruck wachte er aus seiner Träumerei auf.

Der Herr des Landsitzes sprach schon weiter. «Wieviel würden Sie denn nun für das Bild verlangen?» fragte er. Seine Stimme klang sachlich und ungezwungen; er war ein ungewöhnlich geschickter Händler.

«Nun», sagte Herr Bigger und verließ widerwillig die russische Gräfin und das paradiesische Venedig von vor fünfundzwanzig Jahren, «ich habe schon für weniger bedeutende Werke als dieses tausend verlangt. Aber ich wäre bereit, es Ihnen für siebenfünf abzulassen.»

Der Herr des Landsitzes pfiff. «Siebenfünf?» wiederholte er. «Das ist zuviel.»

«Aber, mein lieber Herr», protestierte Herr Bigger, «bedenken Sie, was Sie für einen Rembrandt von dieser Größe und Qualität ausgeben müßten – zwanzigtausend mindestens. Siebenhundertundfünfzig ist durchaus nicht zuviel. Im Gegenteil, es ist wenig, wenn Sie die Bedeutung des Gemäldes bedenken, das Sie bekommen. Ihr Urteil ist gut genug, um Sie erkennen zu lassen, daß es ein besonders schönes Kunstwerk ist.»

«Oh, das bestreite ich nicht», sagte der Herr des Landsitzes. «Ich sage nur, daß siebenfünf eine Menge Geld ist. Auweh, ich bin nur froh, daß meine Tochter ein bißchen zeichnet. Wenn ich mir vorstelle, ich müßte die Schlafzimmer mit Bildern zu siebenfünf je Stück einrichten!» Er lachte.

Herr Bigger lächelte. «Sie müssen auch bedenken», sagte er,

said, "that you're making a very good investment. Late Venetians are going up. If I had any capital to spare – –" The door opened and Miss Pratt's blonde and frizzy head popped in.

"Mr. Crowley wants to know if he can see you, Mr. Bigger."

Mr. Bigger frowned. "Tell him to wait," he said irritably. He coughed and turned back to the Lord of the Manor. "If I had any capital to spare, I'd put it all into late Venetians. Every penny."

He wondered, as he said the words, how often he had told people that he'd put all his capital, if he had any, into primitive cubism, nigger sculpture, Japanese prints. . . .

In the end the Lord of the Manor wrote him a cheque for six hundred and eighty.

"You might let me have a typewritten copy of the story," he said, as he put on his hat. "It would be a good tale to tell one's guests at dinner, don't you think? I'd like to have the details quite correct."

"Oh, of course, of course," said Mr. Bigger, "the details are most important."

He ushered the little round man to the door. "Good morning. Good morning." He was gone.

A tall, pale youth with side whiskers appeared in the doorway. His eyes were dark and melancholy ; his expression, his general appearance, were romantic and at the same time a little pitiable. It was young Crowley, the painter.

"Sorry to have kept you waiting," said Mr. Bigger. "What did you want to see me for?"

Mr. Crowley looked embarrassed, he hesitated. How he hated having to do this sort of thing! "The fact is," he said at last, "I'm horribly short of money. I wondered if perhaps you wouldn't mind – if it would be convenient to you – to pay me for that thing I did for you the other day. I'm awfully sorry to bother you like this."

«daß Sie eine gute Investierung machen. Späte Venezianer sind im Steigen. Wenn ich irgendwelches flüssiges Kapital hätte...» Die Tür ging auf und Fräulein Pratts blonder Lockenkopf tauchte auf.

«Herr Crowley fragt, ob er Sie sprechen kann, Herr Bigger.»

Herr Bigger runzelte die Stirn. «Sagen Sie ihm, er soll warten», erklärte er gereizt. Er hüstelte und wandte sich wieder dem Herrn des Landsitzes zu: «Wenn ich irgendwelches flüssiges Kapital hätte, würde ich alles in späten Venezianern anlegen. Jeden Penny.»

Während er diese Worte sprach, bedachte er bei sich, wie oft er wohl den Leuten schon gesagt hatte, daß er sein ganzes Kapital, wenn er welches hätte, in frühe Kubisten, Negerskulpturen oder japanische Holzschnitte stecken würde...

Letzten Endes schrieb ihm der Herr des Landsitzes einen Scheck über sechshundertachtzig aus.

«Sie könnten mir eine getippte Abschrift der Geschichte schicken», sagte er, als er den Hut aufsetzte. «Das wäre was Nettes, um es Gästen bei Tisch zu erzählen, meinen Sie nicht auch? Ich würde die Einzelheiten gerne ganz genau haben.»

«Oh, selbstverständlich, selbstverständlich», sagte Herr Bigger, «die Einzelheiten sind sehr wichtig.»

Er führte den kleinen rundlichen Mann zur Tür. «Guten Morgen. Guten Morgen.» Weg war er.

Ein großer, bleicher Jüngling mit Koteletten erschien im Eingang. Seine Augen waren dunkel und melancholisch, sein Gesichtsausdruck und seine ganze Erscheinung romantisch und zugleich ein wenig erbärmlich. Es war der junge Crowley, der Maler.

«Tut mir leid, daß ich Sie warten ließ», sagte Herr Bigger. «Was führt Sie zu mir?»

Herr Crowley schien verwirrt, er zögerte. Wie haßte er es, so etwas tun zu müssen! «Die Sache ist die», sagte er schließlich, «ich bin furchtbar knapp mit Geld. Ich habe gedacht, vielleicht würde es Ihnen nichts ausmachen... würde es Ihnen recht sein... mir das Geld für das Ding zu geben, das ich neulich für Sie gemacht habe. Es tut mir schrecklich leid, Sie so zu belästigen.»

"Not at all, my dear fellow." Mr. Bigger felt sorry for this wretched creature who didn't know how to look after himself. Poor young Crowley was as helpless as a baby. "How much did we settle it was to be?"

"Twenty pounds, I think it was," said Mr. Crowley timidly.

Mr. Bigger took out his pocket-book. "We'll make it twenty-five," he said.

"Oh no, really, I couldn't. Thanks very much." Mr. Crowley blushed like a girl. "I suppose you wouldn't like to have a show of some of my landscapes, would you?" he asked, emboldened by Mr. Bigger's air of benevolence.

"No, no. Nothing of your own." Mr. Bigger shook his head inexorably.

"There's no money in modern stuff. But I'll take any number of those sham Old Masters of yours." He drummed with his fingers on Lady Hurtmore's sleekly painted shoulder. "Try another Venetian," he added. "This one was a great success."

Patricia K. Page: The Green Bird

I cannot escape the fascination of doors, the weight of unknown people who drive me into myself and pin me with their personalities. Nor can I resist the desire to be led through shutters and impaled on strange living-room chairs.

Therefore when Ernest stood very squarely on his feet and said: "I'm going to call on Mrs. Rowan today and I hope you will come," I said "Yes." The desire to be trapped by old Mrs. Rowan was stronger than any other feeling. Her door was particularly attractive – set solid and dark in her solid, dark house. I had passed by often and seen no sign of life there – no

«Aber gar nicht, lieber Freund.» Herr Bigger hatte Mitleid mit diesem elenden Geschöpf, das nicht imstande war, für sich selbst zu sorgen. Der arme junge Crowley war hilflos wie ein Kind. «Auf wieviel hatten wir uns denn geeinigt?»

«Zwanzig Pfund waren es, glaube ich», sagte Herr Crowley schüchtern.

Herr Bigger zog sein Notizbuch. «Na, sagen wir fünfundzwanzig», erklärte er.

«Oh nein, wirklich, das kann ich nicht annehmen. Vielen Dank.» Herr Crowley errötete wie ein Mädchen. «Sie wollen nicht zufällig ein paar von meinen Landschaften ansehen?» fragte er, mutig gemacht durch Herrn Biggers wohlwollende Art.

«Nein, nein. Nichts von Ihren eigenen Sachen.» Herr Bigger schüttelte unerbittlich den Kopf.

«In dem modernen Kram steckt kein Geld. Aber ich nehme Ihnen jede Menge von Ihren falschen alten Meistern hier ab.» Er trommelte mit den Fingern auf Lady Hurtmores glatt gemalte Schulter. «Versuchen Sie es noch einmal mit einem Venezianer», setzte er hinzu. «Dieser hier war ein großer Erfolg.»

Patricia K. Page: Der grüne Vogel

Ich kann dem Zauber von Türen nicht entrinnen, nicht der Anziehungskraft unbekannter Menschen, die mich bezwingen und mit ihren Eigenheiten fesseln. Noch kann ich dem Wunsch widerstehen, hinter geschlossene Rolläden gelockt und auf seltsamen Wohnzimmersesseln festgenagelt zu werden.

Als daher Ernest sich entschlossen vor mir aufstellte und sagte: «Ich werde heute Frau Rowan besuchen, und ich hoffe, du kommst mit», sagte ich: «Ja.» Das Verlangen, der alten Frau Rowan in die Falle zu gehen, war stärker als jedes andere Gefühl. Ihre Tür war ungewöhnlich anziehend – massiv gefügt und düster in ihrem massiven, düsteren Haus. Ich war oft vorbeigegangen und hatte dort kein Anzeichen von Leben

hand at a window, no small movement of the handle of the door.

We rang the bell. A man-servant, smiling, white-coated, drew us in, took our coats, showed us into the living-room.

"So it is this," I said to Ernest.

"Beg your pardon?" He crossed his knees carefully, jerked back his neck with the abstracted manner of the public speaker being introduced, leaned his young black head on Mrs. Rowan's air.

"It is this," I said. "No ash trays," I said.

"But I don't smoke," said Ernest.

Mrs. Rowan came then. There were dark bands holding a child's face on to a forgotten body. She sat as though she were our guest and we had embarrassed her.

Ernest handled the conversation with an Oriental formality aided by daguerreotype gestures. Mrs. Rowan responded to him – a child under grey hair, above the large, loose, shambling torso. She talked of candy and birthday cake. She said she didn't like radios.

I said "Music", and looked about startled as if someone else had said it, suddenly imagining the horror of music sounding in this motionless house.

She said, "But you do miss hearing famous speakers. I once heard Hitler when I was in a taxi." She said, "We will only sit here a little longer and then we will go upstairs, I have an invalid up there who likes to pour tea."

I felt the sick-room atmosphere in my lungs and my longing to escape was a strong hand pushing me towards it. I imagined the whole upstairs white and dim, with disease crowding out the light.

Mrs. Rowan said, "We will go now," and we rose, unable to protest had we wished, and followed her up the carpeted stairs and into a front room where

gesehen – keine Hand am Fenster, keine kleine Bewegung des Türgriffs.

Wir zogen die Glocke. Ein lächelnder weißbefrackter Hausdiener zog uns hinein, nahm uns die Mäntel ab und führte uns ins Wohnzimmer.

«Das wär's also», sagte ich zu Ernest.

«Wie bitte?» Er kreuzte sorgfältig ein Bein über das andere, fuhr mit dem Kopf auf in der zerstreuten Art des öffentlichen Redners, der soeben vorgestellt wird, und lehnte sein junges dunkles Haupt in die Atmosphäre der Frau Rowan.

«Das wär's», sagte ich. «Keine Aschenbecher», sagte ich.

«Aber ich rauche nicht», sagte Ernest.

Und dann kam Frau Rowan. Dunkle Bänder hielten ein Kindergesicht fest auf einem vergessenen Körper. Sie setzte sich, als ob sie unser Gast wäre und wir sie in Verlegenheit gebracht hätten.

Ernest führte die Unterhaltung mit orientalischer Förmlichkeit, die er durch starre Gebärden unterstrich. Frau Rowan antwortete ihm – ein Kind unter grauem Haar auf einem mächtigen, schlaffen torkelnden Rumpf. Sie redete über Konfekt und Geburtstagskuchen. Sie sagte, daß sie Radios nicht leiden könne.

Ich sagte «Musik» und sah mich rasch um, als ob jemand anderes das gesagt hätte, denn ich stellte mir plötzlich vor, wie schauerlich Musik in diesem lautlosen Haus klingen würde.

Sie sagte: «Aber man vermißt doch, berühmte Redner zu hören. Ich habe einmal Hitler gehört, als ich in einem Taxi war.» Sie sagte: «Wir wollen nur noch kurz hier sitzenbleiben, und dann wollen wir nach oben gehen. Ich habe dort eine Invalidin, die gerne Tee einschenkt.»

Ich fühlte den Geruch des Krankenzimmers in meinen Lungen, und der Drang zu entkommen war erst recht eine starke Hand, die mich hineinschob. Ich stellte mir dort oben alles weiß und halbdunkel vor, das Licht von Krankheit verdrängt.

Frau Rowan sagte: «Wir wollen jetzt gehen», und wir erhoben uns – unfähig zu protestieren, selbst wenn wir's gewollt hätten – und folgten ihr die teppichbelegte Treppe

a teatable was set up. There was a large silent figure in a chair.

"Miss Price, the invalid," Mrs. Rowan said, "insists on pouring the tea. She likes it. It gives her pleasure." The figure in the chair moved only her eyes, staring first at Ernest and then at me. Her face was lifeless as a plate. Mrs. Rowan continued to talk about her. "She's been with me a long time," she said. "Poor dear." And then, "It's quite all right. Her nurse is right next door."

She introduced us. Miss Price sucked in the corners of her mouth and inclined her head slightly with each introduction. The white-coated, grinning man-servant brought in the tea.

"You can pour it now," said Mrs. Rowan, and Miss Price began, slowly, faultlessly, with the corners of her mouth sucked in and her eyes dark and long as seeds. She paid no attention to what we said about sugar and cream. She finished and folded her arms, watched us without expression.

Mrs. Rowan passed the cakestand. "You eat these first", she said, pointing to the sandwiches; "these second", pointing to some cookies; "and this last", indicating fruit cake. My cup rattled a little.

I pretended to drink my tea, but felt a nausea – the cup seemed dirty. Ernest leaned back in his chair, said, "Delicious tea." Miss Price sat with her arms folded; there was no indication of life except in the glimmer of her seed eyes.

"Dear," said Mrs. Rowan suddenly but without concern, "you haven't poured yourself a cup."

Miss Price sucked in her mouth, looked down into her lap; her face was hurt.

"No," I said. "You must have a cup too." I laughed by mistake.

Miss Price looked up at me, flicked her eyes at mine with a quick glance of conspiracy and laughed too, in complete silence. Mrs. Rowan passed her a cup and

hinauf in ein Zimmer, das zur Straße hin lag; darin war ein Teetisch aufgestellt. In einem Sessel war eine große schweigsame Gestalt.

«Fräulein Price, die Invalidin», sagte Frau Rowan, «besteht darauf, den Tee einzuschenken. Sie hat es gern. Es bereitet ihr Vergnügen.» Die Gestalt in dem Sessel bewegte nur die Augen und starrte zuerst Ernest an und dann mich. Ihr Gesicht war leblos wie ein Teller. Frau Rowan fuhr fort, über sie zu sprechen. «Sie ist schon seit langer Zeit bei mir», sagte sie. «Die Arme.» Und dann: «Aber keine Sorge! Ihre Wärterin ist gleich nebenan.» Sie stellte uns vor. Fräulein Price sog ihre Mundwinkel ein und neigte bei jeder Vorstellung leicht den Kopf. Der weißbefrackte grinsende Hausdiener brachte den Tee herein.

«Du kannst jetzt einschenken», sagte Frau Rowan, und Fräulein Price begann, langsam und fehlerlos mit eingesogenen Mundwinkeln und mit Augen, die dunkel und schmal wie Samenkörner waren. Sie beachtete nicht, was wir wegen Zucker und Sahne sagten. Nun war sie fertig, verschränkte ihre Arme und beobachtete uns ausdruckslos.

Frau Rowan reichte den Kuchenständer herum. «Essen Sie das zuerst», sagte sie und zeigte auf die Sandwiches; «dieses als zweites», indem sie auf etwas Gebäck zeigte; «und das zuletzt», auf das Früchtebrot weisend. Meine Tasse klirrte ein wenig.

Ich tat so, als tränke ich meinen Tee; ich ekelte mich jedoch – die Tasse schien nicht sauber. Ernest lehnte sich zurück in seinen Sessel, sagte: «Köstlicher Tee.» Fräulein Price saß mit verschränkten Armen; kein Anzeichen von Leben war an ihr, außer im Glimmern ihrer Samenaugen.

«Meine Liebe», sagte Frau Rowan plötzlich, aber ohne Teilnahme, «du hast dir selbst keine Tasse eingeschenkt.»

Fräulein Price sog an ihrem Mund und blickte in den Schoß; ihr Gesicht war gekränkt.

«Nein», sagte ich. «Sie müssen auch eine Tasse haben.» Ich lachte aus Versehen.

Fräulein Price schaute zu mir auf. Ihre Augen huschten mit schnellem Verschwörerblick über die meinen, und sie lachte auch, vollkommen lautlos. Frau Rowan reichte ihr eine Tasse,

she poured her own tea solemnly and folded her arms again.

"Before you go," Mrs. Rowan said, "I'd like to give you a book – one of mine. Which one would you like?"

"Why," I said, looking at the cakestand which had never been passed again and stood with all the food untouched but for the two sandwiches Ernest and I had taken, "why –". I wondered what I could say. I had no idea she wrote. "Why," I said again and desperately, "I should like most the one you like most."

Miss Price flicked her eyes at me again and her body heaved with dreadful silent laughter.

"I like them all," Mrs. Rowan said. "There are some that are written about things that happened in 300 B. C. and some written about things that happened three minutes ago. I'll get them," she said, and went.

Ernest was carefully balancing his saucer on his knee, sitting very straight. There was no sound in the entire house.

"I hope you are feeling better, Miss Price," Ernest said.

I saw the immense silent body heave again, this time with sobs. Dreadful silent sobs. And then it spoke for the first time. "They cut off both my legs three years ago. I'm nothing but a stump." And the sobbing grew deeper, longer.

I looked at Ernest. I heard my own voice saying, "Such a lovely place to live, this – so central. You can see everything from this room. It looks right out on the street. You can see everything."

Miss Price was still now, her face expressionless, as if it had happened years before. "Yes," she said.

"The parades," I said.

"Yes, the parades. My nephew's in the war."

"I'm sorry," Ernest said.

"He was wounded at Ypres. My sister heard last

und feierlich goß sie sich selber Tee ein und verschränkte wieder die Arme.

«Bevor Sie gehen», sagte Frau Rowan, «würde ich Ihnen gerne ein Buch geben – eins von mir. Welches hätten Sie gerne?»

«Nun», sagte ich und sah auf den Kuchenständer, der nicht wieder herumgegangen war und mit all den unangetasteten Sachen da stand, außer den beiden Sandwiches, die Ernest und ich genommen hatten, «nun...». Ich wußte nicht recht, was ich sagen sollte. Ich ahnte nicht, daß sie schrieb. «Nun», wiederholte ich verzweifelt, «am liebsten hätte ich das, welches Ihnen am liebsten ist.»

Fräulein Price warf mir wieder einen schnellen Blick zu, und ihr Körper wogte vor entsetzlich lautlosem Lachen.

«Ich mag sie alle», sagte Frau Rowan. «Einige handeln von Dingen, die 300 Jahre vor Christus geschahen, und einige handeln von Dingen, die vor drei Minuten geschahen. Ich werde sie holen», sagte sie und ging.

Ernest balancierte vorsichtig die Untertasse auf seinem Knie und saß dabei sehr aufrecht. Im ganzen Haus war kein Laut zu hören.

«Ich hoffe, es geht Ihnen wieder besser, Fräulein Price», sagte Ernest.

Ich sah, wie der riesige stumme Körper wieder ins Wogen kam, diesmal unter Schluchzen. Entsetzlich lautlosem Schluchzen. Und dann sprach er zum ersten Mal. «Man hat mir vor drei Jahren beide Beine abgeschnitten. Ich bin nur noch ein Stumpf.» Das Schluchzen nahm zu, wurde tiefer und länger.

Ich sah Ernest an. Ich hörte meine eigene Stimme sagen: «Was für eine reizende Wohngegend, hier – so zentral. Sie können alles von diesem Zimmer aus sehen. Es geht direkt auf die Straße. Sie können alles sehen.»

Fräulein Price hatte sich jetzt beruhigt. Ihr Gesicht war ausdruckslos, als wäre es vor Jahren passiert. «Ja», sagte sie.

«Die Paraden», sagte ich.

«Ja, die Paraden. Mein Neffe ist im Krieg.»

«Das tut mir leid», sagte Ernest.

«Er wurde in Ypern verwundet. Meine Schwester erfuhr es

week." Her arms were folded. Her cup of tea was untouched before her, the cream in a thick scum on the surface.

"Now, here," Mrs. Rowan came in, her arms full of books – like a child behind the weight of flesh – covetous of the books – of the form of the books, spreading them about her, never once opening their covers. "Which one would you like?" she asked.

"This," I said. "The colour of its cover will go with my room."

"What a pretty thought," Mrs Rowan said, and for some reason my eyes were drawn to Miss Price, knowing they would find her heaving with that silent laughter that turned her eyes to seeds.

"We must go," said Ernest suddenly. He put down his cup and stood up. I tucked the book under my arm and crossed to Miss Price. "Good-bye," I said, and shook hands. Her seed eyes seemed underneath the earth. She held on to my hand, I felt as if I was held down in soil. Ernest said, "Good-bye, Miss Price," and held out his hand, but hers still clutched mine. She beckoned to Mrs. Rowan and whispered, "The birds. I want to give her a bird," and then to me, "I want to give you a bird."

Mrs. Rowan walked into the next room and returned with a paper bag. Miss Price released my hand and dug down into the bag with shelving fingers. "No, not these," she said angrily. "These are green."

"They're the only ones," Mrs. Rowan said. "The others have all gone."

"I don't like them," said Miss Price, holding one out on a beaded cord. It was stuffed green serge, dotted with red bead work, and two red cherries hung from its mouth. "It's paddy green," she said disgustedly, and sucked in the corners of her mouth.

"Never mind," I said. "It's lovely, and paddy green goes with my name. I'm Patricia, you see, and they

letzte Woche.» Ihre Arme waren verschränkt. Ihre Tasse Tee stand unangetastet vor ihr mit der Sahne als dichtem Schaum obenauf.

«Hier also.» Frau Rowan kam herein, die Arme übervoll mit Büchern – wie ein Kind hinter massigem Fleisch – lüstern auf die Bücher – auf die Gestalt der Bücher, die sie um sich ausbreitete, ohne sie jemals aufzuschlagen. «Welches hätten Sie gerne?» fragte sie.

«Dieses», sagte ich. «Die Farbe des Umschlags wird in mein Zimmer passen.»

«Was für ein hübscher Gedanke», sagte Frau Rowan, und aus irgend einem Grund wurde mein Blick auf Fräulein Price gezogen, in der Vorstellung, sie wieder wogen zu sehen mit jenem lautlosen Lachen, das ihre Augen in Samenkörner verwandelte.

«Wir müssen gehen», sagte Ernest plötzlich. Er stellte seine Tasse hin und stand auf. Ich klemmte das Buch unter den Arm und wandte mich zu Fräulein Price. «Auf Wiedersehen», sagte ich und reichte ihr die Hand. Ihre Samenaugen schienen in der Erde zu liegen. Sie hielt meine Hand, mir war, als würde ich im Boden festgehalten. Ernest sagte: «Auf Wiedersehen, Fräulein Price», und streckte seine Hand vor, aber ihre hielt meine noch umklammert. Sie gab Frau Rowan ein Zeichen und flüsterte: «Die Vögel. Ich möchte ihr einen Vogel geben», und dann zu mir: «Ich möchte Ihnen einen Vogel geben.»

Frau Rowan ging ins Nebenzimmer und kam mit einer Papiertüte zurück. Fräulein Price ließ meine Hand los und fuhr mit gespreizten Fingern in die Tüte. «Nein, nicht diese», sagte sie ärgerlich. «Die hier sind grün.»

«Es sind die einzigen», sagte Frau Rowan. «Die anderen sind schon alle weg.»

«Ich mag sie nicht», sagte Fräulein Price und hielt einen an einer Perlenschnur. Er war aus grüner Serge, ausgestopft und mit roter Perlenarbeit besetzt. Zwei rote Kirschen hingen aus seinem Schnabel. «Er ist paddy-grün, irisch-grün», sagte sie angewidert und sog ihre Mundwinkel ein.

«Das macht nichts», sagte ich. «Er ist entzückend, und irisch-grün paßt zu meinem Namen. Ich heiße Patricia, sehen

sometimes call me Paddy." I stood back in astonishment at my own sentences, and Miss Price gave an enormous shrug, which, for the moment, until she released it, made her fill the room. And then, "God!" she said, "what a name!" The scorn in her voice shrivelled us. When I looked back at her as I left she had fallen into her silent, shapeless laughter.

Mrs. Rowan showed us downstairs and called the man-servant to see us out. She stood like a child at the foot of the stairs and waved to us every few minutes as the grinning white-coated houseman helped us into our coats.

"You must come again and let Miss Price pour tea for you. It gives her such pleasure."

Outside, on the step, I began to laugh. I had been impaled and had escaped. My laughter went on and on. It was loud, the people in the street stared at me.

Ernest looked at me with disapproval. "What do you find so funny?" he asked.

What? What indeed? There was nothing funny at all. Nothing anywhere. But I poked about for an answer.

"Why, this," I said, holding the bird by its beaded cord. "This, of course."

He looked at it a long time. "Yes," he said, seriously. "Yes, I suppose it is quaint," and he smiled.

It was as though a pearl was smiling.

Douglas Spettigue: The Haying

My father said sometimes a man comes to change his way of thinking. He said that just this morning when haying was still the same and he couldn't have known how it was going to be. Because this morning haying meant circles of haycocks in a sunny field, clover smells and dust motes in the barn. But Van

Sie, und manchmal werde ich Paddy genannt.» Ich trat zurück, verwundert über meine eigenen Sätze, und Fräulein Price zog gewaltig ihre Schultern hoch, was sie für den Augenblick, bis sie sie wieder löste, das ganze Zimmer ausfüllen ließ. Und dann: «Gott!» sagte sie, «was für ein Name!» Die Verachtung in ihrer Stimme machte uns hilflos. Als ich beim Hinausgehen zu ihr zurücksah, da war sie wieder in ihr schweigsames, gestaltloses Lachen zurückgefallen.

Frau Rowan begleitete uns nach unten und rief den Diener, er möge uns hinausführen. Sie stand wie ein Kind am Fuße der Treppe und winkte alle paar Minuten, während uns der grinsende weißbefrackte Bedienstete in die Mäntel half.

«Sie müssen wiederkommen und sich von Fräulein Price Tee einschenken lassen. Es bereitet ihr so viel Vergnügen.»

Draußen auf der Schwelle begann ich zu lachen. Ich war festgenagelt worden und war entronnen. Mein Gelächter hörte und hörte nicht auf. Es war laut, die Leute in der Straße starrten auf mich.

Ernest sah mich mißbilligend an. «Was findest du so lustig?» fragte er.

Was? Ja wirklich, was? Es gab gar nichts Lustiges. Überhaupt nirgendwo. Doch ich suchte nach einer Antwort.

«Nun, das», sagte ich und hielt den Vogel an seiner Perlenschnur, «das natürlich.»

Er betrachtete ihn lange. «Ja», sagte er ernsthaft. «Ja, er ist vermutlich drollig», und er lächelte.

Es war, als ob eine Perle lächelte.

Douglas Spettigue: Die Heuernte

Mein Vater sagte, es soll vorkommen, daß ein Mann seine Einstellung ändert. Das sagte er erst heute früh, als Heuen noch wie immer war und er nicht wissen konnte, wie es werden würde. Denn Heuen, das hieß an diesem Morgen: Kreise aus Heuhaufen auf einem sonnigen Feld, Kleeduft und leuchtender Staub in der Scheune. Aber Van kam zurück, gegen Ende

*came back at the end of the morning, wanting a job
again, and haying is different now. Now it means
staring out hard at the rain and getting straight in
your mind how it used to be but not wanting to think
how it is.*

We had started as soon as the dew was off the hay
and had already got two loads in before Van came.
I drove and my father walked along beside and pitched
on. I could tell how long to stop each time without
even looking because my father always took three
forkfuls to a haycock. When it was piled too high on
the wagon my father would climb up and take the
reins and I would lie out flat in the hay while he drove
the team up to the barn. I would keep my eyes closed
and guess where we were by the sounds. First there
would be the soft puffy noise of their hoofs on the
sand coming out of the lane and then the hard
pounding when we came through the gate by the
barn; then the load would tip up at the front until
I would think I was going to fall right off and then just
in time there would be the really loud booming on the
barn floor when the team would level in and stop fast
with their noses to the boards at the end. I would slide
down between the load and the loft to unhitch them
and bring them around one at a time past the wagon
and hitch them to the pulley rope at the big door
before my father was ready with the unloading fork.
When he had the fork clamped in the load I would
drive out the team to pull up the pile of hay to the
mow. I could do that without looking, too, because
that was the way we always did it. My father said it
was the best way.

We were starting the third load when I said,
"There's Van," since I saw first, and I stopped the
team.

"Go on," my father said, "He's got a hundred
yards to come yet."

We went on working for fear of rain and my father

des Vormittags, und wollte wieder Arbeit haben, und jetzt
ist Heuen etwas anderes. Jetzt bedeutet es, angestrengt in
den Regen starren und sich im Kopf zurechtlegen, wie es
sonst immer war, aber nicht daran denken wollen, wie es
jetzt ist.

Wir hatten gleich begonnen, als kein Tau mehr auf dem Heu
lag, und wir hatten schon zwei Fuhren eingebracht, ehe Van
kam. Ich lenkte, und mein Vater ging neben dem Wagen her
und warf auf. Ohne auch nur hinzuschauen, wußte ich, wie
lange ich jedes Mal zu halten hatte, denn mein Vater braucht
für einen Heuhaufen immer drei Gabeln. Wenn der Wagen zu
hoch beladen war, kam mein Vater immer heraufgeklettert
und nahm die Zügel, und ich streckte mich dann flach ins Heu,
während er das Gespann in die Scheune fuhr. Ich hielt immer
die Augen geschlossen und erriet an den Geräuschen, wo wir
waren. Zuerst kam das sanfte Stoßen der Hufe im Sand, wenn
wir den Feldweg verließen, dann das harte Stampfen, wenn wir
durch das Gatter vor der Scheune fuhren. Gleich darauf kippte
die Fuhre vorne hoch, bis ich schon glaubte, ich müßte
hinunterfallen, und dann, gerade noch rechtzeitig, kam das
richtig laute Dröhnen auf dem Scheunenboden, wenn die
Pferde sie auf gleiche Höhe einzogen und schließlich mit den
Mäulern zur Bretterwand unbeweglich stehenblieben. Ich ließ
mich zwischen der Ladung und dem Heuboden hinunterglei-
ten, um sie auszuschirren, eines nach dem anderen am Wagen
vorbei hinauszuführen und sie an das Zugseil am großen Tor
zu spannen, noch bevor mein Vater mit der Entladegabel bereit
war. Hatte er die Gabel in der Ladung stecken, führte ich das
Gespann hinaus, damit das Fuder zum Schober hochgezogen
wurde. Auch das konnte ich, ohne hinzusehen, denn so
machten wir es immer. Mein Vater sagte, daß es so am besten
sei.

Wir begannen gerade mit der dritten Ladung, als ich sagte:
«Da ist Van», denn ich sah ihn zuerst, und ich ließ das Gespann
anhalten.

«Mach weiter», sagte mein Vater, «bis zu uns hat er noch
hundert Yards.»

Wir arbeiteten weiter, weil wir Regen befürchteten, und

talked out loud which meant he was surprised and trying to get straightened around. He said:

"Van couldn't have done so well in town or we wouldn't be seeing him again. I figured he'd find they didn't need an upholsterer in Orangeville but I'm surprised he held out so long.

Well, we'll see if he's learned anything. Sometimes a man comes to change his way of thinking."

I remember how he said it and what else he said before Van came near. And I agreed because I didn't care for Van either but I figured we ought to keep him for the haying. I said so to my father and he said yes, that was what we would do. Because we wouldn't want him around in winter, he said, with a temper like his. Sooner or later he would burn the barn down, my father said.

If only he had. If he had just burned down the barn so that now I couldn't be sitting at the big door and looking out at the rain. So I couldn't see my mother running out to the road and so there wouldn't be anything behind me in the loft.

Van was thin. When he came up to us he leaned against the wagon rack, staring at the horses, the field, and the sky and not saying a word, maybe figuring everything looked the way it was.

"We weren't counting on you for today, Van," my father told him, and that was all he said. Then he sent me to the barn for a fork and to the house to let my mother know for dinner.

My mother didn't say much. She didn't want Van back but she knew my father needed help with the haying.

"I can set another place as easy as not," she said, "so it makes no difference to me. But I favour leaving well enough alone as your father knows, and you can tell him he won't get all his hay in today anyhow because it's going to storm."

mein Vater redete laut vor sich hin, was so viel hieß, daß er überrascht war und sich wieder zu fassen suchte. Er sagte:

«Sehr gut scheint sich Van in der Stadt nicht gemacht zu haben, sonst würden wir ihn jetzt nicht wiedersehen. Ich habe schon damit gerechnet, daß in Orangeville keine Polsterer gebraucht werden und er das merken würde. Mich wundert nur, daß er so lange ausgehalten hat. Nun, wir werden sehen, ob er was gelernt hat. Es soll vorkommen, daß ein Mann seine Einstellung ändert.»

Ich erinnere mich, wie er das sagte und was sonst noch alles, ehe Van herankam. Ich gab ihm recht, denn auch ich machte mir nicht viel aus Van, aber ich fand, daß wir ihn für die Heuernte halten sollten. Das sagte ich auch meinem Vater, und er sagte ja, das würden wir tun. Denn im Winter würden wir ihn nicht bei uns haben wollen, sagte er, mit den Launen, die er hat. Früher oder später würde er unsere Scheune niederbrennen, sagte mein Vater.

Wenn er das doch nur getan hätte. Wenn er doch einfach die Scheune niedergebrannt hätte; dann müßte ich jetzt nicht am großen Tor sitzen und hinaus in den Regen blicken. Dann könnte ich auch nicht meine Mutter auf der Straße laufen sehen, und im Heuboden hinter mir, da wäre auch nichts.

Van war mager. Als er zu uns herantrat, lehnte er sich gegen die Futterraufe am Wagen und hielt seine Augen stur auf die Pferde, das Feld und den Himmel gerichtet und sagte kein Wort, vielleicht weil er spürte, wie die Dinge lagen.

«Mit dir haben wir heute nicht gerechnet, Van», gab ihm mein Vater zu verstehen, und das war alles, was er sagte. Dann ließ er mich eine Heugabel aus der Scheune holen und meiner Mutter im Haus wegen des Essens Bescheid geben.

Meine Mutter sagte nicht viel. Sie wollte Van nicht wieder um sich haben, aber sie wußte, daß mein Vater beim Heuen Hilfe brauchte.

«Einer mehr am Tisch ist so gut wie keiner», sagte sie, «mir ist es also einerlei. Doch ich habe es lieber, wenn wir unter uns sind, das weiß der Vater, und du kannst ihm sagen, daß er sein Heu heute sowieso nicht ganz einbringen wird, weil ein Gewitter aufzieht.»

*Now she is at the end of the lane, just going out
the gate, and not caring about the storm, I guess,
or about anything except the change.*

With Van helping us we could take a bigger load
but I didn't like it with Van. My father built while Van
pitched on and then after a while they changed
because Van wasn't so strong as my father even
though my father was sick at his heart. Van pitched up
fast, with the sweat sticking the hair to his forehead
until he had to lean against the wagon and my father
said:

"Here, you and me'll trade places, Van," not thinking about his heart. That was how my father was.

But they couldn't trade places. Now maybe they
could; now it doesn't matter any. But I mean working,
they couldn't ever trade places. My father worked
steady and in the easy way he showed me what to do.
Van was jerky and excited. He would dig into a haycock as if to take it all up at once but then he couldn't
and he would lose half. If he had gone at it the way
my father told him he would have liked it more.

"Take it easy," my father would say, but Van never
seemed to hear. He understood all right, but he
pretended not to hear.

He was that way from the start. When my father
turned out to be sick last year we wrote and asked
them for a man. At first we didn't want a foreigner
until we figured out the saving. But we had more
work than enough for my father and me and it
couldn't have made any difference to my mother so
we took him.

I don't know much about him. He came from
different places and I think he had been a German
soldier in the war and after that a furniture man. He
didn't know much English so we seldom talked to him
but my father said he knew a lot of other languages.
All but the right one, my father said. We called him
Van because you couldn't pronounce his real name.

Jetzt ist sie am Ende des Weges. Sie geht durchs Gatter, und ich glaube, sie kümmert sich nicht um das Gewitter, überhaupt um nichts, nur um das, was sich geändert hat.

Mit Van als Hilfe konnten wir eine größere Ladung aufnehmen, aber es gefiel mir nicht mit Van. Mein Vater schichtete, während Van aufwarf, und dann nach einer Weile wechselten sie, denn Van war nicht so kräftig wie mein Vater; dabei war doch mein Vater herzkrank. Van lud rasch auf, und der Schweiß ließ ihm das Haar auf der Stirn kleben. Schließlich mußte er sich an den Wagen lehnen, und mein Vater sagte:

«Komm, Van, du und ich tauschen die Plätze», ohne an sein Herz zu denken. So war mein Vater.

Aber sie konnten nicht die Plätze tauschen. Jetzt vielleicht schon; jetzt ist es ohne Bedeutung. Doch ich meine: bei der Arbeit, da hätten sie nie die Plätze tauschen können. Mein Vater arbeitete stetig, und in aller Ruhe zeigte er mir, was zu tun sei. Van war sprunghaft und hastig. Er stach in einen Heuhaufen, als wolle er alles auf einmal nehmen, aber dann konnte er es doch nicht und verlor die Hälfte. Wenn er es so angestellt hätte, wie mein Vater ihn anwies, dann hätte er es eher gemocht.

«Sachte, sachte», sagte dann mein Vater, aber Van schien niemals zu hören. Er verstand sehr wohl, aber er tat so, als hörte er nicht.

So war er von Anfang an. Als mein Vater letztes Jahr plötzlich krank wurde, erkundigten wir uns brieflich nach einem Arbeiter. Zuerst wollten wir keinen Ausländer, bis wir uns die Einsparung ausrechneten. Auch hatten wir mehr als genug Arbeit für meinen Vater und mich, und meiner Mutter konnte es gleichgültig sein; also nahmen wir ihn.

Ich weiß nicht viel über ihn. Er kam von daher und dorther, und ich glaube, er war im Krieg deutscher Soldat gewesen und danach Möbelschreiner. Er konnte nicht viel Englisch, deshalb sprachen wir selten mit ihm. Aber mein Vater sagte, daß er eine Menge anderer Sprachen konnte. Alle, nur nicht die richtige, sagte mein Vater. Wir nannten ihn Van, denn seinen richtigen Namen konnte man nicht aussprechen.

I guess Van talked some while I was up at the house because washing up before dinner my father told me where he'd been. Van couldn't find the sort of work he had wanted in Orangeville so he had taken odd jobs. But he kept looking around, my father said, trying all winter to get into a furniture place, when he couldn't even hold the jobs he got.

He would start and stop and make the foremen mad, thinking he was better than they were for all his languages. But not talking to them in a language they could understand. Saving it all up inside him like holding your foot against a stream and then letting it go all at once.

My mother isn't in sight. There is a clump of elms half way to Andersons' and she must be there. I can't see her from the barn but I know she is there, running in the wet and telling herself out loud what to say. She will go to Andersons' because they are the closest neighbours. But they warned us about Van so there won't be much to explain. We just couldn't tell beforehand and he was cheaper.

The rain falls and falls and falls and the sky is no lighter. The rain smell mixes in with the fresh hay, filling up the whole barn until the drumming and the trickling and the smell are all the same.

In good weather I jump off the rafters into the hay. The sun comes through the cracks where the boards don't fit together and where the dust motes get in the way they make beams across the barn thick enough to walk on. And where they land on the hay they make bright lines and bright white circles from the knot-holes even though the hay is greeny brown. When you jump on them they move and splash across you but you can't blot them out. Only if the sky clouds over, then they blot out.

Van came half-way up the ladder before I saw him. I was jumping in the hay after dinner because the horses were already fed and my father hadn't come

Van hatte wohl ein wenig erzählt, während ich oben im Haus war, denn als wir uns vorm Essen wuschen, sagte mir mein Vater, wo er gewesen war. Van konnte eine Beschäftigung, wie er sie haben wollte, in Orangeville nicht finden, und so hatte er Gelegenheitsarbeiten angenommen. Aber er sah sich weiter um, sagte mein Vater, und versuchte den Winter über in eine Möbelfabrik zu kommen; dabei konnte er sich nicht einmal dort halten, wo er war. Er fing an und hörte auf, brachte die Vorarbeiter zur Weißglut und hielt sich für besser als die anderen wegen all seiner Sprachen. Nur redete er mit ihnen in keiner, die sie verstanden. Er staute alles in sich auf, wie wenn man den Fuß gegen ein Rinnsal stellt und dann alles auf einmal loslaufen läßt.

Meine Mutter ist nicht zu sehen. Eine Ulmengruppe steht auf halbem Weg zu Andersons, und dort muß sie sein. Von der Scheune aus kann ich sie nicht sehen, aber ich weiß, sie läuft dort durch die Nässe und spricht laut vor sich hin, was sie sagen will. Sie wird zu Andersons gehen, weil es die nächsten Nachbarn sind. Die haben uns ja wegen Van gewarnt; so wird nicht viel Erklärung nötig sein. Wir haben es nur nicht vorher wissen können, und er war billiger.

Es regnet und regnet und regnet, und der Himmel ist noch nicht heller. Der Regengeruch vermischt sich mit dem des frischen Heus und füllt die ganze Scheune aus, bis das Trommeln und Tropfen und der Geruch eins sind.

Bei schönem Wetter springe ich von den Dachsparren hinunter ins Heu. Die Sonne dringt durch die Fugen der Bretter, und wenn Staub aufwirbelt, entstehen quer durch die Scheune Lichtbalken, die breit genug sind, um darauf zu laufen. Wo sie aufs Heu treffen, machen sie helle Streifen – und helle weiße Kreise, wenn sie durch Astlöcher kommen –, obwohl das Heu grünlich-braun ist. Wenn man auf sie drauf springt, bewegen sie sich auf einen zu und besprenkeln einen von oben bis unten, aber man kann sie nicht auslöschen. Nur wenn der Himmel sich bewölkt, löschen sie aus.

Van war halb oben auf der Leiter, bevor ich ihn sah. Ich bin nach dem Mittagessen im Heu herumgesprungen, denn die Pferde waren schon versorgt und mein Vater noch nicht

out yet. I had jumped and when I rolled over and sat up there was Van on the ladder looking at me through the rungs.

I didn't want him because he didn't belong in our loft and because he looked at me the way he did. It was the same look he had when my mother asked him one time if he had a wife and you could see him running it over in his mind before he made a zoom with his hand like a bomber-plane and never said yes or no. But their letter said he was a widower which means he did have and he could just as easy have said. This time the look was the same only more of it, somehow, like when rain comes harder on the roof and you wait for the thunder to follow.

"Come and jump, Van," I invited him, knowing he would say no.

He just shook his head and stayed on the ladder, which spoiled the jumping because it's no good when somebody is watching. I didn't know if he wanted to jump and couldn't or if he wanted to talk and couldn't do that, either.

So I asked him, "What did you come back for, Van?"

He took time the way an old man does before he let it come and then it would have been funny to hear him trying to say it all and making circles with his hands, except for the look.

"I don't get a job," he said. "I go this place and that place. Nobody wants upholster. They don't want me in the city; you don't want me here. I got no place to go, no place to stay. What should I do?

"I am here already two years. When I come to this country, they say I don't need the English, don't need the money. They say I need only the head and the hands. But they don't let me be upholster. Nobody wants upholster.

"You don't want me. You don't want to know I am alive. You keep me for the haying, I know. Then I am done. Then you forget. Is the sun maybe not so bright

draußen. Ich war gesprungen, und als ich mich überschlug und wieder aufrecht saß, war Van auf der Leiter und sah mich zwischen den Sprossen hindurch an.

Ich mochte ihn nicht bei mir haben, weil er nicht auf unseren Heuboden gehörte und weil er mich so auf diese Art ansah. Den gleichen Blick hatte er, als meine Mutter ihn einmal fragte, ob er eine Frau hätte, und man sehen konnte, wie er darüber nachdachte, ehe er seine Hand in heftiger Bewegung niedersausen ließ wie einen Bomber, und einfach nicht ja oder nein sagte. Aber in dem Empfehlungsschreiben stand, daß er Witwer war, das heißt, daß er eine gehabt hatte, und er hätte es ebensogut sagen können. Jetzt war der Blick genauso, nur irgendwie noch stärker; so ist es, wenn der Regen schwerer aufs Dach fällt und man darauf wartet, daß es gleich donnert.

«Komm und spring, Van», lud ich ihn ein und wußte doch, daß er nein sagen würde.

Er schüttelte nur den Kopf und blieb auf der Leiter stehen, was das Springen verdarb, denn es macht keinen Spaß, wenn jemand zuschaut. Ich wußte nicht, ob er springen wollte und nur nicht konnte, oder ob er etwas sagen wollte und das ebensowenig fertigbrachte.

So fragte ich ihn: «Warum bist du zurückgekommen, Van?»

Er ließ sich wie ein alter Mann Zeit, bevor er loslegte, und dann wäre es an sich komisch gewesen, ihn anzuhören, wie er versuchte, alles genau zu sagen, und mit den Händen herumfuchtelte – wenn nicht sein Blick gewesen wäre.

«Ich nicht finden Job», sagte er. «Ich gehen hierhin und dahin. Niemand will Polsterer. Sie mich nicht wollen in Stadt; ihr mich nicht wollen hier. Wo hingehen, wo ich bleiben? Was soll ich tun?

Ich bin hier schon zwei Jahre. Wenn ich kommen zu diesem Land, sie mir sagen, ich nicht brauchen das Englisch, ich nicht brauchen das Geld. Sie sagen, ich nur brauchen den Kopf und die Hände. Aber sie mich nicht sein lassen Polsterer. Keiner will haben Polsterer.

Ihr mich nicht wollen. Ihr gar nicht wissen wollen, ob ich am Leben. Ihr mich nur halten für das Heu, ich weiß. Dann ich erledigt. Dann ihr vergeßt. Ist die Sonne wohl nicht so hell,

when I am alive? Is your hay maybe too tough when I am alive? No. It don't hurt you to take me in. But you got to live alone. O. K., you live alone. You do what you like. Cut your hay like you always did. Stay by yourself if you can. You and nobody else."

"My father is coming," I said. I was afraid of Van.

The horses were ready and we went right off to the field. I drove and Van walked beside the wagon where I could look down at him sometimes because I couldn't tell the timing so well with him and my father pushing us now, looking anxious at the sky. We worked hard. All you could hear were the harness creaking and the rustling sounds of the hay.

Van seemed relieved when the clouds came, as though he'd been waiting for them, and it not being his hay to spoil. He wanted to get the wagon in quick and not wait till it was full.

"It'll go around us," my father said and went right on building the load.

There's something about racing a storm in a hay field that you feel but can't talk about. There's something about a storm any time but it's stronger when you're haying. You want to do tremendous things and the driving and the pitching and the building all fit together and even the horses get eager and harder to hold. Van swung the hay up faster, too. But when the wagon went ahead you could see him stop to look back across the field where the new clover was already showing silver in the wind and the big yellow-winged grasshoppers were buzzing around and the smell of drying hay was piling up until you choked with it and wanted to cry. Maybe Van wanted to cry; maybe he was all filled up with it, too. Or maybe he just thought it would blow the haycocks down and then there wouldn't be any haying anymore and that was all he cared.

I've heard my father say that some men can't imagine rain when there's sunshine or sun when the

wenn ich lebe? Ist euer Heu wohl schlecht, wenn ich lebe? Nein. Euch tut es nicht schaden, wenn ihr mich aufnehmt. Aber ihr wollt alleine sein. O. K., ihr leben alleine. Ihr tuen, was ihr wollt. Ihr euer Heu machen wie immer. Ihr bleiben unter euch, wenn ihr könnt. Ihr, und ihr ganz allein.»

«Mein Vater kommt», sagte ich. Ich hatte Angst vor Van.

Die Pferde waren fertig, und wir zogen sofort aufs Feld. Ich lenkte, und Van ging neben dem Wagen, wo ich immer mal auf ihn hinuntergucken konnte, denn mit ihm konnte ich den Zeitablauf nicht so leicht bestimmen, und außerdem trieb mein Vater uns jetzt voran, wobei er ängstlich zum Himmel blickte. Wir arbeiteten schwer. Man konnte nur das Pferdegeschirr knarren hören und das Rascheln des Heus.

Van schien erleichtert, als die Wolken kamen, wie wenn er auf sie gewartet hätte; es war ja nicht sein Heu, was da kaputt ging. Er wollte den Wagen schnell drinnen haben, einerlei, ob er voll war.

«Es wird an uns vorüberziehen», sagte mein Vater und schichtete unbeirrt weiter die Ladung auf.

Dieser Wettlauf mit einem Gewitter in einem Heufeld – das kann man fühlen, aber nicht beschreiben. Ein Gewitter ist immer etwas Besonderes, aber es ist stärker, wenn man im Heu steht. Man möchte gewaltige Dinge vollbringen, und das Fahren und Aufladen und Schichten geht Hand in Hand, und selbst die Pferde werden lebhaft und sind schwerer zu halten. Auch Van warf das Heu schneller auf. Aber als der Wagen weiterfuhr, konnte ich sehen, wie er stehenblieb und zurück übers Feld sah, dorthin, wo der frische Klee im Wind schon silbern wurde. Die großen Heuschrecken mit den gelben Flügeln surrten herum, und der Geruch des trocknenden Heus stieg auf, bis er mir den Atem nahm, daß ich hätte schreien mögen. Kann sein, daß Van schreien wollte; kann sein, daß auch er mit all dem angefüllt war. Oder kann sein, daß er sich nur vorstellte, alle Heuhaufen würden umgeblasen und dann wäre es mit dem Heuen für immer vorbei, und das war alles, was ihn kümmerte.

Ich habe meinen Vater sagen hören, daß manche Menschen sich den Regen nicht vorstellen können, wenn die Sonne

sky is grey. Van was that kind. Maybe it all happened because it's raining today and he couldn't see that tomorrow it wouldn't be raining because the sun always shines again after. It was the same down at the crick last summer when I wanted him to make me a boat.

"Boat," I said, showing him with my hands.

Van said, "Too small," meaning that the crick was dried up to a trickle and to mud cakes on the white stones. I told him how that was just for August and how in the fall it would fill up again and be lots big for a boat.

"It's the same every year," I told him but Van couldn't understand things going on the same like we could. Before today. Everything before today.

It's hard to think away from it, from Van and my father and mother when they keep crowding in. It's being in the barn with him that does it, and looking toward the house.

Nobody is coming from Andersons' yet.

Going up the lane Van walked and my father and I were on the load where we always ride. Van used to ride on the tail-board which is the bumpiest place but today we were going too fast. The really black part of the storm, the part that had the thunder and the lightning streaks in it, went on past us to the north and we got the side part that spreads out over you in plain grey and looks hazy at the edges when you see it against the blue. Lying on the load is the best place to watch.

It spread over us maybe faster than my father thought, though mostly he could tell about clouds, because he never usually drives the team so hard. Before we got to the gate going into the barn-yard the sky was all grey and in the swirls of dust the wind picked up you could feel those first big drops that catch you off guard no matter how long you've seen them coming and don't seem to be really rain at all.

scheint, und nicht die Sonne, wenn der Himmel grau ist. Van war so einer. Vielleicht passierte alles, weil es heute regnet und er sich einfach nicht vorstellen konnte, daß es morgen nicht mehr regnen würde; denn die Sonne scheint immer wieder danach. Es war genauso letzten Sommer am Fluß, als ich wollte, daß er mir ein Boot baut.

«Boot», sagte ich und beschrieb es mit den Händen.

Van sagte «Zu klein», womit er meinte, daß der Fluß zu einem Rinnsal ausgetrocknet war mit Schlickfladen auf den weißen Steinen. Ich erklärte ihm, daß es nur im August so wäre und daß er sich im Herbst wieder auffüllen und für ein Boot leicht groß genug sein würde.

«Es ist jedes Jahr das gleiche», sagte ich ihm, aber Van konnte nicht verstehen, daß die Dinge ihren Lauf haben, so wie wir es konnten. Bis heute. Alles bis heute.

Es ist schwer, davon loszukommen, von Van und von meinem Vater und der Mutter, wo sie mir dauernd in den Kopf kommen. Das kommt, weil ich jetzt mit ihm in der Scheune bin und zum Haus hinübersehe.

Von Andersons kommt immer noch niemand.

Als wir auf den Weg fuhren, waren mein Vater und ich oben auf der Ladung, wo wir immer sitzen, und Van ging nebenher. Sonst saß Van auf dem Rückbrett – dem holprigsten Platz –, aber heute fuhren wir zu schnell. Der wirklich schwarze Teil des Gewitters, der Donner und Blitz in sich hatte, zog an uns vorüber nach Norden, und wir bekamen den Rand, der sich flach-grau über einen ausbreitet und an den Enden wie Nebel aussieht, wenn man es gegen den blauen Himmel sieht. Man kann es am besten beobachten, wenn man auf der Ladung liegt.

Kann sein, daß es sich schneller über uns ausbreitete, als mein Vater erwartet hatte – obwohl er meistens über Wolken Bescheid wußte –, denn er trieb das Gespann normalerweise nie so heftig an. Bevor wir das Tor zum Scheunenhof erreichten, war der Himmel über und über grau, und in den Staubwirbeln, die der Wind hochzog, konnte man die ersten großen Tropfen spüren, die einen überraschen, ganz gleich, wie lange man schon mit ihnen gerechnet hat, und die einem überhaupt nicht

We thumped on to the threshing floor with the team sounding like a whole army of horses in the nearly empty barn and by the time I had them out to the door and hitched on to the pulley rope you could hear it drumming on the roof. I guess that was the first time I ever noticed my father to be wrong.

"We can take off half a load," he said, "and the rest will stand over night." He drew down the big hayfork where it hung from the track beam and drove it into the load and clamped it there. Then we waited, my father up on the load where it was half dark and heavy and me at the threshing door with the team, holding their heads and watching Van come into the yard and over to the ramp.

He wasn't minding the rain. He was taking his time, head-down so the rain showed shiny on his hair, scuffing up the dry dirt from underneath and whistling towards his boots. I had never heard Van whistle before; I don't see how he could have wanted to then. Even so it wasn't my father's kind of whistle, clear and high and glad. It was low and soft and lonely. It was funny – I don't know how. He came whistling right past me without looking and the horses cocked their ears. It wasn't so much a rainy day whistle as a fall one, like when you go off to the bush alone, and wander about not knowing what to do with yourself, wanting something awfully bad and not being able to find it. It isn't hickory nuts you're after and it isn't old puff-balls, but it's something, you don't know what.

My father told him to go up into the mow and roll back the loads that were there. Then he hollered for me to go and I clucked to the team and then we were out in the rain. The fork took it up all right. You can tell by the way the pulley rope comes out easily at first and then it suddenly comes tight and lifts off the ground and the horses bend their necks a bit to take the weight. Then right away it goes slack

wie richtiger Regen vorkommen. Wir polterten hinauf auf die Tenne, und das Gespann hörte sich in der noch fast leeren Scheune wie eine ganze Armee von Pferden an; als ich sie draußen vor das Tor geführt und an die Zugleine gespannt hatte, hörte man es aufs Dach trommeln. Ich glaube, ich merkte zum allerersten Mal, daß mein Vater sich geirrt hatte.

«Wir können die halbe Fuhre abladen», sagte er, «und der Rest kann dann über Nacht stehenbleiben.» Er zog die große Heugabel von der Laufschiene, an der sie hing, herunter, führte sie in die Ladung und ließ sie einhaken. Dann warteten wir, mein Vater oben auf der Fuhre, wo es halb dunkel und drückend war; ich am Scheunentor mit den beiden Pferden, deren Köpfe ich festhielt, wobei ich Van zusah, wie er in den Hof und herüber auf die Rampe kam.

Er kümmerte sich nicht um den Regen. Er ließ sich Zeit. Mit gesenktem Kopf, daß ich die Nässe auf seinem Haar glänzen sah, stieß er mit den Stiefeln trockenen Dreck vom Boden hoch und pfiff vor sich hin. Ich hatte Van nie zuvor pfeifen hören; und ich verstehe nicht, weshalb er es in diesem Augenblick wollte. Es war allerdings nicht so ein Pfeifen wie bei meinem Vater, klar, hell und fröhlich. Es war leise, sanft und einsam. Es war merkwürdig – ich weiß nicht warum. Er kam pfeifend an mir vorüber, ohne aufzusehen, und die Pferde spitzten die Ohren. Das war nicht so ein Gepfeife, das zu einem verregneten Tag paßte, mehr zu einem Herbsttag, wenn man alleine weggeht in den Wald und herumstreift und nicht weiß, was man mit sich anfangen soll. Man möchte etwas haben, schrecklich gern, und kann es nicht finden. Nicht hinter Hickory-Nüssen ist man her und auch nicht hinter alten Bovisten, aber irgendetwas ist es, und man weiß nicht was.

Mein Vater schickte ihn in den Heuboden, daß er die Fuhren, die dort waren, nach hinten schob. Dann gab er mir das Zeichen zum Losziehen, und ich schnalzte dem Gespann, und schon waren wir draußen im Regen. Die Gabel zog ordentlich hoch. Man merkt es an der Art, wie das Zugseil erst locker herausläuft und sich dann plötzlich strafft und vom Boden weggeht und die Pferde ein wenig ihre Nacken beugen, um das Gewicht besser nehmen zu können. Gleich danach wird es

again and you know the fork is on the ridge track and racing across over the mow. You turn the team and come back on the run, taking up the rope behind you.

One run and the rope was greasy with mud and rain-soaked hayseeds. Maybe that was what took the fun out of it or maybe it was just the sound of rain drumming on the roof and spilling off the eaves. Because rain is nice in a way and most times you would take it as all right

but still it makes you quiet and readier to sit and think than to run around. And today it hurts to think.

There is Andersons' Ford coming past the elm trees, coming fast, and noisy enough to hear as far as me. "We told you," they'll say. And they did, but they didn't really see, not any more than we did. And besides, we thought when he went he was gone for good.

My mother had got him to put a cover on her parlour chair. He came into the parlour while we looked at it and Mrs. Anderson was there. He wouldn't touch the cover with his hands though they weren't nearly so brown under the nails as mine. He stood close by the chair so everybody would know who did it but Mrs. Anderson said,

"That's a real fine cover, Vera," to my mother. And then to Van she said,

"Are you an upholsterer?"

So my mother had to explain, "No, he's our hired man."

That was when Van left. I still remember his face when he went out and they all noticed it too because Mrs. Anderson warned us he looked like a bad one. But he didn't need to go, we said then. He was our hired man and we only let him do the chair to please him.

The Ford is in the yard now. They are all in the

wieder locker, und man weiß, daß die Gabel auf der Laufschiene im First angekommen ist und quer durch den Heuboden saust. Man wendet das Gespann, und im Laufschritt geht es zurück, während man das Seil hinter sich hochnimmt.

Ein einziger Gang – und das Seil war schmierig vom Schmutz und von regendurchweichten Heusamen. Vielleicht machte es deshalb keinen Spaß mehr, vielleicht war es aber auch das Geräusch des Regens, der auf das Dach trommelte und aus der Dachrinne überlief. Zwar ist der Regen einerseits schön, und man würde ihn meistens ganz in Ordnung finden, und trotzdem macht er einen schweigsam und eher bereit, sich hinzusetzen und nachzudenken als umherzulaufen. Und heute tut das Nachdenken weh.

Da kommt Andersons Ford an den Ulmen vorbei, schnell und laut genug, daß ich ihn bis zu mir hören kann. «Wir haben euch gewarnt», werden sie sagen. Und das ist wahr, aber wirklich durchgeblickt haben sie nicht, kein bißchen mehr als wir. Und außerdem: als er uns verließ, dachten wir, er wäre für immer gegangen.

Meine Mutter hatte ihn dazu gebracht, ihren Wohnzimmersessel zu beziehen. Während wir ihn uns ansahen, kam er ins Wohnzimmer. Frau Anderson war bei uns. Er wollte den Bezug nicht anfassen, obwohl seine Hände unter den Nägeln längst nicht so schwarz waren wie meine. Er stand dicht am Sessel, so konnte jeder sehen, wer es gemacht hatte, aber Frau Anderson sagte zu meiner Mutter:

«Das ist ein fein gearbeiteter Bezug, Vera», und dann sagte sie zu Van:

«Sind Sie Polsterer?»

Also mußte meine Mutter erklären: «Nein, er ist unser Lohnarbeiter.»

Das war, als Van uns verließ. Ich erinnere mich noch an sein Gesicht, als er hinausging, und sie alle bemerkten es auch, denn Frau Anderson warnte uns: er sähe böse aus. Trotzdem hätte er nicht gehen müssen, sagten wir dann. Er war unser Lohnarbeiter, und wir ließen ihn nur den Sessel machen, um ihm einen Gefallen zu tun.

Der Ford ist jetzt im Hof. Sie sind alle im Haus, und die

house and the car door is open in the rain. It comes down steady and straight in lines across the threshing door and the drumming never slackens on the roof.

After the first forkful I had turned the team around and pulled the rope back through the pulley, watching the little rivers on the ramp and waiting for my father to holler. But before he hollered I heard him say:

"You'll never get it rolled back that way. You and me'll trade places, Van."

So I fed handfuls of hay to the horses to give my father time to get into the loft and Van time to fix the hay-fork into the load. When Van hollered I clucked to the team and we went down the ramp.

It pulled, but it didn't pull heavy and the horses noticed the difference. I had to speak sharp to them and right away I knew something was wrong. I whoaed the team and heard my father whoa once and the way he did made me run back up the ramp.

My father came by me and the look on his face was the queerest you ever saw. It was saggy, his cheeks and his jaw all loose and his whole face an awful grey. Not the grey colour of rain or of the sky but the stone grey of old foundations where the filling has rotted loose and crumpled away.

He went right past me toward the house and soon my mother came out and went down the lane. And here in the barn I took a peek up in the shadows toward the mow where the dark and the drumming and the smell of hay all mixed together and when my eyes could see what was there I went back and brought the team in out of the rain and took off their bridles. Then I sat down and waited, trying hard to see it all straight at last, the way it was and the way it will have to be.

My mother and Mr. Anderson and Harold Ander-

Autotür steht im Regen offen. Draußen vorm Scheunentor
schüttet es ununterbrochen in Schnüren, und das Trommeln
auf dem Dach läßt überhaupt nicht nach.

Als ich nach der ersten Gabelladung das Gespann gewendet und das Seil durch die Rolle zurückgezogen hatte, beobachtete ich die kleinen Bäche auf der Rampe und wartete, daß mein Vater mir zurufen würde. Aber bevor er rief, hörte ich ihn sagen:

«So bekommst du sie niemals zurückgerollt. Wir beide tauschen besser die Plätze, Van.»

Also fütterte ich die Pferde mit ein paar Handvoll Heu, damit mein Vater Zeit hatte, in den Heuboden zu gelangen, und Van die Heugabel in die Ladung haken konnte. Als Van rief, schnalzte ich dem Gespann, und wir zogen die Rampe hinunter.

Es gab einen Ruck, nicht sehr stark, und die Pferde merkten den Unterschied. Ich mußte sie scharf anreden, doch dann wußte ich gleich, daß etwas nicht stimmte. Ich rief dem Gespann «brr» zu und hörte meinen Vater «halt» rufen, ein einziges Mal, aber so eigenartig, daß ich zurück die Rampe hinauflief.

Mein Vater kam zu mir, und er sah aus, wie ich ihn noch nie gesehen hatte. Sein Gesicht war schlaff; seine Backen und sein Unterkiefer hingen herunter; alles war ein schreckliches Grau. Nicht die graue Farbe vom Regen oder vom Himmel, sondern das Steingrau alter Fundamente, an denen die Fugen verwittert sind und abbröckeln.

Er ging an mir vorbei zum Haus, und bald kam meine Mutter heraus und ging den Weg hinunter. Und hier in der Scheune warf ich einen Blick nach oben in das dämmrige Licht des Heubodens, wo sich die Dunkelheit und das Trommeln und der Geruch des Heus alles in eins vermischten, und als ich ausmachen konnte, was dort war, ging ich zurück, holte die Pferde aus dem Regen und nahm ihnen das Zaumzeug ab. Dann setzte ich mich und wartete und versuchte angestrengt über alles Klarheit zu finden, wie es gewesen ist und wie es künftig sein muß.

Meine Mutter und Herr Anderson und Harold Anderson

son are coming out, the men slouched over in their coats and my mother not caring about the rain. They come up the ramp and the men don't look at me. They stare at the loft a while, not talking, and then Harold climbs up on the wagon and now I turn and watch. He pulls the trip-rope but it doesn't trip because there is no hay on the fork. He pulls hard and the long thing that hangs below the fork sways and moves with the rope because the rope is knotted about its neck. It swings high up there in the nearly dark, where the hay smell is sweetest and the rain is closest on the roof. Then they lower him down to our wagon.

My mother doesn't go over to where they are pulling on the rope. She stops at the door and she is all muddy and splashed.

"You better come up to your father," she says, but she says it sharp and dry like old hay that has been too long in the barn and has no more green in it.

I don't move any, sitting on the threshing floor and looking out at the rain.

"How is he?" I asked her and my voice doesn't sound right either.

"You better come to the house," she says and then all at once she is down on her knees in front of me on the floor.

"Don't do anything bad," she is saying, taking hold of my shoulders and shaking back and forth. She says:

"Don't do anything bad."

But I won't do anything bad. There isn't anything bad to do, or anything good. There is just seeing we were wrong, that's all, and wanting not to be here any more. Because we didn't like him in the good weather and we drove him away. But Van came back to us with the rain and haying looks different, now.

kommen heraus, die Männer gebückt unter ihren Mänteln und meine Mutter, die sich nicht um den Regen kümmert. Sie kommen die Rampe herauf, und die Männer sehen nicht zu mir hin. Sie starren eine Zeitlang in den Heuboden, ohne zu sprechen, und dann klettert Harold auf den Wagen, und jetzt drehe ich mich um und schaue zu. Er zieht das Abwurfseil, aber es löst nicht aus, denn es ist kein Heu in der Gabel. Er zieht heftig, und das lange Etwas, das unterhalb der Gabel hängt, schwankt und bewegt sich mit dem Seil, denn das Seil ist um seinen Hals geschwungen. Es schwingt hoch oben, dort wo es fast dunkel ist, wo der Heugeruch am süßesten und der Regen auf dem Dach am nächsten ist. Dann lassen sie ihn auf den Wagen herunter.

Meine Mutter geht nicht dorthin, wo sie am Seil ziehen. Sie bleibt an der Tür stehen, und sie ist über und über mit Schmutz bespritzt.

«Du kommst besser rauf zum Vater», sagt sie, aber sie sagt es hart und trocken; wie altes Heu, das zu lange in der Scheune gewesen ist und nichts Grünes mehr in sich hat.

Ich rühre mich überhaupt nicht, sitze weiter auf dem Dreschboden und blicke hinaus in den Regen.

«Wie geht es ihm?» habe ich sie gefragt, und auch meine Stimme klingt nicht normal.

«Du gehst jetzt besser mit ins Haus», sagt sie – und dann ganz plötzlich fällt sie nieder auf ihre Knie direkt vor mir auf den Boden.

«Tu nichts Böses», sagt sie, indem sie sich an meinen Schultern festhält und vor und zurück schwankt. Sie sagt:

«Tu nichts Böses.»

Aber ich will ja gar nichts Böses tun. Es gibt nichts Böses zu tun, auch nichts Gutes. Ich bin mir nur klar, daß wir versagt haben, das ist alles, und ich möchte nicht mehr länger hier sein. Denn wir konnten ihn nicht leiden während des guten Wetters, und wir haben ihn davongejagt. Aber Van kam zu uns zurück, mit dem Regen, und jetzt sieht Heuen ganz anders aus.

"There are two new guests arriving this afternoon," said the manager of the pension, placing a chair for me at the breakfast-table. "I have only received the letter acquainting me with the fact this morning. The Baroness von Gall is sending her little daughter – the poor child is dumb – to make the 'cure'. She is to stay with us a month, and then the Baroness herself is coming."

"Baroness von Gall," cried the Frau Doktor, coming into the room and positively scenting the name. "Coming here? There was a picture of her only last week in *Sport and Salon*. She is a friend of the court: I have heard that the Kaiserin says 'du' to her. But this is delightful! I shall take my doctor's advice and spend an extra six weeks here. There is nothing like young society."

"But the child is dumb," ventured the manager apologetically.

"Bah! What does that matter? Afflicted children have such pretty ways."

Each guest who came into the breakfast-room was bombarded with the wonderful news. "The Baroness von Gall is sending her little daughter here; the Baroness herself is coming in a month's time." Coffee and rolls took on the nature of an orgy. We positively scintillated. Anecdotes of the High Born were poured out, sweetened and sipped: we gorged on scandals of High Birth generously buttered.

"They are to have the room next to yours," said the manager, addressing me. "I was wondering if you would permit me to take down the portrait of the Kaiserin Elizabeth from above your bed to hang over their sofa."

"Yes, indeed, something homelike" – the Frau Oberregierungsrat patted my hand – "and of no possible significance to you."

«Heute nachmittag treffen zwei neue Gäste ein», sagte der Geschäftsführer der Pension und rückte mir einen Stuhl an den Frühstückstisch.

«Ich habe den Brief, der es mir mitteilt, erst heute früh bekommen. Die Baronin von Gall schickt ihre kleine Tochter zur Kur her – das arme Kind ist stumm. Sie soll einen Monat bei uns bleiben, und dann kommt die Frau Baronin selber.»

«Die Baronin von Gall?» rief die Frau Doktor, die ins Frühstückszimmer trat und buchstäblich Witterung von dem Namen aufnahm. «Sie kommt hierher? Erst letzte Woche war ein Bild von ihr im Heft *Sport und Salon*. Sie verkehrt bei Hofe. Ich habe gehört, daß sie von der Kaiserin geduzt wird! Ist ja ganz reizend! Ich werde den Rat meines Arztes befolgen und noch sechs Wochen länger hierbleiben. Es geht nichts über jugendliche Gesellschaft!»

«Aber das Kind ist stumm!» brachte der Geschäftsführer entschuldigend vor.

«Pah! Was hat das zu sagen? Behinderte Kinder sind so niedlich in ihrem Benehmen.»

Jeder Gast, der ins Frühstückszimmer trat, wurde mit der wundervollen Neuigkeit bombardiert. «Die Baronin von Gall schickt ihr Töchterchen her; die Baronin selbst kommt einen Monat später.» Kaffee und Brötchen wuchsen sich zu einer Orgie aus. Wir sprühten geradezu Funken. Anekdoten von den Hochwohlgeborenen wurden ausgeschenkt, gesüßt und genippt; wir verschlangen hochwohlgeborenen Skandal, reichlich gebuttert.

«Sie bekommen das Zimmer neben dem Ihrigen», sagte der Geschäftsführer, zu mir gewandt. «Ich wüßte gern, ob Sie mir gestatten, das über Ihrem Bett hängende Porträt der Kaiserin Elisabeth abzunehmen und nebenan über das Sofa zu hängen?»

«Ja, richtig! Etwas Anheimelndes!» Die Frau Oberregierungsrat tätschelte mir die Hand. «Und für Sie von keinerlei Bedeutung.»

I felt a little crushed. Not at the prospect of losing that vision of diamonds and blue velvet bust, but at the tone – placing me outside the pale – branding me as a foreigner.

We dissipated the day in valid speculations. Decided it was too warm to walk in the afternoon, so lay down on our beds, mustering in great force for afternoon coffee. And a carriage drew up at the door. A tall young girl got out, leading a child by the hand. They entered the hall, were greeted and shown to their room. Ten minutes later she came down with the child to sign the visitors' book.

She wore a black, closely fitting dress, touched at throat and wrists with white frilling. Her brown hair, braided, was tied with a black bow – unusually pale, with a small mole on her left cheek.

"I am the Baroness von Gall's sister," she said, trying the pen on a piece of blotting-paper, and smiling at us deprecatingly. Even for the most jaded of us life holds its thrilling moments. Two Baronesses in two months! The manager immediately left the room to find a new nib.

To my plebeian eyes that afflicted child was singularly unattractive. She had the air of having been perpetually washed with a blue bag, and hair like grey wool – dressed, too, in a pinafore so stiffly starched that she could only peer at us over the frill of it – a social barrier of a pinafore – and perhaps it was too much to expect a noble aunt to attend to the menial consideration of her niece's ears. But a dumb niece with unwashed ears struck me as a most depressing objekt.

They were given places at the head of the table. For a moment we all looked at one another with an eena-deena-dina-do expression. Then the Frau Oberregierungsrat:

"I hope you are not tired after your journey."

Ich fühlte mich ein wenig zerquetscht – nicht wegen der Aussicht, diese Vision aus Diamanten und blauem Samtbusen zu verlieren, sondern wegen des Tons, der mich aus dem Gehege ausschloß und mich als Ausländerin brandmarkte.

Wir verzettelten den Tag mit stichhaltigen Vermutungen, fanden, daß es zu warm sei, um am Nachmittag spazieren zu gehen, und legten uns deshalb aufs Bett, um zum Nachmittagskaffee vollzählig anzutreten. Ein Wagen fuhr an der Haustür vor. Ein großes junges Mädchen stieg aus und führte ein Kind an der Hand. Sie betraten die Halle, wurden begrüßt und auf ihr Zimmer geführt. Zehn Minuten danach kam sie mit dem Kind wieder herunter, um sich ins Fremdenbuch einzuschreiben. Sie trug ein schwarzes, eng anliegendes Kleid, das am Hals und an den Handgelenken mit weißen Rüschen besetzt war. Ihr braunes, in Zöpfen geflochtenes Haar war von einer schwarzen Schleife zusammengehalten. Sie war ungewöhnlich blaß und hatte auf der linken Wange ein kleines Muttermal.

«Ich bin die Schwester der Baronin von Gall», sagte sie, probierte die Feder an einem Stück Löschpapier aus und lächelte uns flehend an. Selbst für den Abgebrühtesten unter uns hält das Leben aufregende Momente bereit. Zwei Baroninnen in zwei Monaten! Der Geschäftsführer verließ sofort die Halle, um eine neue Stahlfeder zu holen.

Meine Plebejeraugen fanden das behinderte Kind merkwürdig reizlos. Die Kleine sah aus, als wäre sie ständig mit Wäscheblau gewaschen worden, und ihr Haar war wie graue Wolle; überdies trug sie eine so steif gestärkte Schürze, daß sie nur aus der obersten Rüsche zu uns hervorspähen konnte – eine gesellschaftliche Schranke, diese Latzschürze –, und vielleicht war es zuviel, von einer adligen Tante zu erwarten, daß sie sich mit der ordinären Pflege der Ohren ihrer Nichte abgab. Aber eine stumme Nichte mit ungewaschenen Ohren erschien mir als etwas äußerst Deprimierendes!

Die Plätze am Kopf der Tafel wurden ihnen zugewiesen. Einen Augenblick sahen wir uns alle gegenseitig an, mit einer Miene wie beim Auszählen. Dann begann die Frau Oberregierungsrat.

«Hoffentlich sind Sie nicht zu müde nach der Reise?»

"No," said the sister of the Baroness, smiling into her cup.

"I hope the dear child is not tired," said the Frau Doktor.

"Not at all."

"I expect, I hope you will sleep well to-night," the Herr Oberlehrer said reverently.

"Yes."

The poet from Munich never took his eyes off the pair. He allowed his tie to absorb most of his coffee while he gazed at them exceedingly soulfully.

Unyoking Pegasus, thought I. Death spasms of his Odes to Solitude! There were possibilities in that young woman for an inspiration, not to mention a dedication, and from that moment his suffering temperament took up its bed and walked.

They retired after the meal, leaving us to discuss them at leisure.

"There is a likeness," mused the Frau Doktor. "Quite. What a manner she has. Such reserve, such a tender way with the child."

"Pity she has the child to attend to," exclaimed the student from Bonn. He had hitherto relied upon three scars and a ribbon to produce an effect, but the sister of a Baroness demanded more than these.

Absorbing days followed. Had she been one whit less beautifully born we could not have endured the continual conversation about her, the songs in her praise, the detailed account of her movements. But she graciously suffered our worship and we were more than content.

The poet she took into her confidence. He carried her books when we went walking, he jumped the afflicted one on his knee – poetic licence, this – and one morning brought his notebook into the salon and read to us.

"The sister of the Baroness has assured me she is going into a convent," he said. (That made the student

«Nein», sagte die Schwester der Baronin und lächelte in ihre Tasse hinein.

«Hoffentlich ist die liebe Kleine nicht zu müde?» fragte die Frau Doktor.

«Nein, überhaupt nicht.»

«Ich glaube – ich hoffe, daß Sie heute nacht gut schlafen werden», sagte der Herr Oberlehrer respektvoll.

«Ja.»

Der Dichter aus München wandte keinen Blick von den beiden. Er duldete es, daß sein Schlips den größten Teil seines Kaffees aufsaugte, während er sie überaus seelenvoll ansah.

Er nimmt seinem Pegasus das Joch ab, dachte ich. Seine Oden an die Einsamkeit liegen in Todeskrämpfen! Diese junge Frau barg Möglichkeiten einer Inspiration, ganz zu schweigen von einer Widmung, und von diesem Augenblick an nahm sein leidendes Gemüt das Bett auf und wandelte.

Nach der Mahlzeit zogen sie sich zurück und ließen uns in Muße über sie diskutieren.

«Die Ähnlichkeit ist vorhanden», sagte die Frau Doktor nachdenklich. «Bestimmt! Und was für ein Benehmen! So zurückhaltend! Und so zärtlich mit dem Kind!»

«Schade, daß sie sich um das Kind kümmern muß», rief der Student aus Bonn. Bisher hatte er sich darauf verlassen, daß seine drei Schmisse und sein Couleurband ihre Wirkung tun würden, doch die Schwester einer Baronin verlangte mehr.

Anstrengende Tage folgten. Wäre sie auch nur eine Spur weniger hochwohlgeboren gewesen, hätten wir die ständigen Gespräche über sie nicht durchstehen können: die Loblieder auf sie und die genauen Berichte über ihr Tun und Treiben. Doch huldvoll ertrug sie unsre Verehrung, und wir waren mehr als zufrieden.

Dem Dichter schenkte sie ihr Vertrauen. Er trug ihre Bücher, wenn wir spazierengingen, er ließ die kleine Behinderte auf seinen Knien reiten (das ist eine dichterische Freiheit), und eines Morgens brachte er sein Notizbuch in den Salon und las uns daraus vor.

«Die Schwester der Frau Baronin hat mir versichert, daß sie in ein Kloster eintreten will», sagte er. (Das veranlaßte den

from Bonn sit up.) "I have written these few lines last night from my window in the sweet night air —"

"Oh, your *delicate* chest," commented the Frau Doktor.

He fixed a stony eye on her, and she blushed.

"I have written these lines:

> Ah, will you to a convent fly,
> So young, so fresh, so fair?
> Spring like a doe upon the fields
> And find your beauty there."

Nine verses equally lovely commanded her to equally violent action. I am certain that had she followed his advice not even the remainder of her life in a convent would have given her time to recover her breath.

"I have presented her with a copy," he said. "And to-day we are going to look for wild flowers in the wood."

The student from Bonn got up and left the room. I begged the poet to repeat the verses once more. At the end of the sixth verse I saw from the window the sister of the Baroness and the scarred youth disappearing through the front gate, which enabled me to thank the poet so charmingly that he offered to write me out a copy.

But we were living at too high pressure in those days. Swinging from our humble pension to the high walls of palaces, how could we help but fall? Late one afternoon the Frau Doktor came upon me in the writing-room and took me to her bosom.

"She has been telling me all about her life," whispered the Frau Doktor. "She came to my bedroom and offered to massage my arm. You know, I am the greatest martyr to rheumatism. And, fancy now, she has already had six proposals of marriage. Such beautiful offers that I assure you I wept – and every one of noble birth. My dear, the most beautiful was in the wood. Not that I do not think a proposal

Studenten aus Bonn, sich aufzurichten.) «Ich habe diese wenigen Zeilen gestern abend in der holden Nachtluft an meinem Fenster verfaßt ...»

«Oh, aber Ihre zarte Lunge!» bemerkte die Frau Doktor.

Er fixierte sie mit steinernem Blick, und sie errötete.

«Ich habe folgende Verse verfaßt:

> Oh, willst du in ein Kloster flieh'n,
> so jung, so frisch, so hold?
> Spring wie ein Rehkitz durch die Au'n,
> wie's deiner Schönheit dient!»

Neun ebenso liebliche Strophen empfahlen ihr neun weitere, ebenso stürmische Betätigungen. Ich bin überzeugt, hätte sie seinen Rat befolgt, dann hätte ihr nicht einmal der Rest ihrer Lebenstage in einem Kloster soviel Zeit gelassen, um wieder zu Atem zu kommen.

«Ich habe ihr eine Abschrift geschenkt», sagte er. «Und heute haben wir vor, in den Wald zu gehen und Blumen zu suchen!»

Der Student aus Bonn stand auf und verließ das Zimmer. Ich bat den Dichter, seine Verse zu wiederholen. Am Ende der sechsten Strophe zeigte mir ein Blick aus dem Fenster, daß die Schwester der Frau Baronin und der zernarbte Student aus Bonn durchs Gartentor verschwanden, was mich bestimmte, dem Dichter so schwungvoll zu danken, daß er sich erbot, mir eine Abschrift anzufertigen.

Doch wir lebten in jenen Tagen unter zu hohem Druck. Von unsrer bescheidenen Pension zu den Mauern hoher Paläste auffliegend – mußten wir da nicht abstürzen? Eines späten Nachmittags kam die Frau Doktor ins Schreibzimmer und drückte mich an ihren Busen.

«Sie hat mir ihr ganzes Leben geschildert!» flüsterte die Frau Doktor. «Sie kam in mein Schlafzimmer und erbot sich, mir meinen Arm zu massieren. Unter meinem Rheumatismus leide ich nämlich wie die größte Märtyrerin. Und stellen Sie sich vor: sie hat bereits sechs Heiratsanträge gehabt! So herrliche Anträge, daß ich Ihnen schwöre, ich mußte weinen – und jeder von adliger Geburt! Meine Liebe, den schönsten erhielt sie im Wald. Zwar glaube ich, daß ein Heiratsantrag in

should take place in a drawing-room – it is more fitting to have four walls – but this was a private wood. He said, the young officer, she was like a young tree whose branches had never been touched by the ruthless hand of man. Such delicacy!" She sighed and turned up her eyes.

"Of course it is difficult for you English to understand when you are always exposing your legs on cricket fields, and breeding dogs in your back gardens. The pity of it! Youth should be like a wild rose. For myself I do not understand how your women ever get married at all."

She shook her head so violently that I shook mine too, and a gloom settled round my heart. It seemed we were really in a very bad way. Did the spirit of romance spread her rose wings only over aristocratic Germany?

I went to my room, bound a pink scarf about my hair, and took a volume of Mörike's lyrics into the garden. A great bush of purple lilac grew behind the summer-house. There I sat down, finding a sad significance in the delicate suggestion of half-mourning. I began to write a poem myself.

They sway and languish dreamily,
    And we, close pressed, are kissing there.

It ended! "Close pressed" did not sound at all fascinating. Savoured of wardrobes. Did my wild rose then already trail in the dust? I chewed a leaf and hugged my knees. Then – magic moment – I heard voices from the summer-house, the sister of the Baroness and the student from Bonn.

Second-hand was better than nothing; I pricked up my ears.

"What small hands you have," said the student from Bonn. "They were like white lilies lying in the pool of your black dress." This certainly sounded the real thing. Her high-born reply was what interested me. Sympathetic murmur only.

einem Salon gemacht werden sollte – es ist schicklich, vier Wände um sich zu haben –, aber es war ein Wald in Privatbesitz. Er – der junge Offizier – sagte ihr, sie sei wie ein Bäumchen, dessen Zweige nie von der ruchlosen Hand eines Mannes berührt worden waren. Was für eine Delikatesse!» Sie seufzte und verdrehte die Augen.

«Natürlich ist so etwas für euch Engländerinnen schwer zu verstehen, da ihr immer auf Kricketplätzen eure Beine zeigt und im Hintergarten Hunde züchtet.

Zu schade! Jugend sollte wie eine wilde Rose sein. Ich für mein Teil verstehe nicht, wie ihr Engländerinnen überhaupt geheiratet werdet!»

Sie schüttelte den Kopf so heftig, daß ich den meinen ebenfalls schüttelte und daß Schwermut mein Herz umfing. Anscheinend waren wir wirklich sehr übel dran. Breitete der Geist der Romantik seine rosigen Schwingen nur über das aristokratische Deutschland aus?

Ich ging in mein Zimmer, band mir ein rosa Tuch ums Haar und nahm einen Band mit Mörikes Gedichten in den Garten mit. Hinter der Laube wuchs ein großer dunkellila Fliederbusch. Dort setzte ich mich nieder und spürte in seiner zarten Andeutung von Halbtrauer eine schwermütige Symbolik. Ich begann selbst ein Gedicht zu verfassen.

«Sie schwanken, sehnsüchtig verträumt –
dort küssen wir uns, eng verschränkt . . .»

Weiter ging's nicht. «Eng verschränkt» klang durchaus nicht verlockend: es roch nach Schränken! War meine wilde Rose schon verstaubt und matt? Ich kaute an einem Blatt und umklammerte meine Knie. Dann – magischer Moment – hörte ich Stimmen in der Laube: die Schwester der Frau Baronin und der Student aus Bonn!

Nachrichten aus zweiter Hand waren besser als gar nichts: ich spitzte die Ohren!

«Was für kleine Hände Sie haben!» sagte der Student aus Bonn. «Wie weiße Seerosen auf dem dunklen Teich ihres schwarzen Kleides!» Das klang nun wirklich echt. Ihre hochwohlgeborene Antwort hätte mich interessiert. Nichts als einfühlsames Gemurmel.

"May I hold one?"

I heard two sighs – presumed they held – he had rifled those dark waters of a noble blossom.

"Look at my great fingers beside yours."

"But they are beautifully kept," said the sister of the Baroness shyly.

The minx! Was love then a question of manicure?

"How I should adore to kiss you," murmured the student. "But you know I am suffering from severe nasal catarrh, and I dare not risk giving it to you. Sixteen times last night did I count myself sneezing. And three different handkerchiefs."

I threw Mörike into the lilac bush, and went back to the house. A great automobile snorted at the front door. In the salon great commotion. The Baroness was paying a surprise visit to her little daughter. Clad in a yellow mackintosh she stood in the middle of the room questioning the manager. And every guest the pension contained was grouped about her, even the Frau Doktor, presumably examining a time-table, as near to the august skirts as possible.

"But where is my maid?" asked the Baroness.

"There was no maid," replied the manager, "save for your gracious sister and daughter."

"Sister!" she cried sharply. "Fool, I have no sister. My child travelled with the daughter of my dress-maker."

Tableau grandissimo!

William Goyen: *The Thief Coyote*

People in the river valley were aroused one late autumn afternoon when someone saw a red coyote running down the road to Cranestown with a turkey from Coopers' farm in his mouth. Since not only his turkeys but sheep and calves and chickens of other

«Darf ich die eine halten?»

Ich hörte zwei Seufzer – sicher hielten sie sich bei der Hand – er hatte die dunklen Gewässer um eine edle Blüte beraubt.

«Schauen Sie meine derben Finger neben den Ihren!»

«Aber sie sind wunderbar manikürt», sagte die Schwester der Frau Baronin schüchtern.

Die Range! War Liebe also eine Frage der Nagelpflege?

«Wie irrsinnig gern ich Sie küssen würde», murmelte der Student.» Aber verstehen Sie, ich leide an einem schweren Nasenkatarrh, und ich wage es nicht, Sie anzustecken! In der Nacht mußte ich sechzehnmal niesen, ich habe mitgezählt! Und drei Taschentücher verbraucht.»

Ich warf Mörike in den Fliederbusch und kehrte ins Haus zurück. Ein großes Auto schnaubte vor dem Eingang. Im Salon großer Aufruhr. Die Frau Baronin stattete ihrer kleinen Tochter einen Überraschungsbesuch ab. In einen gelben Staubmantel gekleidet, stand sie mitten im Zimmer und fragte den Geschäftsführer aus. Und alle Gäste, die die Pension beherbergte, waren um sie versammelt, sogar die Frau Doktor, die vorgeblich einen Fahrplan überflog, um den erlauchten Röcken so nahe wie möglich zu sein.

«Aber wo ist meine Zofe?» fragte die Frau Baronin.

«Eine Zofe ist nicht gekommen», erwiderte der Geschäftsführer, «nur Ihr Fräulein Schwester und das Töchterchen.»

«Meine Schwester?» rief sie scharf. «Dummkopf! Ich habe keine Schwester. Mein Kind reist mit der Tochter meiner Schneiderin.»

Vorhang!

William Goyen: Der diebische Steppenwolf

Eines Nachmittags im Spätherbst gerieten die Leute im Flußtal in Aufregung, weil jemand einen roten Steppenwolf gesehen hatte, der mit einem Truthahn in der Schnauze aus Coopers' Farm die Landstraße nach Cranestown hinabtrabte. Da nicht nur Mark Coopers' Truthühner, sondern auch Schafe und

farms were imperiled, a posse was quickly organized by Mark Coopers, who had a way of calling men of Cranestown together at the slightest augury of what might be, in his mind, disaster or peril to everyone, especially himself. A posse was quickly organized to try to track the robber down.

Mark Coopers, who had more turkeys to lose than anyone else had sheep or calves or chickens to give up to the thief, and who, moreover, wanted some large enterprise to put himself to, went down to the hermit Lazamian's cabin and told Franz Lazamian about it. He sent his son, Jim, who was gathering pecans in the nut grove, across to the Hansons. Jim found Sam Hanson by his barn and told him to be at his father's house in an hour, ready to go out after the coyote.

A little before four, Hanson came. "Who saw it?" he asked Mrs. Coopers.

"Several people in Cranestown. And I heard the turkeys gobbling. We could put out a trap, I think."

"It's no use doing that," Mark Coopers answered, coming in with his boots to put on. "We just have to kill the coyote if we can.

Once he's been here and tasted the bird, he'll come back with several more of his gang. There'd just be a big feast."

"Then who else is coming?" Hanson asked. "I've got hay to put up."

"The hermit Lazamian is," Mark answered, pulling on a boot. "And we'll take Jim. Then we can gather some more, probably Pete Jackson anyway, at the store."

The young man Jim was sitting on the divan, dangling his cap between his spread legs, looking at the floor.

Lazamian came a little after four, quietly came in and stood looking to see what was in the Coopers' living room, and the posse was ready. Mrs. Coopers gave them a bucket of coffee and some rolls she had

Kälber und Hühner auf anderen Farmen gefährdet waren, trommelte Mark Coopers gleich ein Aufgebot zusammen, denn es war seine Art, die Männer Cranestowns aufzubieten, sowie seiner Ansicht nach das geringste Anzeichen von Unheil oder Gefahr für jedermann auftauchte, besonders für ihn selber. Rasch war ein Trupp formiert, der den Räuber aufspüren sollte.

Mark Coopers, der mehr Truthühner zu verlieren als sonstjemand an Schafen oder Kälbern oder Hühnern dem Dieb preiszugeben hatte und der obendrein Lust zu einer ordentlichen Unternehmung verspürte, ging zur Hütte des Einsiedlers Lazamian und benachrichtigte Franz Lazamian. Seinen Sohn Jim, der im Nußwäldchen Hickory-Nüsse sammelte, schickte er zu den Hansons. Jim fand Sam Hanson bei der Scheune und bestellte ihm, er möge in einer Stunde zu seinem Vater aufs Gehöft kommen, um den Steppenwolf aufzuspüren.

Hanson kam kurz vor vier. «Wer hat den Steppenwolf gesehen?» fragte er Mrs. Coopers.

«Mehrere Leute in Cranestown. Und ich habe die Truthühner kollern hören. Wir könnten eine Falle aufstellen, oder?»

«Das hat keinen Sinn», erwiderte Mark Coopers, der mit den Stiefeln in der Hand hereinkam. «Wir müssen ihn einfach abschießen, wenn wir können. Nachdem er hier war und durch einen Truthahn auf den Geschmack gekommen ist, wird er mit mehreren anderen von seinem Rudel zurückkehren. Dann veranstalten sie hier eine große Schlemmerei!»

«Ich sollte eigentlich Heu aufladen. Wer sucht denn sonst noch mit?» fragte Hanson.

«Der Einsiedler Lazamian», antwortete Mark und zog den einen Stiefel an. «Und wir nehmen Jim mit. Dann holen wir uns noch ein paar andere, wahrscheinlich jedenfalls Pete Jackson vom Laden.»

Der junge Jim saß auf dem Sofa, ließ seine Mütze zwischen den gespreizten Beinen niederbaumeln und starrte auf den Fußboden.

Lazamian erschien kurz nach vier, trat ruhig ein und stand da, um sich anzuschauen, was es in Coopers' Wohnzimmer zu sehen gab, bis der kleine Trupp beisammen war. Mrs. Coopers gab ihnen einen Eimer Kaffee mit und ein paar Rosinenbröt-

been baking, and they started, Coopers carrying the bucket and Lazamian the bag of sweet-rolls. Every man had a shotgun except Jim, who carried an aiglette of a rope coiled round his shoulder.

It was getting colder and something in the late autumn daylight brought out green and yellow in the hillsides, made a deep yellow flowering bush flare up and look like gold, streaked in the meadows and running up the flanks of hills. The air was snowy, the first snow might be coming any day. The women of Rogue River Valley had been for some time canning peaches and apricots and stewing apples. The Michaelmas Daisies had already gone away, and the fire of the Broom blazed on the slopes and roadsides.

At the store, Pete Jackson said all right he would come, but he grumbled because he had to leave the new Kalamazoo Pride stove he was warm by. He put a pint of whiskey in his rear pocket. Some other men sitting around would not come for such a crazy thing as hunting a coyote.

Walking down the road in the new wind, the men talked about the thief.

"I figure we'll go down to Rogue River, then follow it along a while. Then when it gets dark . . ."

"And that's only an hour or so off," Hanson interrupted.

". . . we'll loop back around and come up Chapman's Hill," Coopers continued. "If we don't find him by the river, we'll get him in the hill. A reward to the man who gets him."

Something in the air, or the coming dusk, when men want to be home; or the wrongness in going away from one's house on an expedition at the end of day when all things should be coming back, turned the men querulous. But Coopers the leader was leading them on, with the image of conquest in his head.

"Let's all have a drink to begin with," Jackson said;

chen, die sie gebacken hatte, und sie brachen auf: Coopers trug den Eimer und Lazamian die Tüte mit den Rosinenbrötchen. Jeder hatte ein Gewehr, ausgenommen Jim, der ein Stück Seil zusammengerollt über der Schulter trug.

Es wurde kälter; irgend etwas im spätherbstlichen Tageslicht holte ein Grün und ein Gelb aus den Hügelhängen, ließ einen dunkelgelb blühenden Busch wie Gold erglühen, huschte über die Wiesen und lief die Flanke der Berge hinan. Die Luft roch nach Schnee, jederzeit konnte jetzt der erste Schnee fallen. Die Frauen im Rogue-River-Tal hatten bereits eine Zeitlang Pfirsiche und Aprikosen eingekocht und Äpfel gedünstet. Die Herbstastern waren schon verblüht, und auf den Hängen und an den Wegrändern loderte das Feuer der Ginsterbüsche.

Pete Jackson im Laden sagte all right, er werde kommen, aber er murrte, weil er den neuen Kalamazoo-Ofen verlassen mußte, der ihn so wärmte. Er steckte sich ein Fläschchen Whisky in die Hosentasche. Ein paar andre Leute, die im Laden herumsaßen, wollten bei einer so verdrehten Sache wie einer Steppenwolfjagd nicht mitmachen.

Die Männer gingen im frisch aufgekommenen Wind die Straße entlang und unterhielten sich über den Dieb.

«Ich dachte, wir könnten an den Rogue-River runtergehn und ihm ein Stückchen folgen. Wenn's dunkel wird...»

«...ist ja bloß noch eine Stunde bis dahin», unterbrach ihn Hanson.

«...können wir einen Bogen nach rückwärts schlagen und Chapmans Hügel raufkommen», fuhr Coopers fort. «Wenn wir ihn nicht am Fluß finden, erwischen wir ihn auf dem Hügel. Wer ihn kriegt, soll eine Belohnung haben.»

Etwas in der Luft oder in der anbrechenden Dämmerung, wenn die Menschen zu Hause sein möchten, oder sonst ein Unbehagen oder die Verrücktheit, am Ende des Tages, wenn ein jegliches Wesen heimkehren sollte, sich fort von daheim auf eine Streife zu begeben, machte die Männer verdrießlich. Doch Coopers, der Anführer, führte die Männer weiter, und der Sieg stand ihm wie ein Bild vor Augen.

«Wolln zunächst mal alle einen Schluck nehmen», sagte

and he passed the bottle secretly through the group like a profane whispering in the ear, because of the young Jim. Lazamian shook his head negatively when the bottle came to him.

"We've got to be alert," Coopers said, "watching every bush and thicket."

They got to the river, flowing swiftly along, carrying rafts of weed and brush which had dropped in it. Suddenly a cracking sound broke the quiet. Every man but Jim started. It was Jim eating a pecan. Coopers was angry.

"Stop cracking those infernal nuts!" he shouted. "How many you got?"

"A few in my pocket," Jim answered.

"Then throw 'em out. Here, give 'em to me!"

Jim handed his father a handful and Coopers flung them into the river.

They went on. Jackson took another gulp of whiskey.

Lazamian was just going along. He was frail and had a mystic face, pointed at the chin and forehead. He went silently and softly along, no harm to anyone. No one in the group knew nor would know whether he liked going along after the coyote. All they knew was all anyone knew about Lazamian the hermit: that he was apparently serenely ready when someone came to him for a thing to be given or done – yet his life showed that within it there was always something held back for something yet to come. He went silently and softly along. He might have been going for some sure treasure, or, with such a face, on a pilgrimage to a distant cross.

Hanson was a heavy Swede, going roughly and noisily. He and Coopers led; Jackson, who was just a follower good to have, was second, as though faltering a little, like a lame man; and behind Jackson was Lazamian, drifting along. Jim, still counting pecans in his mind, was last, a kind of conscripted

Jackson und ließ die Flasche verstohlen herumgehen, wie eine anstößige Geschichte – wegen des jungen Jim. Lazamian schüttelte ablehnend den Kopf, als die Flasche zu ihm kam.

«Wir müssen aufmerksam sein», mahnte Coopers, «und jeden Busch und jedes Dickicht beachten!»

Sie kamen zum Fluß, der flink vorbeischoß und Ansammlungen von Unkraut und Gestrüpp mit sich führte, die hineingefallen waren. Plötzlich unterbrach ein knackendes Geräusch die Stille. Jeder fuhr zusammen, ausgenommen Jim. Denn es war bloß Jim, der eine Hickory-Nuß aß. Coopers war wütend.

«Laß das verdammte Nüsseknacken!» schrie er. «Wieviel hast du noch?»

«Hab' ein paar in der Tasche», erwiderte Jim.

«Dann wirf sie weg! Hier, gib sie mir her!»

Jim reichte seinem Vater eine Handvoll Nüsse, und Coopers schleuderte sie in den Fluß.

Sie gingen weiter. Jackson nahm noch einen Schluck Whisky.

Lazamian ging einfach seines Wegs. Er war schmächtig und hatte ein vergeistigtes Gesicht, das zum Kinn und zur Stirn spitz zulief. Er ging schweigend und sanftmütig weiter und tat niemandem etwas zuleide. Keiner im Trupp wußte oder würde je wissen, ob es ihm gefiel, den Steppenwolf aufzuspüren. Sie wußten nichts weiter als das, was jedermann über den Einsiedler Lazamian wußte: daß er anscheinend stets gelassen zur Stelle war, wenn jemand zu ihm kam und etwas brauchte oder von ihm getan haben wollte – doch sein Leben bewies, daß immer noch etwas da war, das er für irgendwelche zukünftigen Dinge aufsparte. Schweigend und sanftmütig ging er weiter. Es war, als verfolge er zielbewußt einen Schatz oder als pilgere er (bei einem solchen Gesicht!) einem fernen Kreuz entgegen.

Hanson war ein schwer gebauter Schwede, der derb und laut auftrat. Er und Coopers gingen voran; Jackson, der einfach ein Mitläufer war, den man gern dabei hatte, kam als zweiter, als strauchle er ein wenig, wie ein Lahmer. Hinter Jackson kam Lazamian, der sachte dahintrieb. Jim, der in Gedanken immer noch Nüsse zählte, war der letzte, eine Art gepreßter Rekrut.

follower. When chunks of dead moss or pieces of bark would fall, the group would start, wait, look cunningly about, then go on.

The hunted thief lay where, no one knew, but warmly snugged in some cove or lair, red and fierce by his river which he knew; tired perhaps, but no longer hungry, and so resting.

There was a green moon, gleaming like a cat's eye, already in the sky, swimming in an iridescent film. It was quite dark now and a little snow was beginning to come. "Autumn is really gone," someone said. Not a living creature jumped or ran or rustled. There was only the pelt of cones and the seed of trees, the slough of summer, on the rogue water. The serenity that can be in waiting was there in the rogue woods; the river went quickly along, aloof in its river-world, understanding as only rivers and woods can understand season and change and not betraying them. It purled softly except when it came upon rocks, and then it gurgled a little and went on.

"We'll stop here," Coopers said, "by this flat rock and heat our coffee and eat the sweet-rolls that Mary baked. Then we'll go on."

They started a fire and it lept up like a yellow and red rag, and the men came round it and put out cold hands to it. Then they put the coffee bucket over it and all sat down close.

"Wonder where the robber is?" Jackson asked.

"If you ask me, I'd say he was a hundred miles from here. And probably running farther away every minute. I never heard of chasing a coyote like this," Hanson grumbled.

"No," Coopers informed them. "I'd say he's got a pack of thieves like himself around here close, near the treasure at Cranestown.

Traps don't work. Listen for a cry like a woman's, then we'll go to the cry and find our thief."

Wenn alte Flechten oder Borkenstückchen niederfielen, schrak der ganze Trupp zusammen, verhielt lauschend, blickte sich listig um und ging dann weiter.

Der verfolgte Dieb lag, keiner wußte wo, aber warm in einen Schlupfwinkel oder in eine Höhle geschmiegt, lag rot und wild an seinem Fluß, den er kannte – vielleicht müde, aber nicht mehr hungrig, und deshalb ruhevoll.

Schon stand ein grüner Mond am Himmel, glomm wie ein Katzenauge und schwamm in regenbogenfarbigen Schleiern. Es war jetzt ganz dunkel, und ein wenig Schnee begann niederzurieseln. «Der Herbst ist wirklich vorbei», sagte jemand. Kein lebendes Geschöpf hüpfte oder lief oder raschelte. Nur das Fell aus Kiefernzapfen und Baumsamen, die abgestreifte Haut des Sommers, trieb auf dem ungewissen Wasser. Die Gelassenheit, die beim Warten entstehen kann, kam hier auf, im ungewissen Wald. Der Fluß glitt rasch dahin, abgeschieden in seiner Flußwelt, im Einverständnis, wie nur Flüsse und Wälder die Jahreszeit und den Wechsel verstehen können und sie nicht leugnen. Er gluckerte sanft, und nur, wenn er auf Felsblöcke stieß, plätscherte er ein wenig und floß weiter.

«Hier wollen wir rasten», erklärte Coopers, «bei diesem flachen Fels, und unsern Kaffee wärmen und die Rosinenbrötchen essen, die Mary gebacken hat! Dann gehen wir weiter.»

Sie machten ein Feuer, und es züngelte auf wie ein rotgelber Lappen, und die Männer traten herzu und streckten ihre kalten Hände vor. Dann stellten sie den Eimer mit Kaffee darüber, und alle setzten sich nah ums Feuer.

«Möchte mal wissen, wo der Räuber ist», sagte Jackson.

«Wenn du mich fragst, würd' ich dir antworten: er ist hundert Meilen von hier. Und läuft wahrscheinlich mit jeder Minute noch weiter weg. Hab' noch nie gehört, daß einem Steppenwolf so nachgestellt wird», murrte Hanson.

«Ach was», wurden sie von Coopers belehrt. «Ich nehme an, er hat ein Rudel Diebe, alle seinesgleichen, hier ganz in der Nähe um sich versammelt, dicht bei seiner Schatzkammer in Cranestown. Fallen nützen da nichts. Achtet auf einen Schrei, wie der Ruf einer Frau! Dann gehen wir dem Ruf nach und finden unsern Dieb!»

"But who saw him?" Lazamian asked quietly, the first time he had spoken anything.

"My birds," Coopers said, quick to set him aright and anyone else there who might be suffering a doubt in his mind. "My turkeys went crazy about two this afternoon. And then somebody in the town reported it to the store that they saw a red coyote running right through Main Street with a piece of a turkey in his mouth. The store rang up my wife and she came running to tell me in the field. That's when I sent the boy Jim, pecan picking, to Hanson, and I went to get Lazamian."

"I'm cold," Jackson said. The stove in the store was laughing and glowing in his mind, merry and bright as it squatted on its little iron haunches.

And then, to brighten the moment, Coopers began a lewd tale about somebody in Cranestown. This livened up the group, and the fire quickened and made wanton shapes and mirages. Jackson and Hanson told stories in their turn, waiting for the coffee to get hot. Jim did not know what to do.

He backed off a little from the others and sat in the shadow to himself, and from there he watched his own secret vision in the fire which the men's stories tried to shame. Lazamian just drew in the dirt with a stick. Jackson passed the bottle around, for this was whiskey talk and he felt something at last was going to be good.

Just then came a sound like twigs breaking under foot, such as an animal's foot makes as it goes over the ground. Everyone leaped up, but Coopers came up so anxiously that he kicked over the bucket of coffee and spilled it on the ground. There was a hiss from the fire, whose light was lowered, and a general rush.

But it was no coyote, only Jim cracking a pecan which he had saved back in his pocket with one other.

«Aber wer hat ihn gesehen?» fragte Lazamian ruhig, und es war das erste Mal, daß er sprach.

«Meine Truthühner», erwiderte Coopers, der rasch bei der Hand war, ihn zurechtzuweisen, ihn und jeden andern, der den geringsten Zweifel hegen mochte. «Heute nachmittag gegen zwei Uhr wurden meine Truthühner ganz wild. Und im Laden berichteten dann Leute aus dem Städtchen, sie hätten einen roten Steppenwolf gesehen, der die Straße entlanggetrabt sei, ein Stück Truthahn in der Schnauze. Der Laden rief bei meiner Frau an, und sie lief aufs Feld hinaus, um es mir zu erzählen. Und daraufhin schickte ich den Nüssesammler Jim zu Hanson, und ich selber ging zu Lazamian.»

«Ich friere», sagte Jackson. Er hatte den Ofen im Laden vor Augen, wie er lachte und glühte und fröhlich und strahlend auf seinen krummen eisernen Beinchen hockte.

Dann begann Coopers, um die Stimmung etwas zu heben, über jemand in Cranestown eine unanständige Geschichte zu erzählen. Das belebte den kleinen Trupp, und das Feuer wurde lebendiger und nahm mutwillige Formen und Gaukelbilder an. Nachher waren Jackson und Hanson an der Reihe, ihrerseits Geschichten zu erzählen, während sie darauf warteten, daß der Kaffee heiß wurde. Jim wußte nicht, was er tun sollte. Er zog sich ein wenig von den andern zurück und setzte sich abseits ins Dunkel. Von dort aus erschaute er im Feuer seinen eigenen heimlichen Traum, den die Geschichten der Männer zuschanden machen wollten. Lazamian malte mit einem Stöckchen im Sand. Jackson ließ die Flasche herumgehen, denn das da war Whisky-Gespräch, und er fand, daß die Sache endlich gut zu werden versprach.

Da hörten sie ein Geräusch – wie von Ästchen, die unter einem Fuß zerknackten, wie unter dem Fuß eines Tieres, wenn es über den Waldboden läuft. Jeder sprang auf, doch Coopers sprang so hastig hoch, daß er den Eimer umstieß und den Kaffee verschüttete. Das Feuer zischte, sein Lichtschein wurde trübe, und alle liefen durcheinander.

Aber es war kein Steppenwolf, es war bloß Jim, der eine Hickory-Nuß geknackt hatte, die er zusammen mit einer allerletzten noch in der Tasche aufgespart hatte.

Coopers was savage. He ran over to Jim and struck him across the face with his hand, shouting, "God-dam it, Jim, you've lost our coffee with those infernal nuts! I thought I threw 'em all in Rogue River!"

Jim hunched under the blow, sat a moment, and then got up to go away farther. He felt one hard lone nut in the bottom of the sack of his pocket like a little stone. He clutched it tightly. "The pecans," he thought, "lie all on the ground waiting for me to come to gather them." And he thought, all in a moment, about picking up pecans all day long in the grove where it was quiet and the world was his own, no one to bother him and come talking about things. He had his own plan. He had planned to get ten croaker-sacks by nightfall if it hadn't been for the coyote. Then his father had called him in to send him to Hanson's place to tell Hanson about the thief. Other boys around Cranestown had made some little fun of him because he picked pecans instead of killing hogs and branding cattle, and this seemed to hurt him more now than it ever had.

Why should he care about a coyote that had stolen a turkey or that people said had stolen a turkey? He only wanted right now to be back in the pecan grove, holding at least his own plan shaped in his head. For he had kept a restless watch on things, too, even as his father had – there was some shape to this watchfulness, some shape in what he watched. Beyond this, all around him, lay a huge roiled and anxious shapelessness, the impulsive doings of disquieted and suspicious men, hunts to kill, plots to gain, plans to trick to glory or increase.

But he knew where his own plan lay and how it was shaped. What right had men to force their shapeless-ness upon him? For he had, in some way, already made up his mind, alone in grove and orchard, that his real and loving work was to collect quietly what

Coopers tobte. Er rannte zu Jim hinüber, schlug ihm ins Gesicht und schrie: «Verflucht noch eins, Jim, mit deinen blöden Nüssen hast du uns um den Kaffee gebracht! Und ich dachte, ich hätte sie alle in den Rogue-River geworfen.»

Jim duckte sich unter dem Schlag, blieb eine Sekunde sitzen und stand dann auf, um sich noch weiter abzusondern. Er spürte eine einsame, letzte Nuß auf dem Grund seiner Hosentasche, hart wie ein Steinchen. Er umklammerte sie fest. «Die Nüsse», dachte er, «liegen alle auf der Erde und warten darauf, daß ich komme und sie aufsammle.» Und genau im gleichen Augenblick dachte er, wie er den ganzen Tag lang im Wäldchen Nüsse aufsammeln wollte, wo es so still war und wo die Welt ihm allein gehörte und keiner da war, ihn zu plagen, oder daherkam und über alles mögliche redete. Er hatte sich einen Plan ausgedacht: er hatte geplant, bis zum Anbruch der Nacht zehn Säcke voll zu sammeln – wenn nicht der Steppenwolf gewesen wäre! Da hatte ihn sein Vater ins Haus gerufen und zu Hanson geschickt, um Hanson von dem Dieb zu berichten. Die anderen Jungen in Cranestown hänselten ihn ein bißchen, weil er Nüsse auflas, anstatt Schweine abzustechen und Rinder mit dem Brandeisen zu zeichnen, und das schien ihn jetzt mehr denn je zu kränken. Warum sollte er sich um einen Steppenwolf kümmern, der einen Truthahn gestohlen hatte oder von dem die Leute behaupteten, er habe einen Truthahn gestohlen? Er wollte nichts weiter, als sofort wieder ins Nußwäldchen zurückkehren, da ihm sein eigener Plan am Herzen lag. Denn auch er hatte unentwegt alles beobachtet, ebenso wie sein Vater – und was er beobachtet hatte, nahm bestimmte Gestalt an, ordnete sich zu einer Gestalt. Jenseits davon lag rings um ihn her eine ungeheure, verworrene und bange Ungestalt, das willkürliche Tun und Treiben unruhiger, argwöhnischer Menschen: Jagden, um zu töten, Ränke, um einzuheimsen, Pläne, um Ruhm oder Gewinn zu ergattern.

Er aber wußte, wohin sein eigener Plan zielte und wie er gestaltet war. Was für ein Recht hatten die Menschen, ihm ihre eigene Ungestalt aufzuzwingen? Denn als er allein im Nuß-wäldchen und Obstgarten war, hatte er bereits irgendwie entschieden, daß seine wirkliche, liebevolle Arbeit darin

the earth had made and had fallen, yielded to him upon the ground, and store away a quiet gathering-up of small, dirt-grown morsels and meats. Why must men make him feel sly like a thief?

Now everyone was angry because of the spilled coffee, except Lazamian, who didn't seem to mind at all.

"You'd think you wanted the coyote not to be killed! To eat all your father's birds!" Coopers bawled to Jim in the shadow.

Jim gripped the little nut tightly and kept quiet.

"Well, we can all eat the sweet-rolls that Mary baked, anyway," Hanson suggested.

"And wash 'em down with what little is left of this bottle," Jackson said.

They gathered again around the dampened fire. Some spirit in them, like the fire, had been dampened. Lazamian brought over a piece of sweet-roll to Jim, who sat away by the river bank, and silently handed it to him.

"I think we ought to go back," Jackson said, after a time. "We'll never get the robber tonight. Go back and try a trap."

Coopers was angry and tired, now. "I told you we'll never get him with a trap. Next it'll be a lamb, then a calf, then more of my birds. We'll all be feeding a whole coyote pack all winter if we don't get this one and hang him on a fence-post. We've got to teach them not to come down to Cranestown, and this will do it. Now let's go on." Coopers realized they had sat too long by the fire.

They were getting up from the fire when Lazamian spoke for the second time during the expedition.

"But are we sure there was a thief?"

Jim trembled a little where he sat to himself in the darkness by the river.

"As sure as you can be of what eyes tell you!" Coopers yelled, stomping out the fire.

bestehe, still zu sammeln, was die Erde hervorgebracht hatte und was herabgefallen war auf den Boden, ihm gewährt, um einen stillen Hort kleiner, erdgewachsener Krumen und Kerne aufzuspeichern. Warum mußten ihn die Männer dahin bringen, daß er sich verschlagen wie ein Dieb vorkam?

Jetzt waren sie alle zornig wegen des verschütteten Kaffees, alle bis auf Lazamian, dem es anscheinend gleichgültig war.

«Man könnte glauben, du willst, daß der Steppenwolf nicht getötet wird! Daß er sämtliche Truthühner deines Vaters auffrißt!» brüllte Coopers ins Dunkel hinein, wo Jim war.

Jim hielt die kleine Nuß fest und verhielt sich still.

«Wenigstens können wir alle die Rosinenbrötchen essen, die Mary gebacken hat», meinte Hanson.

«Und sie mit dem Rest hinunterspülen, der noch in der Flasche ist», sagte Jackson.

Sie setzten sich wieder um das fast erloschene Feuer. Gleich dem Feuer schien ein gewisser Schwung in ihnen fast erloschen. Lazamian brachte Jim, der entfernt am Flußufer saß, ein Rosinenbrötchen und reichte es ihm schweigend.

«Ich finde, wir sollten umkehren», sagte Jackson nach einiger Zeit. «Heute nacht erwischen wir den Dieb bestimmt nicht mehr. Wollen umkehren und es mit einer Falle versuchen!»

Coopers war jetzt zornig und erbittert. «Ich habe euch erklärt, daß wir ihn mit einer Falle niemals bekommen. Als nächstes wird's ein Lamm sein, dann ein Kalb, dann noch viele von meinen Truthühnern. Wir alle werden den Winter lang ein Rudel Steppenwölfe ernähren, falls wir den hier nicht erwischen und am Zaunpfosten aufhängen. Wir müssen dem Rudel klarmachen, daß es nicht nach Cranestown kommen darf – und das hier genügt dann. Jetzt wollen wir weiter!» Coopers begriff, daß sie zu lange ums Feuer gesessen hatten.

Sie standen auf, und Lazamian sprach – zum zweitenmal während der Suche.

«Aber wissen wir's auch ganz genau, daß ein Dieb da war?»

Jim, der allein im Dunkel am Fluß saß, zitterte ein wenig.

«So sicher, wie dich deine eigenen Augen nicht trügen», schrie Coopers und begann, das Feuer auszustampfen.

"Have you counted your turkeys?" Jackson asked, looking Coopers straight in the eye and daring him a little. There was something about a fire being put out on a cold night he did not like.

There was a portentous wait. A kind of petty mutiny was in Jackson and Hanson, and they were wondering if they could count on Lazamian, who had suddenly spoken for them. They were all standing, looking hard at Coopers. Coopers was tired of trying to convince the fainthearted hunters and he made a desperate speech.

"Listen, you cowards," he said firmly. "I told you my wife heard the birds making a commotion. Something was after them. All right. And then the store said somebody saw the robber coyote with the turkey ... All right?"

But Hanson was tired of all this, and he spoke out definitively.

"Well, I'm cold as hell, and right now I don't care a hoot about turkeys or coyotes or anything but being in out of this cold. It's beginning to appear to me that this is a damfool stunt, like most of your others. In thirty minutes if there's no coyote, I'm turning back, and the devil with the rest of you."

A raw wind was coming down over them and it made the flames of the fire suddenly leap up and crack like a whip. What was in the fire that made it so sensitive to men's feelings?

"And the same for me," Jackson the follower said, meaning it, "and for the hermit Lazamian, too!"

The wind rasped the trees and the place where the men were suddenly went lonely and stark. The fire was dying again. By the river Jim was hearing the clash of the men against his father. He looked towards the fire-shadow to see his father standing alone on one side of the fire and the men divided against his father on the other; he saw his father's big face glowering in the fire's glimmering light and he heard

«Hast du deine Truthühner gezählt?» fragte Jackson, ihm die Stirne bietend und ihn fest anblickend. An einem kalten Abend das Feuer ausstampfen – das war gar nicht nach seinem Geschmack.

Eine bedeutungsvolle Pause entstand. In Jackson und Hanson regte sich eine Art leichter Aufsässigkeit, und sie fragten sich, ob sie auf Lazamian zählen könnten, der so unversehens in ihre Kerbe gehauen hatte. Sie standen alle da und blickten Coopers fest an. Coopers hatte es satt, die unlustigen Jäger zu überzeugen, und er hielt ihnen eine aufgebrachte Rede.

«Hört mal, ihr Feiglinge», rief er streng. «Ich habe euch gesagt, daß meine Frau gehört hat, wie die Tiere sich aufregten. Irgendwas war hinter ihnen her. Gut. Und dann erzählten sie im Laden, daß jemand den diebischen Steppenwolf mit dem Truthahn gesehen hat! ... Genügt's?»

Aber Hanson hatte es auch satt und sagte entschlossen:

«Ach was, ich bin bis auf die Knochen durchgefroren, und ich kümmere mich jetzt einen Dreck um Truthähne und Steppenwölfe und sonst was, ich will bloß aus dieser Kälte raus! Mir dämmert's allmählich, daß es wieder einer von deinen blöden Einfällen ist, wie meistens. Wenn in 'ner halben Stunde kein Steppenwolf auftaucht, kehr' ich um, und ihr andern könnt zum Teufel gehn!»

Ein scharfer Wind stieß auf sie nieder und ließ das Feuer plötzlich wieder in Flammen ausbrechen und wie Peitschen knallen. Was steckte im Feuer, daß es die Gefühle der Menschen so mitempfinden konnte?

«Und das gleiche gilt für mich», sagte Mitläufer Jackson in vollem Ernst, «und auch für den Einsiedler Lazamian!»

Der Wind raschelte in den Bäumen, und die Stelle, wo die Männer gesessen hatten, schien plötzlich öde und einsam. Das Feuer sank wieder zusammen. Vom Fluß her konnte Jim den Aufruhr der Männer gegen seinen Vater hören. Er blickte zum erlöschenden Feuer und sah seinen Vater, der allein auf der einen Seite des Feuers stand, und die Männer gegen seinen Vater auf der andern; er sah seines Vaters großes Gesicht ins glimmende Licht des Feuers stieren und hörte ihn sprechen

him say, in a patronizing voice, weak now and not convincing, almost like an aside, "A reward to the man who gets the thief coyote." But not a word was returned from the three dissenters standing together across the low flame from Coopers. Sides had been taken ; the men led out here by a phantom thief to this fire-lit region on the edge of all that seemed unreal and ghostly appeared to Jim to be isolated from the living world and turned upon each other.

He suddenly wanted more than anything in the world to be gathering pecans in the sun, alone and counting the nuts and no men quarreling around him. Those across the fire from Mark Coopers were sure now that there was no coyote. The biting wind, the darkness and the loneliness of the place by the river, the first snow, the lost coffee, made them want to be home, within walls, after a hot supper.

Then a crackling sound like something moving came from the river ; then quiet ; then another sound ; then a heavy noise of movement, stealthy but measured. There was a pause within Coopers so that he might be sure of the sound, then he took his gun. At last, he thought, this may be the coyote, come just in time. The kill will prove it to these turn-coats, or at least, if the noise is something else, a shot fired will shake them and reassure them and draw them back to me. But he was sure it was the coyote, now. He was poised with his gun. The men were fixed and silent.

Towards the river Coopers saw a crouched shape, and in a twinkling he raised his gun and fired there. The others jumped, the wide resounding reality of the burst restored them to Coopers' cause for the moment, they thought he might be right after all. Jackson shouted, "Did you get him?" and all of them ran to the river surely expecting to find the shot coyote. Lazamian reached into the flame and pulled

(mit gönnerhafter Stimme, kraftlos jetzt und nicht überzeugend, fast wie nebenbei): «Eine Belohnung für den, der mir den diebischen Steppenwolf bringt!» Doch von den drei Abtrünnigen, die jenseits der niedrigen Flamme standen, gegenüber von Coopers, kam keine Antwort. Parteien hatten sich gebildet. Die Männer, die von einem schemenhaften Dieb zu dieser von einem Feuer erhellten Stelle geführt worden waren, zu einer Stelle am Rande einer unwirklichen und spukhaften Welt, schienen Jim von der lebendigen Welt isoliert zu sein und sich gegeneinander zu kehren. Plötzlich wollte Jim für sein Leben gern Nüsse sammeln, allein in der Sonne, und die Nüsse zählen – ohne streitende Männer um ihn her. Die drei, die Mark Coopers am Feuer gegenüberstanden, waren jetzt überzeugt, daß der Steppenwolf überhaupt nicht da war. Der beißende Wind, das Dunkel und die Einsamkeit hier am Fluß, der erste Schnee und der verschüttete Kaffee waren Grund genug, daß sie sich nach Hause sehnten, zwischen Wände, und nach einem warmen Abendessen.

Da drang vom Fluß ein Geräusch herauf – ein Zweige-Knakken. Dann Stille. Dann wieder ein Geräusch. Dann ein stärkeres Geräusch, wie wenn sich etwas bewegte, verstohlen, aber sich wiederholend. Coopers wartete ab, um ganz sicher zu sein, dann nahm er sein Gewehr. Das könnte endlich der Steppenwolf sein, dachte er, der gerade noch rechtzeitig gekommen ist. Die Beute wird es den Abtrünnigen beweisen, oder wenn das Geräusch von etwas anderem herrührt, wird mein Schuß die Männer wenigstens aufrütteln und zur Vernunft bringen, so daß sie mir wieder glauben. Doch war er jetzt sicher, daß es diesmal der Steppenwolf war. Er hatte das Gewehr im Anschlag. Die Männer standen wie angewurzelt und schwiegen.

Coopers sah eine geduckte Gestalt, die sich gegen den Fluß abhob, und im Nu hatte er gezielt und geschossen. Die andern sprangen auf: die weithin hallende Wirklichkeit des Knalls führte sie augenblicklich wieder zu Coopers und seinem Vorhaben zurück; sie dachten, er habe vielleicht doch recht gehabt. Jackson rief: «Hast du ihn bekommen?», und alle rannten an den Fluß und glaubten felsenfest, den erschossenen

out a burning stick for a light and came with the flare. They saw for a magical instant the limp and folded shape of a coyote lying over the snowy leaves. But when the hand of Lazamian touched the shape and the light he held was lowered to show the features of the captive, there was the figure of Jim lying on the ground with a string of blood beginning over his eye and curling down his cheek.

They came back early the next morning through the frozen trance of snow that had fallen all night, bearing the wounded Jim from the river. They had walked all night trying to find their way out of the woods they had thought they knew so well. Early people of the valley who saw the little procession thought Jim had been bitten by a snake or injured in some way in the hill.

"Those are Coopers and his men who went after the thief coyote," a man told others in front of the store, waiting for it to open up. "Something has happened to the boy Jim."

Jim lay slung over the shoulders of Coopers like a sack of something soft, feathered with snow. Coopers was shambling along, stern and stonefaced.

"Run get Doctor Marvin and tell him Jim Coopers has been shot by a gun on Rogue River!" Jackson called to them. "Tell him to come quickly to Coopers' house!"

Through the town as the procession marched along, this one and that one saw Mark Coopers marching grave and stupid with his son thrown over his right shoulder, his son's hands hanging down dangling as if they were trying to catch at his father's legs or pick something out of his rear pockets, and his hair was strewn down like weed. Behind were Hanson, tired and whiskered, with a stare in his face; and Lazamian, who moved dumbly along like a puppet. Jackson was running ahead in a kind of terrified gambol, shouting to half-asleep people to get Doctor

Steppenwolf vorzufinden. Lazamian griff in die Glut und zog ein brennendes Scheit als Beleuchtung hervor und kam mit der Fackel an. In der Verzauberung eines Augenblicks sahen sie den schlaffen, zusammengebrochenen Körper eines Steppenwolfs auf den beschneiten Blättern liegen. Doch als Lazamians Hand den Körper anrührte und er die Fackel niedersenkte, da war es Jim, der auf dem Boden lag, und ein Faden Blut begann über seinem Auge und schlängelte sich die Wange hinab.

Durch die eisige Starre des Schnees, der die ganze Nacht gefallen war, kehrten sie früh am nächsten Morgen vom Fluß zurück und trugen den verwundeten Jim. Sie waren die ganze Nacht umhergelaufen, um aus dem Wald herauszufinden, den sie gut zu kennen vermeint hatten. Frühaufsteher des Tales, die den kleinen Zug sahen, glaubten, Jim wäre von einer Schlange gebissen worden oder hätte sich sonst irgendwo in den Bergen verletzt.

«Das ist Coopers mit seinem Trupp. Sie waren hinter dem Steppenwolf her», erzählte ein Mann den anderen, die vor dem Laden warteten, daß geöffnet wurde. «Dem jungen Jim ist etwas zugestoßen.»

Wie ein Sack mit weichem Inhalt, von Schneegeriesel bedeckt, hing Jim über Coopers' Schulter. Finster und mit versteinertem Gesicht torkelte Coopers seines Wegs.

«Lauft und holt Doktor Marvin!» rief Jackson den Leuten zu. «Sagt ihm, Jim Coopers ist am Rogue-River angeschossen worden! Sagt ihm, daß er rasch zu Coopers' Haus kommen soll!»

Während der Trupp durchs Städtchen zog, sah so mancher, daß Mark Coopers ernst und mit stierem Blick dahinmarschierte, über der rechten Schulter seinen Sohn, dessen Hände niederbaumelten, als versuchten sie, den Vater an den Beinen zu packen oder etwas aus seiner Hüfttasche zu holen, und daß Jims Haare wie Gras niederhingen.

Dahinter kamen Hanson, müde und bärtig, mit starrem Ausdruck, und Lazamian, der sich stumm wie eine Marionette bewegte. Jackson lief voraus, entsetzt herumspringend und den verschlafenen Leuten zurufend, sie sollten Doktor Marvin holen. Knöterich und wilder

Marvin. Dock and wild buckwheat were in the men's hair and burrs and thistles clove to their lumberjacks. Some people joined the train and marched along its sides or followed behind, whispering.

And when a kind of idiot old man of Cranestown, a man named Old Torrence Reeves, whom everyone mocked, came ambling curious and sidewise like a crab up to Lazamian in the march and asked, "What's the trouble with Jim Coopers?" Lazamian said the third thing he had uttered since yesterday when the expedition left Coopers' house to hunt the thief coyote.

"He was just cracking a pecan by Rogue River."

Old Torrence Reeves thought this a crazy reason for a boy to be hung dead over his father's shoulder, judged the world idiot, standing with his crooked mouth open, and did not follow.

As the posse approached Coopers' place, crowded with followers and stragglers and mourners, Mrs. Coopers came out on the porch and looked down the road to see the group marching up to her house. She thought her husband was carrying triumphantly the coyote over his shoulder. But something in the way it was carried and something in the movement of the people in the procession made her think the burden was not beast but human. And when she ran out to her gate and looked carefully, she saw it was no coyote thief but her son, Jim.

But what had been prepared in her mind to shout to the men when they victoriously returned, tired and hungry, she cried out anyway, hoping it could not be Jim over her husband's shoulder, in the way people try to fool themselves out of sudden incredible disaster, trying to speak a falsehood that might change the impossible truth.

"I've got a big hot breakfast with pancakes ready!"

"Call Doctor Marvin!" Jackson cried. "Call Doctor

Buchweizen hing im Haar der Männer, und Kletten und Disteln klebten an ihren Windjacken. Manche Leute schlossen sich dem Zuge an und marschierten nebenher oder folgten ihm nach und flüsterten.

Und als der alte Dorftrottel von Cranestown, ein Mann namens Old Torrence Reeves, über den sich jeder lustig machte, neugierig und wie eine Krabbe seitwärts laufend auf Lazamian zukam und ihn fragte: «Was ist denn mit Jim Coopers passiert?», sprach Lazamian zum drittenmal, seit der Zug gestern abend Coopers' Haus verlassen hatte, um den Steppenwolf zu erjagen.

«Er hat einfach am Rogue-River eine Hickory-Nuß geknackt.»

Old Torrence Reeves fand, das sei ein verrückter Grund, weshalb ein Junge tot über seines Vaters Schulter baumelte, hielt die Welt für übergeschnappt und blieb stehen, hatte sein schiefes Maul aufgesperrt und folgte dem Zuge nicht.

Als der Trupp sich Coopers' Farm näherte, zu der sich Mitläufer und Herumtreiber und Leidtragende drängten, trat Mrs. Coopers auf die Veranda, blickte die Straße hinab und sah die Gruppe, die auf ihr Haus zukam. Sie glaubte, ihr Mann habe sich den Steppenwolf triumphierend über die Schulter geworfen. Doch etwas in der Art, wie er die Last trug und wie die Leute alle daherkamen, brachte sie auf den Gedanken, die Last sei kein Tier, sondern ein Mensch. Und als sie an ihr Tor lief und scharf hinblickte, sah sie, daß es kein diebischer Steppenwolf, sondern ihr Sohn Jim war.

Doch in Gedanken hatte sie sich bereits zurechtgelegt, was sie den Männern zurufen wollte, wenn sie als Sieger müde und hungrig zurückkämen, und rief es jetzt trotzdem laut heraus, in der Hoffnung, es könnte nicht Jim sein, was da auf ihres Mannes Schulter hing – wie man eben aus einem jähen, unglaublichen Unglück sich herauszureden versucht, eine Unwahrheit zu sprechen versucht, die vielleicht die unmögliche Wahrheit umbiegen könnte.

«Ich hab' ein riesiges warmes Frühstück mit Pfannkuchen bereit!»

«Rufen Sie Doktor Marvin!» schrie Jackson. «Rufen Sie

Marvin!" And then Mrs. Coopers crumpled down at the gate and the procession had to go around her to get through.

Some of the crowd moved into the house, some stood in the yard, still wondering what had happened, and a few women were over Mrs. Coopers on the ground. And just as Lazamian sat down on the steps, very tired, to think about it all, he heard someone in the crowd say, "But has anybody told them that the thief coyote they went so far afield to catch has been right here tormenting the Coopers' place all night long, in the pecan grove?"

It was then that Lazamian was sure he saw, within the oval frame of his eye, the fleeting vision of a coyote leaping across the Coopers' field towards the pecan grove with a turkey in his mouth.

Dylan Thomas: After the Fair

The fair was over, the lights in the cocoanut stalls were put out, and the wooden horses stood still in the darkness, waiting for the music and the hum of the machines that would set them trotting forward. One by one, in every booth, the naphtha jets were turned down and the canvases pulled over the little gambling tables. The crowd went home, and there were lights in the windows of the caravans.

Nobody had noticed the girl. In her black clothes she stood against the side of the roundabouts, hearing the last feet tread upon the sawdust and the last voices die into the distance. Then, all alone on the deserted ground, surrounded by the shapes of wooden horses and cheap fairy boats, she looked for a place to sleep. Now here and now there, she raised the canvas that shrouded the cocoanut stalls and peered into the warm darkness. She was frightened to step inside, and

Doktor Marvin!» Und dann sackte Mrs. Coopers zusammen, und der Zug mußte einen Bogen machen, um durchs Tor zu gelangen.

Ein paar Menschen aus der Menge traten ins Haus, einige standen im Hof und fragten sich immer noch, was geschehen sei, und ein paar Frauen bemühten sich um die auf der Erde liegende Mrs. Coopers. Und gerade, als Lazamian sich sehr müde auf die Steintreppe setzte, um über alles nachzudenken, hörte er jemand in der Menge sagen: «Aber hat ihnen denn keiner erzählt, daß der diebische Steppenwolf, den sie so weit von hier erwischen wollten, die ganze Nacht im Nußwäldchen war und Coopers' Gehöft heimgesucht hat?»

Und im gleichen Augenblick glaubte Lazamian, er sähe, eingerahmt vom Oval seines Auges, die flüchtige Vision eines Steppenwolfs, der mit einem Truthahn in der Schnauze über Coopers' Hof zum Nußwäldchen sprang.

Dylan Thomas: Nach dem Jahrmarkt

Der Jahrmarkt war vorbei, die Lichter in den Kokosnußbuden wurden ausgelöscht, und die hölzernen Pferde standen still in der Dunkelheit und warteten auf die Musik und das Summen der Motoren, die sie in Trab setzen würden. Eine nach der andern wurden die Naphthalampen in jeder Bude ausgedreht und die Planen über die kleinen Spieltische gezogen. Die Leute gingen nach Hause, und in den Fenstern der Wohnwagen schien Licht.

Niemand hatte das Mädchen bemerkt. In ihren schwarzen Kleidern stand sie neben dem Karussell, hörte die letzten Schritte auf dem Sägemehl, und die letzten Stimmen, die in der Ferne erstarben. Dann, ganz allein auf dem verlassenen Platz, umgeben von hölzernen Pferdegestalten und billigen Schaukelschiffen, suchte sie eine Stelle zum Schlafen. Einmal da, einmal dort hob sie die Zeltleinwand, die die Buden mit ihren Kokosnüssen einhüllte, und spähte in die warme Dunkelheit. Sie hatte Angst, den Schritt hinein zu machen, und wenn eine

as a mouse scampered across the littered shavings on the floor, or as the canvas creaked and a rush of wind set it dancing, she ran away and hid again near the roundabouts. Once she stepped on the boards; the bells round a horse's throat jingled and were still; she did not dare breathe until all was quiet again and the darkness had forgotten the noise of the bells. Then here and there she went peeping for a bed, into each gondola, under each tent. But there was nowhere, nowhere in all the fair for her to sleep. One place was too silent, and in another was the noise of mice. There was straw in the corner of the Astrologer's tent, but it moved as she touched it; she knelt by its side and put out her hand; she felt a baby's hand upon her own.

Now there was nowhere; so slowly she turned towards the caravans, and reaching them where they stood on the outskirts of the field, found all but two to be unlit. She stood, clutching her empty bag, and wondering which caravan she should disturb. At last she decided to knock upon the window of the little, shabby one near her, and standing on tiptoes, she looked in. The fattest man she had ever seen was sitting in front of the stove, toasting a piece of bread. She tapped three times on the glass, then hid in the shadows. She heard him come to the top of the steps and call out Who? Who? but she dared not answer. Who? Who? he called again; she laughed at his voice which was as thin as he was fat. He heard her laughter and turned to where the darkness concealed her. First you tap, he said. Then you hide, then, by jingo, you laugh. She stepped into the circle of light, knowing she need no longer hide herself. A girl, he said, Come in and wipe your feet. He did not wait but retreated into his caravan, and she could do nothing but follow him up the steps and into the crowded room. He was seated again, and toasting the same piece of bread. Have you come in? he said, for his back was towards

Maus über die auf dem Boden verstreuten Hobelspäne huschte, oder wenn das Zelttuch knarrte und ein Windstoß es tanzen ließ, rannte sie weg und versteckte sich wieder beim Karussell. Einmal trat sie auf die Bretter, die Schellen am Hals eines Pferdes klirrten und waren still; sie wagte nicht wieder zu atmen, ehe alles wieder ruhig war und die Dunkelheit den Lärm der Schellen vergessen hatte. Dann ging sie hin und her und sah sich verstohlen nach einem Bett um, in jeder Gondel, unter jedem Zelt. Aber nirgends, nirgends auf dem ganzen Jahrmarkt gab es eine Stelle, wo sie schlafen konnte. Da war es zu still, dort wieder hörte sie Mäuse. In der Ecke des Zeltes der Sterndeuterin lag Stroh, aber es bewegte sich, als sie es berührte; sie kniete daneben nieder und streckte die Hand aus; sie fühlte die Hand eines Babys auf ihrer eigenen.

Nun gab es keine Stelle mehr, also wendete sie sich langsam den Wohnwagen am Rand des Feldes zu und fand alle bis auf zwei dunkel. Sie wartete, umklammerte ihre leere Handtasche und fragte sich, bei welchem der Wohnwagen sie sich trauen sollte, zu stören. Endlich entschloß sie sich, an das Fenster des kleinen, schäbigen Wagens zu klopfen, der am nächsten stand, und auf Zehenspitzen sah sie hinein. Der fetteste Mann, den sie je gesehen hatte, saß drinnen vor dem Ofen und röstete eine Scheibe Brot. Sie pochte dreimal an die Scheibe und versteckte sich dann im Schatten. Sie hörte ihn oben zur Trittleiter kommen und rufen: «Wer? Wer?» Aber sie wagte nicht zu antworten. «Wer? Wer?» rief er wieder.

Sie lachte über seine Stimme, die war so dünn, wie er fett war. Er hörte ihr Lachen und drehte sich dorthin, wo die Dunkelheit sie verbarg. «Erst klopfst du», sagte er, «dann versteckst du dich, dann lachst du.»

Sie trat in den Lichtkreis; sie wußte, daß sie sich nicht mehr zu verstecken brauchte.

«Ein Mädchen», sagte er. «Komm rein und tritt dir die Füße ab.» Er wartete nicht, sondern zog sich in seinen Wohnwagen zurück, und sie konnte nichts tun, als ihm die Leiterstufen hinauf in den engen Raum folgen. Er saß wieder da und röstete die gleiche Scheibe Brot. «Bist du drinnen?» fragte er, denn er saß mit dem Rücken zu ihr.

her. Shall I close the door? she asked, and closed it before he replied.

She sat on the bed and watched him toasting the bread until it burnt. I can toast better than you, she said. I don't doubt it, said the Fat Man.

She watched him put down the charred toast upon a plate by his side, take another round of bread and hold that, too, in front of the stove. It burnt very quickly. Let me toast it for you, she said. Ungraciously he handed her the fork and the loaf. Cut it, he said, Toast it, and eat it, by jingo. She sat on the chair.

See the dent you've made on my bed, said the Fat Man. Who are you to come in and dent my bed? My name is Annie, she told him. Soon all the bread was toasted and buttered, so she put it in the centre of the table and arranged two chairs. I'll have mine on the bed, said the Fat Man. You'll have it here.

When they had finished their supper, he pushed back his chair and stared at her across the table. I am the Fat Man, he said. My home is Treorchy; the Fortune Teller next door is Aberdare. I am nothing to do with the fair – I am Cardiff, she said. There's a town, agreed the Fat Man. He asked her why she had come away. Money, said Annie. I have one and three, said the Fat Man. I have nothing, said Annie.

Then he told her about the fair and the places he had been to and the people he had met. He told her his age and his weight and the names of his brothers and what he would call his son. He showed her a picture of Boston Harbour and the photograph of his mother who lifted weights. He told her how summer looked in Ireland.

I've always been a fat man, he said, And now I'm *the* Fat Man; there's nobody to touch me for fatness. He told her of a heat wave in Sicily and of the

«Soll ich die Tür zumachen?» fragte sie und machte sie zu, bevor er noch antwortete.

Sie setzte sich auf das Bett und sah ihn an, wie er das Brot röstete, bis es anbrannte. «Ich kann besser rösten als du», sagte sie. «Glaub ich gern», sagte der Fette Mann.

Sie sah zu, wie er die verkohlte Brotscheibe auf einen Teller neben sich legte, eine andere Scheibe nahm und auch die vor den Ofen hielt. Sie verbrannte sehr schnell.

«Laß mich das für dich rösten», sagte sie. Schwerfällig gab er ihr die Gabel und den Brotlaib. «Schneid eins ab», sagte er, «röst es und iß es, zum Teufel.» Sie setzte sich auf den Stuhl.

«Sieh mal die Delle, die du in mein Bett gemacht hast», sagte der Fette Mann. «Wer bist du eigentlich, daß du einfach hier reinkommst und mein Bett eindellst?»

«Ich heiße Annie», sagte sie ihm.

Bald war das ganze Brot geröstet und mit Butter bestrichen, und so stellte sie den Teller in die Mitte des Tisches und rückte zwei Stühle zurecht. «Ich esse meins auf dem Bett», sagte der Fette Mann. «Du ißt hier.»

Als sie mit ihrem Abendbrot fertig waren, schob er seinen Stuhl vom Bett zurück und starrte sie über den Tisch hin an.

«Ich bin der Fette Mann», sagte er. «Ich komme aus Treorchy; die Wahrsagerin nebenan ist aus Aberdare.»

«Ich hab nichts zu schaffen mit dem Jahrmarkt», sagte sie, «ich bin aus Cardiff.»

«Ja, das ist schon eine Stadt», nickte der Fette Mann. Er fragte sie, warum sie weggegangen sei. «Geld», sagte Annie.

«Ich hab ein paar Kröten», sagte der Fette Mann. «Ich hab nichts», sagte Annie.

Dann erzählte er ihr vom Jahrmarkt und den Orten, in denen er gewesen war, und von den Leuten, die er kennengelernt hatte. Er sagte ihr sein Alter und sein Gewicht und die Namen seiner Brüder und wie er seinen Sohn nennen werde. Er zeigte ihr ein Bild des Hafens von Boston und die Photographie seiner Mutter, der Gewichtestemmerin. Er erzählte ihr, wie in Irland der Sommer aussah.

«Ich bin immer ein fetter Mann gewesen», sagte er, «und jetzt bin ich *der* Fette Mann; keiner kommt an mich ran, was

Mediterranean Sea and of the wonders of the South stars. She told him of the baby in the Astrologer's tent.

That's the stars again, by jingo ; looking at the stars doesn't do anybody any good.

The baby'll die, said Annie. He opened the door and walked out into the darkness. She looked about her but did not move, wondering if he had gone to fetch a policeman. It would never do to be caught by the policeman again. She stared through the open door into the inhospitable night and drew her chair closer to the stove. Better to be caught in the warmth, she said. But she trembled at the sound of the Fat Man approaching, and pressed her hands upon her thin breast, as he climbed up the steps like a walking mountain. She could see him smile in the darkness. See what the stars have done, he said, and brought in the Astrologer's baby in his arms.

After she had nursed it against her and it had cried on the bosom of her dress, she told him how she had feared his going. What should I be doing with a policeman ? She told him that the policeman wanted her. What have you done for a policeman to be wanting you ?

She did not answer but took the child nearer again to her wasted breast. If it was money, I could have given you one and three, he said. Then he understood her and begged her pardon. I'm not quick, he told her. I'm just fat ; sometimes I think I'm almost too fat. She was feeding the child ; he saw her thinness. You must eat, Cardiff, he said.

Then the child began to cry. From a little wail its crying rose into a tempest of despair. The girl rocked it to and fro on her lap, but nothing soothed it. All the woe of a child's world flooded its tiny voice. Stop it, stop it, said the Fat Man, and the tears increased. Annie smothered it in kisses, but its wild cry broke on

Fett angeht.» Er erzählte ihr von einer Hitzewelle in Sizilien und vom Mittelmeer und den wundervollen Sternen im Süden. Sie erzählte ihm von dem Baby im Zelt der Sterndeuterin.

«Das sind wieder die Sterne gewesen, zum Teufel», sagte er, «Sterngucken tut niemandem gut.»

«Das Baby wird sterben», sagte Annie.

Er öffnete die Tür und ging hinaus in die Dunkelheit. Sie sah sich um, rührte sich aber nicht; sie fragte sich, ob er einen Polizisten holen gegangen sei. Das wäre nicht das Wahre, wenn der Polizist sie zum zweiten Mal erwischte. Sie starrte durch die offene Tür in die unwirtliche Nacht und zog ihren Stuhl näher zum Ofen. «Besser in der Wärme erwischt werden», sagte sie. Aber sie zitterte, als sie den Fetten Mann kommen hörte, und preßte die Hände auf ihre dünne Brust, als er die Stufen heraufkletterte wie ein wandelnder Berg. Durch die Dunkelheit konnte sie ihn lächeln sehen.

«Sieh, was die Sterne gemacht haben», sagte er und brachte in seinen Armen das Baby der Sterndeuterin herein.

Annie hielt das Kind an sich geschmiegt, und es weinte an der Brust ihres Kleides; dann erzählte sie dem Fetten Mann, welche Angst ihr sein Weggehen gemacht hatte.

«Was sollt' ich denn mit einem Polizisten?»

Sie sagte ihm, daß der Polizist sie suche.

«Was hast du denn getan, daß dich ein Polizist sucht?»

Sie antwortete nicht, sondern hielt das Kind dichter an ihre ausgezehrte Brust. «Wenn es nur Geld wäre, könnte ich dir ja was geben», sagte er. Dann verstand er, was mit ihr war, und entschuldigte sich. «Ich bin nicht sehr helle», sagte er, «ich bin nur fett, manchmal denke ich, ich bin fast zu fett.» Sie stillte das Kind. Er sah, wie mager sie war.

«Du mußt essen, Cardiff», sagte er.

Das Kind fing an zu weinen. Aus einem kleinen Jammern wuchs ein Sturm der Verzweiflung. Das Mädchen wiegte das Kind auf dem Schoß hin und her, aber nichts konnte es besänftigen. Alles Weh der Kinderwelt lag in seinem Piepsen.

«Hör auf! Hör auf!» sagte der Fette Mann, und die Tränen nahmen zu. Annie bedeckte es mit Küssen, aber sein Geschrei brach sich an ihren Lippen wie Wasser an Felsen.

her lips like water upon rocks. We must do something, she said. Sing it a lullabee. She sang, but the child did not like her singing.

There's only one thing, said Annie, we must take it on the roundabouts. With the child's arm around her neck, she stumbled down the steps and ran towards the deserted fair, the Fat Man panting behind her. She found her way through the tents and stalls into the centre of the ground where the wooden horses stood waiting, and clambered up on to a saddle. Start the engine, she called out. In the distance the Fat Man could be heard cranking up the antique machine that drove the horses all the day into a wooden gallop. She heard the sudden spasmodic humming of the engine ; the boards rattled under the horses' feet. She saw the Fat Man clamber up by her side, pull the central lever and climb on to the saddle of the smallest horse of all. As the roundabout started, slowly at first and slowly gaining speed, the child at the girl's breast stopped crying, clutched its hands together, and crowed with joy. The night wind tore through its hair, the music jangled in its ears. Round and round the wooden horses sped, drowning the cries of the wind with the beating of their wooden hooves.

And so the men from the caravans found them, the Fat Man and the girl in black with a baby in her arms, racing round and round on their mechanical steeds to the ever-increasing music of the organ.

Ernest Hemingway : Up in Michigan

Jim Gilmore came to Hortons Bay from Canada. He bought the blacksmith shop from old man Horton. Jim was short and dark with big mustaches and big hands. He was a good horseshoer and did not look much like a blacksmith even with his leather apron

«Wir müssen irgendwas tun», sagte sie.

«Sing ihm ein Wiegenlied.»

Sie sang, aber das Kind mochte ihr Singen nicht.

«Da gibt's nur eins», sagte Annie, «wir müssen mit ihm aufs Karussell.» Die Arme des Kindes um ihren Hals, stolperte sie die Stufen hinunter und lief auf den verlassenen Jahrmarkt zu, hinter ihr her keuchend der Fette Mann.

Zwischen den Zelten und Buden hindurch fand sie den Weg zur Mitte des Platzes, wo die hölzernen Pferde standen und warteten, und erkletterte einen Sattel. «Stell den Motor an!» rief sie. Von weitem war zu hören, wie der Fette Mann die altertümliche Maschine anwarf, die den ganzen Tag lang die Pferde zu hölzernem Galopp antrieb. Sie hörte das stoßweise Summen der Motoren; die Bretter klapperten unter den Pferdebeinen. Sie sah den Fetten Mann an ihrer Seite auftauchen, den Haupthebel umlegen und in den Sattel des kleinsten der Pferde klettern. Als das Karussell sich in Bewegung setzte, langsam erst und langsam schneller werdend, hörte das Kind an der Brust des Mädchens zu weinen auf, legte die Hände zusammen und jauchzte vor Begeisterung. Der Nachtwind fuhr ihm durchs Haar, die Musik schrillte ihm in den Ohren. Rundherum sausten die Pferde und übertönten die Schreie des Windes mit dem Schlagen ihrer hölzernen Hufe.

Und so fanden die Männer aus den Wohnwagen sie: den Fetten Mann und das Mädchen in Schwarz mit einem kleinen Kind in den Armen, auf ihren mechanischen Rossen im Kreis wirbelnd zur immer lauter anschwellenden Musik der Orgel.

Ernest Hemingway: Oben in Michigan

Jim Gilmore kam aus Kanada nach Hortons Bay. Er kaufte dem alten Horton die Schmiede ab. Jim war stämmig und dunkel, mit großem Schnurrbart und großen Händen. Er war ein guter Hufschmied, aber sah selbst mit seinem Lederschurz nicht sehr wie ein Schmied aus. Er wohnte oben über der

on. He lived upstairs above the blacksmith shop and took his meals at D. J. Smith's.

Liz Coates worked for Smith's. Mrs. Smith, who was a very large clean woman, said Liz Coates was the neatest girl she'd ever seen. Liz had good legs and always wore clean gingham aprons and Jim noticed that her hair was always neat behind. He liked her face because it was so jolly but he never thought about her.

Liz liked Jim very much. She liked it the way he walked over from the shop and often went to the kitchen door to watch for him to start down the road. She liked it about his mustache. She liked it about how white his teeth were when he smiled. She liked it very much that he didn't look like a blacksmith. She liked it how much D. J. Smith and Mrs. Smith liked Jim. One day she found that she liked it the way the hair was black on his arms and how white they were above the tanned line when he washed up in the washbasin outside the house. Liking that made her feel funny.

Hortons Bay, the town, was only five houses on the main road between Boyne City and Charlevoix. There was the general store and post office with a high false front and maybe a wagon hitched out in front, Smith's house, Stroud's house, Dillworth's house, Horton's house and Van Hoosen's house. The houses were in a big grove of elm trees and the road was very sandy. There was farming country and timber each way up the road. Up the road a ways was the Methodist church and down the road the other direction was the township school. The blacksmith shop was painted red and faced the school.

A steep sandy road ran down the hill to the bay through the timber. From Smith's back door you could look out across the woods that ran down to the lake and across the bay. It was very beautiful in the spring and summer, the bay blue and bright and usually whitecaps on the lake out beyond the point

Schmiede-Werkstatt und nahm seine Mahlzeiten bei D. J. Smith ein.

Liz Coates arbeitete bei Smiths. Mrs. Smith, die eine sehr dicke, saubere Frau war, sagte, daß Liz Coates das ordentlichste Mädchen sei, das sie je gesehen hätte. Liz hatte hübsche Beine und trug immer saubere Kattunschürzen, und es fiel Jim auf, daß ihr Haar immer ordentlich war. Ihm gefiel ihr Gesicht, weil es so vergnügt war, aber er dachte niemals über sie nach.

Liz mochte Jim sehr gern. Sie mochte die Art, wie er von der Schmiede herüberkam, und sie ging häufig zur Küchentür, um darauf zu warten, daß er sich auf den Weg machte. Sie mochte seinen Schnurrbart. Sie mochte es, wie weiß seine Zähne waren, wenn er lächelte. Sie mochte es sehr, daß er nicht wie ein Grobschmied aussah. Sie mochte es, daß D. J. Smith und Mrs. Smith Jim so gut leiden mochten.

Eines Tages merkte sie, daß sie mochte, daß das Haar auf seinen Armen so schwarz war und daß die Arme so weiß über dem gebräunten Teil waren, wenn er sich in dem Waschbecken vor dem Haus wusch. Daß sie dies mochte, gab ihr ein komisches Gefühl.

Die Stadt, Hortons Bay, bestand nur aus fünf Häusern auf der Hauptstraße zwischen Boyne City und Charlevoix. Da gab's den Kaufladen und die Post mit einer großartigen Scheinfassade, und vielleicht war ein Lastkarren daran festgebunden, Smiths Haus, Strouds Haus, Dillworths Haus, Hortons Haus und Van Hoosens Haus. Die Häuser lagen in einem großen Ulmengehölz, und die Straße war sehr sandig. Die Straße lief in beiden Richtungen durch Ackerland und Waldungen. Ein Stückchen die Straße hinauf war die Methodistenkirche und die Straße hinunter in der andern Richtung die Gemeindeschule. Die Schmiede war rot gestrichen und lag der Schule gegenüber.

Ein steiler sandiger Weg lief durch die Bäume den Hügel hinab zur Bucht. Von Smiths Hintertür konnte man über die Wälder hinwegsehen, die sich bis zum See erstreckten, und über die Bucht. Im Frühling und im Sommer war es sehr schön, die Bucht blau und licht, und meistens Schaumkämme auf dem See draußen jenseits der Landspitze von der Brise, die von

from the breeze blowing from Charlevoix and Lake Michigan. From Smith's back door Liz could see ore barges way out in the lake going toward Boyne City. When she looked at them they didn't seem to be moving at all but if she went in and dried some more dishes and then came out again they would be out of sight beyond the point.

All the time now Liz was thinking about Jim Gilmore. He didn't seem to notice her much. He talked about the shop to D. J. Smith and about the Republican Party and about James G. Blaine. In the evenings he read *The Toledo Blade* and the Grand Rapids paper by the lamp in the front room or went out spearing fish in the bay with a jacklight with D. J. Smith. In the fall he and Smith and Charley Wyman took a wagon and tent, grub, axes, their rifles and two dogs and went on a trip to the pine plains beyond Vanderbilt deer hunting. Liz and Mrs. Smith were cooking for four days for them before they started. Liz wanted to make something special for Jim to take but she didn't finally because she was afraid to ask Mrs. Smith for the eggs and flour and afraid if she bought them Mrs. Smith would catch her cooking. It would have been all right with Mrs. Smith but Liz was afraid.

All the time Jim was gone on the deer hunting trip Liz thought about him. It was awful while he was gone. She couldn't sleep well from thinking about him but she discovered it was fun to think about him too. If she let herself go it was better. The night before they were to come back she didn't sleep at all, that is she didn't think she slept because it was all mixed up in a dream about not sleeping and really not sleeping. When she saw the wagon coming down the road she felt weak and sick sort of inside. She couldn't wait till she saw Jim and it seemed as though everything would be all right when he came. The wagon stopped outside under the big elm and Mrs. Smith and Liz went out. All the men had beards and there were

Charlevoix und dem Michigansee hinunterblies. Von Smiths Hintertür aus konnte Liz weit draußen auf dem See die Erzkähne sehen, die nach Boyne City fuhren. Wenn sie sie betrachtete, schienen sie sich überhaupt nicht zu bewegen, aber wenn sie hineinging und weiter Geschirr abtrocknete und dann wieder herauskam, waren sie jenseits der Landspitze außer Sicht.

Die ganze Zeit über dachte Liz jetzt an Jim Gilmore. Er schien nicht viel Notiz von ihr zu nehmen. Er sprach mit D. J. Smith über sein Geschäft und über die Republikanische Partei und über James G. Blaine. Abends las er bei der Lampe im Vorderzimmer *Die Toledoklinge* und die Grand Rapids Zeitung oder ging mit D. J. Smith zur Bucht hinunter, um bei Licht Fische zu stechen. Im Herbst nahmen er und Smith und Charley Wyman einen Wagen, ein Zelt, Fressalien, Äxte, ihre Flinten und zwei Hunde und machten eine Tour in die Kiefernebene hinter Vanderbilts Jagdgelände. Liz und Mrs. Smith kochten vier Tage lang für sie, bevor sie aufbrachen. Liz wollte etwas Besonderes für Jim zum Mitnehmen machen, aber sie tat es schließlich nicht, weil sie Angst hatte, Mrs. Smith um Eier und Mehl zu bitten, und außerdem Angst hatte, daß Mrs. Smith sie, wenn sie sie kaufte, beim Backen ertappen würde. Mrs. Smith hätte gar nichts einzuwenden gehabt, aber Liz hatte Angst.

Die ganze Zeit über, die Jim auf dem Jagdausflug war, dachte Liz an ihn. Es war schrecklich, während er weg war. Sie konnte nicht gut schlafen, weil sie an ihn dachte, aber sie entdeckte, daß es auch Spaß machte, an ihn zu denken. Wenn sie sich gehen ließ, war es besser. Die Nacht, bevor sie zurückkommen sollten, schlief sie überhaupt nicht; das heißt, sie dachte, daß sie nicht schlief, weil alles durcheinanderging in einem Traum von Nichtschlafen und wirklichem Nichtschlafen. Als sie den Wagen die Straße entlangkommen sah, war ihr irgendwie flau und übel zumute. Sie konnte kaum abwarten, bis sie Jim sah, und sie meinte, daß alles gut sein würde, sobald er da wäre. Der Wagen hielt draußen unter der großen Ulme, und Mrs. Smith und Liz gingen hinaus. Die Männer hatten alle Bärte, und hinten im Wagen lagen drei Rehe, deren dünne Beine steif über

three deer in the back of the wagon, their thin legs sticking stiff over the edge of the wagon box. Mrs. Smith kissed D. J. and he hugged her. Jim said "Hello, Liz," and grinned. Liz hadn't known just what would happen when Jim got back but she was sure it would be something. Nothing had happened. The men were just home, that was all. Jim pulled the burlap sacks off the deer and Liz looked at them. One was a big buck. It was stiff and hard to lift out of the wagon.

"Did you shoot it, Jim?" Liz asked.

"Yeah. Ain't it a beauty?" Jim got it onto his back to carry to the smokehouse.

That night Charley Wyman stayed to supper at Smith's. It was too late to get back to Charlevoix. The men washed up and waited in the front room for supper.

"Ain't there something left in that crock, Jimmy?" D. J. Smith asked, and Jim went out to the wagon in the barn and fetched in the jug of whiskey the men had taken hunting with them. It was a four-gallon jug and there was quite a little slopped back and forth in the bottom. Jim took a long pull on his way back to the house. It was hard to lift such a big jug up to drink out of it. Some of the whiskey ran down on his shirt front. The two men smiled when Jim came in with the jug. D. J. Smith sent for glasses and Liz brought them. D. J. poured out three big shots.

"Well, here's looking at you, D. J.," said Charley Wyman.

"That damn big buck, Jimmy," said D. J.

"Here's all the ones we missed, D. J.," said Jim, and downed his liquor.

"Tastes good to a man."

"Nothing like it this time of year for what ails you."

"How about another, boys?"

"Here's how, D. J."

"Down the creek, boys."

den Rand des Kutschbocks ragten. Mrs. Smith küßte D. J. Smith, und er umarmte sie. Jim sagte: «Hallo, Liz» und grinste. Liz hatte nicht gewußt, was nun wirklich geschehen würde, wenn Jim zurückkam, aber sie war überzeugt gewesen, daß etwas geschehen würde. Nichts war geschehen. Die Männer waren einfach wieder zu Haus; das war alles. Jim zog die Leinwandsäcke von den Rehen, und Liz sah sie sich an. Eins war ein großer Bock. Er war steif und schwer aus dem Wagen zu heben.

«Hast du den geschossen, Jim?» fragte Liz.

«Tja. 'ne richtige Schönheit, was?» Jim nahm ihn auf den Rücken, um ihn in die Räucherkammer zu tragen.

An diesem Abend blieb Charley Wyman zum Abendbrot bei Smiths. Es war zu spät, um nach Charlevoix zurückzugehen. Die Männer wuschen sich und warteten im Vorderzimmer aufs Abendbrot.

«Ist denn nicht noch was drin in der Kruke, Jim?» frug D. J. Smith. Jim ging hinaus zum Wagen in den Schuppen und holte den Krug mit dem Whisky, den die Männer auf die Jagd mitgenommen hatten. Es war ein Vierzehnliterkrug, und es schwappte noch ziemlich viel auf dem Grund hin und her. Jim tat einen tiefen Zug auf dem Weg zurück zum Haus. Es war schwierig, solch einen großen Krug hochzuheben, um daraus zu trinken. Ein bißchen Whisky lief auf sein Hemd hinunter. Die beiden Männer lächelten, als Jim mit dem Krug hereinkam. D. J. Smith rief nach Gläsern, und Liz brachte welche. D. J. schenkte drei ganz gehörige ein.

«Na, also dann auf dein Spezielles, D. J.», sagte Charles Wyman.

«Auf den Riesenkerl von einem Bock, Jimmy», sagte D. J.

«Auf alle, die wir verfehlt haben, D. J.», sagte Jim und goß den Saft runter.

«Das schmeckt 'nem Kerl, was?»

«In dieser Jahreszeit ist es die beste Medizin für alle Wehwehs.»

«Wie ist es mit noch einem, Jungens?»

«Wie, zum Wohl, D. J.»

«Runter damit, Jungens.»

"Here's to next year."

Jim began to feel great. He loved the taste and the feel of whiskey. He was glad to be back to a comfortable bed and warm food and the shop. He had another drink. The men came in to supper feeling hilarious but acting very respectable. Liz sat at the table after she put on the food and ate with the family. It was a good dinner. The men ate seriously. After supper they went into the front room again and Liz cleaned off with Mrs. Smith. Then Mrs. Smith went upstairs and pretty soon Smith came out and went upstairs too. Jim and Charley were still in the front room. Liz was sitting in the kitchen next to the stove pretending to read a book and thinking about Jim. She didn't want to go to bed yet because she knew Jim would be coming out and she wanted to see him as he went out so she could take the way he looked up to bed with her.

She was thinking about him hard and then Jim came out. His eyes were shining and his hair was a little rumpled. Liz looked down at her book. Jim came over back of her chair and stood there and she could feel him breathing and then he put his arms around her. Her breasts felt plump and firm and the nipples were erect under his hands. Liz was terribly frightened, no one had ever touched her, but she thought, "He's come to me finally. He's really come."

She held herself stiff because she was so frightened and did not know anything else to do and then Jim held her tight against the chair and kissed her. It was such a sharp, aching, hurting feeling that she thought she couldn't stand it. She felt Jim right through the back of the chair and she couldn't stand it and then something clicked inside of her and the feeling was warmer and softer. Jim held her tight hard against the chair and she wanted it now and Jim whispered, "Come on for a walk."

Liz took her coat off the peg on the kitchen wall and

«Auf nächstes Jahr.»

Jim begann sich fabelhaft zu fühlen. Er liebte den Geschmack und das Gefühl von Whisky. Er war froh, wieder zurück zu sein, bei seinem bequemen Bett und bei seinem warmen Essen und in seiner Werkstatt. Er trank noch einen. Die Männer waren übermütig, als sie zum Abendessen hineingingen, aber sie benahmen sich sehr manierlich. Liz saß mit bei Tisch, nachdem sie das Essen hingestellt hatte, und aß mit der Familie. Das Essen war gut. Die Männer aßen mit Bedacht. Nach dem Abendessen gingen sie wieder ins Vorderzimmer, und Liz räumte mit Mrs. Smith zusammen ab. Dann ging Mrs. Smith hinauf, und ziemlich bald darauf kam Smith heraus und ging auch hinauf. Jim und Charley waren noch im Vorderzimmer. Liz saß in der Küche neben dem Ofen und tat so, als ob sie ein Buch las, und dachte an Jim. Sie wollte noch nicht zu Bett gehen, weil sie wußte, daß Jim herauskommen würde, und sie wollte ihn sehen, wie er hinausging, so daß sie das Bild, wie er ausgesehen hatte, mit sich hinauf ins Bett nehmen konnte.

Sie dachte intensiv an ihn, und dann kam Jim heraus. Seine Augen glänzten, und sein Haar war ein bißchen verstrubbelt. Liz blickte in ihr Buch. Jim kam herüber hinter ihren Stuhl und stand da, und sie konnte seinen Atem spüren, und dann umschlang er sie mit beiden Armen. Ihre Brüste fühlten sich prall und fest an, und die Brustwarzen standen aufrecht unter seinen Händen. Liz bekam einen furchtbaren Schreck, niemand hatte sie je angefaßt, aber sie dachte: Endlich kommt er zu mir. Er ist wirklich gekommen.

Sie hielt sich steif, weil sie solche Angst hatte, und wußte nicht, was sie sonst tun sollte, und dann preßte Jim sie fest gegen den Stuhl und küßte sie. Es war solch ein scharfes, wehes, schmerzendes Gefühl, daß sie dachte, sie könne es nicht ertragen. Sie fühlte Jim direkt durch die Stuhllehne hindurch, und sie konnte es kaum ertragen, und dann schnappte etwas in ihr, und das Gefühl war wärmer und linder. Jim hielt sie fest gegen den Stuhl gepreßt, und jetzt wollte sie es, und Jim flüsterte: «Komm spazieren.»

Liz nahm ihren Mantel vom Haken an der Küchenwand, und

they went out the door. Jim had his arm around her and every little way they stopped and pressed against each other and Jim kissed her. There was no moon and they walked ankle-deep in the sandy road through the trees down to the dock and the warehouse on the bay. The water was lapping in the piles and the point was dark across the bay. It was cold but Liz was hot all over from being with Jim. They sat down in the shelter of the warehouse and Jim pulled Liz close to him. She was frightened. One of Jim's hands went inside her dress and stroked over her breast and the other hand was in her lap. She was very frightened and didn't know how he was going to go about things but she snuggled close to him. Then the hand that felt so big in her lap went away and was on her leg and started to move up it.

"Don't, Jim," Liz said. Jim slid the hand further up.

"You mustn't, Jim. You mustn't." Neither Jim nor Jim's big hand paid any attention to her.

The boards were hard. Jim had her dress up and was trying to do something to her. She was frightened but she wanted it. She had to have it but it frightened her.

"You mustn't do it, Jim. You mustn't."

"I got to. I'm going to. You know we got to."

"No we haven't, Jim. We ain't got to. Oh, it isn't right. Oh, it's so big and it hurts so. You can't. Oh, Jim. Jim. Oh."

The hemlock planks of the dock were hard and splintery and cold and Jim was heavy on her and he had hurt her. Liz pushed him, she was so uncomfortable and cramped. Jim was asleep. He wouldn't move. She worked out from under him and sat up and straightened her skirt and coat and tried to do something with her hair. Jim was sleeping with his mouth a little open. Liz leaned over and kissed him on the cheek. He was still asleep. She lifted his head

sie gingen zur Tür hinaus. Jim hatte den Arm um sie, und alle paar Schritte blieben sie stehen und preßten sich gegeneinander, und Jim küßte sie. Es war kein Mond, und sie gingen knöcheltief auf dem sandigen Weg zwischen den Bäumen hinunter zum Anlegeplatz und dem Lagerschuppen in der Bucht. Das Wasser klatschte gegen die Pfähle, und die Landspitze war dunkel jenseits der Bucht. Es war kalt, aber Liz war heiß am ganzen Körper, weil sie bei Jim war. Sie setzten sich in den Schutz des Schuppens, und Jim zog Liz dicht an sich. Sie hatte Angst. Eine von Jims Händen schlüpfte in ihr Kleid und streichelte über ihre Brust, und die andere Hand war in ihrem Schoß. Sie hatte sehr Angst und wußte nicht, was er weiter tun würde, aber sie kuschelte sich eng an ihn. Dann war die Hand, die sich in ihrem Schoß so groß angefühlt hatte, mit einem Mal auf ihrem Bein und fing an, sich hinauf zu bewegen.

«Nicht, Jim», sagte Liz. Jim ließ seine Hand weiter hinaufgleiten.

«Du darfst nicht, Jim. Du darfst nicht.» Weder Jim noch Jims große Hand achteten darauf.

Die Planken waren hart. Jim hatte ihr Kleid hochgezogen und versuchte, etwas mit ihr zu tun. Sie hatte Angst, aber sie wollte es. Sie mußte es geschehen lassen, aber sie hatte Angst davor.

«Du darfst es nicht tun, Jim. Du darfst nicht.»

«Ich muß. Ich will. Du weißt, daß wir müssen.»

«Nein, wir müssen nicht, Jim. Wir müssen nicht. Ach, es ist nicht recht. Oh, es ist so groß und tut so weh. Du darfst nicht, oh, Jim, oh.»

Die Fichtenplanken des Anlegeplatzes waren hart, splitterig und kalt, und Jim lag schwer auf ihr, und er hatte ihr weh getan. Liz schubste ihn; sie lag so unbequem und verkrampft. Jim schlief. Er rührte sich nicht. Sie arbeitete sich unter ihm hervor und setzte sich auf und zog ihren Rock und ihren Mantel zurecht und versuchte ihr Haar in Ordnung zu bringen. Jim schlief und hatte den Mund ein wenig geöffnet. Liz neigte sich hinüber und küßte ihn auf die Backe. Er schlief immer noch. Sie hob seinen Kopf ein wenig und schüttelte ihn. Er

a little and shook it. He rolled his head over and swallowed. Liz started to cry. She walked over to the edge of the dock and looked down to the water. There was a mist coming up from the bay. She was cold and miserable and everything felt gone. She walked back to where Jim was lying and shook him once more to make sure. She was crying.

"Jim," she said, "Jim. Please, Jim."

Jim stirred and curled a little tighter. Liz took off her coat and leaned over and covered him with it. She tucked it around him neatly and carefully. Then she walked across the dock and up the steep sandy road to go to bed. A cold mist was coming up through the woods from the bay.

Sean O'Faolain: The False God

"Mummy!" he screamed from the doorstep as she raced up the path for the bus.

"What is it?" she shouted back, halting, fumbling in her handbag to see if she had her compact. She heard the hum of the starting bus and raced again for the gate.

"Mummy!" he shouted again, and went racing up the path after her.

"Well?" she yelled, looking out the gate, and then looking back, and then looking out again and putting up her hand to stop the bus.

"Can't I go to *The Bandits of Sherwood Forest?*"

"No!" and she was out through the gate and the gate went *bang!*

He raced madly up the path and out after her, and clutched her skirt as the brakes whined and the driver glared at her.

"Mummy, you promised!"

She swept his hand away, furious at the public

drehte den Kopf zur Seite und schluckte. Liz begann zu weinen. Sie ging bis ans Ende des Anlegeplatzes vor und sah ins Wasser hinab. Von der Bucht stieg Nebel auf. Sie fror und war unglücklich, und alles war weg. Sie ging zurück zu der Stelle, wo Jim lag, und schüttelte ihn noch einmal, um sich zu vergewissern. Sie weinte.

«Jim», sagte sie. «Jim. Bitte, Jim.»

Jim rührte sich und kringelte sich noch ein wenig fester zusammen. Liz zog ihren Mantel aus und beugte sich hinab und deckte ihn damit zu. Sie steckte ihn sorgfältig und ordentlich um ihn herum fest. Dann ging sie über den Anlegeplatz und den steilen sandigen Weg hinan, um zu Bett zu gehen. Ein kalter Nebel kam von der Bucht her durch die Wälder herauf.

Sean O'Faolain: Der falsche Gott

«Mammi!» schrie er von der Türschwelle, während sie den Pfad zum Bus hinaufeilte.

«Was ist?» rief sie zurück, blieb stehen und kramte in ihrer Handtasche, um zu sehen, ob sie ihren Puder bei sich hatte. Sie hörte das Brummen vom abfahrenden Bus und hastete wieder zum Tor.

«Mammi!» schrie er wieder und rannte hinter ihr drein den Pfad hinauf.

«Was?» schrie sie, blickte aus dem Tor und blickte dann zurück und blickte dann wieder hinaus und hob die Hand hoch, um den Bus zu stoppen.

«Kann ich in *Die Räuber vom Sherwood-Wald* gehen?»

«Nein!», und sie war zum Tor hinaus, und das Tor machte «päng!»

Er stürmte wütend den Pfad hinauf und hinaus, ihr nach, und klammerte sich an ihren Rock, während die Bremsen kreischten und der Fahrer sie anstarrte.

«Mammi, du hast's versprochen!»

Sie schubste seine Hand weg, empört über den öffentlichen

scene, and climbed on the bus. Then, remembering that she had promised and that she must make some excuse, she added from the step of the bus:

"It's Lent. Nobody goes to movies in Lent!"

And the bus went on its way. He raced, bawling, after it until her promise and his hopes were swept around the corner. The road was empty. He collapsed sobbing on the footpath. With the sobs his tummy went in and out like an engine. He tore penny-leaves from the wall. He said all the bad words he knew, which are the same bad words we all know only that he did not know what they meant. Lent was *foutu!* He had already given up sweets for Lent. Sweets were *foutus!* He had given them up to be a good little boy. Good little boys were all *foutus!* He dragged himself up and with one hand he played harp strings of misery along the wall back to the gate. He dragged his feet through the gravel of the path to make tram lines. He scraped with a rusty nail on the new paint of the door. Then he went slowly into the breakfast room, where the morning paper stood up like a tent. Upstairs the vacuum cleaner moaned. A sputter of March rain hit the windows briefly. He saw an aged fly make a smooth landing on the marmalade. His five fingers stole up over it and squashed it into the marmalade. He wiped his fingers all across the tablecloth. Then he surveyed the table in search of something else to do that he ought not to do. The maid stood at the door.

"Did she let you go?"

"No."

"Did you do what I told you and ask God in your prayers last night to make her let you go?"

"No."

"You couldn't have luck." And she went off for the dustpan.

He waited until she had gone upstairs and he heard her *swish-swish*. Then he said, "God is no blooming

Auftritt, und bestieg den Bus. Dann erinnerte sie sich, daß sie es versprochen hatte und sich nun irgendwie herausreden müsse, und von der obersten Stufe rief sie:

«Es ist Fastenzeit. Niemand geht in der Fastenzeit ins Kino!»

Und der Bus fuhr davon. Heulend rannte er hinter ihm her, bis ihr Versprechen und seine Hoffnungen hinter der Biegung verschwanden. Die Straße war leer. Er brach schluchzend auf dem Bürgersteig zusammen. Mit seinem Schluchzen ging sein Bauch wie eine Maschine auf und ab. Er riß Pfennigkrautblätter aus der Mauer. Er sagte alle schlimmen Worte, die er kannte, welches die gleichen schlimmen Worte sind, die wir alle kennen, nur wußte er nicht, was sie bedeuteten. Fasten war *foutu!* Wegen der Fastenzeit hatte er schon auf Bonbons verzichtet! Bonbons waren *foutus!* Er hatte auf sie verzichtet, um ein braver kleiner Junge zu sein. Brave kleine Jungen waren alle *foutus!* Er rappelte sich hoch, und mit der einen Hand zupfte er die Harfensaiten seines Elends längs der Mauer bis zurück zum Tor. Er schleifte seine Füße durch den Kies auf dem Weg, um Straßenbahngeleise zu machen. Er schabte mit einem rostigen Nagel über die neue Farbe auf der Tür. Dann ging er langsam ins Frühstückszimmer, wo die Morgenzeitung wie ein Zelt aufrecht stand. Oben stöhnte der Staubsauger. Ein Spritzer Märzregen schlug kurz gegen die Scheiben. Er sah, wie eine ältliche Fliege eine glatte Landung auf der Marmelade machte. Seine fünf Finger schlichen sich über sie und quetschten sie in die Marmelade. Er schmierte die Finger über das ganze Tischtuch. Dann musterte er den Tisch auf der Suche, ob es noch etwas anderes gab, das er nicht tun sollte. Das Dienstmädchen stand in der Tür.

«Hat sie dich gehen lassen?»

«Nein.»

«Hast du getan, was ich dir gesagt habe, und gestern abend zu Gott gebetet, er soll machen, daß sie dich gehen läßt?»

«Nein.»

«Dann konntest du auch kein Glück haben!» Und sie ging die Kehrichtschaufel holen.

Er wartete, bis sie die Treppe hinaufgegangen war und er das *Zwisch-zwisch* hörte. Dann sagte er: «Der liebe Gott nützt

good!" with a quick look at the door to be sure that nobody heard that one. His eye caught the shine of the ould jug on the sideboard. His daddy always called it an ould jug; he would say to Mummy, "I might as well be talking to that ould jug." He surveyed the jug for a bit out of the corners of his eyes. Then he looked at the door again, up at the ceiling, back to the door, back to the ould jug. His heart thumped fiercely. He took down the jug – it was pink lustre outside, gold inside – and he put it on the chair. He flopped down on his knees before it, joined his two sweaty palms, and said, staring earnestly at the pink belly of the jug:

"O Jug, I adore thee and bless thee. Please, O my good Jug, send me to *The Bandits of Sherwood Forest* at the Plaza."

He looked up at the ceiling and stuck out his tongue. He looked at the jug. He wagged his palms at it swiftly, a dozen times.

"Jug, gimme half a crown!"

Not a sound but the upstairs *swish-swish*. He sat back on his heels and considered the jug. He put his nose up to the jug to see himself round and fat; and he blew out a big face to see himself twice as round and fat. Then he bethought himself and kneeled up reverently. He cocked his head on one side and said:

"Jug?"

Nothing happened. He grabbed it and shook it and shouted furiously:

"JUG!"

The next moment he had his fist in the jug, grubbing excitedly. He pulled out two raffle tickets, a bottle of red pills, a foreign coin, a champagne cork, and a half-crown piece. In two shakes of a lamb's tail he was in the hall, dragging on his blue gaberdine, and out the gate with his skullcap down over one eye, pelting up to the village. Billy Busher was there, floating a tin motorboat in a puddle of water. He yelled, "Busher, I got half a crown!" And he hunched

mir'n Dreck!» und warf einen raschen Blick auf die Tür, um sicher zu sein, daß es niemand gehört hatte. Sein Auge erhaschte den Glanz des alten Kruges auf der Anrichte. Sein Pappi sagte immer «unser oller Krug». Er sagte zu Mammi: «Ebensogut könnte ich zu unserm ollen Krug sprechen!» Er musterte den Krug ein Weilchen aus den Augenwinkeln. Dann sah er wieder zur Tür, zur Decke hinauf, wieder zur Tür, wieder auf den alten Krug. Sein Herz hämmerte wild. Er holte den Krug herunter – er war außen glänzend rosa und innen golden – und stellte ihn auf den Stuhl. Er fiel vor ihm auf die Knie, legte die verschwitzten Handflächen zusammen, starrte ernsthaft auf den rosa Bauch des Kruges und sagte:

«O Krug, ich bete dich an und segne dich! Bitte, o mein guter Krug, schicke mich zu den *Räubern vom Sherwood-Wald* im Plaza!»

Er blickte zur Zimmerdecke auf und streckte die Zunge heraus. Er blickte den Krug an. Er fuchtelte ein dutzendmal mit offenen Handflächen vor ihm hin und her.

«Krug, gib mir eine Halbe Krone!»

Kein Laut als oben das *Zwisch-zwisch.* Er hockte sich auf die Fersen und betrachtete den Krug genau. Er hielt die Nase dicht an den Krug und sah sich selbst rund und dick, und er pustete die Backen auf und sah sich doppelt so rund und dick. Dann besann er sich und kniete ehrerbietig nieder. Er legte den Kopf auf die Seite und sagte:

«Krug?»

Nichts geschah. Er packte ihn und schüttelte ihn und schrie wütend:

«KRUG!»

Im nächsten Augenblick hatte er die Faust im Krug und stöberte aufgeregt herum. Er holte zwei Lotterie-Lose hervor, eine Flasche mit roten Pillen, ein ausländisches Geldstück, einen Champagnerkorken und ein Zweieinhalb-Shilling-Stück. Im Handumdrehen war er im Flur, zerrte sich seinen blauen Gabardine über und war zum Tor hinaus, das Käppchen tief über das eine Auge gezogen, und stürmte ins Dorf hinauf. Billy Busher war da, er ließ ein Blechmotorboot in einer Pfütze schwimmen. Er schrie: «Busher, ich habe eine Halbe Krone!»

up to him, swaggering the silver half crown forward guardedly in his palm. Busher's eyes became as big as half crowns and at once he shouted:

"*Bandits of Sherwood Forest?*"

"No!"

The tin motorboat meant sea, and sand, and round-abouts, and ice cream, and swimming, and holidays.

"Busher, come on and we'll go down to the seaside."

They marched off down the hill to the station. A cab driver's erect whip floated over his shoulder like a single strand of hair. The station was empty; there would not be a train for an hour and five minutes. They were content wandering about the platforms, watching a goods train shunting, its steam blowing about them, or they jumped up and down on the weighing machine, and they played with an idle truck. Their tickets cost tenpence each, which left tenpence for grub. They worked it out that they could spend fourpence on ice cream and sixpence on lemonade, cakes, and sweets. They tried to buy ice cream at the bookstall, but the woman gave them a sour look, pulled her scarf more tightly around her chest, and sold them a packet of cough lozenges for twopence: coffee-colored things, hexagonal, flat, stamped *Mother Markey's Marvels*. They had a rotten taste, like bad licorice. They stuck them with a quick suck to the windows of the carriage.

Long before they came within sight of the sea they said they could smell it – cool, damp, deep, salty, spumy, windy, roaring; the big green animal of the sea that opens up long white jaws to swallow you up with a swoosh and a roar, but you always run away from it just in time, jumping on the wet sand, shrieking and laughing, and then you run in after it until another long white mouth curls up its jaws to eat you up and spit you out and you run away shrieking again. In their joy and terror of the millions of long

Und er kauerte sich neben ihn und streckte prahlerisch, aber vorsichtig die Handfläche mit dem silbernen Geldstück vor. Bushers Augen wurden so groß wie Zweieinhalb-Shilling-Stücke, und er schrie sofort:

«Die Räuber vom Sherwood-Wald?»

«Nein!»

Das blecherne Motorboot bedeutete Meer und Sand und Karussells und Eiscreme und Schwimmen und Ferien.

«Busher, komm, wir wollen runter ans Meer!»

Sie marschierten den Hügel hinunter zum Bahnhof. Die aufrecht gestellte Peitsche eines Kutschers wehte ihm wie eine einzelne Haarsträhne über die Schulter. Der Bahnhof war leer; erst in einer Stunde und fünf Minuten würde ein Zug fahren. Sie waren es zufrieden, auf den Bahnsteigen herumzuwandern und einen rangierenden Güterzug zu beobachten, der seinen Dampf über sie blies, oder sie sprangen immerzu auf die Güterwaage und wieder herunter, oder sie spielten mit einem unbenutzten Schubkarren. Ihre Fahrkarten kosteten zehn Pence das Stück, was zehn Pence fürs Essen übrigließ. Sie rechneten sich aus, daß sie vier Pence für Eiscreme und sechs Pence für Limonade, Kuchen und Bonbons ausgeben konnten. Sie versuchten, am Zeitungsstand Eiscreme zu kaufen, aber die Frau blickte sie griesgrämig an, zog sich ihren Wollschal fester um die Brust und verkaufte ihnen ein Päckchen Hustenbonbons für zwei Pence: kaffeebraune Dinger, sechseckig, flach und gestempelt als *Mutter Markeys Wunder*. Sie hatten einen scheußlichen Geschmack, wie schlechte Lakritzen. Sie klebten sie mit einem flinken Schmatz an die Abteilfenster.

Lange bevor sie in Sicht des Meeres kamen, sagten sie, daß sie es riechen könnten: kühl, feucht, tief, salzig, schäumend, windig, brüllend; das große grüne Meer-Ungeheuer, das seine langen weißen Kinnbacken aufreißt, um einen mit Gebraus und Gebrüll zu verschlingen, doch man rannte immer gerade rechtzeitig vor ihm davon, sprang auf dem nassen Sand herum, kreischend und lachend, und dann rannte man hinein, hinterdrein, bis wieder ein langes weißes Maul die Kinnbacken kräuselte, um einen zu fressen und auszuspucken, und man rannte wieder kreischend davon. In ihrer Freude und ihrem

white mouths they climbed on the dusty seats of the carriage, and clawed the glass, and hunched their shoulders and hissed at one another like geese. They clung their cheeks sideways to the windows in order to be, each, the first one to shout, "I see it!"

When the train stopped they were jolted onto the floor. They scrambled up and out, and galloped ahead of the only two other travelers, who drove off into the town on a sidecar, collars up. When they reached the embankment above the station they were blown back on their heels by the wind. They held on to their caps, coats flapping, bodies bumping, looking at the waves thundering on the groaning gravel, and the dust of the waves in the wind, and every cement-fronted villa boarded up and shiny in the spume and the sun.

"Come on away up to the merry-go-rounds," he screamed, and they ran for the end of the prom and the hillock beyond it where the roundabouts always stood. All they found was a circle of cinders and big pools of water snaked with petrol. When his cap blew into one of those greasy pools he laughed loudly, and Busher laughed loudly, and for fun threw his own cap into another pool. At that they both laughed like mad.

"Come on away up to the ould Crystal Café," Busher shouted into his ear, "and we'll buy the ould lemonade."

They raced one another around the broken wall and up the steps to the upper road, shoving, falling over one another. In the window of the café was a big yellow-and-black notice: to let. A rain squall blasted down on them out of the purple sky. For a while they hugged back into the shelter of the café porch. Then Busher said in a flat voice:

"It's all a blooming suck-in."

When the rain stopped they went slowly to the big tin shelter beside the railway restaurant; it was wide open to the front so that halfway in across its concrete

Graus vor den Millionen langer weißer Mäuler kletterten sie auf die staubigen Sitze des Abteils, klammerten sich an die Scheibe, zogen die Schultern hoch und zischten sich wie Gänse an. Sie preßten ihre Backen seitlich an die Fenster, um jeder der erste zu sein, der rufen konnte: «Ich sehe es!»

Als der Zug hielt, wurden sie auf den Fußboden geschleudert. Sie krabbelten hoch und hinaus und galoppierten den einzigen beiden Mitreisenden voraus, die mit hochgestelltem Kragen auf einem Einspänner ins Städtchen fuhren. Als sie die Böschung oberhalb des Bahnhofs erreichten, blies der Wind sie fast stehenden Fußes wieder hinunter. Sie hielten die Mützen fest, die Mäntel flatterten, ihre Körper torkelten gegeneinander, während sie auf die Wogen blickten, die auf den knirschenden Kies niederdonnerten, und auf den Sprühregen der Wellen im Wind und auf die Zementfront jeder Sommervilla, die mit Brettern vernagelt und blank in Gischt und Sonne dastand.

«Komm weiter, nach oben zu den Karussells!» kreischte er, und sie rannten zum Ende der Promenade und zum Hügel dahinter, wo immer die Karussells standen. Alles, was sie fanden, war ein Aschenring und große Wasserlachen, über die sich Petroleum schlängelte. Als sein Käppchen in eine von diesen öligen Pfützen wehte, lachte er laut, und Busher lachte laut und warf aus Spaß seine Kappe in eine andere Pfütze. Darüber lachten sie beide wie toll.

«Komm weiter zum ollen Crystal Café», schrie ihm Busher ins Ohr, «und da kaufen wir uns die olle Limonade!»

Sie jagten um die Wette die zerfallene Mauer entlang und die Treppe hinauf zur oberen Straße, schubsten sich und fielen übereinander. Im Fenster des Cafés war ein großes gelbschwarzes Schild: Zu vermieten. Eine Regenbö stob aus dem rötlichblauen Himmel auf sie nieder. Eine Weile duckten sie sich in den Schutz des Café-Eingangs. Dann sagte Busher mit mutloser Stimme:

«Es ist alles ein blöder Reinfall!»

Als der Regen aufhörte, gingen sie langsam zum großen Wellblech-Unterstand neben dem Bahnhofs-Restaurant: er war an der Vorderseite ganz offen, so daß der Zementboden

was wet with the rain. They bought one bottle of lemonade in the restaurant and took it out to the long bench of the shelter, and had every second slug out of the bottle. They got one laugh out of that, when the fizz choked Busher's nose. Every few seconds the tin roofs squeaked above the kettledrums of another downpour. At last Busher said:

"You and your shoggin' ould cough lozenges!"

Calvert did not say anything.

"If we had that tuppence now we could buy a cake."

Calvert did not reply.

"You and your swimming!" Busher snarled. "You and your merry-go-rounds! Why didn't you come to *The Bandits of Sherwood Forest* when I asked you?"

Calvert said nothing to that either.

"I'm going home," said Busher and walked off to the station.

Calvert watched him go away. After a few minutes his heart rose – Busher was coming back.

"There's no train," Busher started to wail, "until nine o'clock. There's only two trains a day in the winter." His wail broke into a shameless bawling. "You're after getting me into a nice fix. My da will leather hell out of me when he catches me home."

Calvert looked at him in silence.

"And where did you get that half dollar anyway?" Busher charged. "I bet you stole it from your ma."

Calvert told him. Busher stopped sniveling.

"Gawd! Calvert! You're after praying to the divil. You'll be damned for a-a-all E-eturnity!"

And he tore out his railway ticket and flung it in terror on the concrete and ran bawling out into the rain. He ran and ran, down into the streets of the town, where, taking thought in his desperation, he made his way to the bus stop, told a sad yarn to the driver and the conductor, and got carried home, gratis and in good time.

vom Regen bis halb hinein naß war. Sie kauften eine Flasche Limonade im Restaurant und nahmen sie mit hinaus auf die lange Bank im Unterstand und tranken abwechselnd je einen Schluck aus der Flasche. Dabei gab's mal was zu lachen, als der Sprudel Bushers Nase kitzelte. Alle paar Sekunden quietschte das Wellblechdach über den Paukenschlägen eines neuen Regengusses. Schließlich sagte Busher:

«Du mit deinen blödsinnigen alten Hustenbonbons!»

Calvert sagte nichts.

«Wenn wir die zwei Pennies noch hätten, könnten wir einen Kuchen kaufen.»

Calvert erwiderte nichts.

«Du mit deinem Schwimmen!» knurrte Busher. «Du mit deinen Karussells! Warum bist du nicht zu den *Räubern vom Sherwood-Wald* mitgekommen, als ich dich gefragt habe?»

Auch darauf erwiderte Calvert nichts.

«Ich fahre heim!» sagte Busher und ging zum Bahnhof.

Calvert blickte ihm nach. Nach ein paar Minuten wurde ihm froh ums Herz: Busher kam wieder!

«Es fährt kein Zug», begann Busher zu jammern, «erst um neun! Im Winter fahren nur zwei Züge am Tag!» Sein Gejammer ging in ein schamloses Geheul über. «Du hast mir 'ne schöne Suppe eingebrockt! Mein Alter wird mich höllisch versohlen, wenn er mich zu Hause erwischt.»

Calvert blickte ihn schweigend an.

«Und wo hast du überhaupt die Halbe Krone herbekommen?» griff Busher ihn an. «Bestimmt von deiner Ma gestohlen!»

Calvert erzählte es ihm. Busher hörte auf zu plärren.

«Herrje! Calvert! Du hast zum Teufel gebetet! Du bist verdammt – in a-a-alle E-ewigkeit!»

Und er riß seine Fahrkarte heraus und schleuderte sie entsetzt auf den Betonboden und rannte heulend in den Regen hinaus. Er rannte und rannte, hinunter zu den Straßen des Städtchens, wo er in all seiner Verzweiflung einen Gedanken faßte, den Weg zur Bus-Haltestelle einschlug, dem Fahrer und dem Schaffner eine traurige Geschichte erzählte und umsonst und rechtzeitig nach Hause befördert wurde.

The rain hammered the convex roof; the wind rattled its bones; bits of paper went whispering around the corners like mice; the gutters spilled; the light faded. He heard the drums of the high tide pounding the beach. Twice he went out looking for Busher. He returned each time with his hair plastered down his forehead. At six o'clock the woman in charge of the restaurant came out, locked up, and saw him in the dim corner of the shelter. She came over to him, found him shivering, and told him to take shelter in the waiting room of the station.

Nobody had bothered to light the room. There was nothing there but a pine table, two benches, an empty grate, and a poster showing the Bay of Naples. It was so dark that he saw only the table and the poster whenever the eye of the lighthouse beam from Pitch Point looked in through the misted window. He sat there until nearly nine o'clock, not daring to stir, watching and watching for that peering eye.

When he got home his father rushed at him and shouted at him to know where the blazes he had been, and his mother was crying, but when they saw the cut of him they stopped. His mummy and the maid got a hot bath ready for him before the fire, and his da called him "old man" and undressed him on the warm hearthrug, and his mummy brought him in hot chocolate, and for the first time that day he suddenly began to cry. As he sat in the hot bath and his mummy soaped him they asked him again what had happened to him, and they were so nice about it that he began to bawl and he told them all about the ould jug. His daddy, first, and then his mummy and the maid burst into peal upon peal of laughter, while he sat there in the hot water, holding his mug of chocolate, bawling at the cruelty of everything and everybody who ever had anything to do with him since the day he was born.

Der Regen hämmerte auf das gewölbte Dach; der Wind rüttelte am Gestänge; Papierfetzen kreiselten wispernd wie Mäuse in den Ecken herum; die Traufen flossen über; das Licht wurde trübe.

Er hörte, wie die Flut auf den Strand trommelte. Zweimal ging er hinaus, um nach Busher Ausschau zu halten. Jedesmal, wenn er zurückkehrte, klebte ihm das Haar auf der Stirn. Um sechs kam die Frau, die das Restaurant leitete, und schloß zu und sah ihn in der halbdunklen Ecke des Unterstands. Sie trat auf ihn zu, sah, wie er zitterte, und riet ihm, im Warteraum des Bahnhofs Schutz zu suchen.

Niemand hatte sich bemüht, im Warteraum Licht zu machen. Nichts war da als ein Fichtenholz-Tisch, zwei Bänke, ein leerer Kamin und ein Plakat, das die Bucht von Neapel zeigte. Es war so dunkel, daß er den Tisch und das Plakat nur sehen konnte, wenn das Auge vom Leuchtturmstrahl von Pitch Point durch das beschlagene Fenster hereinschaute. Er saß bis fast um neun Uhr dort, wagte sich nicht zu rühren und wartete, wartete auf das forschende Auge.

Als er nach Hause kam, stürzte sein Vater auf ihn zu und schrie ihn an, wo zum Teufel er gewesen sei, und seine Mutter weinte, aber als sie seinen Zustand sahen, hörten sie auf. Seine Mammi und das Dienstmädchen machten vor dem Kaminfeuer ein heißes Bad für ihn bereit, und sein Pappi nannte ihn «alter Junge» und kleidete ihn auf dem warmen Kaminvorleger aus, und seine Mammi brachte ihm heiße Schokolade, und plötzlich – zum erstenmal an diesem Tag – begann er zu weinen. Als er im heißen Bad saß und seine Mammi ihn abseifte, fragten sie ihn wieder, was ihm zugestoßen sei, und so nett waren sie wegen allem, daß er zu heulen anfing und ihnen alles über den alten Krug erzählte. Zuerst sein Pappi und dann auch seine Mammi und das Dienstmädchen brachen in schallendes Gelächter aus, während er im heißen Wasser saß, seinen Becher mit Schokolade in der Hand hielt und über die Grausamkeit von allem und jedem heulte, was jemals etwas mit ihm zu tun gehabt hatte seit dem Tag, da er geboren war.

John Ferris awoke in a room in a New York hotel. He had the feeling that something unpleasant was awaiting him – what it was, he did not know. The feeling, submerged by matinal necessities, lingered even after he had dressed and gone downstairs. It was a cloudless autumn day and the pale sunlight sliced between the pastel skyscrapers. Ferris went into the next-door drugstore and sat at the end booth next to the window glass that overlooked the sidewalk. He ordered an American breakfast with scrambled eggs and sausage.

Ferris had come from Paris to his father's funeral which had taken place the week before in his home town in Georgia. The shock of death had made him aware of youth already passed. His hair was receding and the veins in his now naked temples were pulsing and prominent and his body was spare except for an incipient belly bulge. Ferris had loved his father and the bond between them hat once been extraordinarily close – but the years had somehow unraveled this filial devotion; the death, expected for a long time, had left him with an unforeseen dismay. He had stayed as long as possible to be near his mother and brothers at home. His plane for Paris was to leave the next morning.

Ferris pulled out his address book to verify a number. He turned the pages with growing attentiveness. Names and addresses from New York, the capitals of Europe, a few faint ones from his home state in the South. Faded, printed names, sprawled drunken ones. Betty Wills: a random love, married now. Charlie Williams: wounded in the Hürtgen Forest, unheard of since. Grand old Williams – did he live or die? Don Walker: a B. T. O. in television, getting rich. Henry Green: hit the skids after the war, in a sanitarium now, they say. Cozie Hall: he had heard that she was dead. Heedless, laughing Cozie – it

John Ferris erwachte in einem New Yorker Hotelzimmer. Er hatte das Gefühl, es erwarte ihn etwas Unangenehmes – was es war, wußte er nicht. Durch die Obliegenheiten des Aufstehens unterdrückt, wirkte das Gefühl sogar noch nach, nachdem er sich angekleidet hatte und hinuntergegangen war. Es war ein wolkenloser Herbsttag, und das blasse Sonnenlicht schnitt zwischen die pastellfarbenen Wolkenkratzer. Ferris ging in den Drugstore nebenan und setzte sich in die letzte Nische neben dem Fenster, das auf den Gehsteig hinausging. Er bestellte ein amerikanisches Frühstück mit Rührei und Würstchen.

Ferris war aus Paris gekommen, zum Begräbnis seines Vaters, das vor einer Woche in seiner Heimatstadt in Georgia stattgefunden hatte. Der Schock des Todes hatte ihm klargemacht, daß die Jugend schon vorbei war. Sein Haar wich zurück, die Adern in den jetzt nackten Schläfen pulsierten hervortretend, und sein Körper war hager bis auf den Ansatz zu einem Bauch. Ferris hatte seinen Vater geliebt, und die Bindung zwischen ihnen war ungewöhnlich eng gewesen – aber die Jahre hatten die Anhänglichkeit des Sohnes ein wenig gelockert; der längst erwartete Tod seines Vaters hatte ihn in eine unvorhergesehene Bestürzung versetzt. Er war so lange wie möglich geblieben, um seiner Mutter und den Brüdern zu Hause nahe zu sein. Sein Flugzeug nach Paris sollte am nächsten Morgen starten.

Ferris zog sein Adreßbuch hervor, um eine Nummer festzustellen. Er blätterte mit wachsender Aufmerksamkeit. Namen und Adressen aus New York, aus den europäischen Hauptstädten, ein paar verblaßte aus seinem südlichen Heimatstaat. Matte Namen in Druckbuchstaben, gespreizte, betrunkene. Betty Wills: eine Zufallsliebschaft, jetzt verheiratet. Charlie Williams: verwundet im Hürtgenwald, seitdem verschollen; der prächtige alte Williams – lebte er? war er tot? Don Walker: Bonze beim Fernsehen – wird immer reicher. Henry Green: kam ins Schlittern nach dem Krieg; soll jetzt in einem Sanatorium sein. Cozie Hall: er hatte gehört, sie sei tot. Die sorglose, lachende Cozie – ein sonderbarer Gedanke, daß

was strange to think that she, too, silly girl, could die. As Ferris closed the address book, he suffered a sense of hazard, transience, almost of fear.

It was then that his body jerked suddenly. He was staring out of the window when there, on the sidewalk, passing by, was his ex-wife. Elizabeth passed quite close to him, walking slowly. He could not understand the wild quiver of his heart, nor the following sense of recklessness and grace that lingered after she was gone.

Quickly Ferris paid his check and rushed out to the sidewalk. He hurried toward her meaning to speak, but the lights changed and she crossed the street before he reached her. Ferris followed. On the other side he could easily have overtaken her, but he found himself lagging unaccountably. Her fair brown hair was plainly rolled, and as he watched her Ferris recalled that once his father had remarked that Elizabeth had a "beautiful carriage." She turned at the next corner and Ferris followed, although by now his intention to overtake her had disappeared. Ferris questioned the bodily disturbance that the sight of Elizabeth aroused in him, the dampness of his hands, the hard heart strokes.

It was eight years since Ferris had last seen his ex-wife. He knew that long ago she had married again. And there were children. During recent years he had seldom thought of her. But at first, after the divorce, the loss had almost destroyed him. Then, after the anodyne of time, he had loved again, and then again. Jeannine, she was now. Certainly his love for his ex-wife was long since past. So why the unhinged body, the shaken mind? He knew only that his clouded heart was oddly dissonant with the sunny, candid autumn day. Ferris wheeled suddenly and, walking with long strides, almost running, hurried back to the hotel.

Ferris poured himself a drink, although it was not yet eleven o'clock. He sprawled out in an armchair

auch sie, das dumme kleine Mädchen, sterben konnte. Als Ferris sein Adreßbuch zuklappte, überkam ihn ein Gefühl der Vergänglichkeit, der Zufälligkeit, fast der Angst.

In diesem Augenblick zuckte er plötzlich zusammen. Er hatte aus dem Fenster gestarrt, als draußen auf dem Bürgersteig seine geschiedene Frau vorbeiging. Elisabeth kam ziemlich dicht an ihm vorbei, sie ging langsam. Er konnte das wilde Zittern seines Herzens nicht verstehen, auch nicht das darauf folgende Gefühl der Unbekümmertheit und Befreiung, das noch nachschwang, als sie fort war.

Ferris zahlte rasch seine Rechnung und stürzte hinaus auf den Bürgersteig. Er eilte ihr nach in der Absicht, sie zu sprechen, aber die Lichtsignale wechselten, und sie kreuzte die Straße, ehe er sie erreicht hatte. Ferris folgte. Auf der anderen Seite hätte er sie rasch einholen können, aber er ertappte sich dabei, daß er unbegreiflich zögerte.

Ihr schönes braunes Haar war schlicht aufgerollt, und als er sie beobachtete, fiel ihm ein, daß sein Vater einmal bemerkt hatte, Elisabeth habe «eine schöne Haltung». Sie bog um die nächste Ecke und Ferris folgte, obwohl ihm der Wunsch, sie einzuholen, vergangen war. Er wunderte sich über die körperliche Verwirrung, die Elisabeths Anblick ihm verursacht hatte, über seine feuchten Hände und die harten Schläge seines Herzens.

Seit acht Jahren hatte Ferris seine frühere Frau nicht mehr gesehen. Er wußte, daß sie längst wieder verheiratet war. Und daß Kinder da waren. In den letzten Jahren hatte er selten an sie gedacht. Aber zuerst, nach der Scheidung, war er an ihrem Verlust fast zugrunde gegangen. Dann, durch die Heilkraft der Zeit, hatte er wieder geliebt, und wieder. Jetzt war es Jeannine. Zweifellos war seine Liebe zu seiner früheren Frau längst vorbei. Warum also die körperliche Verwirrung, die seelische Erschütterung? Er wußte nur, daß sein bewölktes Herz einen seltsamen Mißklang ergab zu dem sonnigen, klaren Herbsttag. Ferris kehrte plötzlich auf dem Absatz um und ging mit langen Schritten – er lief beinahe – eilig zurück zu seinem Hotel.

Er goß sich etwas zu trinken ein, obwohl es noch nicht elf Uhr war. Er ließ sich wie ein Erschöpfter in einen Lehnsessel

like a man exhausted, nursing his glass of bourbon and water. He had a full day ahead of him as he was leaving by plane the next morning for Paris. He checked over his obligations: take luggage to Air France, lunch with his boss, buy shoes and an overcoat. And something – wasn't there something else? Ferris finished his drink and opened the telephone directory.

His decision to call his ex-wife was impulsive. The number was under Bailey, the husband's name, and he called before he had much time for self-debate. He and Elizabeth had exchanged cards at Christmastime, and Ferris had sent a carving set when he received the announcement of her wedding. There was no reason *not* to call. But as he waited, listening to the ring at the other end, misgiving fretted him.

Elizabeth answered; her familiar voice was a fresh shock to him. Twice he had to repeat his name, but when he was identified, she sounded glad. He explained he was in town for only that day. They had a theater engagement, she said – but she wondered if he would come by for an early dinner. Ferris said he would be delighted.

As he went from one engagement to another, he was still bothered at odd moments by the feeling that something necessary was forgotten. Ferris bathed and changed in the late afternoon, often thinking about Jeannine: he would be with her the following night. "Jeannine," he would say, "I happened to run into my ex-wife when I was in New York. Had dinner with her. And her husband, of course. It was strange seeing her after all these years."

Elizabeth lived in the East Fifties, and as Ferris taxied uptown he glimpsed at intersections the lingering sunset, but by the time he reached his destination it was already autumn dark. The place was a building with a marquee and a doorman, and the apartment was on the seventh floor.

fallen, sein Glas mit Bourbon und Wasser in der Hand haltend. Er hatte einen ganzen Tag vor sich, da er am nächsten Morgen per Flugzeug nach Paris reiste.

Er überdachte seine Aufgaben: das Gepäck zur Air France bringen, mit seinem Chef Mittag essen, Schuhe und einen Mantel kaufen. Und noch etwas – war nicht noch etwas zu tun? Ferris trank sein Glas aus und schlug das Telefonbuch auf.

Sein Entschluß, seine frühere Frau anzurufen, war impulsiv. Die Nummer stand unter Bailey, dem Namen ihres Mannes, und er rief an, ehe er noch Zeit zu inneren Kämpfen hatte. Er und Elisabeth hatten Weihnachtskarten ausgetauscht, und Ferris hatte ihr ein Tranchierbesteck geschickt, als er ihre Heiratsanzeige bekam. Es lag kein Grund vor, *nicht* anzurufen. Aber während er das Läuten am andern Ende der Leitung hörte, quälten ihn unangenehme Vorgefühle.

Elisabeth antwortete; ihre vertraute Stimme war ein neuer Schock für ihn. Zweimal mußte er seinen Namen nennen, aber als sie erfaßte, wer er war, schien sie erfreut. Er erklärte ihr, daß er nur diesen einen Tag in der Stadt sei. Sie sagte, sie hätten eine Theater-Verabredung – aber vielleicht könnte er zu einem frühen Abendessen kommen? Ferris sagte, es würde ihn sehr freuen.

Während er eine Verrichtung nach der andern erledigte, fühlte er sich bei den merkwürdigsten Gelegenheiten bedrückt durch das Gefühl, etwas Notwendiges vergessen zu haben. Am späten Nachmittag badete er und zog sich um und dachte dabei oft an Jeannine; nächste Nacht würde er bei ihr sein. «Jeannine», würde er sagen, «ich habe in New York zufällig meine frühere Frau getroffen. Habe mit ihr gegessen, und mit ihrem Mann natürlich. Es war merkwürdig, sie nach so vielen Jahren wiederzusehen.»

Elisabeth wohnte in einer der Fünfziger Straßen auf der Ostseite, und als Ferris mit der Taxe hinaus fuhr, sah er an den Kreuzungen den langsamen Sonnenuntergang; aber als er sein Ziel erreicht hatte, war es schon herbstlich dunkel. Das Haus war ein Gebäude mit gedeckter Vorfahrt und Portier, und die Wohnung lag im siebenten Stock.

"Come in, Mr. Ferris."

Braced for Elizabeth or even the unimagined husband, Ferris was astonished by the freckled red-haired child; he had known of the children, but his mind had failed somehow to acknowledge them. Surprise made him step back awkwardly.

"This is our apartment," the child said politely. "Aren't you Mr. Ferris? I'm Billy. Come in."

In the living room beyond the hall the husband provided another surprise; he, too, had not been acknowledged emotionally. Bailey was a lumbering red-haired man with a deliberate manner. He rose and extended a welcoming hand.

"I'm Bill Bailey. Glad to see you. Elizabeth will be in in a minute. She's finishing dressing."

The last words struck a gliding series of vibrations, memories of the other years. Fair Elizabeth, rosy and naked before her bath. Half dressed before the mirror of her dressing table, brushing her fine chestnut hair. Sweet, casual intimacy, the soft-fleshed loveliness indisputably possessed. Ferris shrank from the unbidden memories and compelled himself to meet Bill Bailey's gaze.

"Billy, will you please bring that tray of drinks from the kitchen table?"

The child obeyed promptly, and when he was gone Ferris remarked conversationally, "Fine boy you have there."

"We think so."

Flat silence until the child returned with a tray of glasses and a cocktail shaker of martinis. With the priming drinks they pumped up conversation: Russia, they spoke of, and the New York journalism and the apartment situation in Manhattan and Paris.

"Mr. Ferris is flying all the way across the ocean tomorrow," Bailey said to the little boy who was perched on the arm of his chair, quiet and well behaved. "I bet you would like to be a stowaway in his suitcase."

«Kommen Sie herein, Herr Ferris.»

Auf Elisabeth oder den ihm unbekannten Ehemann gefaßt, war Ferris sehr verwundert über das sommersprossige, rothaarige Kind; er hatte etwas von Kindern gewußt, sie sich aber irgendwie nicht vorgestellt. Die Überraschung ließ ihn befangen einen Schritt zurücktreten.

«Dies ist unsere Wohnung», sagte das Kind höflich. «Sind Sie nicht Herr Ferris? Ich bin Billy. Bitte kommen Sie.»

Im Wohnzimmer hinter dem Flur bot der Ehemann eine zweite Überraschung; auch ihn hatte Ferris gefühlsmäßig noch nicht anerkannt. Bailey war ein schwerfälliger rothaariger Mann mit bedächtigen Gesten. Er erhob sich und streckte ihm bewillkommnend die Hand entgegen.

«Ich bin Bill Bailey. Freut mich, Sie kennenzulernen. Elisabeth wird gleich da sein. Sie zieht sich nur fertig an.»

Die letzten Worte lösten eine gleitende Reihe von Schwingungen aus – Erinnerungen an die anderen Jahre. Die hübsche Elisabeth, rosig und nackt vor dem Bad. Halb angekleidet vor dem Spiegel ihres Frisiertischs, ihr feines kastanienbraunes Haar bürstend. Süße ungezwungene Vertraulichkeit. Liebliches weiches Fleisch, in unbestrittenem Besitz. Ferris schrak zurück vor den ungebetenen Erinnerungen und zwang sich, Bill Baileys Blick zu begegnen.

«Billy, bringst du uns bitte das Tablett mit den Getränken vom Küchentisch?»

Das Kind gehorchte sofort, und als es gegangen war, bemerkte Ferris beiläufig: «Sie haben aber einen prächtigen Jungen.»

«Das finden wir auch.»

Flaues Schweigen, bis das Kind zurückkam, ein Tablett mit Gläsern und dem Cocktail-Shaker mit den Martinis tragend. Die animierenden Getränke pumpten die Unterhaltung auf: sie sprachen von Rußland, vom New Yorker Journalismus, von der Wohnungslage in Manhattan und Paris.

«Herr Ferris fliegt morgen den ganzen Weg über den Ozean», sagte Bailey zu dem kleinen Jungen, der still und artig auf der Armlehne seines Sessels hockte. «Ich wette, du möchtest blinder Passagier in seinem Koffer sein.»

Billy pushed back his limp bangs. "I want to fly in an airplane and be a newspaperman like Mr. Ferris." He added with sudden assurance, "That's what I would like to do when I am big."

Bailey said, "I thought you wanted to be a doctor."

"I do!" said Billy. "I would like to be both. I want to be an atombomb scientist too."

Elizabeth came in carrying in her arms a baby girl. "Oh, John!" she said. She settled the baby in the father's lap. "It's grand to see you. I'm awfully glad you could come."

The little girl sat demurely on Bailey's knees. She wore a pale pink crepe de Chine frock, smocked around the yoke with rose, and a matching silk hair ribbon tying back her pale soft curls. Her skin was summer tanned and her brown eyes flecked with gold and laughing. When she reached up and fingered her father's hornrimmed glasses, he took them off and let her look through them a moment. "How's my old Candy?"

Elizabeth was very beautiful, more beautiful perhaps than he had ever realized. Her straight clean hair was shining. Her face was softer, glowing and serene. It was a madonna loveliness, dependent on the family ambiance.

"You've hardly changed at all," Elizabeth said, "but it has been a long time."

"Eight years." His hand touched his thinning hair self-consciously while further amenities were exchanged.

Ferris felt himself suddenly a spectator – an interloper among these Baileys. Why had he come? He suffered. His own life seemed so solitary, a fragile column supporting nothing amidst the wreckage of the years. He felt he could not bear much longer to stay in the family room.

He glanced at his watch. "You're going to the theater?"

Billy strich seine glatten Ponyhaare zurück. «Ich möchte in einem Flugzeug fliegen und ein Zeitungsmann sein wie Herr Ferris.» Und mit plötzlicher Überzeugung fügte er hinzu: «Jawohl, das möchte ich, wenn ich groß bin!»

Bailey sagte: «Ich dachte, du wolltest einmal Arzt werden?»

«Will ich auch!» sagte Billy. «Ich will beides sein. Und dazu noch Atomforscher.»

Elisabeth kam herein, sie trug ein kleines Mädchen auf dem Arm.

«Oh John!» sagte sie. Sie setzte das Kind auf den Schoß seines Vaters. «Es ist großartig, dich wiederzusehen. Ich freue mich sehr, daß du kommen konntest.»

Das kleine Mädchen saß bescheiden auf Baileys Knien. Es trug ein rosa Crêpe-de-Chine-Kleidchen mit rötlich gesmocktem Oberteil und einem passenden Seidenhaarband, das die hellen weichen Locken zurückhielt. Die Haut war sommerlich gebräunt und die braunen Augen goldgesprenkelt und lachend. Als sie hinauflangte und nach der horngefaßten Brille des Vaters griff, nahm er sie ab und ließ das Kind einen Augenblick hindurchschauen. «Wie geht's meiner Zuckermaus?»

Elisabeth war sehr schön, vielleicht viel schöner, als ihm je klargewesen war. Ihr glattes frisches Haar schimmerte. Ihr Gesicht war weicher, leuchtend und heiter. Es war eine Madonnenlieblichkeit, bedingt durch die Umgebung von Mann und Kindern.

«Du hast dich kaum verändert», sagte Elisabeth, «aber wir haben uns lange nicht gesehen!»

«Acht Jahre.» Seine Hand fuhr verlegen zu seinem dünner werdenden Haar, während sie weitere freundliche Redensarten tauschten.

Ferris fühlte sich plötzlich als Zuschauer – als Eindringling zwischen diesen Baileys. Warum war er hergekommen? Er litt. Sein eigenes Leben erschien ihm so einsam, eine gebrechliche Säule, die nichts in den Trümmern der Jahre stützte. Er spürte, daß er es nicht mehr lange in diesem Familienzimmer aushalten könne.

Er warf einen Blick auf die Uhr. «Ihr geht heute ins Theater?»

"It's a shame," Elizabeth said, "but we've had this engagement for more than a month. But surely, John, you'll be staying home one of these days before long. You're not going to be an expatriate, are you?"

"Expatriate," Ferris repeated. "I don't much like the word."

"What's a better word?" she asked.

He thought for a moment. "Sojourner might do."

Ferris glanced again at his watch, and again Elizabeth apologized. "If only we had known ahead of time –"

"I just had this day in town. I came home unexpectedly. You see, Papa died last week."

"Papa Ferris is dead?"

"Yes. He had been sick there nearly a year. The funeral was down home in Georgia."

"Oh, I'm so sorry, John. Papa Ferris was always one of my favorite people."

The little boy moved from behind the chair so that he could look into his mother's face. He asked, "Who is dead?"

Ferris was oblivious to apprehension; he was thinking of his father's death. He saw again the outstretched body on the quilted silk within the coffin. The corpse flesh was bizarrely rouged and the familiar hands lay massive and joined above a spread of funeral roses. The memory closed and Ferris awakened to Elizabeth's calm voice.

"Mr. Ferris' father, Billy. A really grand person. Somebody you didn't know."

"But why did you call him *Papa* Ferris?"

Bailey and Elizabeth exchanged a trapped look. It was Bailey who answered the questioning child. "A long time ago," he said, "your mother and Mr. Ferris were once married. Before you were born – a long time ago."

"Mr. Ferris?"

«Es ist ein Jammer», sagte Elisabeth, «aber wir hatten diese Verabredung schon vor mehr als einem Monat getroffen. Aber sicher wirst du doch eines Tages – in nicht allzu langer Zeit – zu Hause bleiben, John? Du wirst doch nicht zum Emigranten werden . . . oder?»

«Emigrant . . .» wiederholte Ferris. «Ich mag das Wort nicht.»

«Was klingt besser?» fragte sie.

Er dachte einen Augenblick nach. «Sagen wir: ein Heimatloser.»

Er sah nochmals nach der Uhr, und wieder entschuldigte sich Elisabeth. «Wenn wir nur etwas früher gewußt hätten –»

«Ich habe nur diesen einen Tag in der Stadt. Ich kam unerwartet nach Hause. Weißt du, Papa ist letzte Woche gestorben.»

«Papa Ferris ist tot?»

«Ja. Er ist fast ein Jahr krank gewesen. Die Beerdigung war zu Hause in Georgia.»

«Oh, das tut mir so leid, John. Papa Ferris war immer einer von denen, die ich am liebsten hatte.»

Der kleine Junge kam hinter dem Stuhl vor, so daß er seiner Mutter ins Gesicht sehen konnte. Er fragte: «Wer ist tot?»

Ferris war nicht bei der Sache; er dachte an den Tod seines Vaters. Er sah wieder den ausgestreckten Körper auf der gepolsterten Seide des Sargs. Das Fleisch der Leiche war sonderbar rosig geschminkt, und die vertrauten Hände lagen schwer und gefaltet auf einer Decke von Begräbnisrosen. Die Erinnerung brach ab, und Ferris erwachte von Elisabeths ruhiger Stimme.

«Der Vater von Herrn Ferris, Billy. Ein wirklich wundervoller Mensch. Jemand, den du nicht kennst.»

«Aber warum nennst du ihn *Papa* Ferris?»

Bailey und Elisabeth tauschten einen ratlosen Blick. Es war Bailey, der die Frage des Kindes beantwortete. «Vor langer Zeit», sagte er, «waren Mutter und Herr Ferris einmal verheiratet. Ehe du geboren warst – es ist schon sehr lange her.»

«Herr Ferris?»

The little boy stared at Ferris, amazed and unbelieving. And Ferris's eyes, as he returned the gaze, were somehow unbelieving too. Was it indeed true that at one time he had called this stranger, Elizabeth, Little Butterduck during nights of love, that they had lived together, shared perhaps a thousand days and nights and – finally – endured in the misery of sudden solitude the fiber by fiber (jealousy, alcohol, and money quarrels) destruction of the fabric of married love?

Bailey said to the children, "It's somebody's suppertime. Come on now."

"But Daddy! Mama and Mr. Ferris – I –"

Billy's everlasting eyes – perplexed and with a glimmer of hostility – reminded Ferris of the gaze of another child. It was the young son of Jeannine – a boy of seven with a shadowed little face and knobby knees whom Ferris avoided and usually forgot.

"Quick march!" Bailey gently turned Billy toward the door. "Say good night now, son."

"Good night, Mr. Ferris." He added resentfully, "I thought I was staying up for the cake."

"You can come in afterward for the cake," Elizabeth said. "Run along now with Daddy for your supper."

Ferris and Elizabeth were alone. The weight of the situation descended on those first moments of silence. Ferris asked permission to pour himself another drink and Elizabeth set the cocktail shaker on the table at his side. He looked at the grand piano and noticed the music on the rack.

"Do you still play as beautifully as you used to?"

"I still enjoy it."

"Please play, Elizabeth."

Elizabeth arose immediately. Her readiness to perform when asked had always been one of her amiabilities; she never hung back, apologized. Now as she approached the piano there was the added readiness of relief.

Der kleine Junge starrte Ferris an, erstaunt und ungläubig. Und Ferris' Augen waren ebenfalls irgendwie ungläubig, als er den Blick erwiderte. War es wirklich wahr, daß er diese Fremde, Elisabeth, einmal in Liebesnächten «Süßer kleiner Schatz» genannt hatte?

Daß sie zusammen gelebt, etwa tausend Tage und Nächte geteilt und schließlich im Jammer plötzlicher Einsamkeit qualvoll erlitten hatten, wie das Gewebe ihrer ehelichen Liebe Faser um Faser zerstört wurde durch Eifersucht, Alkohol und Geldgezänk?

Bailey sagte zu den Kindern: «Jetzt muß aber jemand Abendbrot essen. Kommt.»

«Aber Daddy! Mama und Herr Ferris – ich –»

Billys unverwandt ihn ansehende Augen – verwundert und mit einem Schimmer von Feindseligkeit – erinnerten Ferris an den Blick eines anderen Kindes. Es war der kleine Sohn von Jeannine – ein Junge von sieben Jahren mit einem verschatteten kleinen Gesicht und knochigen Knien, den Ferris mied und meistens vergaß.

«Laufschritt – marsch!» Bailey schob Billy sanft zur Tür. «Sag jetzt Gute Nacht, Junge!»

«Gute Nacht, Herr Ferris.» Er fügte grollend hinzu: «Ich dachte, ich dürfte zum Kuchen aufbleiben.»

«Du kannst nachher zum Kuchen wiederkommen», sagte Elisabeth. «Nun lauf mit Pappi zu deinem Abendbrot.»

Ferris und Elisabeth waren allein. Das Gewicht der Situation legte sich auf diese ersten Augenblicke des Schweigens. Ferris bat um die Erlaubnis, sich noch ein Glas einzuschenken, und Elisabeth stellte den Cocktail-Shaker neben ihn auf den Tisch. Er sah auf den Flügel und bemerkte die Noten auf dem Ständer.

«Spielst du immer noch so schön wie früher?»

«Noch ebenso gerne.»

«Bitte spiele, Elisabeth.»

Elisabeth stand unverzüglich auf. Ihre Bereitwilligkeit, vorzuspielen, wenn sie gebeten wurde, war immer einer ihrer liebenswertesten Züge gewesen. Nie hatte sie sich geziert, nie Ausflüchte gesucht. Als sie jetzt zum Flügel ging, kam noch die Bereitwilligkeit dazu, die Lage zu entspannen.

She began with a Bach prelude and fugue. Ferris rested his head on the chair back and closed his eyes. In the following silence a clear, high voice came from the room down the hall.

"Daddy, how *could* Mama and Mr. Ferris –"
A door was closed.

The piano began again – what was this music? Unplaced, familiar, the limpid melody had lain a long while dormant in his heart. Now it spoke to him of another time, another place – it was the music Elizabeth used to play. The delicate air summoned a wilderness of memory. Ferris was lost in the riot of past longings, conflicts, ambivalent desires. The singing melody was broken off by the appearance of the maid.

"Miz Bailey, dinner is out on the table now."

Even after Ferris was seated at the table between his host and hostess, the unfinished music still overcast his mood. He was a little drunk.

"*L'improvisation de la vie humaine*," he said. "There's nothing that makes you so aware of the improvisation of human existence as a song unfinished. Or an old address book."

"Address book?" repeated Bailey. Then he stopped, noncommittal and polite.

"You're still the same odd boy, Johnny," Elizabeth said with a trace of the old tenderness.

It was a southern dinner that evening, and the dishes were his old favorites. They had fried chicken and corn pudding and rich, glazed candied sweet potatoes. During the meal Elizabeth kept alive a conversation when the silences were overlong. And it came about that Ferris was led to speak of Jeannine.

"I first knew Jeannine last autumn – about this time of the year – in Italy. She's a singer and she had an engagement in Rome. I expect we will be married soon."

The words seemed so true, inevitable, that Ferris

Sie begann mit Bach – Präludium und Fuge. Ferris legte seinen Kopf an die Stuhllehne und schloß die Augen. In dem darauf folgenden Schweigen kam eine klare, hohe Stimme aus dem Zimmer am Ende des Korridors.

«Daddy, wie *konnten* Mama und Herr Ferris –» Eine Tür wurde zugemacht.

Wieder begann das Klavier – was für eine Musik war das? Die reine Melodie hatte irgendwo bekannt und vertraut lange Zeit schlafend in seinem Herzen gelegen. Jetzt sprach sie zu ihm von einer anderen Zeit, einem anderen Ort – es war die Musik, die Elisabeth immer gespielt hatte. Die zarte Weise beschwor einen Schwarm von Erinnerungen herauf. Ferris verlor sich in den Aufruhr vergangener Sehnsüchte, Konflikte, widerstreitender Begierden. Die singende Melodie wurde durch das Erscheinen des Hausmädchens abgebrochen.

«Frau Bailey, das Essen ist angerichtet.»

Sogar als Ferris bei Tisch saß, zwischen dem Hausherrn und der Hausfrau, überschattete die unvollendete Musik noch seine Stimmung. Er war ein wenig betrunken.

«L'improvisation de la vie humaine», sagte er. «Es gibt nichts, was einem das Improvisierte des menschlichen Daseins so zum Bewußtsein bringt wie ein unbeendetes Lied. Oder ein altes Adreßbuch.»

«Adreßbuch?» wiederholte Bailey. Dann brach er rücksichtsvoll und höflich ab.

«Du bist noch derselbe sonderbare Kauz», sagte Elisabeth mit einer Spur der alten Zärtlichkeit.

Es war ein südliches Menü, das es diesen Abend gab, und die Gerichte waren seine alten Lieblingsspeisen. Es gab gebratenes Huhn und Maispudding und köstliche glasierte süße Kartoffeln. Während der Mahlzeit hielt Elisabeth eine Unterhaltung aufrecht, wenn die Pausen zu lang waren. Und es fügte sich, daß Ferris auf Jeannine zu sprechen kam.

«Ich habe Jeannine letzten Herbst kennengelernt – etwa um diese Zeit – in Italien. Sie ist Sängerin und hatte damals ein Engagement in Rom. Ich glaube, wir werden bald heiraten.»

Die Worte schienen so wahr, so unvermeidlich, daß Ferris

did not at first acknowledge to himself the lie. He and Jeannine had never in that year spoken of marriage. And indeed she was still married – to a White Russian money-changer in Paris from whom she had been separated for five years. But it was too late to correct the lie. Already Elizabeth was saying: "This really makes me glad to know. Congratulations, Johnny."

He tried to make amends with truth. "The Roman autumn is so beautiful. Balmy and blossoming." He added: "Jeannine has a little boy of six. A curious trilingual little fellow. We go to the Tuileries sometimes."

A lie again. He had taken the boy once to the gardens. The sallow foreign child in shorts that bared his spindly legs had sailed his boat in the concrete pond and ridden the pony. The child had wanted to go in to the puppet show. But there was not time, for Ferris had an engagement at the Scribe Hotel. He had promised they would go to the guignol another afternoon. Only once had he taken Valentin to the Tuileries.

There was a stir. The maid brought in a white-frosted cake with pink candles. The children entered in their night clothes. Ferris still did not understand.

"Happy birthday, John," Elizabeth said. "Blow out the candles."

Ferris recognized his birthday date. The candles blew out lingeringly and there was the smell of burning wax. Ferris was thirty-eight years old. The veins in his temples darkened and pulsed visibly.

"It's time you started for the theater."

Ferris thanked Elizabeth for the birthday dinner and said the appropriate good-byes. The whole family saw him to the door.

A high, thin moon shone above the jagged, dark skyscrapers. The streets were windy, cold. Ferris hurried to Third Avenue and hailed a cab. He gazed at the nocturnal city with the deliberate attentiveness of

sich zuerst die Lüge selbst nicht eingestand. Er und Jeannine hatten in diesem Jahr gar nicht von Heirat gesprochen. Und tatsächlich war sie noch verheiratet – mit einem weißrussischen Börsenmakler in Paris, von dem sie seit fünf Jahren getrennt lebte. Aber es war zu spät, um die Lüge richtigzustellen. Schon sagte Elisabeth: «Das freut mich aber wirklich sehr. Ich gratuliere, Johnny.»

Er versuchte, die Situation durch die Wahrheit zu retten. «Der römische Herbst ist so schön, sanft und voller Blüten.» Er fügte hinzu: «Jeannine hat einen kleinen Jungen von sechs Jahren. Ein sonderbarer dreisprachiger kleiner Bursche. Wir gehen manchmal in die Tuilerien.»

Wieder eine Lüge! Er hatte das Kind einmal in den Park mitgenommen. Der blasse fremdländische Junge in Shorts, die seine dürren Beinchen bloß ließen, hatte sein Schiff auf dem zementierten Teich schwimmen lassen und war auf einem Pony geritten. Das Kind hatte gern in das Kasperltheater gehen wollen. Aber dazu war keine Zeit, denn Ferris hatte eine Verabredung im Scribe Hotel. Er hatte ihm versprochen, an einem anderen Nachmittag mit ihm zum Kasperle zu gehen. Nur einmal war er mit Valentin in den Tuilerien gewesen.

Er spürte eine Unruhe. Das Mädchen brachte einen Kuchen mit weißem Zuckerguß und rosa Kerzen. Die Kinder kamen im Nachthemd herein. Immer noch begriff Ferris nicht.

«Ich gratuliere zum Geburtstag, John!» sagte Elisabeth. «Du mußt die Kerzen ausblasen.»

Ferris erinnerte sich an sein Geburtsdatum. Die Kerzen gingen widerstrebend aus, und es roch nach brennendem Wachs. Ferris war achtunddreißig Jahre. Die Adern in seinen Schläfen wurden dunkel und pulsierten sichtbar.

«Es ist Zeit, daß ihr ins Theater geht.»

Ferris dankte Elisabeth für das Geburtstagsessen und verabschiedete sich in der üblichen Form. Die ganze Familie begleitete ihn zur Tür.

Ein hoher, schmaler Mond leuchtete über den gezackten, dunklen Wolkenkratzern. Die Straßen waren windig, kalt. Ferris eilte zur Dritten Avenue und rief eine Taxe heran. Er blickte zum Nachthimmel auf, mit der wohlbewußten Auf-

departure and perhaps farewell. He was alone. He longed for flighttime and the coming journey.

The next day he looked down on the city from the air, burnished in sunlight, toylike, precise. Then America was left behind and there was only the Atlantic and the distant European shore. The ocean was milky pale and placid beneath the clouds. Ferris dozed most of the day. Toward dark he was thinking of Elizabeth and the visit of the previous evening. He thought of Elizabeth among her family with longing, gentle envy, and inexplicable regret. He sought the melody, the unfinished air, that had so moved him. The cadence, some unrelated tones, were all that remained; the melody itself evaded him. He had found instead the first voice of the fugue that Elizabeth had played – it came to him, inverted mockingly and in a minor key. Suspended above the ocean the anxieties of transience and solitude no longer troubled him and he thought of his father's death with equanimity. During the dinner hour the plane reached the shore of France.

At midnight Ferris was in a taxi crossing Paris. It was a clouded night and mist wreathed the lights of the Place de la Concorde. The midnight bistros gleamed on the wet pavements. As always after a transocean flight the change of continents was too sudden. New York at morning, this midnight Paris. Ferris glimpsed the disorder of his life: the succession of cities, of transitory loves; and time, the sinister glissando of the years, time always.

"Vite! Vite!" he called in terror. *"Dépêchez-vous."*

Valentin opened the door to him. The little boy wore pajamas and an outgrown red robe. His gray eyes were shadowed and, as Ferris passed into the flat, they flickered momentarily. *"J'attends Maman."*

Jeannine was singing in a night club. She would not be home before another hour. Valentin returned to a drawing, squatting with his crayons over the paper

merksamkeit von Abreise und vielleicht Abschied. Er war allein. Er sehnte sich nach der Abflugszeit und der kommenden Reise.

Am nächsten Tag sah er aus der Luft auf die Stadt herab; sie lag glänzend, spielzeughaft, deutlich im Sonnenlicht. Dann blieb Amerika hinter ihm zurück, und nur der Atlantik war da und die ferne europäische Küste. Der Ozean war milchig bleich und ruhig unter den Wolken. Ferris döste fast den ganzen Tag über. Als es dunkelte, dachte er an Elisabeth und seinen Besuch am vorigen Abend. Er dachte mit sehnsüchtigem, zärtlichem Neid und unerklärlicher Reue an Elisabeth inmitten ihrer Familie. Er suchte die Melodie, die unvollendete Weise, die ihn so bewegt hatte. Der Rhythmus, ein paar unzusammenhängende Töne waren alles, was er behalten hatte; die Melodie selbst entzog sich ihm immer wieder. Statt dessen fand er die erste Stimme der Fuge, die Elisabeth gespielt hatte – sie überfiel ihn, spöttisch versetzt und in moll. Hoch über dem Ozean bedrückten ihn die Ängste der Vergänglichkeit und Einsamkeit nicht mehr, und er dachte mit Fassung an den Tod seines Vaters. Während der Dinnerstunde erreichte das Flugzeug die französische Küste.

Um Mitternacht saß Ferris in einer Taxe und fuhr durch Paris. Es war eine bewölkte Nacht, und Nebel wand sich um die Lichter am Place de la Concorde. Die mitternächtlichen Bistros spiegelten sich auf dem nassen Pflaster. Wie immer nach einem Transozeanflug war der Wechsel der Kontinente zu plötzlich. Am Morgen New York, um Mitternacht Paris. Ferris erkannte mit einem flüchtigen Blick die Unordnung seines Lebens: die wechselnde Folge der Städte, seine vergänglichen Lieben; und die Zeit, das düstere Dahingleiten der Jahre – immer die Zeit.

«Vite! Vite!» rief er entsetzt. «Dépêchez-vous!»

Valentin öffnete ihm die Tür. Der Kleine trug Pyjamas und einen ausgewachsenen roten Bademantel. Seine grauen Augen waren voll Schatten und flackerten einen Augenblick, als Ferris in die Wohnung trat. «J'attends Maman.»

Jeannine sang in einem Nachtklub. Vor einer Stunde würde sie nicht zurück sein. Valentin machte sich wieder ans Zeichnen, er hockte mit seinen Buntstiften über einem Blatt

on the floor. Ferris looked down at the drawing – it was a banjo player with notes and wavy lines inside a comic-strip balloon.

"We will go again to the Tuileries."

The child looked up and Ferris drew him closer to his knees. The melody, the unfinished music that Elizabeth had played, came to him suddenly. Unsought, the load of memory jettisoned – this time bringing only recognition and sudden joy.

"Monsieur Jean," the child said, "did you see him?"

Confused, Ferris thought only of another child – the freckled, family-loved boy. "See who, Valentin?"

"Your dead papa in Georgia." The child added, "Was he okay?"

Ferris spoke with rapid urgency: "We will go often to the Tuileries. Ride the pony and we will go into the guignol. We will see the puppet show and never be in a hurry any more."

"Monsieur Jean," Valentin said. "The guignol is now closed."

Again the terror, the acknowledgment of wasted years and death. Valentin, responsive and confident, still nestled in his arms. His cheek touched the soft cheek and felt the brush of the delicate eyelashes. With inner desperation he pressed the child close – as though an emotion as protean as his love could dominate the pulse of time.

Truman Capote: Miriam

For several years, Mrs. H. T. Miller had lived alone in a pleasant apartment (two rooms with kitchenette) in a remodeled brownstone near the East River. She was a widow: Mr. H. T. Miller had left a reasonable

Papier am Boden. Ferris sah hinab auf die Zeichnung – es war ein Banjospieler mit Noten und Wellenlinien in einer Blase aus dem Mund wie auf einem Bilderstreifen.

«Wir werden wieder in die Tuilerien gehen.»

Das Kind sah auf, und Ferris zog es dichter an seine Knie. Mit einem Mal fiel ihm die Melodie ein, die unvollendete Weise, die Elisabeth gespielt hatte. Unvermutet flog die Last der Erinnerung über Bord – diesmal brachte sie ihm nur Wiedererkennen und plötzliche Freude.

«Monsieur Jean», sagte das Kind, «haben Sie ihn gesehen?»

Verwirrt dachte Ferris nur an ein anderes Kind – den sommersprossigen Liebling einer Familie. «Wen gesehen, Valentin?»

«Ihren toten Vater in Georgia.» Das Kind fügte hinzu: «War er okay?»

Ferris sprach mit rascher Eindringlichkeit: «Wir werden oft in die Tuilerien gehen. Auf dem Pony reiten, und wir werden zum Kasperle gehen. Wir werden uns das Marionettenspiel ansehen und es niemals wieder zu eilig haben.»

«Monsieur Jean», sagte Valentin, «das Kasperltheater ist jetzt geschlossen.»

Wieder das Entsetzen, die Erkenntnis verlorener Jahre und des Todes. Valentin, empfänglich und zutraulich, schmiegte sich noch in seine Arme. Seine Wange berührte die weiche Wange, und er spürte das Streicheln zarter Augenwimpern. Mit innerer Verzweiflung preßte er das Kind an sich – als ob ein so wandelbares Gefühl wie seine Liebe den Puls der Zeit beherrschen könnte.

Truman Capote: Miriam

Mehrere Jahre lang hatte Frau H. T. Miller allein in ihrer gemütlichen Wohnung (zwei Zimmer mit kleiner Küche) in einem umgebauten Sandstein-Haus nahe am East River gewohnt. Sie war Witwe: Herr H. T. Miller hatte ihr einen

amount of insurance. Her interests were narrow, she had no friends to speak of, and she rarely journeyed farther than the corner grocery. The other people in the house never seemed to notice her: her clothes were matter-of-fact, her hair iron-gray, clipped and casually waved; she did not use cosmetics, her features were plain and inconspicuous, and on her last birthday she was sixty-one. Her activities were seldom spontaneous: she kept the two rooms immaculate, smoked an occasional cigarette, prepared her own meals and tended a canary.

Then she met Miriam. It was snowing that night. Mrs. Miller had finished drying the supper dishes and was thumbing through an afternoon paper when she saw an advertisement of a picture playing at a neighborhood theater. The title sounded good, so she struggled into her beaver coat, laced her galoshes and left the apartment, leaving one light burning in the foyer: she found nothing more disturbing than a sensation of darkness.

The snow was fine, falling gently, not yet making an impression on the pavement. The wind from the river cut only at street crossings. Mrs. Miller hurried, her head bowed, oblivious as a mole burrowing a blind path. She stopped at a drugstore and bought a package of peppermints.

A long line stretched in front of the box office; she took her place at the end. There would be (a tired voice groaned) a short wait for all seats. Mrs. Miller rummaged in her leather handbag till she collected exactly the correct change for admission. The line seemed to be taking its own time and, looking around for some distraction, she suddenly became conscious of a little girl standing under the edge of the marquee.

Her hair was the longest and strangest Mrs. Miller had ever seen: absolutely silver-white, like an albino's. It flowed waist-length in smooth, loose lines. She was thin and fragilely constructed. There

angemessenen Versicherungsbetrag hinterlassen. Ihre Interessen waren beschränkt, sie hatte keine nennenswerten Freunde und wanderte selten weiter als bis zum Lebensmittelgeschäft an der Ecke. Die andern Leute im Haus nahmen anscheinend niemals Notiz von ihr: ihre Kleider waren nüchtern, ihr Haar eisengrau, kurz geschnitten und leicht onduliert; sie gebrauchte keine Schönheitsmittel, ihre Züge waren schlicht und unauffällig, und an ihrem letzten Geburtstag war sie einundsechzig geworden. Sie handelte selten spontan; sie hielt ihre beiden Zimmer tadellos, rauchte ab und zu eine Zigarette, bereitete sich selbst ihre Mahlzeiten und pflegte ihren Kanarienvogel.

Dann traf sie Miriam. Es schneite an jenem Abend. Frau Miller war fertig mit dem Abtrocknen ihres Abendbrotgeschirrs und blätterte eine Nachmittagszeitung durch, in der sie einen Film angekündigt sah, der in einem Kino in der Nachbarschaft lief. Der Titel klang gut, also mühte sie sich in ihren Biberpelz, schnürte ihre Galoschen zu und verließ die Wohnung; sie ließ im Flur eine Lampe brennen; nichts machte sie nervöser als das Gefühl der Dunkelheit.

Der Schnee war fein, er fiel sacht herab und hinterließ noch keine Spuren auf dem Pflaster. Der Wind vom Fluß her war nur an den Straßenkreuzungen zu spüren. Frau Miller eilte mit gesenktem Kopf dahin, unbeirrt wie ein Maulwurf, der sich blind seinen Weg gräbt. Sie hielt bei einem Drugstore inne und kaufte sich ein Päckchen Pfefferminzbonbons.

Vor der Kasse stand eine lange Schlange; sie nahm ihren Platz am Ende ein. Man würde, brummte eine müde Stimme, für alle Plätze ein wenig warten müssen. Frau Miller kramte in ihrer ledernen Handtasche, bis sie genau die richtigen Münzen für das Eintrittsgeld fand. Die Schlange schien sich Zeit zu lassen, und als sich Frau Miller, Abwechslung suchend, umsah, bemerkte sie plötzlich ein kleines Mädchen, das unter dem Rand der Markise stand.

Sie hatte das längste und eigenartigste Haar, das Frau Miller je gesehen hatte: vollkommen silberweiß, wie bei einem Albino. Es floß in glatten, lockeren Linien bis zur Taille. Sie war dünn und zart gebaut. Eine schlichte, besondere Vornehmheit

was a simple, special elegance in the way she stood with her thumbs in the pockets of a tailored plum-velvet coat.

Mrs. Miller felt oddly excited, and when the little girl glanced toward her, she smiled warmly. The little girl walked over and said, "Would you care to do me a favor?"

"I'd be glad to, if I can," said Mrs. Miller.

"Oh, it's quite easy. I merely want you to buy a ticket for me; they won't let me in otherwise. Here, I have the money." And gracefully she handed Mrs. Miller two dimes and a nickel.

They went into the theater together. An usherette directed them to a lounge; in twenty minutes the picture would be over.

"I feel just like a genuine criminal," said Mrs. Miller gaily, as she sat down. "I mean that sort of thing's against the law, isn't it? I do hope I haven't done the wrong thing. Your mother knows where you are, dear? I mean she does, doesn't she?"

The little girl said nothing. She unbuttoned her coat and folded it across her lap. Her dress underneath was prim and dark blue. A gold chain dangled about her neck, and her fingers, sensitive and musical-looking, toyed with it. Examining her more attentively, Mrs. Miller decided the truly distinctive feature was not her hair, but her eyes; they were hazel, steady, lacking any childlike quality whatsoever and, because of their size, seemed to consume her small face.

Mrs. Miller offered a peppermint. "What's your name, dear?"

"Miriam," she said, as though, in some curious way, it were information already familiar.

"Why, isn't that funny – my name's Miriam, too. And it's not a terribly common name either. Now, don't tell me your last name's Miller!"

"Just Miriam."

"But isn't that funny?"

war in der Art, wie sie dastand, die Daumen in den Taschen eines nach Maß gearbeiteten pflaumenblauen Samtmantels.

Frau Miller empfand eine merkwürdige Erregung, und als das kleine Mädchen zu ihr hinsah, lächelte sie warm. Das Kind kam herüber und sagte: «Würden Sie mir wohl einen Gefallen tun?»

«Aber gern, wenn ich kann», sagte Frau Miller.

«Oh, es ist ganz leicht. Ich möchte nur, daß Sie mir eine Eintrittskarte kaufen; sonst lassen sie mich nicht hinein. Hier, das Geld habe ich.» Und anmutig händigte sie Frau Miller zwei Zehncentstücke und einen Fünfer ein.

Sie gingen zusammen in das Theater. Eine Platzanweiserin führte sie in einen Vorraum; in zwanzig Minuten würde der Film zu Ende sein.

«Ich komme mir wie ein richtiger Verbrecher vor», sagte Frau Miller heiter, als sie sich setzten. «Ich meine, so etwas ist ungesetzlich, nicht wahr? Ich hoffe, ich habe nichts Verkehrtes getan. Deine Mutter weiß, wo du bist, Herzchen? Ich meine, sie weiß es doch, nicht wahr?»

Das kleine Mädchen sagte nichts. Sie knöpfte ihren Mantel auf und faltete ihn über ihrem Schoß. Das Kleid darunter war fein und dunkelblau. Eine goldene Kette hing an ihrem Hals, und ihre Finger – sie sahen empfindsam und musikalisch aus – spielten damit. Während Frau Miller sie aufmerksamer musterte, kam sie zu dem Schluß, daß ihr wirklich charakteristisches Merkmal nicht das Haar, sondern die Augen waren; sie waren nußbraun, stetig, ohne die geringste Spur von Kindlichkeit, und schienen – so groß waren sie – das kleine Gesicht aufzuzehren.

Frau Miller bot ihr ein Stück Pfefferminz an: «Wie heißt du denn, Herzchen?»

«Miriam», sagte sie, als sei das eine auf irgendeine sonderbare Art bereits bekannte Auskunft.

«Oh – ist das nicht drollig – ich heiße ebenfalls Miriam. Und dabei ist das gar kein schrecklich gebräuchlicher Name. Nun sag mir nur nicht, daß dein Nachname Miller ist!»

«Bloß Miriam.»

«Aber ist das nicht eigenartig?»

"Moderately," said Miriam, and rolled the peppermint on her tongue.

Mrs. Miller flushed and shifted uncomfortably. "You have such a large vocabulary for such a little girl."

"Do I?"

"Well, yes," said Mrs. Miller, hastily changing the topic to: "Do you like the movies?"

"I really wouldn't know," said Miriam. "I've never been before."

Women began filling the lounge; the rumble of the newsreel bombs exploded in the distance. Mrs. Miller rose, tucking her purse under her arm. "I guess I'd better be running now if I want to get a seat," she said. "It was nice to have met you."

Miriam nodded ever so slightly.

It snowed all week. Wheels and footsteps moved soundlessly on the street, as if the business of living continued secretly behind a pale but impenetrable curtain. In the falling quiet there was no sky or earth, only snow lifting in the wind, frosting the window glass, chilling the rooms, deadening and hushing the city.

At all hours it was necessary to keep a lamp lighted, and Mrs. Miller lost track of the days: Friday was no different from Saturday and on Sunday she went to the grocery: closed, of course.

That evening she scrambled eggs and fixed a bowl of tomato soup. Then, after putting on a flannel robe and cold-creaming her face, she propped herself up in bed with a hot-water bottle under her feet. She was reading the *Times* when the doorbell rang. At first she thought it must be a mistake and whoever it was would go away. But it rang and rang and settled to a persistent buzz. She looked at the clock: a little after eleven; it did not seem possible, she was always asleep by ten.

«Gewissermaßen», sagte Miriam und rollte den Pfefferminzbonbon auf der Zunge.

Frau Miller errötete und rutschte unbehaglich hin und her. «Du hast einen recht großen Wortschatz für ein so kleines Mädchen.»

«So?»

«Nun ja», sagte Frau Miller, eilig das Thema wechselnd: «Gehst du gern ins Kino?»

«Das weiß ich wirklich noch nicht», sagte Miriam. «Ich bin noch nie drin gewesen.»

Frauen fingen an, die Vorhalle zu füllen; dann dröhnten Wochenschaubomben, die in der Ferne explodierten. Frau Miller stand auf, schob die Handtasche unter den Arm. «Ich glaube, ich beeile mich jetzt lieber, wenn ich einen Sitzplatz haben will», sagte sie. «Es war nett, dich kennenzulernen.»

Miriam nickte fast unmerklich.

Es schneite die ganze Woche. Räder und Schritte bewegten sich unhörbar auf der Straße, als liefe das tätige Leben heimlich weiter hinter einem blassen, aber undurchdringlichen Vorhang. In der Stille, die sich auf alles senkte, gab es weder Himmel noch Erde, nur Schnee, den der Wind emporwehte, der die Fenster mit Eisblumen überzog, die Zimmer auskühlte, die Stadt tötete und verstummen ließ. Zu allen Stunden mußte man die Lampen brennen lassen, und Frau Miller verlor die Tage aus den Augen: der Freitag unterschied sich nicht vom Samstag, und am Sonntag ging sie zum Lebensmittelgeschäft: natürlich geschlossen.

An jenem Abend machte sie sich Rührei und kochte einen Teller Tomatensuppe. Nachdem sie einen flanellenen Morgenrock angezogen hatte, rieb sie sich das Gesicht mit Coldcreme ein und machte es sich mit einer Wärmflasche unter den Füßen im Bett bequem. Sie las die *New York Times*, als die Türglocke anschlug. Zuerst dachte sie, es sei ein Irrtum, und wer da klingelte, würde wieder weggehen. Aber es läutete und läutete und ging in ein beharrliches Schrillen über. Sie sah nach der Uhr: kurz nach elf; es schien ihr unmöglich, sie schlief immer schon um zehn.

Climbing out of bed, she trotted barefoot across the living room. "I'm coming, please be patient." The latch was caught; she turned it this way and that way and the bell never paused an instant. "Stop it," she cried. The bolt gave way and she opened the door an inch. "What in heaven's name?"

"Hello," said Miriam.

"Oh ... why, hello," said Mrs. Miller, stepping hesitantly into the hall. "You're that little girl."

"I thought you'd never answer, but I kept my finger on the button; I knew you were home. Aren't you glad to see me?"

Mrs. Miller did not know what to say. Miriam, she saw, wore the same plum-velvet coat and now she had also a beret to match; her white hair was braided in two shining plaits and looped at the ends with enormous white ribbons.

"Since I've waited so long, you could at least let me in," she said.

"It's awfully late ..."

Miriam regarded her blankly. "What difference does that make? Let me in. It's cold out here and I have on a silk dress." Then, with a gentle gesture, she urged Mrs. Miller aside and passed into the apartment.

She dropped her coat and beret on a chair. She was indeed wearing a silk dress. White silk. White silk in February. The skirt was beautifully pleated and the sleeves long; it made a faint rustle as she strolled about the room. "I like your place," she said. "I like the rug, blue's my favorite color." She touched a paper rose in a vase on the coffee table. "Imitation," she commented wanly. "How sad. Aren't imitations sad?" She seated herself on the sofa, daintily spreading her skirt.

"What do you want?" asked Mrs. Miller.

"Sit down," said Miriam. "It makes me nervous to see people stand."

Sie kletterte aus dem Bett und trabte barfuß durch das Wohnzimmer. «Ich komme, bitte gedulden Sie sich!» Der Drücker klemmte; sie drehte ihn hin und her, und die Klingel setzte nicht einen Augenblick aus. «Hören Sie auf!» rief sie. Der Drücker gab nach, und sie machte die Tür ein paar Zentimeter auf. «Was um Himmelswillen...?»

«Hallo», sagte Miriam.

«Oh... ach so... hallo», sagte Frau Miller und trat zögernd ins Treppenhaus. «Du bist dieses kleine Mädchen.»

«Ich dachte, Sie würden überhaupt nicht aufmachen, aber ich ließ den Finger auf der Klingel; ich wußte, daß Sie zu Hause sind. Freuen Sie sich nicht, mich zu sehen?»

Frau Miller wußte nichts zu sagen. Miriam trug, wie sie sah, denselben pflaumenblauen Samtmantel, und jetzt hatte sie auch eine dazu passende Mütze; ihr weißes Haar war in zwei glänzende Zöpfe geflochten und am Ende mit riesigen weißen Schleifen zusammengebunden.

«Nachdem ich so lange gewartet habe, könnten Sie mich wenigstens hineinlassen», sagte sie.

«Es ist schrecklich spät...»

Miriam musterte sie unbeeindruckt. «Was macht das aus? Lassen Sie mich hinein. Hier draußen ist es kalt, und ich habe ein seidenes Kleid an.» Dann schob sie mit sanfter Gebärde Frau Miller zur Seite und ging an ihr vorbei in die Wohnung.

Sie ließ Mantel und Mütze auf einen Stuhl fallen. Wirklich, sie trug ein seidenes Kleid. Weiße Seide. Weiße Seide im Februar. Der Rock war schön gefältelt und die Ärmel lang; es raschelte leise, als sie im Zimmer umherging.

«Ihre Wohnung gefällt mir», sagte sie. «Den Teppich mag ich gern, blau ist meine Lieblingsfarbe.» Sie berührte eine Papierrose in einer Vase auf dem Kaffeetisch. «Imitation», sagte sie betrübt. «Wie traurig. Sind Imitationen nicht traurig?» Sie setzte sich aufs Sofa, ihren Rock zierlich ausbreitend.

«Was willst du?» fragte Frau Miller.

«Setzen Sie sich», sagte Miriam. «Es macht mich nervös, die Leute stehen zu sehen.»

Mrs. Miller sank to a hassock. "What do you want?" she repeated.

"You know, I don't think you're glad I came."

For a second time Mrs. Miller was without an answer; her hand motioned vaguely. Miriam giggled and pressed back on a mound of chintz pillows. Mrs. Miller observed that the girl was less pale than she remembered; her cheeks were flushed.

"How did you know where I lived?"

Miriam frowned. "That's no question at all. What's your name? What's mine?"

"But I'm not listed in the phone book."

"Oh, let's talk about something else."

Mrs. Miller said, "Your mother must be insane to let a child like you wander around at all hours of the night – and in such ridiculous clothes. She must be out of her mind."

Miriam got up and moved to a corner where a covered bird cage hung from a ceiling chain. She peeked beneath the cover. "It's a canary," she said. "Would you mind if I woke him? I'd like to hear him sing."

"Leave Tommy alone," said Mrs. Miller, anxiously. "Don't you dare wake him."

"Certainly," said Miriam. "But I don't see why I can't hear him sing." And then, "Have you anything to eat? I'm starving! Even milk and a jam sandwich would be fine."

"Look," said Mrs. Miller, arising from the hassock, "look – if I make some nice sandwiches will you be a good child and run along home? It's past midnight, I'm sure."

"It's snowing," reproached Miriam. "And cold and dark."

"Well, you shouldn't have come here to begin with," said Mrs. Miller, struggling to control her voice. "I can't help the weather. If you want anything to eat you'll have to promise to leave."

Frau Miller sank auf einen Puff. «Was willst du?» wiederholte sie.

«Nun, Sie freuen sich wohl gar nicht, mich zu sehen.»

Zum zweiten Mal hatte Frau Miller keine Antwort; sie machte eine ungewisse Handbewegung. Miriam kicherte und drückte sich in einen Berg von Chintzkissen. Frau Miller bemerkte, daß das Mädchen nicht so blaß war, wie sie es in der Erinnerung hatte; ihre Wangen waren erhitzt.

«Wieso wußtest du, wo ich wohne?»

Miriam runzelte die Stirn. «Das ist doch gar keine Frage! Wie ist Ihr Name? Und wie ist meiner?»

«Aber ich stehe nicht im Telefonbuch.»

«Oh, wir wollen lieber von etwas anderem sprechen.»

Frau Miller sagte: «Deine Mutter muß ja von Sinnen sein, daß sie ein Kind wie dich zu allen Nachtstunden herumlaufen läßt – und in so lächerlichen Kleidern. Sie muß den Verstand verloren haben.»

Miriam stand auf und ging in die Ecke, wo ein zugedeckter Käfig an einer Kette von der Decke herabhing. Sie lugte unter das Tuch. «Ein Kanarienvogel», sagte sie. «Haben Sie etwas dagegen, daß ich ihn wecke? Ich würde ihn gern singen hören.»

«Laß Tommy in Ruhe», sagte Frau Miller gereizt. «Untersteh dich nicht, ihn zu wecken.»

«Schon gut», sagte Miriam. «Aber ich sehe nicht ein, warum ich ihn nicht singen hören soll.» Und dann: «Haben Sie nicht irgend etwas zu essen? Ich habe Hunger! Sogar Milch und ein Marmeladebrot wären mir recht.»

«Hör zu», sagte Frau Miller, sich von dem Puff erhebend, «wenn ich dir jetzt ein paar nette Brote mache – wirst du dann ein gutes Kind sein und rasch nach Hause laufen? Es ist sicher Mitternacht vorbei.»

«Es schneit», sagte Miriam vorwurfsvoll. «Und es ist kalt und dunkel.»

«Nun, erst mal hättest du gar nicht herkommen sollen», sagte Frau Miller, bemüht, ihre Stimme zu beherrschen. «Ich kann das Wetter nicht ändern. Wenn du etwas zu essen haben willst, mußt du mir versprechen, wegzugehen.»

Miriam brushed a braid against her cheek. Her eyes were thoughtful, as if weighing the proposition. She turned toward the bird cage. "Very well," she said, "I promise."

How old is she? Ten? Eleven? Mrs. Miller, in the kitchen, unsealed a jar of strawberry preserves and cut four slices of bread. She poured a glass of milk and paused to light a cigarette. *And why has she come?* Her hand shook as she held the match, fascinated, till it burned her finger. The canary was singing; singing as he did in the morning and at no other time. "Miriam," she called, "Miriam, I told you not to disturb Tommy." There was no answer. She called again; all she heard was the canary. She inhaled the cigarette and discovered she had lighted the cork-tip end and – oh, really, she mustn't lose her temper.

She carried the food in on a tray and set it on the coffee table. She saw first that the bird cage still wore its night cover. And Tommy was singing. It gave her a queer sensation. And no one was in the room. Mrs. Miller went through an alcove leading to her bedroom; at the door she caught her breath.

"What are you doing?" she asked.

Miriam glanced up and in her eyes there was a look that was not ordinary. She was standing by the bureau, a jewel case opened before her. For a minute she studied Mrs. Miller, forcing their eyes to meet, and she smiled. "There's nothing good here," she said. "But I like this." Her hand held a cameo brooch. "It's charming."

"Suppose – perhaps you'd better put it back," said Mrs. Miller, feeling suddenly the need of some support. She leaned against the door frame; her head was unbearably heavy; a pressure weighted the rhythm of her heartbeat. The light seemed to flutter defectively. "Please, child – a gift from my husband..."

Miriam rieb sich mit einem Zopf die Wange. Ihre Augen waren nachdenklich, als prüfe sie den Vorschlag. Sie wandte sich nach dem Käfig um. «Also gut», sagte sie, «ich verspreche es Ihnen.»

Wie alt ist sie? Zehn? Elf? Frau Miller machte in der Küche ein Glas Erdbeermarmelade auf und schnitt vier Scheiben Brot ab. Sie goß einen Becher voll Milch und hielt inne, um sich eine Zigarette anzuzünden. *Und warum ist sie gekommen?* Ihre Hand zitterte, während sie selbstvergessen das Streichholz hielt, bis es ihr die Finger verbrannte. Der Kanarienvogel sang und sang, wie er morgens und zu keiner andern Zeit zu singen pflegte. «Miriam», rief sie, «Miriam, ich habe dir doch gesagt, du sollst Tommy nicht stören.» Es kam keine Antwort. Sie rief nochmals; nur der Kanarienvogel war zu hören. Sie sog den Rauch der Zigarette ein und entdeckte, daß sie sie am Korkmundstück angesteckt hatte und – oh, wirklich, sie durfte nicht die Fassung verlieren!

Sie trug das Essen auf einem Tablett hinein und setzte es auf den Kaffeetisch. Als erstes sah sie, daß der Vogelkäfig noch seine nächtliche Decke trug. Und Tommy sang! Es erregte sie merkwürdig. Und niemand war im Zimmer. Frau Miller ging durch den Alkoven, der in ihr Schlafzimmer führte; an der Tür hielt sie den Atem an.

«Was tust du?» fragte sie.

Miriam schaute auf, und in ihren Augen war ein ungewöhnlicher Blick. Sie stand bei der Kommode, vor sich hatte sie eine offene Schmuckkassette. Eine Minute musterte sie Frau Miller, zwang ihre Augen, den ihren zu begegnen, und lächelte. «Es ist nichts Gutes dabei», sagte sie, «aber dies hier gefällt mir.» Sie hielt eine Kameenbrosche in der Hand. «Das ist reizend.»

«Wie wäre es ... vielleicht legst du es lieber wieder zurück», sagte Frau Miller; plötzlich empfand sie das Bedürfnis, sich zu stützen. Sie lehnte sich an den Türrahmen; ihr Kopf war unerträglich schwer; ein Druck belastete den Rhythmus ihres Herzschlages. Das Licht schien mangelhaft und flackernd. «Bitte, Kind – ein Geschenk von meinem Mann ...»

"But it's beautiful and I want it," said Miriam. *"Give it to me."*

As she stood, striving to shape a sentence which would somehow save the brooch, it came to Mrs. Miller there was no one to whom she might turn; she was alone; a fact that had not been among her thoughts for a long time.

Its sheer emphasis was stunning. But here in her own room in the hushed snow-city were evidences she could not ignore or, she knew with startling clarity, resist.

Miriam ate ravenously, and when the sandwiches and milk were gone, her fingers made cobweb movements over the plate, gathering crumbs. The cameo gleamed on her blouse, the blonde profile like a trick reflection of its wearer. "That was very nice," she sighed, "though now an almond cake or a cherry would be ideal. Sweets are lovely, don't you think?"

Mrs. Miller was perched precariously on the hassock, smoking a cigarette. Her hair net had slipped lopsided and loose strands straggled down her face. Her eyes were stupidly concentrated on nothing and her cheeks were mottled in red patches, as though a fierce slap had left permanent marks.

"Is there a candy – a cake?"

Mrs. Miller tapped ash on the rug. Her head swayed slightly as she tried to focus her eyes. "You promised to leave if I made the sandwiches," she said.

"Dear me, did I?"

"It was a promise and I'm tired and I don't feel well at all."

"Mustn't fret," said Miriam. "I'm only teasing."

She picked up her coat, slung it over her arm, and arranged her beret in front of a mirror. Presently she bent close to Mrs. Miller and whispered, "Kiss me good night."

«Aber es ist schön und ich will es haben», sagte Miriam. «*Geben Sie es mir.*»

Während Frau Miller dastand und versuchte, einen Satz zu finden, der ihr die Brosche rettete, kam ihr der Gedanke, daß sie niemanden hatte, an den sie sich wenden konnte: sie war allein; eine Tatsache, an die sie lange nicht gedacht hatte. Niederschmetternd schon dadurch, daß sie ihr nur bewußt wurde. Aber hier in ihrem eigenen Zimmer in der stummen Schneestadt war sie so augenscheinlich, daß sie sie weder übersehen noch – das wußte sie mit erschreckender Deutlichkeit – ihr widerstehen konnte.

Miriam aß heißhungrig, und als die Brote und die Milch verzehrt waren, bewegten sich ihre Finger wie Spinnweben über den Teller, die Krumen sammelnd. Die Kamee schimmerte auf ihrer Bluse, das blonde Profil darauf wie ein täuschendes Spiegelbild seiner Trägerin. «Das war fein», seufzte sie, «aber jetzt wären Mandelkekse oder Kirschen ganz herrlich. Süßigkeiten sind was Feines, meinen Sie nicht auch?»

Frau Miller hockte unsicher, eine Zigarette rauchend, auf dem Kissen. Ihr Haarnetz war schiefgerutscht, und lose Strähnen hingen ihr unordentlich ins Gesicht. Ihre Augen waren wie betäubt, auf nichts konzentriert, und ihre Wangen waren mit roten Flecken durchsetzt, als hätte ein scharfer Schlag dauernde Spuren hinterlassen.

«Ist nichts Süßes da – kein Kuchen?»

Frau Miller klopfte die Asche auf den Teppich. Ihr Kopf schwankte ein wenig, als sie versuchte, ihren Blick auf einen Punkt zu sammeln. «Du hast mir versprochen, wegzugehen, wenn ich dir Sandwiches mache», sagte sie.

«Ach nein – hab ich das wirklich?»

«Es war ein Versprechen, und ich bin müde, und ich fühle mich durchaus nicht wohl.»

«Nicht ärgern», sagte Miriam. «Ich wollte Sie nur necken.»

Sie nahm ihren Mantel, schlang ihn über den Arm und setzte vor dem Spiegel ihre Mütze zurecht. Plötzlich beugte sie sich dicht zu Frau Miller herunter und flüsterte: «Geben Sie mir einen Gutenachtkuß!»

"Please – I'd rather not," said Mrs. Miller.

Miriam lifted a shoulder, arched an eyebrow. "As you like," she said, and went directly to the coffee table, seized the vase containing the paper roses, carried it to where the hard surface of the floor lay bare, and hurled it downward. Glass sprayed in all directions and she stamped her foot on the bouquet.

Then slowly she walked to the door, but before closing it she looked back at Mrs. Miller with a slyly innocent curiosity.

Mrs. Miller spent the next day in bed, rising once to feed the canary and drink a cup of tea; she took her temperature and had none, yet her dreams were feverishly agitated; their unbalanced mood lingered even as she lay staring wide-eyed at the ceiling. One dream threaded through the others like an elusively mysterious theme in a complicated symphony, and the scenes it depicted were sharply outlined, as though sketched by a hand of gifted intensity: a small girl, wearing a bridal gown and a wreath of leaves, led a gray procession down a mountain path, and among them there was unusual silence till a woman at the rear asked, "Where is she taking us?" "No one knows," said an old man marching in front. "But isn't she pretty?" volunteered a third voice. "Isn't she like a frost flower ... so shining and white?"

Tuesday morning she woke up feeling better; harsh slats of sunlight, slanting through Venetian blinds, shed a disrupting light on her unwholesome fancies. She opened the window to discover a thawed, mild-as-spring day;

a sweep of clean new clouds crumpled against a vastly blue, out-of-season sky; and across the low line of rooftops she could see the river and smoke curving from tugboat stacks in a warm wind. A great silver truck plowed the

«Bitte … das möchte ich lieber nicht», sagte Frau Miller.

Miriam hob ein wenig die Schulter, zog eine Braue hoch. «Wie Sie wollen», sagte sie, ging geradenwegs zum Kaffeetisch, ergriff die Vase mit den Papierrosen, trug sie dorthin, wo die harte Fläche des Fußbodens unbedeckt war, und schmetterte sie hin. Das Glas sprühte nach allen Seiten, und sie stampfte mit dem Fuß auf den Strauß.

Dann ging sie langsam zur Tür, aber bevor sie sie zumachte, sah sie mit schlauer kindlicher Neugier zurück auf Frau Miller.

Frau Miller verbrachte den nächsten Tag im Bett, stand nur einmal auf, um den Kanarienvogel zu füttern und eine Tasse Tee zu trinken; sie maß ihre Temperatur und hatte keine, dennoch waren ihre Träume fiebrig lebendig; ihre unausgeglichene Stimmung hielt sogar an, als sie dalag und mit großen Augen zur Decke starrte. Ein Traum zog sich wie ein Faden durch die anderen, dem nicht greifbaren geheimnisvollen Thema einer verwirrenden Symphonie gleich, und die Bilder, die er malte, waren scharf umrissen, als habe sie eine mit Eindringlichkeit begnadete Hand hingeworfen: Ein kleines Mädchen, das ein Brautkleid und einen Laubkranz trug, führte einen grauen Zug einen Bergpfad hinunter, und in dem Zug war ungewöhnliches Schweigen, bis eine Frau weit hinten fragte: «Wohin bringt sie uns?» «Das weiß keiner», sagte ein alter Mann, der voranschritt. «Aber ist sie nicht hübsch?» warf eine dritte Stimme hin. «Ist sie nicht wie eine Eisblume – so schimmernd und weiß?»

Am Dienstagmorgen fühlte sie sich beim Erwachen besser; die harten Streifen der Sonnenstrahlen, die schräg durch die Jalousien fielen, gossen ein Licht aus, in dem ihre ungesunden Grillen zergingen. Sie machte das Fenster auf und entdeckte einen aufgetauten, frühlingsmilden Tag; eine Schar reiner neuer Wolken ballte sich vor einem weiten, blauen Himmel, der noch gar nicht zur Jahreszeit gehörte; und hinter der niedrigen Linie der Giebel konnte sie den Fluß sehen und den Rauch, der sich im warmen Wind aus den Schornsteinen der Schlepper emporkräuselte. Ein großer silberner Lastwagen

snow-banked street, its machine sound humming on the air.

After straightening the apartment, she went to the grocer's, cashed a check and continued to Schrafft's where she ate breakfast and chatted happily with the waitress. Oh, it was a wonderful day – more like a holiday – and it would be so foolish to go home.

She boarded a Lexington Avenue bus and rode up to Eighty-sixth Street; it was here that she had decided to do a little shopping.

She had no idea what she wanted or needed, but she idled along, intent only upon the passers-by, brisk and preoccupied, who gave her a disturbing sense of separateness.

It was while waiting at the corner of Third Avenue that she saw the man: an old man, bowlegged and stooped under an armload of bulging packages; he wore a shabby brown coat and a checkered cap. Suddenly she realized they were exchanging a smile: there was nothing friendly about this smile, it was merely two cold flickers of recognition. But she was certain she had never seen him before.

He was standing next to an El pillar, and as she crossed the street he turned and followed. He kept quite close; from the corner of her eye she watched his reflection wavering on the shopwindows.

Then in the middle of the block she stopped and faced him. He stopped also and cocked his head, grinning. But what could she say? Do? Here, in broad daylight, on Eighty-sixth Street? It was useless and, despising her own helplessness, she quickened her steps.

Now Second Avenue is a dismal street, made from scraps and ends; part cobblestone, part asphalt, part cement; and its atmosphere of desertion is permanent. Mrs. Miller walked five blocks without meeting anyone, and all the while the steady crunch of his

pflügte die Straßen mit den Schneewällen, das Geräusch des Motors hing summend in der Luft.

Nachdem sie ihre Wohnung aufgeräumt hatte, ging sie in das Lebensmittelgeschäft, ließ sich einen Scheck diskontieren und ging weiter zu Schrafft, wo sie ein Frühstück einnahm und fröhlich mit der Kellnerin plauderte. Oh, es war ein prachtvoller Tag – beinahe ein Feiertag –, und es wäre töricht, nach Hause zu gehen!

Sie stieg in der Lexington-Avenue in einen Bus und fuhr bis zur Sechsundachtzigsten Straße; sie hatte sich entschlossen, hier ein paar kleine Einkäufe zu machen.

Sie hatte keine Ahnung, was sie haben wollte oder brauchte, aber sie schlenderte dahin, nur auf die lebhaften, mit sich selbst beschäftigten Vorübergehenden achtend, die in ihr ein merkwürdiges Gefühl der Isoliertheit auslösten.

Während sie an der Ecke der Dritten Avenue wartete, sah sie den Mann: einen alten Mann, krummbeinig und gebückt unter einem Armvoll umfangreicher Pakete; er trug einen schäbigen braunen Mantel und eine karierte Mütze. Plötzlich wurde ihr bewußt, daß sie einander zulächelten: es war nichts Freundschaftliches in diesem Lächeln, es waren lediglich zwei kalte Funken des Wiedererkennens. Aber sie war überzeugt, daß sie ihn nie zuvor gesehen hatte.

Er stand neben einem Pfeiler der Hochbahn, und als sie die Straße überquerte, wandte er sich um und folgte ihr. Er hielt sich ganz dicht hinter ihr; aus dem Augenwinkel beobachtete sie sein schwankendes Spiegelbild in den Schaufenstern.

Dann, am halben Block, blieb sie stehen und sah ihm ins Gesicht. Auch er blieb stehen, warf den Kopf hoch und lächelte schief. Aber was konnte sie sagen, tun? Hier, im hellen Tageslicht, auf der Sechsundachtzigsten Straße? Es hatte keinen Sinn, und sie beschleunigte den Schritt, ihre eigene Hilflosigkeit verachtend.

Nun ist die Zweite Avenue eine häßliche Straße, aus Bruch und Resten gemacht; zum Teil Kopfsteinpflaster, zum Teil Asphalt, zum Teil Zement; mit einer beharrlichen Atmosphäre der Verlassenheit. Frau Miller ging fünf Blocks weiter, ohne jemand zu treffen, und die ganze Zeit blieb das feste Knirschen

footfalls in the snow stayed near. And when she came to a florist's shop, the sound was still with her. She hurried inside and watched through the glass door as the old man passed; he kept his eyes straight ahead and didn't slow his pace, but he did one strange, telling thing: he tipped his cap.

"Six white ones, did you say?" asked the florist. "Yes," she told him, "white roses." From there she went to a glassware store and selected a vase, presumably a replacement for the one Miriam had broken, though the price was intolerable and the vase itself (she thought) grotesquely vulgar. But a series of unaccountable purchases had begun, as if by prearranged plan: a plan of which she had not the least knowledge or control.

She bought a bag of glazed cherries, and at a place called the Knickerbocker Bakery she paid forty cents for six almond cakes.

Within the last hour the weather had turned cold again; like blurred lenses, winter clouds cast a shade over the sun, and the skeleton of an early dusk colored the sky; a damp mist mixed with the wind and the voices of a few children who romped high on mountains of gutter snow seemed lonely and cheerless. Soon the first flake fell, and when Mrs. Miller reached the brownstone house, snow was falling in a swift screen and foot tracks vanished as they were printed.

The white roses were arranged decoratively in the vase. The glazed cherries shone on a ceramic plate. The almond cakes, dusted with sugar, awaited a hand. The canary fluttered on its swing and picked at a bar of seed.

At precisely five the doorbell rang. Mrs. Miller *knew* who it was. The hem of her housecoat trailed as she crossed the floor. "Is that you?" she called.

seiner Schritte im Schnee in ihrer Nähe. Als sie zu einem Blumengeschäft kam, war das Geräusch noch hinter ihr. Sie trat schnell hinein und sah durch die Glastür den alten Mann vorbeigehen; er hielt die Augen fest geradeaus gerichtet und hemmte seinen Schritt nicht, aber er tat etwas Seltsames, Vielsagendes: er griff grüßend an seine Mütze.

«Sechs weiße, sagten Sie?» fragte der Blumenhändler. «Ja», antwortete sie, «weiße Rosen». Von dort aus ging sie in einen Glasladen und suchte eine Vase aus, vermutlich einen Ersatz für die, die Miriam zerbrochen hatte,

obwohl der Preis unverschämt und die Vase (wie sie fand) unsagbar gewöhnlich war. Aber sie hatte eine Reihe unverantwortlicher Einkäufe begonnen, wie nach einem vorgefaßten Plan: einem Plan, den sie nicht im mindesten kannte oder kontrollieren konnte.

Sie kaufte eine Tüte glasierter Kirschen, und in einem Laden, der sich «Knickerbocker Bäckerei» nannte, zahlte sie vierzig Cents für sechs Mandelkuchen.

Während der letzten Stunde war das Wetter wieder kalt geworden; die Winterwolken warfen wie getrübte Glaslinsen einen Schatten über die Sonne, und das Gespenst einer frühen Dämmerung färbte den Himmel; ein feuchter Dunst mischte sich mit dem Wind, und die Stimmen einiger Kinder, die oben auf den Bergen von Gossenschnee tobten, kamen ihr einsam und unfroh vor. Bald fiel die erste Flocke, und als Frau Miller das Sandstein-Haus erreichte, sank der Schnee wie ein rascher Vorhang herab, und die Fußspuren verschwanden so schnell wie sie eingedrückt worden waren.

Die weißen Rosen waren dekorativ in der Vase geordnet. Die glasierten Kirschen schimmerten auf einem Keramikteller. Die Mandelkuchen, mit Zucker bestreut, warteten auf die Hand, die sie nehmen würde. Der Kanarienvogel flatterte auf seiner Schaukel und pickte an einem Samentäfelchen.

Genau um fünf Uhr läutete die Türglocke. Frau Miller wußte, wer es war. Der Saum ihres Hauskleides schleifte nach, als sie über den Flur ging. «Bist du es?» rief sie.

"Naturally," said Miriam, the word resounding shrilly from the hall. "Open this door."

"Go away," said Mrs. Miller.

"Please hurry . . . I have a heavy package."

"Go away," said Mrs. Miller. She returned to the living room, lighted a cigarette, sat down and calmly listened to the buzzer; on and on and on. "You might as well leave. I have no intention of letting you in."

Shortly the bell stopped. For possibly ten minutes Mrs. Miller did not move. Then, hearing no sound, she concluded Miriam had gone. She tiptoed to the door and opened it a sliver; Miriam was half-reclining atop a cardboard box with a beautiful French doll cradled in her arms.

"Really, I thought you were never coming," she said peevishly. "Here, help me get this in, it's awfully heavy."

It was not spell-like compulsion that Mrs. Miller felt, but rather a curious passivity; she brought in the box, Miriam the doll. Miriam curled up on the sofa, not troubling to remove her coat or beret, and watched disinterestedly as Mrs. Miller dropped the box and stood trembling, trying to catch her breath.

"Thank you," she said. In the daylight she looked pinched and drawn, her hair less luminous. The French doll she was loving wore an exquisite powdered wig and its idiot glass eyes sought solace in Miriam's. "I have a surprise," she continued. "Look into my box."

Kneeling, Mrs. Miller parted the flaps and lifted out another doll; then a blue dress which she recalled as the one Miriam had worn that first night at the theater; and of the remainder she said, "It's all clothes. Why?"

"Because I've come to live with you," said Miriam, twisting a cherry stem. "Wasn't it nice of you to buy me these cherries . . . ?"

«Natürlich», sagte Miriam; das Wort hallte schrill im Treppenhaus wider. «Mach die Tür auf.»

«Geh weg!» sagte Frau Miller.

«Bitte beeile dich ... ich habe ein schweres Paket.»

«Geh weg!» sagte Frau Miller. Sie kehrte ins Wohnzimmer zurück, zündete sich eine Zigarette an, setzte sich und horchte ruhig auf den Summer; noch und noch und noch. «Du kannst genausogut weggehen. Ich habe nicht die Absicht, dich hereinzulassen.»

Das Klingeln brach kurz ab. Etwa zehn Minuten rührte sich Frau Miller nicht. Als sie keinen Laut hörte, nahm sie an, daß Miriam gegangen sei.

Auf Zehen ging sie zur Tür und öffnete sie einen Spalt; Miriam saß halb zurückgelehnt auf einem Pappkarton, eine schöne französische Puppe im Arm.

«Ich habe wirklich gedacht, du würdest nicht mehr kommen!» sagte sie verdrießlich. «Hier, hilf mir, dies hineintragen – es ist schrecklich schwer!»

Frau Miller spürte keinen verhexten Zwang, sondern eher eine sonderbare Passivität; sie trug den Karton herein, Miriam die Puppe. Miriam machte sich's auf dem Sofa bequem, ohne sich die Mühe zu nehmen, Mantel und Mütze abzulegen, und beobachtete gleichgültig, wie Frau Miller den Karton fallen ließ und zitternd dastand und nach Atem rang.

«Danke», sagte sie. Im Tageslicht sah sie bedrückt und abgehetzt aus, ihr Haar nicht so glänzend. Die französische Puppe, die sie liebte, trug eine selten schöne, gepuderte Perücke, und ihre idiotischen Glasaugen suchten in Miriams Augen Trost. «Ich habe eine Überraschung», fuhr Miriam fort. «Schau einmal in meinen Karton.»

Kniend schlug Frau Miller die Seitenklappen zurück und nahm eine andere Puppe hoch; dann ein blaues Kleid – sie erinnerte sich, es war dasjenige, das Miriam an jenem ersten Abend im Kino angehabt hatte; und von dem restlichen Inhalt sagte sie: «Das sind lauter Kleider. Warum?»

«Weil ich hergekommen bin, um bei dir zu wohnen», sagte Miriam, an einem Kirschenstiel drehend. «War es nicht nett von dir, mir die Kirschen zu kaufen?»

"But you can't! For God's sake go away – go away and leave me alone!"

"...and the roses and the almond cakes? How really wonderfully generous. You know, these cherries are delicious. The last place I lived was with an old man; he was terribly poor and we never had good things to eat. But I think I'll be happy here." She paused to snuggle her doll closer. "Now, if you'll just show me where to put my things..."

Mrs. Miller's face dissolved into a mask of ugly red lines; she began to cry, and it was an unnatural, tearless sort of weeping, as though, not having wept for a long time, she had forgotten how. Carefully she edged backward till she touched the door.

She fumbled through the hall and down the stairs to a landing below. She pounded frantically on the door of the first apartment she came to; a short, red-headed man answered and she pushed past him. "Say, what the hell is this?" he said. "Anything wrong, lover?" asked a young woman who appeared from the kitchen, drying her hands. And it was to her that Mrs. Miller turned.

"Listen," she cried, "I'm ashamed behaving this way but – well, I'm Mrs. H. T. Miller and I live upstairs and..." She pressed her hands over her face. "It sounds so absurd..."

The woman guided her to a chair, while the man excitedly rattled pocket change. "Yeah?"

"I live upstairs and there's a little girl visiting me, and I suppose that I'm afraid of her. She won't leave and I can't make her and–she's going to do something terrible. She's already stolen my cameo, but she's about to do something worse–something terrible!"

The man asked, "Is she a relative, huh?"

Mrs. Miller shook her head. "I don't know who she is. Her name's Miriam, but I don't know for certain who she is."

«Aber das kannst du nicht! Um Gottes Willen – geh fort – geh fort und laß mich in Frieden!»

«... und die Rosen und die Mandelkuchen? Wie wunderbar aufmerksam, wirklich. Weißt du, diese Kirschen sind köstlich. Ich wohnte zuletzt bei einem alten Mann; er war schrecklich arm, und wir hatten nie etwas Gutes zu essen. Aber hier werde ich zufrieden sein, glaube ich.» Sie hielt inne, um ihre Puppe dichter an sich zu schmiegen. «Wenn du mir nur noch zeigst, wo ich meine Sachen hintun kann...»

Frau Millers Gesicht zerfloß zu einer Maske von häßlichen roten Linien. Sie fing an zu weinen, und es war ein unnatürliches, tränenloses Weinen, als habe sie, nachdem sie es lange nicht getan hatte, vergessen, wie man weint. Vorsichtig wich sie zurück, bis sie die Tür berührte.

Sie stolperte wie blind durch die Halle und die Treppe hinunter zu dem unteren Treppenabsatz. Sie klopfte ungestüm an die Tür der ersten Wohnung, zu der sie kam. Ein stämmiger, rothaariger Mann machte auf, und sie stürzte an ihm vorbei. «Was zum Teufel soll das?» fragte er. «Ist etwas los, Schatz?» fragte eine junge Frau, die aus der Küche kam; sie trocknete sich die Hände. An sie wandte sich Frau Miller.

«Hören Sie», rief sie, «ich schäme mich, mich so zu benehmen, aber... nun ja, ich bin Frau H. T. Miller, und ich wohne oben und...» Sie preßte die Hände vor das Gesicht. «Es klingt so verrückt...»

Die Frau führte sie zu einem Stuhl, während der Mann aufgeregt mit dem Kleingeld in seiner Tasche klimperte. «Ja – und?»

«Ich wohne oben, und da ist ein kleines Mädchen, das mich besucht, und ich glaube, ich habe Angst vor ihr. Sie will nicht weggehen, und ich bringe sie nicht dazu, und... sie wird etwas Schreckliches tun. Sie hat mir schon meine Kamee gestohlen, aber sie hat etwas Schlimmeres vor... etwas Schreckliches!»

Der Mann fragte: «Ist sie eine Verwandte, wie?»

Frau Miller schüttelte den Kopf. «Ich weiß nicht, wer sie ist. Sie heißt Miriam, aber ich weiß nicht, wer sie ist – bestimmt nicht.»

"You gotta calm down, honey," said the woman, stroking Mrs. Miller's arm. "Harry here'll tend to this kid. Go on, lover." And Mrs. Miller said, "The door's open – 5A."

After the man left, the woman brought a towel and bathed Mrs. Miller's face. "You're very kind," Mrs. Miller said. "I'm sorry to act like such a fool, only this wicked child . . ."

"Sure, honey," consoled the woman. "Now, you better take it easy."

Mrs. Miller rested her head in the crook of her arm; she was quiet enough to be asleep. The woman turned a radio dial; a piano and a husky voice filled the silence and the woman, tapping her foot, kept excellent time. "Maybe we oughta go up too," she said.

"I don't want to see her again. I don't want to be anywhere near her."

"Uh huh, but what you shoulda done, you shoulda called a cop."

Presently they heard the man on the stairs. He strode into the room frowning and scratching the back of his neck. "Nobody there," he said, honestly embarrassed. "She musta beat it."

"Harry, you're a jerk," announced the woman. "We been sitting here the whole time and we woulda seen . . ." she stopped abruptly, for the man's glance was sharp.

"I looked all over," he said, "and there just ain't nobody there. Nobody, understand?"

"Tell me," said Mrs. Miller, rising, "tell me, did you see a large box? Or a doll?"

"No, ma'am, I didn't."

And the woman, as if delivering a verdict, said, "Well, for cryinoutloud . . ."

Mrs. Miller entered her apartment softly; she walked to the center of the room and stood quite still.

No, in a sense it had not changed: the roses, the cakes, and the cherries were in place. But this was an empty

«Nun beruhigen Sie sich erst mal, meine Süße», sagte die Frau und streichelte Frau Millers Arm. «Mein Harry hier – der wird schon fertig mit dem Kind. Geh rauf, Schatz!» Und Frau Miller sagte: «Die Tür ist offen – 5 A.»

Nachdem der Mann gegangen war, brachte die Frau ein Tuch und wischte Frau Miller das Gesicht ab. «Sie sind sehr freundlich», sagte Frau Miller, «es tut mir leid, daß ich mich wie eine Närrin betrage, aber dieses fürchterliche Kind...»

«Freilich, meine Süße», tröstete die Frau. «Nun, nehmen Sie's lieber nicht so tragisch.»

Frau Miller legte ihren Kopf in die Beuge ihres Armes; sie war ruhig genug, um einzuschlafen. Die Frau drehte am Radioschalter; ein Klavier und eine heisere Stimme erfüllten den Raum, und die Frau klopfte mit dem Fuß sehr genau den Takt. «Vielleicht sollten wir auch raufgehen», sagte sie.

«Ich möchte sie nicht wiedersehen. Ich möchte überhaupt nicht in ihrer Nähe sein!»

«Nun, nun – aber wissen Sie, was Sie hätten tun sollen? Sie hätten einen Polizisten rufen sollen!»

Gleich darauf hörten sie den Mann auf der Treppe. Stirnrunzelnd kam er ins Zimmer, er kratzte sich den Nacken. «Niemand da», sagte er, ehrlich verlegen. «Sie muß getürmt sein.»

«Harry, du machst vielleicht Witze!» erklärte die Frau. «Wir haben die ganze Zeit hier gesessen und hätten doch gesehen...» sie brach plötzlich ab, denn der Blick des Mannes war scharf.

«Ich habe überall nachgesehen», sagte er, «und es ist einfach niemand da. Niemand, verstehst du?»

«Sagen Sie», fragte Frau Miller und stand auf, «sagen Sie, haben Sie einen großen Karton gesehen? Oder eine Puppe?»

«Nein, Madame, nichts.»

Und die Frau, als spräche sie ein Urteil aus, sagte: «Na, das ist ja nun die Höhe...»

Leise betrat Frau Miller ihre Wohnung; sie ging in die Mitte des Zimmers und stand ganz still. Nein, in einer Hinsicht hatte es sich nicht verändert: die Rosen, die Kuchen und die Kirschen waren an ihrem Platz. Aber dies war ein leerer Raum, leerer, als

room, emptier than if the furnishings and familiars were not present, lifeless and petrified as a funeral parlor. The sofa loomed before her with a new strangeness: its vacancy had a meaning that would have been less penetrating and terrible had Miriam been curled on it. She gazed fixedly at the space where she remembered setting the box and, for a moment, the hassocks spun desperately. And she looked through the window; surely the river was real, surely snow was falling – but then, one could not be certain witness to anything: Miriam, so vividly *there* – and yet, where was she? Where, where?

As though moving in a dream, she sank to a chair. The room was losing shape; it was dark and getting darker and there was nothing to be done about it; she could not lift her hand to light a lamp.

Suddenly, closing her eyes, she felt an upward surge, like a diver emerging from some deeper, greener depth. In times of terror or immense distress, there are moments when the mind waits, as though for a revelation, while a skein of calm is woven over thought; it is like a sleep, or a supernatural trance; and during this lull one is aware of a force of quiet reasoning: well, what if she had never really known a girl named Miriam? that she had been foolishly frightened on the street? In the end, like everything else, it was of no importance. For the only thing she had lost to Miriam was her identity, but now she knew she had found again the person who lived in this room, who cooked her own meals, wo owned a canary, who was someone she could trust and believe in: Mrs. H. T. Miller.

Listening in contentment, she became aware of a double sound: a bureau drawer opening and closing; she seemed to hear it long after completion – opening and closing. Then gradually, the harshness of it was replaced by the murmur of a silk dress and this, delicately faint, was moving nearer and swelling

wenn keine Möbel und nichts Vertrautes da wären, leblos und versteinert wie eine Leichenkammer. Das Sofa ragte mit einer neuen Fremdheit vor ihr auf: seine Leere hatte eine Bedeutung, die weniger eindringlich und schrecklich gewesen wäre, wenn sich Miriam hineingeschmiegt hätte. Sie starrte fest auf die Stelle, wo sie, wie sie sich erinnerte, den Karton hingestellt hatte, und einen Augenblick lang drehte sich der gepolsterte Puff wild im Kreise. Und sie sah durchs Fenster; sicher war der Fluß wirklich, sicher fiel draußen Schnee – aber schließlich, man konnte nichts mit Sicherheit bezeugen: Miriam, die so lebendig da war … und dennoch, wo war sie? Wo? Wo?

Und als bewege sie sich in einem Traum, sank sie auf einen Stuhl. Der Raum verlor seine Gestalt; es war dunkel und wurde noch dunkler, und dagegen war nichts zu machen; sie konnte nicht die Hand heben, um eine Lampe anzuschalten.

Plötzlich verspürte sie, die Augen schließend, einen Sog nach oben, wie ein Taucher, der aus einer tieferen, grüneren Tiefe aufsteigt. In Zeiten des Schreckens oder der ungeheuren Trübsal gibt es Augenblicke, in denen die Seele wartet wie auf eine Offenbarung, während sich ein Gewebe von Ruhe über das Denken legt; es ist wie ein Schlaf, wie eine übernatürliche Entrücktheit; und während dieser Stille wird man sich einer Kraft ruhiger Vernunft bewußt: nun ja … wie, wenn sie in Wirklichkeit niemals ein Mädchen namens Miriam gekannt hätte? Daß man ihr auf der Straße törichte Angst eingejagt hatte? Letzten Endes war es, wie alles andere, nicht wichtig. Denn das einzige, was Miriam ihr hatte nehmen können, war ihr Ich – aber jetzt wußte sie, daß sie die Person wiedergefunden hatte, die in diesem Zimmer wohnte, die sich ihre Mahlzeiten kochte, die einen Kanarienvogel besaß, die jemand war, dem sie trauen, an den sie glauben konnte: Frau H. T. Miller.

Zufrieden lauschend bemerkte sie einen doppelten Laut: eine Kommodenlade öffnete und schloß sich; sie schien es lange nach dem tatsächlichen Vorgang zu hören – öffnete und schloß sich. Dann, nach und nach, wurde das harte Geräusch verdrängt durch das leise Rauschen eines Seidenkleides, und dieses Rauschen, köstlich zart, kam näher und schwoll zu einer

in intensity till the walls trembled with the vibration and the room was caving under a wave of whispers. Mrs. Miller stiffened and opened her eyes to a dull, direct stare.

"Hello," said Miriam.

William Faulkner: Tomorrow

Uncle Gavin had not always been county attorney. But the time when he had not been was more than twenty years ago and it had lasted for such a short period that only the old men remembered it, and even some of them did not. Because in that time he had had but one case.

He was a young man then, twenty-eight, only a year out of the state-university law school where, at grandfather's instigation, he had gone after his return from Harvard and Heidelberg; and he had taken the case voluntarily, persuaded grandfather to let him handle it alone, which grandfather did, because everyone believed the trial would be a mere formality.

So he tried the case. Years afterward he still said it was the only case, either as a private defender or a public prosecutor, in which he was convinced that right and justice were on his side, that he ever lost. Actually he did not lose it – a mistrial in the fall court term, an acquittal in the following spring term – the defendant a solid, well-to-do farmer, husband and father, too, named Bookwright, from a section called Frenchman's Bend in the remote southeastern corner of the county; the victim a swaggering bravo calling himself Buck Thorpe and called Bucksnort by the other young men whom he had subjugated with his fists during the three years he had been in Frenchman's Bend; kinless, who had appeared overnight from nowhere, a brawler, a gambler, known to be

Heftigkeit an, daß die Wände von der Schwingung bebten und der ganze Raum unter einer Woge von Rascheln begraben war. Frau Miller erstarrte und öffnete die Augen zu einem betäubten, starren Blick.

«Hallo!» sagte Miriam.

William Faulkner: In alle Ewigkeit

Onkel Gavin war nicht immer Bezirksanwalt gewesen. Doch die Zeit, wo er es noch nicht war, lag über zwanzig Jahre zurück und hatte nicht lange gedauert, so daß nur die alten Männer sich daran erinnerten, und auch von ihnen bloß einige. Denn in jener Zeitspanne hatte er nur einen einzigen Fall gehabt.

Er war damals ein junger Mann von achtundzwanzig, erst seit einem Jahr vom Jurastudium an der Staatsuniversität zurück, wohin er auf Großvaters Betreiben nach seiner Rückkehr von Harvard und Heidelberg gegangen war; und er hatte den Fall freiwillig übernommen und Großvater überredet, ihm zu erlauben, ihn allein zu bearbeiten, was Großvater auch tat, da jedermann glaubte, der Prozeß werde eine bloße Formsache sein.

Er führte also den Prozeß. Noch nach Jahren sagte er, es sei der einzige Prozeß gewesen, in dem er Recht und Gesetz sicher auf seiner Seite glaubte und den er – als privater Verteidiger oder als öffentlicher Ankläger – verloren habe. Eigentlich hat er ihn nicht verloren – eine ergebnislose Verhandlung während der Herbstsession, ein Freispruch in der folgenden Frühjahrssession –, der Angeklagte ein rechtschaffener, wohlhabender Farmer, Ehemann und Vater namens Bookwright aus dem sogenannten Franzosenwinkel, einem entlegenen Gebiet in der Südostecke unsres Bezirks; das Opfer ein großmäuliger Bandit, der Buck Thorpe hieß und von den andern jungen Leuten, die er sich während seines dreijährigen Aufenthalts im Franzosenwinkel mit den Fäusten unterworfen hatte, Bucksnort, Mordskerl, genannt wurde; war ohne Angehörige, über Nacht von Nirgendwoher aufgetaucht, ein Raufbold, ein Glücksspieler, bekannt als Hersteller von illegalem Whisky,

a distiller of illicit whiskey and caught once on the road to Memphis with a small drove of stolen cattle, which the owner promptly identified. He had a bill of sale for them, but none in the country knew the name signed to it.

And the story itself was old and unoriginal enough: The country girl of seventeen, her imagination fired by the swagger and the prowess and the daring and the glib tongue; the father who tried to reason with her and got exactly as far as parents usually do in such cases; then the interdiction, the forbidden door, the inevitable elopement at midnight; and at four o'clock the next morning Bookwright waked Will Varner, the justice of the peace and the chief officer of the district, and handed Varner his pistol and said, "I have come to surrender. I killed Thorpe two hours ago." And a neighbor named Quick, who was first on the scene, found the half-drawn pistol in Thorpe's hand; and a week after the brief account was printed in the Memphis papers, a woman appeared in Frenchman's Bend who claimed to be Thorpe's wife, and with a wedding license to prove it, trying to claim what money or property he might have left.

I can remember the surprise that the grand jury even found a true bill; when the clerk read the indictment, the betting was twenty to one that the jury would not be out ten minutes. The district attorney even conducted the case through an assistant, and it did not take an hour to submit all the evidence.

Then Uncle Gavin rose, and I remember how he looked at the jury – the eleven farmers and storekeepers and the twelfth man, who was to ruin his case – a farmer, too, a thin man, small, with thin gray hair and that appearance of hill farmers – at once frail and work-worn, yet curiously imperishable – who seem to become old men at fifty and then become

und einmal auf der Landstraße nach Memphis mit einer kleinen Herde gestohlener Rinder erwischt worden, die der wahre Besitzer sofort als seine eigenen erkannte. Thorpe konnte einen Kaufvertrag vorweisen, aber keiner in der ganzen Gegend kannte die Unterschrift.

Und die Geschichte selbst war eine alte Geschichte, eine gar nicht originelle Geschichte: ein siebzehnjähriges Mädchen vom Land, deren Phantasie durch die Prahlerei und Tollkühnheit und Verwegenheit und den Zungenschlag entflammt worden war; der Vater, der ihr Vernunft beizubringen versuchte und genausoweit kam, wie Eltern in einem solchen Falle meistens kommen; dann das Verbot, der untersagte Zutritt, die unvermeidliche Entführung um Mitternacht; und am nächsten Morgen um vier weckte Bookwright den Friedensrichter und obersten Beamten des Wahldistrikts, Will Varner, und reichte ihm seine Pistole und sagte: «Ich möchte mich stellen. Hab' vor zwei Stunden den Thorpe erschossen.» Und ein Nachbar namens Quick, der als erster am Tatort gewesen war, hatte in Thorpes Hand die halb gezogene Pistole gesehen; und eine Woche nach Erscheinen des kurzen Berichts in den Memphiser Zeitungen tauchte eine Frau im Franzosenwinkel auf und behauptete, Thorpes Frau zu sein; sie bewies es mit einem Trauschein und erhob Anspruch auf alles, was er an Geld und Besitztümern hinterlassen haben mochte.

Ich kann mich an die Überraschung erinnern, daß das Geschworenengericht überhaupt richtig Anklage erhob, und als der Gerichtsschreiber die Anklage verlas, wetteten wir zwanzig gegen eins, daß die Geschworenen keine zehn Minuten draußen bleiben würden. Der Staatsanwalt ließ den Fall sogar nur durch einen Assistenten führen, und es nahm keine Stunde in Anspruch, um den Tatbestand vorzutragen. Dann erhob sich Onkel Gavin, und ich erinnere mich, wie er die Geschworenen anblickte – die elf Farmer und Ladenbesitzer und den zwölften Mann, der ihm den Prozeß verderben sollte – ebenfalls ein Farmer, ein magerer Mensch, klein, mit schütterem grauem Haar und der äußeren Erscheinung aller Bergfarmer – gleichzeitig abgearbeitet und zerbrechlich und doch merkwürdig unzerstörbar –, die mit fünfzig Jahren Greise

invincible to time. Uncle Gavin's voice was quiet, almost monotonous, not ranting as criminal-court trials had taught us to expect; only the words were a little different from the ones he would use in later years. But even then, although he had been talking to them for only a year, he could already talk so that all the people in our country – the Negroes, the hill people, the rich flatland plantation owners – understood what he said.

"All of us in this country, the South, have been taught from birth a few things which we hold to above all else. One of the first of these – not the best; just one of the first – is that only a life can pay for the life it takes; that the one death is only half complete. If that is so, then we could have saved both these lives by stopping this defendant before he left his house that night; we could have saved at least one of them, even if we had had to take this defendant's life from him in order to stop him. Only we didn't know in time.

And that's what I am talking about – not about the dead man and his character and the morality of the act he was engaged in; not about self-defense, whether or not this defendant was justified in forcing the issue to the point of taking life, but about us who are not dead and what we don't know – about all of us, human beings who at bottom want to do right, want not to harm others; human beings with all the complexity of human passions and feelings and beliefs, in the accepting or rejecting of which we had no choice, trying to do the best we can with them or despite them – this defendant, another human being with that same complexity of passions and instincts and beliefs, faced by a problem – the inevitable misery of his child who, with the headstrong folly of youth – again that same old complexity which she, too, did not ask to inherit – was incapable of her own preservation – and solved that problem to the best of

226
227

zu werden scheinen und sich dann nie von der Zeit unterkriegen lassen. Onkel Gavins Stimme war ruhig, fast eintönig, nicht hochtrabend, wie es uns Strafprozesse eigentlich zu erwarten gelehrt hatten; nur die Worte unterschieden sich ein wenig von denen, die er in späteren Jahren benutzte. Doch selbst damals – obwohl er erst ein Jahr lang zu ihnen gesprochen hatte – konnte er schon so sprechen, daß alle Leute unsrer Gegend, die Neger, die Bergler und die reichen Plantagenbesitzer der Ebene, verstanden, was er sagte.

«Uns allen in diesem Land, dem Süden, ist von Geburt an einiges beigebracht worden, woran wir uns vor allem halten. Einer dieser Grundsätze – nicht der beste, nur einer der ersten – lautet, daß getötetes Leben nur mit dem Leben vergolten werden kann; daß der eine Tod nur etwas Halbes ist. Wenn dem so ist, dann hätten wir die beiden Menschenleben dadurch retten können, daß wir diesen Angeklagten hinderten, heute nacht sein Haus zu verlassen; wir hätten mindestens ein Menschenleben retten können, selbst wenn wir diesen Angeklagten hätten ums Leben bringen müssen, um ihn zu hindern. Nur wußten wir es nicht rechtzeitig. Und darüber möchte ich jetzt sprechen – nicht über den Toten und seinen Charakter und die moralische Seite der Tat, die er vorhatte; auch nicht über Notwehr, und ob der Angeklagte berechtigt war, den Streit so weit zu treiben, daß er ein Leben vernichten mußte; sondern über uns, die wir nicht tot sind, und das, was wir nicht wissen – über uns alle, lauter Menschen, die im Grunde recht handeln wollen und andern nicht Schaden zufügen wollen, Menschen mit aller Vielschichtigkeit menschlicher Leidenschaften und Gefühle und Ansichten, die anzunehmen oder abzulehnen wir keine Wahl hatten und mit denen oder denen zum Trotz wir versuchen, das Beste zu tun, was wir tun können – und über diesen Angeklagten mit der gleichen Vielschichtigkeit menschlicher Leidenschaften und Instinkte und Ansichten, der sich vor ein Problem gestellt sah, das unvermeidliche Unglück seiner Tochter (die mit der starrköpfigen Torheit der Jugend – wiederum mit der gleichen alten Vielschichtigkeit, die auch sie nicht zu erben begehrt hatte – unfähig war, sich selbst zu schützen), und der nun das Problem nach seinem besten Können und Glauben löste, von keinem Hilfe

his ability and beliefs, asking help of no one, and then abode by his decision and his act.''

He sat down. The district attorney's assistant merely rose and bowed to the court and sat down again. The jury went out and we didn't even leave the room. Even the judge didn't retire. And I remember the long breath, something, which went through the room when the clock hand above the bench passed the ten-minute mark and then passed the half-hour mark, and the judge beckoned a bailiff and whispered to him, and the bailiff went out and returned and whispered to the judge, and the judge rose and banged his gavel and recessed the court.

I hurried home and ate my dinner and hurried back to town. The office was empty. Even grandfather, who took his nap after dinner, regardless of who hung and who didn't, returned first; after three o'clock then, and the whole town knew now that Uncle Gavin's jury was hung by one man, eleven to one for acquittal;

then Uncle Gavin came in fast, and grandfather said, ''Well, Gavin, at least you stopped talking in time to hang just your jury and not your client.''

''That's right, sir,'' Uncle Gavin said. Because he was looking at me with his bright eyes, his thin, quick face, his wild hair already beginning to turn white. ''Come here, Chick,'' he said. ''I need you for a minute.''

''Ask Judge Frazier to allow you to retract your oration, then let Charley sum up for you,'' grandfather said. But we were outside then, on the stairs, Uncle Gavin stopping halfway down, so that we stood exactly halfway from anywhere, his hand on my shoulder, his eyes brighter and intenter than ever.

''This is not cricket,'' he said. ''But justice is

verlangte und dann zu seiner Entscheidung und zu seiner Tat stand.»

Er setzte sich. Der Assistent des Staatsanwalts erhob sich nur, um sich vor dem Gerichtshof zu verbeugen, und setzte sich wieder. Die Geschworenen gingen hinaus, und wir wollten den Gerichtssaal gar nicht erst verlassen. Selbst der Richter zog sich nicht zurück. Und ich erinnere mich an den langen Seufzer oder so etwas, der durch den Saal ging, als der Uhrzeiger über der Richterbank die Zehn-Minuten-Grenze überschritt, und dann die Dreißig-Minuten-Grenze, und wie der Richter einen Gerichtsdiener heranwinkte und mit ihm flüsterte, und wie der Gerichtsdiener hinausging und zurückkam und mit dem Richter flüsterte, und wie der Richter aufstand und heftig mit seinem Hammer klopfte und die Verhandlung vertagte.

Ich eilte nach Hause und aß mein Mittagsbrot und eilte wieder ins Städtchen zurück. Das Büro war leer. Sogar mein Großvater, der sonst nach dem Mittagessen seinen Verdauungsschlaf hielt, ohne Rücksicht darauf, ob die Jury ‹festhing› oder nicht, kehrte zurück, als erster; nach drei Uhr wußte es dann das ganze Städtchen, daß Onkel Gavins Geschworene sich wegen eines einzigen Mannes nicht einigen konnten, denn sie waren elf zu eins für den Freispruch; dann trat mein Onkel schnell ein, und Großvater sagte: «Ein Glück, Gavin, daß du rechtzeitig zu reden aufgehört hast, so daß nur deine Geschworenen ‹hängen›, und nicht auch noch dein Klient.»

«Jawohl, Sir», sagte Onkel Gavin unaufmerksam. Denn eigentlich blickte er mit seinen gescheiten Augen, dem schmalen, beweglichen Gesicht und dem wilden Haar, das schon weiß zu werden begann, nur zu mir hin. «Komm her, Junge!» sagte er. «Ich brauch' dich eine Minute!»

«Frag doch den Richter Frazier, ob er gestattet, daß du deine Schlußrede zurückziehst, dann kann Charley für dich zusammenfassen!» sagte Großvater. Aber da waren wir schon auf der Treppe draußen, und Onkel Gavin blieb auf dem Treppenabsatz stehen, so daß wir genau in der Mitte der beiden Stockwerke standen, und legte die Hand auf meine Schulter, und seine Augen sahen gescheiter und eifriger denn je aus.

«Es ist kein Kricket-Spiel», sagte er, «und doch wird die

accomplished lots of times by methods that won't bear looking at. They have moved the jury to the back room in Mrs. Rouncewell's boardinghouse. The room right opposite that mulberry tree. If you could get into the back yard without anybody seeing you, and be careful when you climb the tree –"

Nobody saw me. But I could look through the windy mulberry leaves into the room, and see and hear, both – the nine angry and disgusted men sprawled in chairs at the far end of the room; Mr. Holland, the foreman, and another man standing in front of the chair in which the little, worn, dried-out hill man sat. His name was Fentry. I remembered all their names, because Uncle Gavin said that to be a successful lawyer and politician in our country you did not need a silver tongue nor even an intelligence; you needed only an infallible memory for names. But I would have remembered his name anyway, because it was Stonewall Jackson – Stonewall Jackson Fentry.

"Don't you admit that he was running off with Bookwright's seventeen-year-old daughter?" Mr. Holland said. "Don't you admit that he had a pistol in his hand when they found him? Don't you admit that he wasn't hardly buried before that woman turned up and proved she was already his wife? Don't you admit that he was not only no-good but dangerous, and that if it hadn't been Bookwright, sooner or later somebody else would have had to, and that Bookwright was just unlucky?"

"Yes," Fentry said.

"Then what do you want?" Mr. Holland said. "What do you want?"

"I can't help it," Fentry said. "I ain't going to vote Mr. Bookwright free."

And he didn't. And that afternoon Judge Frazier discharged the jury and set the case for retrial in the next term of court; and the next morning Uncle Gavin came for me before I had finished breakfast.

Gerechtigkeit wer weiß wie oft durch Methoden erlangt, die man nicht zu nah betrachten darf. Die Geschworenen sitzen jetzt im Hofzimmer von Mrs. Rouncewells Pension, also im Zimmer genau gegenüber von dem Maulbeerbaum. Wenn du dich in den Hof schleichen könntest, ohne daß dich einer sieht, und vorsichtig auf den Baum klettern könntest...»

Niemand sah mich. Ich aber konnte zwischen den flatternden Maulbeerblättern ins Zimmer blicken und alles sehen und hören: die neun zornigen und angewiderten Männer, die am andern Ende des Zimmers in ihren Stühlen hingen; dazu Mr. Holland, den Obmann, und einen anderen Mann, die beide vor dem Stuhl standen, auf dem der kleine abgearbeitete, ausgedörrte Bergler saß. Er hieß Fentry. Ich erinnerte mich an all ihre Namen, denn Onkel Gavin sagt immer, wenn man in unserm Land ein erfolgreicher Anwalt und Politiker werden will, braucht man keine Rednergabe und nicht mal Verstand: man braucht nur ein unfehlbares Gedächtnis für Personennamen. Aber ich hätte mich sowieso an seinen Namen erinnert, denn er hieß Stonewall Jackson – Stonewall Jackson Fentry.

«Geben Sie etwa nicht zu, daß er mit Bookwrights siebzehnjähriger Tochter durchbrennen wollte?» sagte Mr. Holland. «Geben Sie nicht zu, daß er eine Pistole in der Hand hatte, als sie ihn fanden? Geben Sie nicht zu, daß er kaum begraben war, als schon eine Frau auftauchte und bewies, daß sie seine Frau war? Geben Sie nicht zu, daß er nicht nur ein Taugenichts, sondern gemeingefährlich war und daß, wenn's nicht Bookwright gewesen wäre, früher oder später jemand anders es hätte tun müssen, und daß Bookwright einfach Pech hatte?»

«Ja», sagte Fentry.

«Was wollen Sie denn dann noch?» rief Mr. Holland. «Was wollen Sie noch?»

«Ich kann's nicht ändern», erklärte Fentry, «ich stimme nicht dafür, daß Mr. Bookwright freikommt.»

Und das tat er denn auch nicht. Und am gleichen Nachmittag entließ Richter Frazier die Geschworenen und verschob den Fall zwecks erneuter Verhandlung auf die nächste Gerichtssession; und am folgenden Morgen kam Onkel Gavin, noch ehe ich mit dem Frühstück fertig war, um mich abzuholen.

"Tell your mother we might be gone overnight," he said. "Tell her I promise not to let you get either shot, snake-bit or surfeited with soda pop... Because I've got to know," he said. We were driving fast now, out the northeast road, and his eyes were bright, not baffled, just intent and eager.

"He was born and raised and lived all his life out here at the very other end of the county, thirty miles from Frenchman's Bend. He said under oath that he had never even seen Bookwright before, and you can look at him and see that he never had enough time off from hard work to learn how to lie in. I doubt if he ever even heard Bookwright's name before."

We drove until almost noon. We were in the hills now, out of the rich flat land, among the pine and bracken, the poor soil, the little tilted and barren patches of gaunt corn and cotton which somehow endured, as the people they clothed and fed somehow endured; the roads we followed less than lanes, winding and narrow, rutted and dust choked, the car in second gear half the time.

Then we saw the mailbox, the crude lettering: G. A. Fentry; beyond it, the two-room log house with an open hall, and even I, a boy of twelve, could see that no woman's hand had touched it in a lot of years. We entered the gate.

Then a voice said, "Stop! Stop where you are!" And we hadn't even seen him – an old man, bare-foot, with a fierce white bristle of mustache, in patched denim faded almost to the color of skim milk, smaller, thinner even than the son, standing at the edge of the worn gallery, holding a shotgun across his middle and shaking with fury or perhaps with the palsy of age.

"Mr. Fentry –" Uncle Gavin said.

"You've badgered and harried him enough!" the

«Sag deiner Mutter, wir blieben vielleicht über Nacht fort», rief er mir zu. «Sag ihr, ich verspreche, daß du weder erschossen noch von Schlangen gebissen noch mit Limonade überfüttert wirst ... denn ich muß nämlich etwas herausbringen.» Wir fuhren rasch die Nordost-Straße entlang, und seine Augen waren strahlend, nicht verblüfft, einfach gespannt und eifrig. «Da draußen am andern Ende des Bezirks, dreißig Meilen hinter dem Franzosenwinkel, wurde er geboren und wuchs dort auch auf und verbrachte sein ganzes Leben dort. Er hat unter Eid ausgesagt, er habe Bookwright vorher noch nie gesehen, und wenn man ihn betrachtet, dann sieht man auch, daß ihm die harte Arbeit nie so viel Zeit gelassen hat, daß er hätte lernen können, wie man lügt. Ich bezweifle, ob er überhaupt Bookwrights Namen vorher je gehört hat.»

Wir fuhren, bis es fast Mittag war. Wir waren jetzt in den Bergen, nicht mehr im üppigen Tiefland, sondern zwischen Kiefern und Farnkraut auf kargem Boden mit kleinen abschüssigen armseligen Stückchen Mais- und Baumwoll-Landes, das irgendwie durchhielt, wie auch die Menschen durchhielten, die das Land kleidete und ernährte. Die Straßen, über die wir fuhren, waren kaum Feldwege zu nennen, so krumm und schmal waren sie, voll tiefer, im Staub erstickender Furchen, so daß der Wagen die Hälfte der Zeit im zweiten Gang fahren mußte. Dann sahen wir den Briefkasten und die ungelenken Buchstaben G. A. Fentry; dahinter das Holzhaus mit den zwei Räumen und einem offenen Gang, und sogar ich, ein zwölfjähriger Junge, konnte sehen, daß hier seit Jahren keine Frauenhand gewaltet hatte. Wir traten durchs Tor.

Dann rief eine Stimme: «Bleibt stehen! Bleibt auf der Stelle stehen!» Und dabei hatten wir ihn noch gar nicht erblickt, den alten Mann: barfuß, mit einem wilden weißen Borsten-Schnurrbart, in geflicktem Drillich, der fast zur Farbe abgerahmter Milch verblaßt war, noch kleiner sogar und magerer als sein Sohn – so stand er am Rand seiner morschen Veranda, hielt sein Gewehr quer vor dem Bauch und flog vor Wut – oder vielleicht auch vor Altersschwäche – an allen Gliedern.

«Mr. Fentry ...», begann Onkel Gavin.

«Sie haben ihn genug gequält und belästigt!» rief der alte

old man said. It was fury; the voice seemed to rise suddenly with a fiercer, an uncontrollable blaze of it: "Get out of here! Get off my land! Go!"

"Come," Uncle Gavin said quietly. And still his eyes were only bright, eager, intent and grave. We did not drive fast now. The next mailbox was within the mile, and this time the house was even painted, with beds of petunias beside the steps, and the land about it was better, and this time the man rose from the gallery and came down to the gate.

"Howdy, Mr. Stevens," he said. "So Jackson Fentry hung your jury for you."

"Howdy, Mr. Pruitt," Uncle Gavin said. "It looks like he did. Tell me."

And Pruitt told him, even though at that time Uncle Gavin would forget now and then and his language would slip back to Harvard and even to Heidelberg.

It was as if people looked at his face and knew that what he asked was not just for his own curiosity or his own selfish using.

"Only ma knows more about it than I do," Pruitt said. "Come up to the gallery."

We followed him to the gallery, where a plump, white-haired old lady in a clean gingham sunbonnet and dress and a clean white apron sat in a low rocking chair, shelling field peas into a wooden bowl. "This is Lawyer Stevens," Pruitt said. "Captain Stevens' son, from town. He wants to know about Jackson Fentry."

So we sat, too, while they told it, the son and the mother talking in rotation.

"That place of theirs," Pruitt said. "You seen some of it from the road. And what you didn't see don't look no better. But his pa and his grandpa worked it, made a living for themselves and raised families and paid their taxes and owed no man. I don't know how they done it, but they did. And Jackson was helping

Mann. Also doch Wut; die Stimme schien sich plötzlich zu noch wilderem, zu unbeherrschtem Jähzorn zu steigern. «Scheren Sie sich fort! Scheren Sie sich von meinem Land! Raus!»

«Komm!» sagte Onkel Gavin ruhig. Und seine Augen waren noch immer lebhaft und eifrig, aufmerksam und ernst. Wir fuhren jetzt nicht schnell. Bis zum nächsten Briefkasten war es keine Meile weit, und dieses Haus war sogar angestrichen und hatte Petunienbeete neben der Treppe, und der Boden ringsum war viel besser, und diesmal erhob sich auf der Veranda ein Mann und kam ans Tor hinunter.

«Tag, Mr. Stevens», sagte er. «Jackson Fentry hat also Ihre Jury ‹hängen› lassen?»

«Tag, Mr. Pruitt», grüßte Onkel Gavin. «Ja, es hat fast den Anschein. Und nun erzählen Sie mal!»

Und Pruitt erzählte ihm, was er wußte, obwohl sich Onkel Gavin zu jener Zeit noch manchmal vergaß und mit seiner Sprechweise hin und wieder nach Harvard und sogar nach Heidelberg zurückrutschte. Doch immer war es, als blickten die Leute in sein Gesicht und wüßten sofort, daß er seine Fragen nicht aus eigener Neugier oder zu seinem eigenen, selbstsüchtigen Gebrauch stellte.

«Nur Ma weiß noch mehr darüber als ich», sagte Pruitt. «Kommen Sie auf die Veranda!»

Wir folgten ihm auf die Veranda, wo eine rundliche, weißhaarige alte Dame mit einer Sonnenhaube und einem Kleid aus sauberem Gingham und mit einer sauberen weißen Schürze in einem niedrigen Schaukelstuhl saß und Erbsen in eine Holzschüssel palte. «Das ist Anwalt Stevens», sagte Pruitt. «Hauptmann Stevens' Sohn aus der Stadt. Er möchte gern etwas über Jackson Fentry erfahren!»

Wir saßen also auf der Veranda, während sie es uns erzählten – Sohn und Mutter immer abwechselnd.

«Denen ihr Anwesen», sagte Pruitt, «das haben Sie ja von der Straße aus gesehen. Und was Sie nicht gesehen haben, das ist auch nicht schöner. Aber sein Pa und sein Opa haben ihr Land bestellt, haben ihren Lebensunterhalt davon gehabt und Familien großgezogen und Steuern bezahlt und sind keinem Menschen etwas schuldig geblieben. Ich weiß nicht, wie sie's

from the time he got big enough to reach up to the plow handles. He never got much bigger than that neither. None of them ever did. I reckon that was why. And Jackson worked it, too, in his time, until he was about twenty-five and already looking forty, asking no odds of nobody, not married and not nothing, him and his pa living alone and doing their own washing and cooking, because how can a man afford to marry when him and his pa have just one pair of shoes between them. If it had been worth while getting a wife a-tall, since that place had already killed his ma and his grandma both before they were forty years old. Until one night –"

"Nonsense," Mrs. Pruitt said. "When your pa and me married, we didn't even own a roof over our heads. We moved into a rented house, on rented land –"

"All right," Pruitt said. "Until one night he come to me and said how he had got him a sawmilling job down at Frenchman's Bend."

"Frenchman's Bend?" Uncle Gavin said, and now his eyes were much brighter and quicker than just intent. "Yes," he said.

"A day-wage job," Pruitt said. "Not to get rich; just to earn a little extra money maybe, risking a year or two to earn a little extra money, against the life his grandpa led until he died between the plow handles one day, and that his pa would lead until he died in a corn furrow, and then it would be his turn, and not even no son to come and pick him up out of the dirt.

And that he had traded with a nigger to help his pa work their place while he was gone, and would I kind of go up there now and then and see that his pa was all right."

"Which you did," Mrs. Pruitt said.

"I went close enough," Pruitt said. "I would get close enough to the field to hear him cussing at the

geschafft haben, aber geschafft haben sie's. Und Jackson hat mitgeholfen, sobald er groß genug war, daß er zu den Pfluggriffen rauflangen konnte. Und viel größer ist er dann sowieso nicht geworden. Keiner von ihnen. Deshalb ist's ja dann wohl so gekommen, scheint mir. Und Jackson hat auch den Boden bestellt, bis er fünfundzwanzig war und schon wie vierzig aussah; hat keinen um nichts nicht gebeten, war nicht verheiratet und rein gar nichts, und er und sein Pa lebten ganz allein und haben selbst gewaschen und gekocht, denn wie könnt' sich's ein Mann auch leisten, noch zu heiraten, wenn er und sein Pa zusammen bloß ein einziges Paar Stiefel haben. Falls es überhaupt der Mühe wert war, eine Frau zu nehmen, da das Anwesen schon seine Ma und seine Oma umgebracht hat, beide, noch eh sie vierzig waren. Bis er dann eines Abends ...»

«Unsinn!» sagte Mrs. Pruitt. «Als dein Pa und ich heirateten, haben wir nicht mal ein Dach überm Kopf gehabt. Wir zogen in ein Pächterhaus, auf gepachtetes Land.»

«Ja, gut», sagte Pruitt. «Bis er dann eines Abends zu mir kam und mir erzählte, er hätte einen Posten bei der Sägemühle unten im Franzosenwinkel.»

«Im Franzosenwinkel?» sagte Onkel Gavin, und jetzt waren seine Augen viel heller und lebhafter, und nicht bloß aufmerksam. «Aha», sagte er.

«Im Tagelohn», fuhr Pruitt fort. «Nicht, daß er davon hätt' reich werden können – bloß, um noch ein bißchen Geld zu verdienen, ein Jahr oder zwei wollt' er riskieren, um ein bißchen Geld zu verdienen, vorzubauen gegen so ein Leben, wie sein Opa es geführt hatte, bis er eines Tages zwischen den Pfluggriffen starb, ein Leben, das auch sein Pa führte, bis er eines Tages in einer Ackerfurche sterben würde, und dann wär' die Reihe an ihm, und nicht mal kein Sohn nicht da, der kommt und ihn aus'm Dreck aufhebt. Und sagte noch, daß er mit einem Nigger abgemacht hätte, er soll seinem Pa beim Landbestellen helfen, solange er weg wär', und ob ich manchmal raufgehen könnte und nachsehn, ob's seinem Pa gut geht.»

«Hast du auch getan», sagte Mrs. Pruitt.

«Ich bin dicht genug rangegangen», erzählte Pruitt. «Bin dicht genug ans Feld rangegangen und hab' gehört, wie er den

nigger for not moving fast enough and to watch the nigger trying to keep up with him, and to think what a good thing it was Jackson hadn't got two niggers to work the place while he was gone, because if that old man – and he was close to sixty then – had had to spend one full day sitting in a chair in the shade with nothing in his hands to chop or hoe with, he would have died before sundown. So Jackson left. He walked. They didn't have but one mule. They ain't never had but one mule. But it ain't but about thirty miles. He was gone about two and a half years. Then one day –''

''He come home that first Christmas,'' Mrs. Pruitt said.

''That's right,'' Pruitt said. ''He walked them thirty miles home and spent Christmas Day, and walked them other thirty miles back to the sawmill.''

''Whose sawmill?'' Uncle Gavin said.

''Quick's,'' Pruitt said. ''Old Man Ben Quick's. It was the second Christmas he never come home. Then, about the beginning of March, about when the river bottom at Frenchman's Bend would be starting to dry out to where you could skid logs through it and you would have thought he would be settled down good to his third year of sawmilling, he come home to stay. He didn't walk this time. He come in a hired buggy. Because he had the goat and the baby.''

''Wait,'' Uncle Gavin said.

''We never knew how he got home,'' Mrs. Pruitt said. ''Because he had been home over a week before we even found out he had the baby.''

''Wait,'' Uncle Gavin said.

They waited, looking at him, Pruitt sitting on the gallery railing and Mrs. Pruitt's fingers still shelling the peas out of the long brittle hulls, looking at Uncle Gavin. His eyes were not exultant now any more than they had been baffled or even very speculative before; they had just got brighter, as if whatever it

Nigger beschimpft hat, weil er nicht schneller arbeitet, und hab' den Nigger beobachtet, wie der versucht hat, mit ihm Schritt zu halten, und hab' gedacht, ein Glück, daß Jackson nicht zwei Nigger besorgt hat, die auf dem Land arbeiten sollen, solange er weg ist, denn wenn der alte Mann – er war damals fast sechzig – einen ganzen langen Tag so hätt' zubringen müssen, bloß auf'm Stuhl im Schatten sitzend und nichts in der Hand, wo er mit hacken oder häufeln kann, dann wär' er vor Sonnenuntergang gestorben. Jackson ging also weg. Zu Fuß. Sie hatten bloß ein Maultier. Haben nie mehr als bloß ein Maultier gehabt. Aber 's sind ja nur so dreißig Meilen. Er ist an die zweieinhalb Jahr weggeblieben. Und eines Tages...»

«Das erste Weihnachten ist er heimgekommen...», warf Mrs. Pruitt ein.

«Stimmt», sagte Pruitt. «Er ist die dreißig Meilen nach Haus gegangen und den Weihnachtstag dageblieben und dann wieder die dreißig Meilen zur Sägemühle zurückgelaufen.»

«Wessen Sägemühle?» fragte Onkel Gavin.

«Quicks», antwortete Pruitt. «Dem alten Ben Quick hat sie gehört. Und beim zweiten Weihnachten ist er nicht heimgekommen. Und dann, so Anfang März, wenn im Franzosenwinkel das Flußbett allmählich bis zu der Stelle austrocknet, wo man die Stämme durchschleifen kann, und man gedacht hätte, jetzt hat er sein drittes Jahr in der Sägemühle angefangen, da kommt er nach Haus und bleibt zu Haus. Diesmal ist er nicht gelaufen. Kam in einem gemieteten Bockwagen. Denn er hatte nämlich die Ziege und das Baby.»

«Halt!» sagte Onkel Gavin.

«Wir wissen nicht, wie er nach Haus gekommen ist», warf Mrs. Pruitt ein. «Er war nämlich schon länger als eine Woche zu Hause, eh wir überhaupt merkten, daß er das Baby hat.»

«Warten Sie bitte!» sagte Onkel Gavin.

Sie warteten und sahen ihn an; Pruitt saß auf dem Verandageländer, und Mrs. Pruitts Finger palten noch immer Erbsen aus den langen, spröden Schoten. Sie blickte Onkel Gavin an. Seine Augen waren jetzt nicht voller Triumph, genausowenig wie sie vorher verdutzt oder auch nur sehr nachdenklich gewesen wären; sie leuchteten einfach lebhafter,

was behind them had flared up, steady and fiercer, yet still quiet, as if it were going faster than the telling was going.

"Yes," he said. "Tell me."

"And when I finally heard about it and went up there," Mrs. Pruitt said, "that baby wasn't two weeks old. And how he had kept it alive, and just on goat's milk –"

"I don't know if you know it," Pruitt said. "A goat ain't like a cow. You milk a goat every two hours or so. That means all night too."

"Yes," Mrs. Pruitt said. "He didn't even have diaper cloths. He had some split floursacks the midwife had showed him how to put on. So I made some cloths and I would go up there; he had kept the nigger on to help his pa in the field and he was doing the cooking and washing and nursing that baby, milking the goat to feed it; and I would say, 'Let me take it. At least until he can be weaned. You come stay at my house, too, if you want,' and him just looking at me – little, thin, already wore-out something that never in his whole life had ever set down to a table and et all he could hold – saying, 'I thank you, ma'am. I can make out.'"

"Which was correct," Pruitt said. "I don't know how he was at sawmilling, and he never had no farm to find out what kind of a farmer he was. But he raised that boy."

"Yes," Mrs. Pruitt said. "And I kept on after him: 'We hadn't even heard you was married,' I said. 'Yessum,' he said. 'We was married last year. When the baby come, she died.' 'Who was she?' I said. 'Was she a Frenchman Bend girl?' 'No'm,' he said. 'She come from downstate.' 'What was her name?' I said. 'Miss Smith,' he said."

"He hadn't even had enough time off from hard work to learn how to lie either," Pruitt said. "But he raised that boy. After their crops were in in the

als ob das, was hinter ihnen stecken mochte, plötzlich aufloderte, stark und wild und doch noch gelassen – als ob es schneller voranmachte als die Erzählung.

«Ja», sagte er. «Erzählen Sie weiter!»

«Und als ich schließlich davon hörte und hinaufging», sagte Mrs. Pruitt, «da war das Baby noch keine zwei Wochen alt. Und wie er's am Leben erhalten hat, bloß mit Ziegenmilch...»

«Ich weiß nicht, ob Sie's wissen?» sagte Pruitt. «Eine Ziege ist nämlich nicht wie 'ne Kuh. Eine Ziege muß man alle zwei Stunden melken. Das bedeutet, auch die ganze Nacht durch!»

«Ja», sagte Mrs. Pruitt. «Er hatte nicht mal Windeln. Er hatte ein paar zertrennte Mehlsäcke, und die Hebamme hatte ihm gezeigt, wie man die anlegen muß. Darum hab' ich kleine Sachen genäht und bin raufgegangen; er hat den Nigger behalten, um seinem Pa auf dem Feld zu helfen, und er selbst hat gekocht und gewaschen und das Baby gepflegt und die Ziege gemolken, damit er das Baby füttern konnte, und ich hab' zu ihm gesagt: ‹Geben Sie's mir! Wenigstens, bis es entwöhnt ist! Sie können selbst solange in mein Haus ziehen, wenn Sie wollen!›, und er sieht mich bloß an – klein und mager, abgearbeitet, ein Geschöpf, das sich in seinem Leben noch nie an einen Tisch gesetzt und so viel gegessen hat, bis es nicht mehr kann – und sagt: ‹Besten Dank, Ma'am! Ich kann's schon schaffen.›»

«Und das stimmte!» sagte Pruitt. «Ich weiß nicht, wie er in der Sägemühle war, und er hatte auch nie so eine Farm, daß man hätt' sagen können, was für'n Farmer er war – aber den Jungen, den hat er großgezogen!»

«Ja», fuhr Mrs. Pruitt fort, «und ich hab' ihn weiter ausgefragt: ‹Wir hatten nicht mal gehört, daß Sie geheiratet haben›, sagt' ich so. ‹Ja, Ma'am›, sagt' er, ‹voriges Jahr haben wir geheiratet. Als das Baby kam, ist sie gestorben.› – ‹Wer war sie?› hab' ich gefragt. ‹War sie eine aus dem Franzosenwinkel?› – ‹Nein, Ma'am›, sagt' er. ‹Sie ist von weiter südlich.› – ‹Wie hieß sie denn?› hab' ich gefragt. ‹Miss Smith›, sagt er.»

«Seine harte Arbeit hat ihm nicht mal so viel Zeit gelassen, um lügen zu lernen», sagte Pruitt. «Doch den Jungen hat er großgezogen. Nachdem sie im Herbst die Ernte eingebracht

fall, he let the nigger go, and next spring him and the old man done the work like they use to. He had made a kind of satchel, like they say Indians does, to carry the boy in. I would go up there now and then while the ground was still cold and see Jackson and his pa plowing and chopping brush, and that satchel hanging on a fence post and that boy asleep bolt upright in it like it was a feather bed.

He learned to walk that spring, and I would stand there at the fence and watch that durn little critter out there in the middle of the furrow, trying his best to keep up with Jackson, until Jackson would stop the plow at the turn row and go back and get him and set him straddle of his neck and take up the plow and go on. In the late summer he could walk pretty good. Jackson made him a little hoe out of a stick and a scrap of shingle, and you could see Jackson chopping in the middle-thigh cotton, but you couldn't see the boy at all ; you could just see the cotton shaking where he was."

"Jackson made his clothes," Mrs. Pruitt said. "Stitched them himself, by hand. I made a few garments and took them up there. I never done it but once though. He took them and he thanked me. But you could see it. It was like he even begrudged the earth itself for what that child had to eat to keep alive. And I tried to persuade Jackson to take him to church, have him baptized. 'He's already named,' he said. 'His name is Jackson and Longstreet Fentry. Pa fit under both of them.'"

"He never went nowhere," Pruitt said. "Because where you saw Jackson, you saw that boy. If he had had to steal that boy down there at Frenchman's Bend, he couldn't 'a' hid no closer. It was even the old man that would ride over to Haven Hill store to buy their supplies, and the only time Jackson and that boy was separated as much as one full breath was once

hatten, schickte er den Nigger weg, und im nächsten Frühling haben er und der alte Mann die Feldarbeit so wie früher gemacht. Er hat eine Art Tasche gebastelt, wie sie ja wohl die Indianer haben, um den Jungen da drin zu verwahren. Ich bin hin und wieder mal raufgegangen, solange der Boden noch kalt war, und hab' gesehn, wie Jackson und sein Pa gepflügt und Gestrüpp gerodet haben, und die Tasche hing an einem Zaunpfosten, und der Junge schlief da so kerzengerade drin, als wär's 'n Federbett. Damals im zweiten Frühling hat er laufen gelernt, und ich stand am Zaun und hab' den verflixten kleinen Kerl mitten in 'ner Furche beobachtet, wie er sich Mühe gegeben hat, mit Jackson Schritt zu halten, bis Jackson am Ende der Furche den Pflug angehalten und umgewendet hat und zurückgegangen ist, und da hat er ihn aufgelesen und ihn sich huckepack auf den Rücken gesetzt – und hat den Pflug genommen und hat weitergepflügt. Im Spätsommer konnte der Kleine schon ganz nett laufen. Jackson hat ihm aus 'nem Stock und 'ner Schindel eine kleine Hacke gemacht, und nun konnte man Jackson in der hüfthohen Baumwollreihe arbeiten sehn, aber den Jungen konnte man gar nicht sehn; man sah bloß, daß sich die Baumwolle an der Stelle bewegte, wo er war.»

«Jackson hat ihm Kleider gemacht», erzählte Mrs. Pruitt. «Er hat sie selbst genäht, mit der Hand. Ich hab' ihm ein paar Sachen genäht und sie ihm raufgebracht – hab's aber nur einmal und nie wieder gemacht. Er hat sie genommen und sich bedankt. Aber man merkte es deutlich. Es war so, als ob er sogar der Erde nicht gönnte, daß sie dem Kind zu essen gab, damit's am Leben blieb. Und ich wollte Jackson überreden, den Jungen in die Kirche zu bringen und taufen zu lassen. ‹Er hat schon einen Namen›, sagt' er. ‹Er heißt Jackson und Longstreet Fentry. Alles beides sind Pas Namen!›»

«Er ist nie nicht wohin gegangen», sagte Pruitt. «Aber wo man Jackson sah, da sah man auch den Jungen. Wenn er den Jungen im Franzosenwinkel gestohlen hätte, könnt' er ihn nicht besser verwahrt haben. Der alte Mann mußte sogar nach Haven Hill rüberreiten und Vorräte kaufen, und das einzige Mal im Jahr, wo Jackson und der Junge einen Atemzug lang getrennt waren, das war, wenn Jackson nach Jefferson geritten

a year when Jackson would ride in to Jefferson to pay their taxes, and when I first seen the boy I thought of a setter puppy, until one day I knowed Jackson had gone to pay their taxes and I went up there and the boy was under the bed, not making any fuss, just backed up into the corner, looking out at me. He didn't blink once. He was exactly like a fox or a wolf cub somebody had caught just last night.''

We watched him take from his pocket a tin of snuff and tilt a measure of it into the lid and then into his lower lip, tapping the final grain from the lid with delicate deliberation.

''All right,'' Uncle Gavin said. ''Then what?''

''That's all,'' Pruitt said. ''In the next summer him and the boy disappeared.''

''Disappeared?'' Uncle Gavin said.

''That's right. They were just gone one morning. I didn't know when. And one day I couldn't stand it no longer, I went up there and the house was empty, and I went on to the field where the old man was plowing, and at first I thought the spreader between his plow handles had broke and he had tied a sapling across the handles, until he seen me and snatched the sapling off, and it was that shotgun, and I reckon what he said to me was about what he said to you this morning when you stopped there. Next year he had the nigger helping him again. Then, about five years later, Jackson come back. I don't know when. He was just there one morning. And the nigger was gone again, and him and his pa worked the place like they use to. And one day I couldn't stand it no longer, I went up there and I stood at the fence where he was plowing, until after a while the land he was breaking brought him up to the fence, and still he hadn't never looked at me; he plowed right by me, not ten feet away, still without looking at me, and he turned and come back, and I said, 'Did he die, Jackson?' and then he looked at me. 'The boy,' I said. And he said, 'What boy?'''

ist, um die Steuern zu bezahlen, und als ich den Jungen zuerst zu Gesicht bekam, da mußt' ich an einen jungen Jagdhund denken; als ich eines Tages merkte, Jackson ist fort, Steuern zahlen, da bin ich rauf, und der Junge lag unterm Bett und rührte sich nicht, lag bloß ganz hinten in der Ecke und sieht mich an. Er hat nicht mit der Wimper gezuckt. Er war genau wie das Junge von 'nem Fuchs oder Wolf, das sich jemand gerade am Abend vorher gefangen hat.»

Wir schauten ihm zu, wie er aus seiner Jackentasche eine Dose mit Tabak holte und eine Portion in den Deckel schüttete und dann in seine Unterlippe steckte und das letzte Krümchen Tabak vorsichtig und behutsam vom Deckel klopfte.

«Schön, und was dann?» fragte Onkel Gavin.

«Das ist alles», sagte Pruitt. «Im nächsten Sommer war er mitsamt dem Jungen verschwunden.»

«Verschwunden?» wiederholte Onkel Gavin.

«Stimmt! Eines Morgens waren sie einfach weg. Wann, das weiß ich auch nicht. Und eines Tages konnt' ich's nicht länger aushalten und bin rauf, und das Haus war leer, und da ging ich weiter, aufs Feld, wo der alte Mann gepflügt hat, und im ersten Moment hab' ich gedacht, die Sprosse zwischen den Pfluggriffen wär' ihm zerbrochen und er hätt' ein Stämmchen quer darüber gebunden, aber da sah er mich und riß das Stämmchen hoch, und da war's das Gewehr, und wahrscheinlich hat er zu mir das gleiche gesagt, was er vorhin zu Ihnen gesagt hat, als Sie durch sein Tor gingen. Im folgenden Jahr hat ihm dann wieder der Nigger geholfen. Und etwa fünf Jahre drauf war Jackson wieder da. Ich weiß nicht, wann – er war einfach eines Morgens da. Und der Nigger war wieder weg, und er und sein Pa haben das Land bestellt, wie sie's früher gewöhnt waren. Und eines Tages konnt' ich's nicht länger aushalten und bin rauf und stell' mich an den Zaun, wo er gepflügt hat, bis ihn die Furche, die er umgebrochen hat, zu mir führte, an den Zaun, aber er hatte noch immer nicht aufgeblickt und pflügt einfach so an mir vorbei, keine drei Meter weg, sieht mich immer noch nicht an, und dann wendet er und kommt zurück, und ich frag' ihn: ‹Ist er gestorben, Jackson?›, und da sieht er mich an. ‹Der Junge›, sag' ich. Und er sagt: ‹Was für 'n Junge?›»

They invited us to stay for dinner.

Uncle Gavin thanked them. "We brought a snack with us," he said. "And it's thirty miles to Varner's store, and twenty-two from there to Jefferson. And our roads ain't quite used to automobiles yet."

So it was just sundown when we drove up to Varner's store in Frenchman's Bend Village; again a man rose from the deserted gallery and came down the steps to the car.

It was Isham Quick, the witness who had first reached Thorpe's body – a tall, gangling man in the middle forties, with a dreamy kind of face and near-sighted eyes, until you saw there was something shrewd behind them, even a little quizzical.

"I been waiting for you," he said. "Looks like you made a water haul." He blinked at Uncle Gavin. "That Fentry."

"Yes," Uncle Gavin said. "Why didn't you tell me?"

"I didn't recognize it myself," Quick said. "It wasn't until I heard

your jury was hung, and by one man, that I associated them names."

"Names?" Uncle Gavin said. "What na – Never mind. Just tell it."

So we sat on the gallery of the locked and deserted store while the cicadas shrilled and rattled in the trees and the lightning bugs blinked and drifted above the dusty road, and Quick told it, sprawled on the bench beyond Uncle Gavin, loose-jointed, like he would come all to pieces the first time he moved, talking in a lazy sardonic voice, like he had all night to tell it in and it would take all night to tell it. But it wasn't that long. It wasn't long enough for what was in it. But Uncle Gavin says it don't take many words to tell the sum of any human experience; that somebody has already done it in eight: He was born, he suffered and he died.

Sie luden uns ein, zum Essen zu bleiben.

Onkel Gavin dankte ihnen. «Wir haben einen Happen dabei», sagte er. «Und bis Varners Laden sind's dreißig Meilen, und von dort zweiundzwanzig bis Jefferson. Und unsre Straßen haben sich noch nicht recht an Automobile gewöhnt.»

Es war also gerade um Sonnenuntergang, als wir vor Varners Laden im Dorf Franzosenwinkel vorfuhren; wieder erhob sich auf der verlassenen Veranda ein Mann und kam die Stufen herunter an den Wagen.

Es war Isham Quick, der Zeuge, der als erster Thorpes Leiche gesehen hatte – ein großer, schlaksiger Mann Mitte Vierzig, mit einer Art verträumtem Gesicht und kurzsichtigen Augen, bis man merkte, daß etwas Verschmitztes dahintersteckte, sogar ein bißchen was Spöttisches.

«Hab' auf Sie gewartet», sagte er. «Sieht aus, als hätten Sie den Bock gemolken?» Er blinzelte Onkel Gavin an. «Mit dem Fentry!»

«Ja», bestätigte Onkel Gavin. «Warum haben Sie's mir nicht gesagt?»

«Hab's selber nicht begriffen», sagte Quick. «Erst als ich gehört habe, daß Ihre Geschworenen festhingen, und zwar wegen dem einen Mann – erst da hab' ich die Namen in Zusammenhang gebracht!»

«Die Namen?» rief Onkel Gavin. «Was für Na ... Einerlei! Erzählen Sie nur!»

Wir setzten uns also auf die Veranda vor dem zugesperrten und verlassenen Laden, während die Zikaden in den Bäumen schrillten und quarrten und die Glühwürmchen flimmerten und über die staubige Straße flogen, und Quick erzählte, auf der Bank hinter Onkel Gavin so lässig hingefläzt, als müßten ihm alle Glieder vom Leibe fallen, sowie er sich rührte, erzählte mit träger, spöttischer Stimme, als hätte er den ganzen Abend für die Geschichte Zeit und als wäre der ganze Abend nötig, sie zu erzählen. Aber so lang war sie gar nicht. Sie war lang genug für das, was dahintersteckte. Onkel Gavin sagt immer, um die Summe eines Menschenlebens auszudrücken, brauche man nicht viele Worte; jemand habe es schon mal in acht Worten ausgedrückt: Er wurde geboren, er litt und er starb.

"It was pap that hired him. But when I found out where he had come from, I knowed he would work, because folks in that country hadn't never had time to learn nothing but hard work. And I knowed he would be honest for the same reason: that there wasn't nothing in his country a man could want bad enough to learn how to steal it. What I seem to have underestimated was his capacity for love. I reckon I figured that, coming from where he come from, he never had none a-tall, and for that same previous reason – that even the comprehension of love had done been lost out of him back down the generations where the first one of them had had to take his final choice between the pursuit of love and the pursuit of keeping on breathing.

"So he come to work, doing the same work and drawing the same pay as the niggers done. Until in the late fall, when the bottom got wet and we got ready to shut down for the winter, I found out he had made a trade with pap to stay on until spring as watchman and caretaker, with three days out to go home Christmas. And he did, and the next year when we started up, he had done learned so much about it and he stuck to it so, that by the middle of summer he was running the whole mill hisself, and by the end of summer pap never went out there no more a-tall and I just went when I felt like it, maybe once a week or so; and by fall pap was even talking about building him a shack to live in in place of that shuck mattress and a old broke-down cookstove in the boiler shed. And he stayed through that winter too. When he went home that Christmas we never even knowed it, when he went or when he come back, because even I hadn't been out there since fall.

"Then one afternoon in February – there had been a mild spell and I reckon I was restless – I rode out there. The first thing I seen was her, and it was the first time I had ever done that – a woman, young, and

«Pap war's, der ihn angestellt hatte. Doch als ich erfuhr, wo er herstammt, da wußt' ich, daß er arbeiten kann, denn die Leute von der Berggegend da oben haben nie Zeit gehabt, was andres als schwere Arbeit zu lernen. Und ich wußt' auch, daß er ehrlich sein würde – aus dem gleichen Grund: denn in seinem Land gab's nichts, was einer sich so sehr wünschen könnte, daß er's stehlen lernt. Was ich anscheinend nicht richtig eintaxiert hab', das war sein Liebesbedürfnis. Vielleicht hab' ich mir so gedacht, wenn einer von dort herkommt, wo er herstammt, dann hat er nie kein Liebesbedürfnis gehabt, und wieder aus dem gleichen Grund: daß sogar der Sinn für die Liebe ihm ganz abhanden gekommen ist, seit Generationen schon, als der erste ihrer Art sich entscheiden mußte und wählen zwischen der Jagd nach der Liebe und dem Kampf ums nackte Dasein.

Er kam also, um bei uns zu arbeiten, und er machte die gleiche Arbeit und erhielt den gleichen Lohn wie die Nigger. Bis ich dann im Spätherbst, als die Flußniederung feucht wurde und wir über den Winter die Arbeit einstellen wollten, von Pap hörte, daß er mit ihm abgemacht hatte, er sollte bis zum Frühjahr als Nachtwächter und Aufseher bleiben, ausgenommen drei Tage über Weihnachten, wenn er nach Haus gehen wollte. Und das tat er denn auch, und als wir im nächsten Jahr wieder anfingen, da hatte er inzwischen so viel gelernt und sich so eingesetzt, daß er im Mittsommer die ganze Sägemühle allein in Gang halten konnte, und gegen das Ende von dem Sommer ging Pap überhaupt nie mehr raus, und ich ging nur manchmal hin, wenn ich gerade Lust hatte, vielleicht einmal die Woche oder so; und im Herbst sprach Pap schon davon, ihm eine Hütte zu bauen, in der er wohnen könnte, statt wie bisher im Boiler-Schuppen mit der Maisstroh-Matratze und dem alten klapprigen Kochofen. Und er blieb auch noch über Winter. Wann er Weihnachten nach Haus ging, wußten wir nicht, weder, wann er ging, noch, wann er zurückkam, weil näm- lich seit Herbst sogar ich nicht mehr draußen gewesen war.

Eines Nachmittags dann im Februar – das Wetter war gerade milde, und ich war wohl unruhig – bin ich nach draußen geritten. Das erste, was ich sehe, war sie, und es war auch 's erste Mal, daß ich sie sah: eine Frau, jung, vielleicht sogar

maybe when she was in her normal health she might have been pretty, too; I don't know. Because she wasn't just thin, she was gaunted. She was sick, more than just starved-looking, even if she was still on her feet, and it wasn't just because she was going to have that baby in a considerable less than another month. And I says, 'Who is that?' and he looked at me and says, 'That's my wife,' and I says, 'Since when? You never had no wife last fall. And that child ain't a month off.' And he says, 'Do you want us to leave?' and I says, 'What do I want you to leave for?' I'm going to tell this from what I know now, what I found out after them two brothers showed up here three years later with their court paper, not from what he ever told me, because he never told nobody nothing."

"All right," Uncle Gavin said. "Tell."

"I don't know where he found her. I don't know if he found her somewhere, or if she just walked into the mill one day or one night and he looked up and seen her, and it was like the fellow says – nobody knows where or when love or lightning either is going to strike, except that it ain't going to strike there twice, because it don't have to. And I don't believe she was hunting for the husband that had deserted her – likely he cut and run soon as she told him about the baby – and I don't believe she was scared or ashamed to go back home just because her brothers and father had tried to keep her from marrying the husband, in the first place. I believe it was just some more of that same kind of black-complected and not extra-intelligent and pretty durn ruthless blood pride that them brothers themselves was waving around here for about a hour that day.

"Anyway, there she was, and I reckon she knowed her time was going to be short, and him saying to her, 'Let's get married,' and her saying, 'I can't marry you. I've already got a husband.' And her time come and she was down then, on that shuck mattress, and

hübsch, wenn sie bei Gesundheit gewesen wäre – ich weiß nicht recht. Sie war nämlich nicht bloß mager, sie war abgezehrt. Sie war krank, schlimmer als bloß so ausgemergelt, auch wenn sie sich noch auf den Füßen halten konnte, und es war auch nicht bloß deshalb, weil sie das Baby bekommen würde, und zwar bald, längst keinen Monat mehr. Und ich frag' ihn: ‹Wer's 'n das?› Und er sieht mich an und sagt: ‹Das 's meine Frau.› Und ich frag' ihn: ‹Seit wann? Im Herbst hatten Sie noch keine Frau, und mit dem Kind, das dauert längst keinen Monat mehr!› Und er fragt: ‹Möchten Sie, daß wir gehn?›, und ich sag': ‹Warum sollt' ich denn sowas wollen?› Und was ich Ihnen jetzt erzähle, das hab' ich herausgebracht, nachdem die zwei Brüder drei Jahre drauf hier aufgetaucht sind, mit ihrem Gerichtsbeschluß – nicht aus dem, was er mir erzählt hat, denn der hat nie keinem Menschen nichts erzählt.»

«Schön», sagte Onkel Gavin. «Erzählen Sie's!»

«Ich weiß nicht, wo er sie gefunden hat. Ich weiß nicht, ob er sie irgendwo gefunden hat oder ob sie einfach mal morgens oder abends in die Sägemühle spaziert ist, und er blickt auf und sieht sie, und es ging ihm, wie's der Bewußte so schön gesagt hat: Keiner kann wissen, wann oder wo die Liebe oder der Blitz ihn treffen, ausgenommen, daß es bei dem einen Mal bleibt, denn ein zweites Mal ist's nicht mehr nötig. Und ich glaube nicht, daß sie dem Mann nachgelaufen ist, der sie im Stich gelassen hat – wahrscheinlich ist er auf und davon, sowie sie ihm von dem Baby erzählt hat –, und ich glaub' auch nicht, daß sie sich gefürchtet oder geschämt hat heimzugehn, bloß, weil ihre Brüder und ihr Vater zuerst versucht hatten, sie dran zu hindern, sich mit dem Mann zu verheiraten. Ich glaube, es war einfach die gleiche Art von dunkelhäutigem und nicht superge- scheitem und verflixt reichlich rücksichtslosem Familienstolz, mit dem auch die beiden Brüder damals etwa 'ne Stunde lang hier herumgewedelt haben.

Jedenfalls war sie da, und ich stell' mir vor, sie wußte, daß sie's nicht mehr lange machen würde, und er sagt zu ihr: ‹Woll'n heiraten!›, und sie antwortet: ‹Ich kann dich nicht heiraten, ich hab' schon einen Mann!› Und dann war ihre Stunde da, und sie auf der Maisstrohmatratze, und er füttert sie

him feeding her with a spoon, likely, and I reckon she knowed she wouldn't get up from it, and he got the midwife, and the baby was born, and likely her and the midwife both knowed by then she would never get up from that mattress and maybe they even convinced him at last, or maybe she knowed it wouldn't make no difference nohow and said yes, and he taken the mule pap let him keep at the mill and rid seven miles to Preacher Whitfield's and brung Whitfield back about daylight, and Whitfield married them and she died, and him and Whitfield buried her. And that night he come to the house and told pap he was quitting, and left the mule, and I went out to the mill a few days later and he was gone – just the shuck mattress and the stove, and the dishes and skillet mammy let him have, all washed and clean and set on the shelf. And in the third summer from then, them two brothers, them Thorpes –"

"Thorpes," Uncle Gavin said. It wasn't loud. It was getting dark fast now, as it does in our country, and I couldn't see his face at all any more. "Tell," he said.

"Black-complected like she was – the youngest one looked a heap like her – coming up in the surrey, with the deputy or bailiff or whatever he was, and the paper all wrote out and stamped and sealed all regular, and I says, 'You can't do this. She come here of her own accord, sick and with nothing, and he taken her in and fed her and nursed her and got help to born that child and a preacher to bury her; they was even married before she died. The preacher and the midwife both will prove it.' And the oldest brother says, 'He couldn't marry her. She already had a husband. We done already attended to him.' And I says, 'All right. He taken that boy when nobody come to claim him. He has raised that boy and clothed and fed him for two years and better.' And the oldest one drawed a money purse half outen his pocket and

wohl mit 'nem Löffel, und ich stell' mir vor, sie wußte, daß sie drauf liegenbleiben würde, und er holt die Hebamme, und das Kind wurde geboren, und wahrscheinlich wußten sie und die Hebamme schon, daß sie von der Matratze nie wieder würd' aufstehn können, und vielleicht haben sie's sogar ihm schließlich klargemacht, oder sie wußte, daß es doch keinen Unterschied mehr ausmachen würde, und sagte ja, und er nahm das Maultier, das Pap ihm für die Mühle erlaubt hat, und ritt die sieben Meilen zum Prediger Whitfield, und gegen Tagesanbruch bracht' er den Prediger mit zurück, und Whitfield hat sie getraut, und sie ist gestorben, und er und Whitfield haben sie begraben. Und am gleichen Tag kam er abends zu Pap und sagte ihm, er gäb's auf, und ließ das Maultier bei uns, und ein paar Tage drauf bin ich zur Mühle raus, und er war fort – bloß die Maisstrohmatratze und der Kochofen waren da, und das Geschirr und der Kochtopf von Mammi, alles abgewaschen und sauber und ordentlich aufs Bord gestellt. Und im dritten Sommer danach, da kamen die beiden Brüder, die Thorpes ...»

«Thorpes ...», wiederholte Onkel Gavin. Nicht laut. Es wurde jetzt rasch dunkel, wie es in userm Land so üblich ist, und ich konnte überhaupt nichts mehr von seinem Gesicht erkennen. «Erzählen Sie weiter!» sagte er.

«Dunkelhäutig wie sie – der Jüngere sah ihr mächtig ähnlich –, so kamen sie in ihrem Wagen an, und der Amtsbote oder Gerichtsdiener oder so einer bei ihnen, und das Dokument schön schriftlich ausgestellt, gestempelt und gesiegelt, und ich sag' zu ihnen: ‹Das können Sie nicht machen! Sie 's aus freien Stücken hergekommen, krank und ohne nichts, und er nimmt sie bei sich auf und ernährt sie und pflegt sie und holt Hilfe, das Kind auf die Welt zu bringen, und holt einen Prediger, sie zu begraben, und sie wurden sogar noch getraut, eh sie starb. Der Prediger und die Hebamme können's beide bezeugen.› Und der ältere Bruder sagt: ‹Er konnte sie nicht heiraten. Sie hatte schon einen Mann. Um den haben wir uns schon gekümmert.› Und ich sag': ‹So, so! Und er hat den Jungen zu sich genommen, als keiner kam und ihn haben wollte. Er hat den Jungen aufgezogen und ernährt und gekleidet, über zwei Jahre lang!› Und der Älteste zieht einen

let it drop back again. 'We aim to do right about that, too – when we have seen the boy,' he says. 'He is our kin. We want him and we aim to have him.' And that wasn't the first time it ever occurred to me that this world ain't run like it ought to be run a heap of more times than what it is, and I says, 'It's thirty miles up there. I reckon you all will want to lay over here tonight and rest your horses.' And the oldest one looked at me and says, 'The team ain't tired. We won't stop.' 'Then I'm going with you,' I says. 'You are welcome to come,' he says.

"We drove until midnight. So I thought I would have a chance then, even if I never had nothing to ride. But when we unhitched and laid down on the ground, the oldest brother never laid down. 'I ain't sleepy,' he says. 'I'll set up a while.' So it wasn't no use, and I went to sleep and then the sun was up and it was too late then, and about middle morning we come to that mailbox with the name on it you couldn't miss, and the empty house with nobody in sight or hearing neither, until we heard the ax and went around to the back, and he looked up from the woodpile and seen what I reckon he had been expecting to see every time the sun rose for going on three years now. Because he never even stopped. He said to the little boy, 'Run. Run to the field to grandpap. Run,' and come straight at the oldest brother with the ax already raised and the down-stroke already started, until I managed to catch it by the haft just as the oldest brother grabbed him and we lifted him clean off the ground, holding him, or trying to. 'Stop it, Jackson!' I says. 'Stop it! They got the law!'

"Then a puny something was kicking and clawing me about the legs; it was the little boy, not making a sound, just swarming around me and the brother both, hitting at us as high as he could reach with a piece of wood Fentry had been chopping. 'Catch him

Geldbeutel schon halb aus seiner Hosentasche und läßt ihn wieder reinplumpsen. ‹Wir haben im Sinn, auch das in Ordnung zu bringen›, sagt er, ‹sowie wir den Jungen gesehen haben. Er ist von unserm Blut. Wir wollen ihn haben und werden ihn bekommen.› Und nicht zum erstenmal in meinem Leben mußt' ich denken, daß es in dieser Welt wer weiß wie oft nicht so zugeht, wie's zugehn sollte, und ich sag' zu ihnen: ‹Bis nach da oben sind's dreißig Meilen. Ich stell' mir vor, daß Sie hier übernachten wollen, damit Ihre Pferde sich ausruhen.› Und der Ältere sieht mich an und sagt: ‹Das Gespann ist nicht müde. Wir wollen uns hier nicht aufhalten.› – ‹Dann komme ich mit›, sag' ich. ‹Das können Sie gern›, sagt er.

Wir fuhren bis Mitternacht. Und ich dachte, vielleicht ergibt sich dann eine Gelegenheit für mich, selbst wenn ich gar nichts zum Fahren oder Reiten hätte. Aber als wir ausgespannt hatten und uns auf den Boden legten, wollt' sich der ältere Bruder nicht hinlegen. ‹Ich bin nicht müde›, sagt er. ‹Ich bleib' noch ein Weilchen auf.› Es hatte also keinen Zweck, und ich bin eingeschlafen, und dann war's zu spät, denn die Sonne stand schon am Himmel, und im Lauf des Vormittags kamen wir zu dem Briefkasten mit dem Namen, den man nicht übersehen kann, und das Haus war leer, und keiner zu sehen oder zu hören, bis wir die Axt hörten und hintenrum gingen, auf die Rückseite, und da blickt er von seinem Holzstoß auf und sieht, was er wohl jetzt bald drei Jahre lang zu sehn erwartet hat, tagtäglich, wenn die Sonne aufging. Denn er überlegte gar nicht erst. Er sagte gleich zu dem kleinen Jungen: ‹Lauf! Lauf zu Opa auf den Acker! Lauf!›, und geht sofort auf den älteren Bruder los, mit erhobener Axt, die schon niedersausen will, aber ich konnt' sie noch eben am Stiel erwischen, während der ältere Bruder ihn packte und wir ihn dann beide hochhoben und festhielten oder es versuchten. ‹Gib nach, Jackson!› sag' ich. ‹Gib nach! Sie haben das Gesetz auf ihrer Seite!›

Dann spür' ich ein winziges Ding um meine Beine, das mich tritt und kratzt; es war der kleine Junge. Ohne einen Laut springt er um mich und den Bruder herum und schlägt, so hoch er nur reichen kann, mit einem Holzscheit auf uns ein, das Fentry gespalten hatte. ‹Fang ihn und bring ihn auf den

and take him on to the surrey,' the oldest one says. So the youngest one caught him ; he was almost as hard to hold as Fentry, kicking and plunging even after the youngest one had picked him up, and still not making a sound, and Fentry jerking and lunging like two men until the youngest one and the boy was out of sight. Then he collapsed. It was like all his bones had turned to water, so that me and the oldest brother lowered him down to the chopping block like he never had no bones a-tall, laying back against the wood he had cut, panting, with a little froth of spit at each corner of his mouth. 'It's the law, Jackson,' I says. 'Her husband is still alive.'

"'I know it,' he says. It wasn't much more than whispering. 'I been expecting it. I reckon that's why it taken me so by surprise. I'm all right now.'

"'I'm sorry for it,' the brother says. 'We never found out about none of it until last week. But he is our kin. We want him home. You done well by him. We thank you. His mother thanks you. Here,' he says. He taken the money purse outen his pocket and puts it into Fentry's hand. Then he turned and went away. After a while I heard the carriage turn and go back down the hill. Then I couldn't hear it any more. I don't know whether Fentry ever heard it or not.

"'It's the law, Jackson,' I says. 'But there's two sides to the law. We'll go to town and talk to Captain Stevens. I'll go with you.'

"Then he set up on the chopping block, setting up slow and stiff. He wasn't panting so hard now and he looked better now, except for his eyes, and they was mostly just dazed looking. Then he raised the hand that had the money purse in it and started to mop his face with the money purse, like it was a handkerchief ; I don't believe he even knowed there was anything in his hand until then, because he taken his hand down and looked at the money purse for maybe five seconds, and then he tossed it – he didn't fling it ; he

256
257

Wagen!› sagt der Ältere. Der Jüngere fing ihn also: er war fast ebenso schwer wie Fentry festzuhalten und stieß und schlug noch um sich, nachdem der jüngere Bruder ihn schon aufgehoben hatte, und immer ohne einen Laut; und Fentry stößt und ringt für zweie, bis der jüngere Bruder und der Junge nicht mehr zu sehen sind.

Da brach er zusammen. Es war, als ob all seine Knochen zu Wasser geworden wären, und ich und der andere ließen ihn sachte neben den Hauklotz sinken, als hätt' er überhaupt keine Knochen im Leibe, und lehnt sich gegen das Holz, das er gespalten hat, und keucht und hat ein bißchen Spucke in jedem Mundwinkel. ‹Sie haben das Gesetz auf ihrer Seite, Jackson›, sag' ich. ‹Ihr Mann lebt noch.›

‹Ich weiß›, sagt er, 's war nicht viel lauter als geflüstert. ‹Ich war darauf gefaßt. Deshalb hat's mich wohl so erschreckt. Jetzt geht's wieder.›

‹Es tut mir leid›, sagte der Bruder. ‹Aber wir haben's erst vorige Woche entdeckt. Er ist von unserm Blut. Wir wollen ihn bei uns daheim haben! Sie haben gut an ihm gehandelt. Dafür danken wir Ihnen. Seine Mutter dankt es Ihnen. Hier!› sagt er. Er holt den Geldbeutel aus der Tasche und steckt ihn Fentry in die Hand. Dann drehte er sich um und ging weg. Nach einem Weilchen konnt' ich hören, wie der Wagen wendet und bergab fährt. Dann konnt' ich gar nichts mehr hören. Ich weiß nicht, ob Fentry es auch gehört hat.

‹So ist das Gesetz, Jackson›, sag' ich. ‹Aber jedes Gesetz hat seine zwei Seiten. Woll'n in die Stadt gehn und mit Hauptmann Stevens sprechen! Ich geh' mit dir!›

Dann hat er sich auf den Holzklotz gesetzt, ganz steif und langsam. Er hat jetzt nicht mehr so laut gekeucht, und er hat jetzt besser ausgesehn, ausgenommen die Augen, und die sahen vor allem verstört aus. Dann hob er die Hand auf, in der er den Geldbeutel hielt, und wischte sich mit dem Beutel übers Gesicht, als wär's ein Taschentuch; ich glaube, bis dahin hat er überhaupt nicht gewußt, daß er was in der Hand hält, denn er ließ die Hand sinken und sieht den Geldbeutel an, vielleicht fünf Sekunden lang, und dann warf er ihn weg – hat ihn nicht fortgeschleudert, bloß weggeworfen, wie man eine Handvoll

just tossed it like you would a handful of dirt you had been examining to see what it would make – over behind the chopping block and got up and walked across the yard toward the woods, walking straight and not fast, and not looking much bigger than that little boy, and into the woods. 'Jackson,' I says. But he never looked back.

"And I stayed that night at Rufus Pruitt's and borrowed a mule from him; I said I was just looking around, because I didn't feel much like talking to nobody, and the next morning I hitched the mule at that gate and started up the path, and I didn't see old man Fentry on the gallery a-tall at first.

"When I did see him he was moving so fast I didn't even know what he had in his hands until it went 'boom!' and I heard the shot rattling in the leaves overhead and Rufus Pruitt's mule trying his durn best either to break the hitch rein or hang hisself from the gatepost.

"And one day about six months after he had located here to do the balance of his drinking and fighting and sleight-of-hand with other folks' cattle, Bucksnort was on the gallery here, drunk still and running his mouth, and about a half dozen of the ones he had beat unconscious from time to time by foul means and even by fair on occasion, as such emergencies arose, laughing every time he stopped to draw a fresh breath. And I happened to look up, and Fentry was setting on his mule out there in the road.

"He was just setting there, with the dust of them thirty miles caking into the mule's sweat, looking at Thorpe. I don't know how long he had been there, not saying nothing, just setting there and looking at Thorpe; then he turned the mule and rid back up the road toward them hills he hadn't ought to never have left. Except maybe it's like the fellow says, and there ain't nowhere you can hide from either

Erde wegwirft, die man untersucht hat, wie sie beschaffen sein könnte – warf ihn hinter den Holzklotz und stand auf und ging über den Hof auf den Wald zu, ging geradeaus und nicht schnell, sah nicht viel größer aus als der kleine Junge, und ging in den Wald. ‹Jackson!› hab' ich gerufen. Aber er hat sich nicht umgedreht.

Und ich bin über Nacht bei Rufus Pruitt geblieben und hab' mir ein Maultier von ihm geborgt; hab' ihm erzählt, ich hätt' mich ein bißchen umgesehn, denn mir war's nicht sehr nach Reden zumute, und am nächsten Morgen hab' ich das Maultier ans Tor drüben angebunden und wollte den Gartenweg raufgehn, und den alten Fentry auf der Veranda hab' ich zuerst überhaupt nicht gesehn.

Als ich ihn dann gesehn hab', ist er so schnell gelaufen, daß ich nicht mal merkte, was er in der Hand hat, bis es ‹Bäng!› machte und der Schuß über meinem Kopf in die Blätter prasselte und Rufus Pruitts Maultier sich verflixt viel Mühe gab, die Zügel zu zerreißen oder sich am Torpfosten aufzuhängen.

Und eines Tages dann, als sich der Bucksnort so etwa sechs Monate hier rumgedrückt und an Trinken und Raufen und Tricks mit andrer Leute Vieh sein möglichstes geleistet hatte, war er wieder mal hier auf der Veranda, wie immer betrunken und große Reden schwingend; und rund ein halbes Dutzend von denen, die er von Zeit zu Zeit mit unsaubern Kniffen k.o. schlug, und gelegentlich auch mal mit saubern, wenn's die Not so wollte, waren dabei; die lachten jedesmal, wenn er mit Reden aufhören mußte, um Atem zu holen. Und zufällig blick' ich auf, und da draußen auf der Landstraße war Fentry und saß auf seinem Maultier.

Der Staub von den dreißig Meilen hatte sich mit dem Schweiß des Maultiers verkleistert, und er saß einfach da und sah Thorpe an. Ich weiß nicht, wie lange er schon dort gesessen hatte, ohne ein Wörtchen zu sagen, saß bloß immer so da und schaute Thorpe an; dann hat er das Maultier umgelenkt und ist den Weg zurückgeritten, in die Berge rauf, die er niemals hätt' verlassen sollen. Außer, es wär' vielleicht wirklich so, wie's der Bewußte gesagt hat, und es gibt nirgends keinen Fleck nicht,

lightning or love. And I didn't know why then. I hadn't associated them names. I knowed that Thorpe was familiar to me, but that other business had been twenty years ago and I had forgotten it until I heard about that hung jury of yourn. Of course he wasn't going to vote Bookwright free . . . It's dark. Let's go to supper."

But it was only twenty-two miles to town now, and we were on the highway now, the gravel; we would be home in an hour and a half, because sometimes we could make thirty and thirty-five miles an hour, and Uncle Gavin said that someday all the main roads in Mississippi would be paved like the streets in Memphis and every family in America would own a car. We were going fast now.

"Of course he wasn't," Uncle Gavin said. "The lowly and invincible of the earth – to endure and endure and then endure, tomorrow and tomorrow and tomorrow. Of course he wasn't going to vote Bookwright free."

"I would have," I said. "I would have freed him. Because Buck Thorpe was bad. He –"

"No, you wouldn't," Uncle Gavin said. He gripped my knee with one hand even though we were going fast, the yellow light beam level on the yellow road, the bugs swirling down into the light beam and ballooning away. "It wasn't Buck Thorpe, the adult, the man. He would have shot that man as quick as Bookwright did, if he had been in Bookwright's place. It was because somewhere in that debased and brutalized flesh which Bookwright slew there still remained, not the spirit maybe, but at least the memory, of that little boy, that Jackson and Longstreet Fentry, even though the man the boy had become didn't know it, and only Fentry did. And you wouldn't have freed him either. Don't ever forget that. Never."

wo man sich vor der Liebe oder dem Blitz verstecken könnt'. Und damals wußt' ich nicht, warum. Ich hab' den Namen nicht in Zusammenhang gebracht. Irgendwie kam mir der Name Thorpe bekannt vor, aber die andre Geschichte hatte sich vor zwanzig Jahren abgespielt, und ich hatt' sie vergessen, bis ich von Ihren Geschworenen gehört hab', und daß sie ‹festhängen›. Natürlich konnt' er nicht dafür stimmen, daß Bookwright freikam . . . Es ist dunkel geworden. Woll'n essen gehn!»

Doch bis zur Stadt waren's jetzt nur noch zweiundzwanzig Meilen, und wir waren nun auf der Überlandstraße, auf guter Chaussee; wir würden in anderthalb Stunden zu Hause sein, denn manchmal konnten wir dreißig und fünfunddreißig Meilen die Stunde fahren, und Onkel Gavin sagte, eines Tages hätten alle Hauptlandstraßen in Mississippi solch Pflaster wie die Straßen in Memphis, und jede Familie hätte ihr eigenes Auto. Wir fuhren jetzt schnell.

«Natürlich konnt' er's nicht», sagte Onkel Gavin. «Die Geringen und Unüberwindlichen dieser Erde – sie harren fort, heute und morgen und in alle Ewigkeit. Natürlich konnte er Bookwright nicht freisprechen.»

«Ich hätt's getan», sagte ich. «Ich hätt' ihn freigesprochen! Denn Buck Thorpe war schlecht. Er . . .»

«Nein, das hättest du nicht getan», sagte Onkel Gavin. Er packte mein Knie mit der einen Hand, obwohl wir schnell fuhren; der gelbe Scheinwerferstrahl flog flach über die gelbe Straße, und die Insekten schwirrten in den Lichtstrahl nieder und kreiselten fort. «Für ihn war's nicht Buck Thorpe, der Erwachsene, der Mann. Den Mann hätte er ebenso rasch erschossen, wie es Bookwright tat, wenn er an Bookwrights Stelle gewesen wäre. Sondern irgendwo in dem entwürdigten und verrohten Fleisch, das Bookwright erschlug, lebte noch immer – vielleicht nicht der Geist des kleinen Jungen, aber doch mindestens die Erinnerung an ihn, an jenen Jackson und Longstreet Fentry, auch wenn der Mann, zu dem der Junge herangewachsen war, es nicht mehr wußte – und nur Fentry es wußte. Und du hättest ihn auch nicht freigesprochen. Vergiß das nie. Niemals.»

I could never understand why Louise bothered with me. She disliked me and I knew that behind my back, in that gentle way of hers, she seldom lost the opportunity of saying a disagreeable thing about me. She had too much delicacy ever to make a direct statement, but with a hint and a sigh and a little flutter of her beautiful hands she was able to make her meaning plain. She was a mistress of cold praise. It was true that we had known one another almost intimately, for five-and-twenty years, but it was impossible for me to believe that she could be affected by the claims of old association. She thought me a coarse, brutal, cynical and vulgar fellow. I was puzzled at her not taking the obvious course and dropping me. She did nothing of the kind; indeed she would not leave me alone; she was constantly asking me to lunch and dine with her and once or twice a year invited me to spend a week-end at her house in the country. At last I thought I had discovered her motive. She had an uneasy suspicion that I did not believe in her; and if that was why she did not like me, it was also why she sought my acquaintance: it galled her that I alone should look upon her as a comic figure and she could not rest till I acknowledged myself mistaken and defeated. Perhaps she had an inkling that I saw the face behind the mask and because I alone held out was determined that sooner or later I too should take the mask for the face. I was never quite certain that she was a complete humbug. I wondered whether she fooled herself as thoroughly as she fooled the world or whether there was some spark of humour at the bottom of her heart. If there was it might be that she was attracted to me, as a pair of crooks might be attracted to one another, by the knowledge that we shared a secret that was hidden from everybody else.

Ich habe nie verstehen können, warum sich Louise mit mir abgab. Sie mochte mich nicht, und ich wußte, daß sie selten eine Gelegenheit ausließ, hinter meinem Rücken in ihrer vornehmen Art etwas Unfreundliches über mich zu sagen. Sie war zu taktvoll, um jemals eine eindeutige Behauptung aufzustellen, aber sie wußte sich mit einer Andeutung und einem Seufzer und einem zarten Geflatter ihrer schönen Hände verständlich zu machen. Sie war eine Meisterin in der Kunst des kühlen Lobes. Wir waren zwar seit fünfundzwanzig Jahren fast intim befreundet, aber ich konnte unmöglich glauben, daß die Rechte alter Beziehungen sie irgendwie beeindruckten. Sie hielt mich für einen ungehobelten, brutalen, zynischen und gewöhnlichen Kerl. Ich rätselte daran herum, warum sie nicht das Naheliegende tat und mich fallen ließ. Sie tat nämlich nichts dergleichen; sie ließ mir keine Ruhe. Immer wieder bat sie mich zu einem Imbiß oder zum Mittagessen, und ein- oder zweimal im Jahr lud sie mich ein, das Wochenende in ihrem Landhaus zu verbringen.

Schließlich glaubte ich ihr Motiv entdeckt zu haben. Sie hegte den quälenden Verdacht, daß ich sie nicht ernst nahm; und wenn sie mich deshalb nicht mochte, so suchte sie eben deshalb meinen Umgang: es ärgerte sie, daß ich als einziger sie für eine komische Figur hielt, und sie konnte nicht ruhen, bis ich meinen Irrtum einsehen und mich geschlagen bekennen würde. Vielleicht hatte sie eine Ahnung, daß ich das Gesicht hinter der Maske sah, und weil ich allein standhaft blieb, wollte sie unbedingt erreichen, daß auch ich früher oder später die Maske für das Gesicht nehmen sollte. Ich war mir nie ganz sicher, ob sie wirklich nur schwindelte. Ich überlegte, ob sie sich selbst so völlig betrog, wie sie alle Welt betrog, oder ob sich nicht doch ein Fünkchen Humor auf dem Grunde ihres Herzens fand. Wenn das zutraf, so fand sie vielleicht an mir Gefallen, wie zwei Schelme aneinander Gefallen finden mögen: weil sie wußte, daß wir ein Geheimnis teilten, das außer uns niemand kannte.

I knew Louise before she married. She was then a frail, delicate girl with large and melancholy eyes. Her father and mother worshipped her with an anxious adoration, for some illness, scarlet fever I think, had left her with a weak heart and she had to take the greatest care of herself. When Tom Maitland proposed to her they were dismayed, for they were convinced that she was much too delicate for the strenuous state of marriage. But they were not too well off and Tom Maitland was rich. He promised to do everything in the world for Louise and finally they entrusted her to him as a sacred charge. Tom Maitland was a big, husky fellow, very good-looking, and a fine athlete. He doted on Louise. With her weak heart he could not expect to keep her with him long and he made up his mind to do everything he could to make her few years on earth happy. He gave up the games he excelled in, not because she wished him to, she was glad that he should play golf and hunt, but because by a coincidence she had a heart attack whenever he proposed to leave her for a day. If they had a difference of opinion she gave in to him at once, for she was the most submissive wife a man could have, but her heart failed her and she would be laid up, sweet and uncomplaining, for a week. He could not be such a brute as to cross her. Then they would have quite a little tussle about which she should yield and it was only with difficulty that at last he persuaded her to have her own way. On one occasion seeing her walk eight miles on an expedition that she particularly wanted to make, I suggested to Tom Maitland that she was stronger than one would have thought. He shook his head and sighed.

''No, no, she's dreadfully delicate. She's been to all the best heart specialists in the world and they all say that her life hangs on a thread. But she has an unconquerable spirit.''

He told her that I had remarked on her endurance.

Ich kannte Louise schon vor ihrer Heirat. Damals war sie ein zartes, zerbrechliches Mädchen mit großen, melancholischen Augen. Ihr Vater und ihre Mutter umgaben sie mit ängstlicher Anbetung, denn von irgendeiner Krankheit, ich glaube, es war Scharlach, hatte sie ein schwaches Herz zurückbehalten, und sie mußte sehr auf sich achtgeben. Als Tom Maitland um sie anhielt, waren die Eltern tief bestürzt, denn sie waren überzeugt, daß sie viel zu zart sei für die Anstrengungen des Ehestandes. Aber sie lebten nicht in besonders guten Verhältnissen, und Tom Maitland war reich. Er versprach, alles Menschenmögliche für Louise zu tun, und sie vertrauten sie ihm schließlich als ein heiliges Vermächtnis an. Tom Maitland war ein großer, rauher Bursche, sehr gut aussehend und ein großer Sportler. Er war ganz vernarrt in Louise. Bei ihrem schwachen Herzen würde sie ihm nicht lange erhalten bleiben, und er beschloß, alles zu tun, was in seinen Kräften stand, um ihre wenigen Erdenjahre glücklich zu machen. Er gab die Sportarten auf, in denen er hervorstach; nicht weil sie es gewünscht hätte, nein, sie wäre froh gewesen, wenn er Golf gespielt hätte oder auf die Jagd gegangen wäre, sondern weil sie zufällig immer dann einen Herzanfall hatte, wenn er sie auf einen Tag verlassen wollte. Hatten sie eine Meinungsverschiedenheit, so gab sie gleich nach, denn sie war die ergebenste Ehefrau, die man sich vorstellen konnte, aber ihr Herz setzte aus, und sie war dann eben eine Woche lang bettlägerig – lieblich und ohne Klage. Er konnte nicht so roh sein, gegen ihren Willen zu handeln. Dann hatten sie jedesmal einen ganz kleinen Streit, in dem sie nachgab, und nur mit Mühe konnte er sie endlich überreden, zu tun, was *sie* wollte. Als ich einmal mit ansah, wie sie bei einem Ausflug, an dem ihr besonders lag, acht Meilen zu Fuß ging, machte ich Tom Maitland darauf aufmerksam, sie sei doch wohl stärker, als man meinen möchte. Aber er schüttelte den Kopf und seufzte.

«Nein, nein. Sie ist schrecklich zart. Sie ist bei den besten Herzspezialisten in der ganzen Welt gewesen, und sie sagen alle, daß ihr Leben an einem Faden hängt. Aber sie hat eine unbändige Willenskraft.»

Er sagte ihr, daß ich von ihrer Ausdauer gesprochen hätte.

"I shall pay for it to-morrow," she said to me in her plaintive way. "I shall be at death's door."

"I sometimes think you're quite strong enough to do the things you want to," I murmured.

I had noticed that if a party was amusing she could dance till five in the morning, but if it was dull she felt very poorly and Tom had to take her home early. I am afraid she did not like my reply, for though she gave me a pathetic little smile I saw no amusement in her large blue eyes.

"You can't very well expect me to fall down dead just to please you," she answered.

Louise outlived her husband. He caught his death of cold one day when they were sailing and Louise needed all the rugs there were to keep her warm. He left her a comfortable fortune and a daughter. Louise was inconsolable. It was wonderful that she managed to survive the shock. Her friends expected her speedily to follow poor Tom Maitland to the grave. Indeed they already felt dreadfully sorry for Iris, her daughter, who would be left an orphan. They redoubled their attentions towards Louise. They would not let her stir a finger; they insisted on doing everything in the world to save her trouble. They had to, because if she was called upon to do anything tiresome or inconvenient her heart went back on her an there she was at death's door. She was entirely lost without a man to take care of her, she said, and she did not know how, with her delicate health, she was going to bring up her dear Iris. Her friends asked why she did not marry again. Oh, with her heart it was out of the question, though of course she knew that dear Tom would have wished her to, and perhaps it would be the best thing for Iris if she did; but who would want to be bothered with a wretched invalid like herself? Oddly enough more than one young man showed himself quite ready to undertake the charge and a year after Tom's death she allowed George

«Morgen muß ich es büßen», sagte sie zu mir in ihrer wehleidigen Art. «Ich werde an der Schwelle des Todes stehen.»

«Es kommt mir manchmal so vor, als seien Sie durchaus kräftig genug, zu tun, woran Ihnen liegt», murmelte ich.

Ich hatte bemerkt, daß sie bis fünf Uhr morgens tanzen konnte, wenn eine Party nett war; war sie aber langweilig, dann fühlte sie sich gar nicht gut, und Tom mußte sie früh nach Hause bringen. Ich fürchte, daß meine Antwort ihr nicht gefiel, denn obwohl sie mir ein rührendes schwaches Lächeln schenkte, sah ich keine Heiterkeit in ihren großen blauen Augen.

«Sie können nicht gut erwarten, daß ich nur Ihnen zuliebe tot umfalle», erwiderte sie.

Louise überlebte ihren Mann. Er holte sich eines Tages den Tod durch eine Erkältung, als sie zusammen segelten und Louise alle vorhandenen Wolldecken benötigte, um sich warm zu halten. Er hinterließ ihr ein auskömmliches Vermögen und eine Tochter. Louise war untröstlich. Es war bewundernswert, wie sie es fertigbrachte, diesen Schlag zu überstehen. Ihre Freunde erwarteten, sie werde unverzüglich dem armen Tom ins Grab folgen. Ja, sie hatten schon größtes Mitleid mit Iris, ihrer Tochter, die als Waise zurückbleiben würde. Sie waren doppelt aufmerksam zu Louise. Sie ließen sie nicht einen Finger rühren; sie bestanden darauf, alles Erdenkliche zu tun, um ihr Schwierigkeiten zu ersparen. Und sie bekamen wirklich zu tun, denn wenn Louise etwas Lästiges oder Unbequemes erledigen sollte, machte sich ihr Herz bemerkbar, und schon stand sie an der Schwelle des Todes. Sie sei ganz verloren ohne einen Mann, der für sie sorge, sagte sie, und sie wisse nicht, wie sie bei ihrer zarten Gesundheit ihre liebe Iris aufziehen solle. Ihre Freunde fragten, warum sie nicht wieder heirate. Oh, bei ihrem Herzen sei das ganz ausgeschlossen, obwohl sie natürlich wisse, daß ihr lieber Tom es gewünscht hätte, und vielleicht wäre es ja für Iris das Beste, wenn sie es täte; aber wer würde sich schon mit einer elenden Kranken wie ihr abgeben wollen? Sonderbar genug: mehr als ein junger Mann zeigte sich durchaus bereit, das Amt zu übernehmen, und ein Jahr nach Toms Tode erlaubte sie George Hobhouse, sie zum Altar zu

Hobhouse to lead her to the altar. He was a fine, upstanding fellow and he was not at all badly off. I never saw anyone as grateful as he was for the privilege of being allowed to take care of this frail little thing.

"I shan't live to trouble you long," she said.

He was a soldier and an ambitious one, but he resigned his commission. Louise's health forced her to spend the winter at Monte Carlo and the summer at Deauville. He hesitated a little at throwing up his career, and Louise at first would not hear of it; but at last she yielded as she always yielded, and he prepared to make his wife's last few years as happy as might be.

"It can't be very long now," she said. "I'll try not to be troublesome."

For the next two or three years Louise managed, notwithstanding her weak heart, to go beautifully dressed to all the most lively parties, to gamble very heavily, to dance and even to flirt with tall slim young men. But George Hobhouse had not the stamina of Louise's first husband and he had to brace himself now and then with a stiff drink for his day's work as Louise's second husband. It is possible that the habit would have grown on him, which Louise would not have liked at all, but very fortunately (for her) the war broke out. He rejoined his regiment and three months later was killed. It was a great shock to Louise. She felt, however, that in such a crisis she must not give way to a private grief; and if she had a heart attack nobody heard of it. In order to distract her mind she turned her villa at Monte Carlo into a hospital for convalescent officers. Her friends told her that she would never survive the strain.

"Of course it will kill me," she said, "I know that. But what does it matter? I must do my bit."

It didn't kill her. She had the time of her life. There was no convalescent home in France that was more popular. I met her by chance in Paris. She was

führen. Er war ein tüchtiger Mann, eine ehrliche Haut, und alles andere als arm. Ich habe noch nie jemanden gesehen, der so dankbar war wie er für das Vorrecht, dieses zerbrechliche kleine Wesen umsorgen zu dürfen.

«Ich werde nicht lange leben und dir zur Last fallen», sagte sie.

Er war Soldat, und ein ehrgeiziger dazu, aber er quittierte den Dienst. Ihr Gesundheitszustand zwang Louise, den Winter in Monte Carlo und den Sommer in Deauville zu verbringen. Er zögerte ein wenig, seine Laufbahn aufzugeben, und Louise wollte zuerst auch nichts davon hören; aber schließlich gab sie nach, wie sie immer nachgab, und er schickte sich an, die letzten Jahre seiner Frau so glücklich wie möglich zu machen.

«Es kann nicht mehr für lange sein», sagte sie. «Ich will versuchen, dir keine Last zu sein.»

Während der nächsten zwei oder drei Jahre gelang es Louise trotz ihres schwachen Herzens, schön angezogen auf die muntersten Parties zu gehen, hoch zu spielen, zu tanzen und sogar mit großen, schlanken jungen Männern zu flirten. Aber George Hobhouse htte nicht die Ausdauer von Louises erstem Mann und mußte sich hin und wieder mit einem steifen Schluck für sein Tagewerk als Louises zweiter Mann stärken. Möglicherweise wäre es ihm zur Gewohnheit geworden, und Louise hätte das gar nicht gefallen, aber zum großen Glück (für sie) brach der Krieg aus. Er rückte zu seinem Regiment ein und fiel drei Monate später. Es war ein schwerer Schlag für Louise. Sie fand aber, daß sie in so schwerer Lage ihrem persönlichen Kummer keinen Lauf lassen durfte, und wenn sie einen Herzanfall hatte, so erfuhr es doch niemand. Um sich abzulenken, verwandelte sie ihre Villa in Monte Carlo in ein Offiziersgenesungsheim. Ihre Freunde sagten zu ihr, sie werde diese Anstrengung nie überleben.

«Natürlich wird das mein Tod sein», erklärte sie, «das weiß ich. Aber was macht das? Ich muß meinen kleinen Beitrag leisten.»

Es war nicht ihr Tod. Sie verbrachte die schönste Zeit ihres Lebens. Es gab kein Genesungsheim in Frankreich, das beliebter gewesen wäre. Ich traf sie zufällig in Paris. Sie speiste

lunching at the Ritz with a tall and very handsome young Frenchman. She explained that she was there on business connected with the hospital. She told me that the officers were too charming to her. They knew how delicate she was and they wouldn't let her do a single thing. They took care of her, well – as though they were all her husbands. She sighed.

"Poor George, who would ever have thought that I with my heart should survive him?"

"And poor Tom!" I said.

I don't know why she didn't like my saying that. She gave me her plaintive smile and her beautiful eyes filled with tears.

"You always speak as though you grudged me the few years that I can expect to live."

"By the way, your heart's much better, isn't it?"

"It'll never be better. I saw a specialist this morning and he said I must be prepared for the worst."

"Oh, well, you've been prepared for that for nearly twenty years now, haven't you?"

When the war came to an end Louise settled in London. She was now a woman of over forty, thin and frail still, with large eyes and pale cheeks, but she did not look a day more than twenty-five. Iris, who had been at school and was now grown up, came to live with her.

"She'll take care of me," said Louise. "Of course it'll be hard on her to live with such a great invalid as I am, but it can be for only such a little while, I'm sure she won't mind."

Iris was a nice girl. She had been brought up with the knowledge that her mother's health was precarious. As a child she had never been allowed to make a noise. She had always realised that her mother must on no account be upset. And though Louise told her now that she would not hear of her sacrificing herself for a tiresome old woman the girl simply would not

im Ritz mit einem großen und sehr hübschen jungen Franzosen. Sie erklärte, sie sei geschäftlich für ihr Lazarett dort. Sie erzählte mir, die Offiziere seien wirklich zu nett zu ihr. Sie wußten, wie zart sie war, und erlaubten ihr nicht, das Geringste zu tun. Sie sorgten für sie, nun – als ob sie alle ihre Ehemänner wären. Sie seufzte.

«Der arme George. Wer hätte je gedacht, daß ich mit meinem Herzen ihn überleben würde?»

«Und der arme Tom!» sagte ich.

Ich weiß nicht, warum es ihr nicht gefiel, daß ich das sagte. Sie schenkte mir ihr wehleidiges Lächeln, und ihre schönen Augen füllten sich mit Tränen.

«Sie reden immer, als gönnten Sie mir die wenigen Jahre nicht, die mir noch zu leben bleiben können.»

«Übrigens, Ihr Herz ist sehr viel besser geworden, nicht wahr?»

«Es wird nie besser werden. Ich war heute morgen bei einem Spezialisten, und er hat gesagt, ich müßte mich auf das Schlimmste gefaßt machen.»

«Na schön, Sie haben sich ja nun schon seit fast zwanzig Jahren darauf gefaßt gemacht, nicht wahr?»

Als der Krieg zu Ende war, ließ sich Louise in London nieder. Sie war nun eine Frau von über vierzig Jahren, immer noch dünn und zerbrechlich, mit großen Augen und bleichen Wangen, aber sie sah nicht einen Tag älter aus als fünfundzwanzig. Iris, die zur Schule gegangen und nun erwachsen war, zog zu ihr.

«Sie wird für mich sorgen», sagte Louise. «Natürlich wird es sie hart ankommen, mit einer so Schwerkranken wie mir zusammen zu leben, aber es kann ja nur für so kurze Zeit sein; ich bin sicher, daß es ihr nichts ausmacht.»

Iris war ein reizendes Mädchen. Sie war aufgewachsen in dem Wissen, daß die Gesundheit ihrer Mutter heikel sei. Als Kind hatte sie nie ein Geräusch machen dürfen. Sie war sich immer klar darüber gewesen, daß ihre Mutter unter gar keinen Umständen aufgeregt werden durfte. Und obwohl Louise ihr jetzt sagte, sie wolle nichts davon hören, daß sie sich für eine langweilige alte Frau aufopfere, gehorchte das Mädchen ganz

listen. I wasn't a question of sacrificing herself, it was a happiness to do what she could for her poor dear mother. With a sigh her mother let her do a great deal.

"It pleases the child to think she is making herself useful," she said.

"Don't you think she ought to go out and about more?" I asked.

"That's what I'm always telling her. I can't get her to enjoy herself. Heaven knows, I never want anyone to put themselves out on my account."

And Iris, when I remonstrated with her, said: "Poor dear mother, she wants me to go and stay with friends and go to parties, but the moment I start off anywhere she has one of her heart attacks, so I much prefer to stay at home."

But presently she fell in love. A young friend of mine, a very good lad, asked her to marry him and she consented. I liked the child and was glad that she was to be given at last the chance to lead a life of her own. She had never seemed to suspect that such a thing was possible. But one day the young man came to me in great distress and told me that his marriage was indefinitely postponed. Iris felt that she could not desert her mother. Of course it was really no business of mine, but I made the opportunity to go and see Louise. She was always glad to receive her friends at teatime and now that she was older she cultivated the society of painters and writers.

"Well, I hear that Iris isn't going to be married," I said after a little.

"I don't know about that. She's not going to be married quite as soon as I could have wished. I've begged her on my bended knees not to consider me, but she absolutely refuses to leave me."

"Don't you think it's rather hard on her?"

"Dreadfully. Of course it can be only for a few

einfach nicht. Von Aufopfern konnte keine Rede sein, es war eine Freude für sie, für ihre arme alte Mutter alles zu tun, was in ihren Kräften stand. Seufzend ließ ihre Mutter sie sehr viel tun.

«Es bereitet dem Kind Freude, zu denken, sie mache sich nützlich», sagte sie.

«Meinen Sie nicht, sie sollte mehr unter Menschen kommen?»

«Das sage ich ihr ja immer. Ich kann sie nicht dazu bewegen, sich etwas zu gönnen. Der Himmel weiß, daß ich nie von jemandem verlangt habe, sich meinetwegen Beschränkungen aufzuerlegen.»

Und Iris sagte, als ich ihr Vorhaltungen machte: «Die arme, liebe Mutter, sie möchte, daß ich mit Freunden verkehre und Parties besuche, aber in dem Augenblick, wenn ich irgendwohin weggehe, bekommt sie einen ihrer Herzanfälle; deshalb bleibe ich viel lieber daheim.»

Aber bald darauf verliebte sie sich. Ein junger Freund von mir, ein sehr netter Bursche, bat sie um ihre Hand, und sie willigte ein. Ich mochte das Kind gerne leiden und war froh, daß sie endlich Gelegenheit bekommen sollte, ihr eigenes Leben zu führen. Sie hatte anscheinend nie daran gedacht, daß so etwas möglich sei. Aber eines Tages kam der junge Mann in großer Bedrängnis zu mir und erzählte, seine Heirat sei auf unbestimmte Zeit verschoben. Iris fand, sie dürfe ihre Mutter nicht allein lassen. Natürlich war das ganz und gar nicht meine Sache, aber ich fand eine Gelegenheit, Louise zu besuchen. Sie war immer froh, ihre Freunde zur Teestunde zu empfangen, und nun, da sie älter geworden war, pflegte sie den Umgang mit Malern und Schriftstellern.

«Sagen Sie, ich höre gerade, daß Iris nicht heiraten wird?» fragte ich nach einer Weile.

«Davon weiß ich nichts. Sie wird nicht ganz so bald heiraten, wie ich es gewünscht hätte. Ich habe sie kniefällig gebeten, nicht an mich zu denken, aber sie weigert sich rundweg, mich zu verlassen.»

«Meinen Sie nicht, daß es recht hart für sie ist?»

«Furchtbar hart. Natürlich kann es nur auf ein paar Monate

months, but I hate the thought of anyone sacrificing themselves for me."

"My dear Louise, you've buried two husbands, I can't see the least reason why you shouldn't bury at least two more."

"Do you think that's funny?" she asked me in a tone that she made as offensive as she could.

"I suppose it's never struck you as strange that you're always strong enough to do anything you want to and that your weak heart only prevents you from doing things that bore you?"

"Oh, I know, I know what you've always thought of me. You've never believed that I had anything the matter with me, have you?"

I looked at her full and square.

"Never. I think you've carried out for twenty-five years a stupendous bluff. I think you're the most selfish and monstrous woman I have ever known. You ruined the lives of those two wretched men you married and now you're going to ruin the life of your daughter."

I should not have been surprised if Louise had had a heart attack then. I fully expected her to fly into a passion. She merely gave me a gentle smile.

"My poor friend, one of these days you'll be so dreadfully sorry you said this to me."

"Have you quite determined that Iris shall not marry this boy?"

"I've begged her to marry him. I know it'll kill me, but I don't mind. Nobody cares for me. I'm just a burden to everybody."

"Did you tell her it would kill you?"

"She made me."

"As if anyone ever made you do anything that you were not yourself quite determined to do."

"She can marry her young man to-morrow if she likes. If it kills me, it kills me."

sein, aber ich hasse den Gedanken, daß irgend jemand sich für mich opfern könnte.»

«Meine liebe Louise, Sie haben zwei Ehemänner begraben, und ich sehe nicht den geringsten Grund, warum Sie nicht noch mindestens zwei weitere begraben sollten.»

«Finden Sie das sehr witzig?» fragte sie mich in einem Ton, den sie so beleidigend wie möglich machte.

«Ich nehme an, es ist Ihnen nie aufgefallen, daß Sie immer stark genug sind, um alles zu tun, woran Ihnen liegt, und daß Ihr schwaches Herz Sie nur an den Dingen hindert, die Ihnen unangenehm sind?»

«Oh, ich weiß, ich weiß, was Sie schon immer von mir gedacht haben. Sie haben nie geglaubt, daß ich irgend etwas Ernsthaftes hätte, nicht wahr?»

Ich blickte sie offen und gerade an.

«Nie. Ich glaube, Sie haben fünfundzwanzig Jahre lang eine erstaunliche Komödie durchgehalten. Ich glaube, Sie sind die selbstsüchtigste und widernatürlichste Frau, die ich je gesehen habe. Sie haben das Leben der beiden unglücklichen Männer zerstört, die Sie geheiratet haben, und nun sind Sie dabei, das Leben Ihrer Tochter zu zerstören.»

Es hätte mich nicht überrascht, wenn Louise nun einen Herzanfall bekommen hätte. Ich war ganz darauf gefaßt, daß sie in Wut geraten würde. Aber sie schenkte mir nur ein anmutiges Lächeln.

«Armer Freund, eines gar nicht fernen Tages wird es Ihnen schrecklich leid tun, daß Sie mir dies gesagt haben.»

«Haben Sie ganz fest beschlossen, daß Iris diesen Jungen nicht heiraten soll?»

«Ich habe sie gebeten, ihn zu heiraten. Ich weiß, daß es mein Tod sein wird, aber das macht nichts. An mich denkt ja niemand. Ich falle nur allen zur Last.»

«Haben Sie ihr gesagt, daß es Ihr Tod sein würde?»

«Sie hat mich dazu gezwungen.»

«Als ob irgend jemand Sie jemals gezwungen hätte, irgend etwas zu tun, was Sie nicht selbst fest vorhatten.»

«Sie kann ihren jungen Mann morgen heiraten, wenn sie will. Wenn es mein Tod ist, ist es eben mein Tod.»

"Well, let's risk it, shall we?"

"Haven't you got any compassion for me?"

"One can't pity anyone who amuses one as much as you amuse me," I answered.

A faint spot of colour appeared on Louise's pale cheeks and though she smiled still her eyes were hard and angry.

"Iris shall marry in a month's time," she said, "and if anything happens to me I hope you and she will be able to forgive yourselves."

Louise was as good as her word. A date was fixed, a trousseau of great magnificence was ordered, and invitations were issued. Iris and the very good lad were radiant. On the wedding-day, at ten o'clock in the morning, Louise, that devilish woman, had one of her heart attacks – and died. She died gently forgiving Iris for having killed her.

John Steinbeck: The Murder

This happened a number of years ago in Monterey County, in central California. The Canyon del Castillo is one of those valleys in the Santa Lucia range which lie between its many spurs and ridges. From the main Canyon del Castillo a number of little arroyos cut back into the mountains, oak-wooded canyons, heavily brushed with poison oak and sage. At the head of the canyon there stands a tremendous stone castle, buttressed and towered like those strongholds the Crusaders put up in the path of their conquests. Only a close visit to the castle shows it to be a strange accident of time and water and erosion working on soft stratified sandstone. In the distance the ruined battlements, the gates, the towers, even the narrow slits, require little imagination to make out.

Below the castle, on the nearly level floor of the

«Schön, lassen wir es doch darauf ankommen, oder?»

«Haben Sie denn gar kein Mitleid mit mir?»

«Jemand, der einem so viel Spaß macht wie Sie mir, kann einem nicht leid tun», erwiderte ich.

Ein schwacher Farbtupfen erschien auf Louises bleichen Wangen, und obwohl sie noch lächelte, waren ihre Augen hart und böse.

«Iris soll in einem Monat heiraten», sagte sie, «und wenn mir irgend etwas zustößt, hoffe ich nur, daß Sie und Iris es fertigbringen, es sich zu verzeihen.»

Louise stand zu ihrem Wort. Ein Termin wurde festgesetzt, eine Aussteuer von großer Pracht bestellt und Einladungen verschickt. Iris und der freundliche junge Mann strahlten. Am Hochzeitstage, um zehn Uhr morgens, bekam Louise, dieses Teufelsweib, einen ihrer Herzanfälle – und starb. Sie starb, indem sie Iris liebevoll verzieh, sie ums Leben gebracht zu haben.

John Steinbeck: Der Mord

Dies geschah vor einer Reihe von Jahren im Bezirk Monterey in Mittelkalifornien. Der Cañon del Castillo ist eins jener Täler in der Santa-Lucia-Kette, die zwischen ihren vielen Graten und Vorbergen liegen. Vom großen Castillo-Cañon schneiden viele Seitentäler tief in die Berge, eichenbewaldete Schluchten, dicht überwuchert von Sumach und Salbei. Am Kopf des Cañons steht ein riesiges steinernes Kastell mit Strebepfeilern und Türmen, den Festungen gleich, welche die Kreuzfahrer im Zuge ihrer Eroberungen errichteten. Erst wenn man nahe an das Schloß herangeht, zeigt es sich, daß hier ein seltsames Zufallsspiel von Zeit und Wasser und Verwitterung an dem weichen, schichtenförmigen Sandstein gearbeitet hat. Aus der Ferne kann man, ohne daß es besonderer Phantasie bedürfte, die verfallenen Zinnen, Tore, Türme und sogar die schmalen Schießscharten erkennen.

Unter dieser Burg, auf dem fast ebenen Boden des Tals steht

canyon, stands the old ranch house, a weathered and mossy barn and a warped feeding-shed for cattle. The house is deserted; the doors, swinging on rusted hinges, squeal and bang on nights when the wind courses down from the castle. Not many people visit the house. Sometimes a crowd of boys tramp through the rooms, peering into empty closets and loudly defying the ghosts they deny.

Jim Moore, who owns the land, does not like to have people about the house. He rides up from his new house, farther down the valley, and chases the boys away. He has put "No Trespassing" signs on his fences to keep curious and morbid people out. Sometimes he thinks of burning the old house down, but then a strange and powerful relation with the swinging doors, the blind and desolate windows, forbids the destruction. If he should burn the house he would destroy a great and important piece of his life. He knows that when he goes to town with his plump and still pretty wife, people turn and look at his retreating back with awe and some admiration.

Jim Moore was born in the old house and grew up in it. He knew every grained and weathered board of the barn, every smooth, worn manger-rack. His mother and father were both dead when he was thirty. He celebrated his majority by raising a beard. He sold the pigs and decided never to have any more. At last he bought a fine Guernsey bull to improve his stock, and he began to go to Monterey on Saturday nights, to get drunk and to talk with the noisy girls of the Three Star.

Within a year Jim Moore married Jelka Sepic, a Jugo-Slav girl, daughter of a heavy and patient farmer of Pine Canyon. Jim was not proud of her foreign family, of her many brothers and sisters and cousins, but he delighted in her beauty. Jelka had eyes as large and questioning as a doe's eyes. Her nose was

das alte Farmhaus mit einer verwitterten, moosbewachsenen Scheune und einem windschiefen Futterschuppen für das Vieh. Das Haus ist verlassen; die Türen, auf rostigen Angeln hängend, quietschen und schlagen nachts, wenn der Wind vom Schloß herunterfährt. Nicht viele Leute besuchen das Haus. Manchmal zieht eine Horde Jungen durch die Räume, in leere Schränke spähend, und die Gespenster, die sie leugnen, laut herausfordernd.

Jim Moore, dem das Land gehört, mag nicht gern Leute dort im Hause haben. Er reitet von seinem neuen Haus weiter unten im Tal herauf und jagt die Jungen fort. Er hat Schilder mit ‹Zugang verboten› an seinen Zäunen angebracht, um neugierige und gespenstersüchtige Leute fernzuhalten. Manchmal denkt er daran, das alte Haus niederzubrennen, doch dann verbietet ihm eine seltsame und starke Verbundenheit mit diesen schwingenden Türen und den blinden, trostlosen Fenstern die Zerstörung. Wenn er das Haus verbrennen würde, so würde er ein großes und wichtiges Stück seines Lebens vernichten. Er weiß, wenn er mit seiner rundlichen und immer noch hübschen Frau zur Stadt kommt, sehen sich die Leute um und betrachten seinen sich entfernenden Rücken mit Scheu und ein wenig Bewunderung.

Jim Moore war im alten Haus geboren und aufgewachsen. Er kannte jedes faserige, verwitterte Brett in der Scheune, jede glatte, abgewetzte Futterkrippe. Als er an die Dreißig kam, waren sein Vater und seine Mutter bereits tot. Er feierte seine Volljährigkeit, indem er sich einen Bart wachsen ließ. Er verkaufte die Schweine und beschloß, nie wieder welche zu halten. Schließlich kaufte er einen prachtvollen Guernsey-Bullen, um seine Herde hochzuzüchten, und begann Samstag abends nach Monterey zu gehen, sich zu betrinken und mit den überlauten Mädchen aus den «Drei Sternen» zu schwatzen.

Im Laufe des Jahres heiratete Jim Moore ein jugoslawisches Mädchen, Jelka Sepic, die Tochter eines schwerfälligen und geduldigen Bauern aus dem Pine Cañon. Jim war nicht gerade stolz auf ihre ausländische Familie, ihre vielen Brüder und Schwestern und Vettern, aber er war entzückt von ihrer Schönheit. Jelkas Augen waren so groß und fragend wie die

thin and sharply faceted, and her lips were deep and soft. Jelka's skin always startled Jim, for between night and night he forgot how beautiful it was. She was so smooth and quiet and gentle, such a good housekeeper, that Jim often thought with disgust of her father's advice on the wedding day. The old man, bleary and bloated with festival beer, elbowed Jim in the ribs and grinned suggestively, so that his little dark eyes almost disappeared behind puffed and wrinkled lids.

"Don't be a big fool, now," he said. "Jelka is Slav girl. He's not like American girl. If he is bad, beat him.

If he's good too long, beat him too. I beat his mama. Papa beat my mama. Slav girl! He's not like a man that don't beat hell out of him."

"I wouldn't beat Jelka," Jim said.

The father giggled and nudged him with his elbow. "Don't be big fool," he warned. "Sometime you see." He rolled back to the beer barrel.

Jim found soon enough that Jelka was not like the American girls. She was very quiet. She never spoke first, but only answered his questions, and then with soft short replies. She learned her husband as she learned passages of Scripture. After they had been married a while, Jim never wanted for any habitual thing in the house but Jelka had it ready for him before he could ask. She was a fine wife, but there was no companionship in her. She never talked. Her great eyes followed him, and when he smiled, sometimes she smiled too, a distant and covered smile. Her knitting and mending and sewing were interminable. There she sat, watching her wise hands, and she seemed to regard with wonder and pride the little white hands that could do such nice and useful things. She was so much like an animal that sometimes Jim patted her head and neck under the same impulse that made him stroke a horse.

eines Rehes. Ihre Nase war schmal und scharf geschnitten, und ihre Lippen waren voll und weich. Jelkas Haut verwirrte Jim immer wieder, denn er vergaß von einer Nacht zur andern, wie schön sie war. Jelka war so sanft und ruhig und freundlich, war eine so gute Hausfrau, daß Jim nur mit Abscheu an ihres Vaters Rat am Hochzeitstage denken konnte. Der Alte – benebelt und geschwollen vom Festtagsbier – hatte Jim einen Rippenstoß gegeben und vielsagend gegrinst, so daß seine kleinen dunklen Augen beinahe hinter den gedunsenen und faltigen Lidern verschwanden.

«Sei kein Narr», sagte er. «Jelka ist ein slawisches Mädchen. Sie ist nicht wie eine Amerikanerin. Ist sie schlecht, schlage sie. Ist sie zu lange brav, schlage sie auch. Ich habe ihre Mutter geschlagen. Mein Vater hat meine Mutter geschlagen. Slawenmädel! Der ist kein Kerl, der nicht den Teufel aus ihr herausprügelt!»

«Ich würde Jelka nicht schlagen», sagte Jim.

Der Vater kicherte und stieß ihn wieder mit dem Ellbogen an. «Sei nicht so ein Esel!» warnte er. «Eines Tages wirst du's einsehen.» Er trottete wieder zum Bierfaß.

Jim fand bald genug heraus, daß Jelka nicht war wie die amerikanischen Mädchen. Sie war immer still. Sie sprach nie zuerst, sondern antwortete nur auf seine Fragen, und dann mit sanften kurzen Worten. Sie studierte ihren Mann, wie sie Bibelstellen studierte. Nachdem sie eine Weile verheiratet waren, brauchte Jim kein alltägliches Ding im Haus mehr zu fordern, sondern Jelka hielt es für ihn bereit, ehe er es aussprach. Sie war eine prachtvolle Ehefrau, aber sie kannte keine Gesellligkeit. Sie schwatzte nie. Ihre großen Augen folgten ihm, und wenn er lächelte, dann lächelte auch sie manchmal ein fernes, verstohlenes Lächeln. Sie strickte und stopfte und nähte unaufhörlich. Sie konnte dasitzen und ihre geschickten Hände betrachten, und sie beobachtete anscheinend mit Staunen und Stolz die kleinen weißen Hände, die solche netten und nützlichen Dinge tun konnten. Sie hatte so viel von einem Tier, daß Jim manchmal ihren Kopf und Nacken aus dem gleichen Trieb liebkoste, aus dem er ein Pferd tätschelte.

In the house Jelka was remarkable. No matter what time Jim came in from the hot dry range or from the bottom farm land, his dinner was exactly, steamingly ready for him. She watched while he ate, and pushed the dishes close when he needed them, and filled his cup when it was empty.

Early in the marriage he told her things that happened on the farm, but she smiled at him as a foreigner does who wishes to be agreeable even though he doesn't understand.

"The stallion cut himself on the barbed wire," he said.

And she replied, "Yes," with a downward inflection that held neither question nor interest.

He realized before long that he could not get in touch with her in any way. If she had a life apart, it was so remote as to be beyond his reach. The barrier in her eyes was not one that could be removed, for it was neither hostile nor intentional.

At night he stroked her straight black hair and her unbelievably smooth golden shoulders, and she whimpered a little with pleasure. Only in the climax of his embrace did she seem to have a life apart, fierce and passionate. And then immediately she lapsed into the alert and painfully dutiful wife.

"Why don't you ever talk to me," he demanded. "Don't you want to talk to me?"

"Yes," she said. "What do you want me to say?" She spoke the language of his race out of a mind that was foreign to his race.

When a year had passed, Jim began to crave the company of women, the chattery exchange of small talk, the shrill pleasant insults, the shame-sharpened vulgarity. He began to go again to town, to drink and to play with the noisy girls of the Three Star. They liked him there for his firm, controlled fall and for his readiness to laugh.

"Where's your wife?" they demanded.

Im Hause war Jelka geradezu erstaunlich. Gleichviel zu welcher Zeit Jim heimkam, vom heißen trockenen Weideland oder vom unteren Acker, das dampfende Essen war soeben für ihn fertig geworden. Sie paßte auf, während er aß, schob ihm die Schüsseln hin, wenn er sie brauchte, und füllte seinen Becher, wenn er leer war.

Im Anfang ihrer Ehe erzählte er ihr von den Dingen, die auf der Farm geschehen waren, aber sie lächelte ihm zu wie eine Fremde, die liebenswürdig sein will, obwohl sie einen nicht versteht.

«Der Hengst hat sich am Stacheldraht aufgerissen», sagte er.

Und sie erwiderte: «Ja», mit einem Senken des Kopfes, in dem weder Frage noch Interesse lag.

Er merkte bald, daß er ihr auf keine Weise nahekommen konnte. Wenn sie ein Eigenleben führte, war es ihm so fern, daß er es nicht erreichen konnte. Die Schranke in ihren Augen war keine, die sich entfernen ließ, denn sie war weder feindlich noch beabsichtigt.

Nachts streichelte er ihr glattes schwarzes Haar und ihre unglaublich weichen goldenen Schultern, und sie gab kleine Laute des Behagens von sich. Nur auf dem Höhepunkt seiner Umarmung schien sie ein eigenes Leben zu haben, ein wildes, leidenschaftliches. Und sofort danach fiel sie wieder in die Rolle der aufmerksamen, peinlich pflichttreuen Ehefrau.

«Warum sprichst du niemals zu mir?» fragte er. «Magst du nicht mit mir sprechen?»

«Doch», erwiderte sie. «Was willst du hören? Was soll ich sagen?» Sie sprach die Sprache seines Volkes aus einem Sinn, der seinem Volke fremd war.

Als ein Jahr vergangen war, fing Jim an, die Gesellschaft von Frauen zu suchen, ihr kleines Alltagsgeschwätz, ihr grelles lustiges Gezänk, ihre peinliche Gewöhnlichkeit. Er begann wieder zur Stadt zu reiten, zu trinken und mit den überlauten Mädchen aus den «Drei Sternen» herumzutändeln. Sie mochten ihn dort gern, seine feste, beherrschte Redeweise und sein immer bereites Lachen.

«Wo ist deine Frau?» fragten sie.

"Home in the barn," he responded. It was a never-failing joke.

Saturday afternoons he saddled a horse and put a rifle in the scabbard in case he should see a deer. Always he asked, "You don't mind staying alone?"

"No. I don't mind."

And once he asked, "Suppose someone should come?"

Her eyes sharpened for a moment, and then she smiled. "I would send them away," she said.

"I'll be back about noon tomorrow. It's too far to ride in the night." He felt that she knew where he was going, but she never protested nor gave any sign of disapproval. "You should have a baby," he said.

Her face lighted up. "Some time God will be good," she said eagerly.

He was sorry for her loneliness. If only she visited with the other women of the canyon she would be less lonely, but she had no gift for visiting. Once every month or so she put horses to the buckboard and went to spend an afternoon with her mother, and with the brood of brothers and sisters and cousins who lived in her father's house.

"A fine time you'll have," Jim said to her. "You'll gabble your crazy language like ducks for a whole afternoon. You'll giggle with that big grown cousin of yours with the embarrassed face. If I could find any fault with you, I'd call you a damn foreigner." He remembered how she blessed the bread with the sign of the cross before she put it in the oven, how she knelt at the bedside every night, how she had a holy picture tacked to the wall in the closet.

One Saturday of a hot dusty June, Jim cut oats in the farm flat. The day was long. It was after six o'clock when the mower tumbled the last band of oats. He drove the clanking machine up into the barnyard and backed it into the implement shed, and there he unhitched the horses and turned them out to graze on

«Zu Hause im Stall», antwortete er. Es war ein nie versagender Scherz.

An den Samstag-Nachmittagen sattelte er ein Pferd und steckte ein Gewehr in das Futteral, für den Fall, daß er ein Stück Wild sehen sollte. Immer fragte er: «Macht es dir nichts aus, allein zu bleiben?»

«Nein. Es macht mir nichts aus.»

Und einmal fragte er: «Und falls jemand herkäme?»

Ihre Augen wurden eine Sekunde scharf, dann lächelte sie. «Ich würde sie wegschicken.»

«Ich werde morgen Mittag zurück sein. Es ist zu weit, um in der Nacht zurückzureiten.» Er spürte, daß sie wußte, wohin er ging, aber sie machte niemals Einwendungen und gab kein Zeichen von Mißfallen. «Du solltest ein Kind haben», sagte er.

Ihr Gesicht leuchtete auf. «Eines Tages wird Gott gut zu uns sein», sagte sie eifrig.

Sie tat ihm leid in ihrer Einsamkeit. Wenn sie nur mit den andern Frauen aus dem Cañon verkehren würde, wäre sie weniger einsam; aber sie besaß keine geselligen Gaben. Einmal in jedem Monat spannte sie die Pferde vor den Kutschwagen und fuhr auf einen Nachmittag zu ihrer Mutter und der ganzen Sippschaft von Brüdern und Schwestern und Vettern, die in ihres Vaters Haus lebten.

«Du wirst es ja lustig haben», sagte Jim zu ihr. «Einen ganzen Nachmittag werdet ihr wie Enten eure verrückte Sprache schnattern. Du wirst mit deinem Vetter herumschäkern, dem großen, erwachsenen mit dem verlegenen Gesicht. Wenn ich irgend etwas an dir auszusetzen fände, würde ich dich verdammte Ausländerin nennen.» Er dachte daran, wie sie das Brot mit dem Zeichen des Kreuzes segnete, ehe sie es in den Ofen schob, wie sie jeden Abend neben ihrem Bette kniete, wie sie im Schrank ein Heiligenbild an die Wand geheftet hatte.

An einem heißen, staubigen Samstag im Juni mähte Jim in der Farmniederung den Hafer. Der Tag war lang. Es war nach sechs, als die Mähmaschine die letzten Garben herunterwarf. Er fuhr die klappernde Maschine hinauf in den Wirtschaftshof und schob sie rückwärts in den Geräteschuppen, dort spannte er die Pferde aus und trieb sie für den Sonntag in die Berge zum

the hills over Sunday. When he entered the kitchen Jelka was just putting his dinner on the table. He washed his hands and face and sat down to eat.

"I'm tired," he said, "but I think I'll go to Monterey anyway. There's to be a full moon."

Her soft eyes smiled.

"I'll tell you what I'll do," he said. "If you would like to go, I'll hitch up a rig and take you with me."

She smiled again, shook her head. "No, the stores would be closed. I would rather stay here."

"Well, all right, I'll saddle the horse then. In't think I was going. The stock's all turned out. Maybe I can catch a horse easy. Sure you don't want to go?"

"If it was early, and I could go to the stores – but it will be ten o'clock when you get there."

"Oh, no – well, anyway, on horseback I'll make it a little after nine."

Her mouth smiled to itself, but her eyes watched him for the development of a wish. Perhaps because he was tired from the long day's work, he demanded, "What are you thinking about?"

"Thinking about? I remember, you used to ask that nearly every day when we were first married."

"But what are you?" he insisted irritably.

"Oh – I'm thinking about the eggs under the black hen." She got up and went to the big calender at the wall. "They will hatch tomorrow or maybe Monday."

It was almost dusk when he had finished shaving and putting on his blue serge suit and his new boots. Jelka had the dishes washed and put away. As Jim went through the kitchen he saw that she had taken the lamp to the table near the window, and that she sat beside it knitting a brown wool sock.

"Why do you sit there tonight?" he asked. "You always sit over here. You do funny things some-times."

Her eyes arose slowly from her flying hands. "The

Grasen. Als er in die Küche trat, stellte ihm Jelka gerade das Essen auf den Tisch. Er wusch sich Gesicht und Hände und setzte sich zu Tisch.

«Ich bin müde», sagte er, «aber ich denke, ich werde doch nach Monterey reiten. Es wird Vollmond sein.»

Ihre sanften Augen lächelten.

«Ich will dir sagen, was ich tun werde», sagte er. «Wenn du gern mit willst, spanne ich an und nehme dich mit.»

Sie lächelte wieder und schüttelte den Kopf. «Nein, die Läden werden schon zu sein. Ich möchte lieber hierbleiben.»

«Gut also – dann sattle ich das Pferd. Ich dachte, ich würde nicht reiten. Alle Tiere sind hinausgetrieben. Vielleicht kann ich schnell ein Pferd einfangen. Willst du bestimmt nicht mit?»

«Wenn es zeitig wäre und ich in die Läden könnte – aber es wird zehn sein, ehe du dort bist.»

«Oh nein – nun, jedenfalls schaffe ich's zu Pferd bis kurz nach neun.»

Ihr Mund lächelte verstohlen, aber ihre Augen beobachteten ihn, als warteten sie auf einen Wunsch. Vielleicht weil er von der langen Tagesarbeit müde war, fragte er: «Über was denkst du nach?»

«Über was ich nachdenke? Ich weiß noch, das fragtest du schon fast jeden Tag, als wir jung verheiratet waren.»

«Aber woran denn?» fragte er nochmals ein wenig gereizt.

«Oh – ich dachte gerade an die Eier unter der schwarzen Henne.» Sie stand auf und ging zu dem großen Kalender an der Wand. «Sie müssen morgen auskriechen oder vielleicht Montag.»

Es war fast dunkel, als er mit dem Rasieren fertig war und seinen blauen Serge-Anzug und die neuen Stiefel angezogen hatte. Jelka hatte das Geschirr gewaschen und weggeräumt. Als Jim durch die Küche ging, sah er, daß sie die Lampe auf den Tisch beim Fenster gestellt hatte und daneben saß und an einer braunen Wollsocke strickte.

«Warum sitzt du heute Abend da drüben?» fragte er. «Du sitzt doch sonst immer hier. Manchmal tust du drollige Dinge.»

Ihre Augen hoben sich langsam von ihren flinken Händen.

moon," she said quietly. "You said it would be full tonight. I want to see the moon rise."

"But you're silly. You can't see it from that window. I thought you knew direction better than that."

She smiled remotely. "I will look out of the bedroom window, then."

Jim put on his black hat and went out. Walking through the dark empty barn, he took a halter from the rack. On the grassy sidehill he whistled high and shrill. The horses stopped feeding and moved slowly in towards him, and stopped twenty feet away. Carefully he approached his bay gelding and moved his hand from its rump along its side and up and over its neck. The halter-strap clicked in its buckle. Jim turned and led the horse back to the barn. He threw his saddle on and cinched it tight, put his silver-bound bridle over the stiff ears, buckled the throat latch, knotted the tie-rope about the gelding's neck and fastened the neat coil-end to the saddle string. Then he slipped the halter and led the horse to the house. A radiant crown of soft red light lay over the eastern hills. The full moon would rise before the valley had completely lost the daylight.

In the kitchen Jelka still knitted by the window. Jim strode to the corner of the room and took up his 30–30 carbine. As he rammed cartridges into the magazine, he said, "The moon glow is on the hills. If you are going to see it rise, you better go outside now. It's going to be a good red one at rising."

"In a moment," she replied, "when I come to the end here." He went to her and patted her sleek head.

"Good night. I'll probably be back by noon tomorrow." Her dusky black eyes followed him out of the door.

Jim thrust the rifle into his saddle-scabbard, and mounted and swung his horse down the canyon. On his right from behind the blackening hills, the great

«Der Mond», sagte sie gelassen. «Du sagtest, heute wäre Vollmond. Ich möchte den Mond aufgehen sehen.»

«Du bist wohl komisch. Du kannst ihn von diesem Fenster aus nicht sehen. Ich dachte, du kennst die Himmelsrichtungen besser.»

Sie lächelte abwesend. «Dann werde ich aus dem Schlafzimmerfenster sehen.»

Jim setzte seinen schwarzen Hut auf und ging hinaus. Auf dem Weg durch den dunklen leeren Stall nahm er ein Halfter von der Raufe. Auf dem grasbewachsenen Berghang pfiff er hoch und schrill. Die Pferde hörten auf zu grasen und kamen langsam auf ihn zu und blieben zwanzig Fuß vor ihm stehen. Vorsichtig trat er zu seinem braunen Wallach und strich ihm mit der Hand von der Kruppe aus über die Seite zum Hals und daran hinauf. Die Schnalle des Halfters schnappte ein. Jim kehrte um und führte das Pferd zurück zum Stall. Er warf den Sattel auf und zog den Gurt fest an, schob das silberbeschlagene Zaumzeug über die steifen Pferdeohren, machte den Kehlriemen fest, verknüpfte die Zügel über dem Nacken des Braunen und band das Zügelende an den Sattelriemen. Dann nahm er das Halfter ab und führte das Pferd zum Haus. Eine leuchtende Krone sanften roten Lichtes lag über den östlichen Bergen. Der Vollmond würde aufgehen, ehe das Tageslicht ganz aus dem Tal geschwunden war.

In der Küche saß Jelka noch am Fenster und strickte. Jim ging mit großen Schritten durchs Zimmer und nahm seinen dreißig-dreißiger Karabiner. Als er die Patronen ins Magazin schob, sagte er: «Das Mondlicht ist auf den Bergen. Wenn du sehen willst, wie er aufsteigt, geh lieber nach draußen. Er wird ganz rot aufgehen.»

«Ja, gleich», erwiderte sie, «wenn ich hier am Ende bin.» Er ging zu ihr hin und streichelte ihren glatten Kopf.

«Gute Nacht. Wahrscheinlich werde ich morgen mittag zurück sein.» Ihre nachtschwarzen Augen folgten ihm zur Tür bis hinaus.

Jim schob den Karabiner in die Gewehrtasche, saß auf und lenkte sein Pferd hinab in den Cañon. Zu seiner Rechten hinter den dunkel werdenden Bergen stieg der große rote Mond

red moon slid rapidly up. The double light of the day's last afterglow and the rising moon thickened the outlines of the trees and gave a mysterious new perspective to the hills. The dusty oaks shimmered and glowed, and the shade under them was black as velvet. A huge, long-legged shadow of a horse and half a man rode to the left and slightly ahead of Jim. From the ranches near and distant came the sound of dogs tuning up for a night of song. And the roosters crowed, thinking a new dawn had come too quickly. Jim lifted the gelding to a trot. The spattering hoofsteps echoed back from the castle behind him. He thought of blonde May at the Three Star in Monterey. "I'll be late. Maybe someone else'll have her," he thought. The moon was clear of the hills now.

Jim had gone a mile when he heard the hoofbeats of a horse coming towards him. A horseman cantered up and pulled to a stop. "That you, Jim?"

"Yes. Oh, hello, George."

"I was just riding up to your place. I want to tell you – know the springhead at the upper end of my land?"

"Yes, I know."

"Well, I was up there this afternoon. I found a dead campfire and a calf's head and feet. The skin was in the fire, half burned, but I pulled it out and it had your brand."

"The hell," said Jim. "How old was the fire?"

"The ground was still warm in the ashes. Last night I guess. Look, Jim, I can't go up with you. I've got to go to town, but I thought I'd tell you, so you could take a look around."

Jim asked quietly, "Any idea how many men?"

"No. I didn't look close."

"Well, I guess I better go up and look. I was going to town too. But if there are thieves working, I don't want to lose any more stock. I'll cut up through your land if you don't mind, George."

schnell empor. Das Zwielicht des letzten Tagesschimmers und des aufgehenden Mondes verdichtete die Umrisse der Bäume und gab den Bergen eine neue, geheimnisvolle Fernsicht. Die verstaubten Eichen schimmerten und glänzten, und das Dunkel unter ihnen war schwarz wie Samt. Der hohe, langbeinige Schatten eines Pferdes und eines halben Mannes bewegte sich links neben Jim, immer ein bißchen voraus. Von den Gehöften nah und fern hörte man die Hunde sich einstimmen auf eine Nacht voll Gesang. Und die Hähne krähten, weil sie dachten, ein neuer Tag dämmere zu rasch herauf. Jim ließ den Wallach in Trab fallen. Die klappernden Hufschläge hallten von der Sandsteinburg hinter ihm wider. Er dachte an die blonde May aus den «Drei Sternen» in Monterey. «Ich werde zu spät kommen. Vielleicht hat sie ein anderer», dachte er. Jetzt hatte sich der Mond von den Bergen gelöst.

Jim war eine Meile geritten, als er den Hufschlag eines Pferdes auf sich zukommen hörte. Ein Reiter galoppierte heran und hielt vor ihm. «Bist du's, Jim?»

«Ja. Oh, hallo, George.»

«Ich war gerade auf dem Weg zu dir. Ich muß dir etwas sagen – du weißt doch die Quelle an der oberen Grenze meines Landes?»

«Ja, ich weiß.»

«Nun, ich war heute nachmittag oben. Ich fand ein erloschenes Lagerfeuer und Kopf und Füße eines Kalbes. Das Fell war im Feuer, halbverbrannt, aber ich zog es heraus – und es hatte deine Brandmarke.»

«Teufel!» sagte Jim. «Wie alt war das Feuer?»

«Der Boden unter der Asche war noch warm. Letzte Nacht, glaube ich. Weißt du, Jim, ich kann nicht mit dir hinaufkommen. Ich muß zur Stadt, aber ich dachte, ich sollte dir's sagen, damit du Umschau halten kannst.»

Jim fragte ruhig: «Hast du eine Ahnung, wieviel Mann?»

«Nein, ich habe nicht so genau hingesehen.»

«Gut, ich glaube, ich reite besser hinauf und sehe selber nach. Ich wollte auch zur Stadt. Aber wenn Diebe am Werk sind, möchte ich nicht noch mehr Vieh verlieren. Ich schneide ab, durch deine Felder, wenn es dir recht ist, George.»

"I'd go with you, but I've got to qo to town. You got a gun with you?"

"Oh yes, sure. Here under my leg. Thanks for telling me."

"That's all right. Cut through any place you want. Good night." The neighbour turned his horse and cantered back in the direction from which he had come.

For a few moments Jim sat in the moonlight, looking down at his stilted shadow. He pulled his rifle from its scabbard, levered a cartridge into the chamber and held the gun across the pommel of his saddle. He turned left from the road, went up the little ridge, through the oak grove, over the grassy hogback and down the other side into the next canyon.

In half an hour he had found the deserted camp. He turned over the heavy, leathery calf's head and felt its dusty tongue to judge by the dryness how long it had been dead. He lighted a match and looked at his brand on the half-burned hide. At last he mounted his horse again, rode over the bald grassy hills and crossed into his own land.

A warm summer wind was blowing on the hilltops. The moon, as it quartered up the sky, lost its redness and turned the colour of strong tea. Among the hills the coyotes were singing, and the dogs at the ranch houses below joined them with broken-hearted howling. The dark green oaks below and the yellow summer grass showed their colours in the moonlight.

Jim followed the sound of the cowbells to his herd, and found them eating quietly, and a few deer feeding with them. He listened for the sound of hoofbeats or the voices of men on the wind.

It was after eleven when he turned his horse towards home. He rounded the west tower of the sandstone castle, rode through the shadow and out into the moonlight again. Below, the roofs of his barn and house shone dully. The bedroom window cast back a streak of reflection.

«Ich würde mitkommen, aber ich muß zur Stadt. Hast du ein Gewehr bei dir?»

«Oh ja, klar. Hier unter meinem Bein. Danke, daß du mir's gesagt hast.»

«Schon gut. Reite überall durch, wo du willst. Gute Nacht.» Der Nachbar wendete sein Pferd und galoppierte zurück in die Richtung, aus der er gekommen war.

Ein paar Sekunden saß Jim im Mondlicht und sah nieder auf seinen langbeinigen Schatten. Er zog sein Gewehr aus der Hülle, steckte eine Patrone in die Kammer und legte die Waffe über den Sattelknopf. Er bog links von der Straße ab, ritt den kleinen Hang hinan, durch den Eichenhain, über die grasbewachsene Kuppe und an der andern Seite hinab in den nächsten Cañon.

In einer halben Stunde hatte er das verlassene Lager gefunden. Er drehte den schweren, ledrigen Kalbskopf um und befühlte die staubige Zunge, um nach der Trockenheit zu beurteilen, wie lange das Tier schon tot war. Er zündete ein Streichholz an und betrachtete das Brandzeichen auf dem halbverkohlten Fell. Endlich stieg er wieder aufs Pferd, ritt über die kahlen Grashügel und hinüber auf sein eigenes Gebiet.

Ein warmer Sommerwind wehte auf den Bergkuppen. Der Mond verlor sein Rot, als er höher am Himmel stand, und nahm die Farbe von starkem Tee an. Zwischen den Bergen sangen die Coyoten, und die Hunde unten in den Gehöften stimmten mit herzzerreißendem Geheul ein. Die dunkelgrünen Eichen drunten und das gelbe Sommergras zeigten im Mondlicht ihre Farbtöne.

Jim folgte dem Klang der Kuhglocken bis zu seiner Herde und fand sie ruhig grasend; und ein paar Stück Rotwild grasten mit. Er horchte auf das Geräusch von Pferdehufen oder Männerstimmen über dem Wind.

Es war nach elf, als er sein Pferd heimwärts lenkte. Er umrundete den westlichen Turm des Sandsteinschlosses, ritt durch den Schatten und wieder hinaus ins Mondlicht. Unten glänzten matt die Dächer seiner Scheune und seines Hauses. Das Fenster des Schlafzimmers warf einen Lichtschimmer zurück.

The feeding horses lifted their heads as Jim came down through the pasture. Their eyes glinted redly when they turned their heads.

Jim had almost reached the corral fence – he heard a horse stamping in the barn. His hand jerked the gelding down. He listened. It came again, the stamping from the barn. Jim lifted his rifle and dismounted silently. He turned his horse loose and crept towards the barn.

In the blackness he could hear the grinding of the horse's teeth as it chewed hay. He moved along the barn until he came to the occupied stall. After a moment of listening he scratched a match on the butt of his rifle. A saddled and bridled horse was tied in the stall. The bit was slipped under the chin and the cinch loosened. The horse stopped eating and turned its head towards the light.

Jim blew out the match and walked quickly out of the barn. He sat on the edge of the horse trough and looked into the water. His thoughts came so slowly that he put them into words and said them under his breath.

"Shall I look through the window? No. My head would throw a shadow in the room."

He regarded the rifle in his hand. Where it had been rubbed and handled, the black gun finish had worn off, leaving the metal silvery.

At last he stood up with decision and moved towards the house. At the steps, an extended foot tried each board tenderly before he put his weight on it. The three ranch dogs came out from under the house and shook themselves, stretched and sniffed, wagged their tails and went back to bed.

The kitchen was dark, but Jim knew where every piece of furniture was. He put out his hand and touched the corner of the table, a chair back, the towel hanger, as he went along. He crossed the room so silently that even he could hear only his breath and

Die weidenden Pferde hoben die Köpfe, als Jim durch die Koppeln kam. Als sie die Köpfe wandten, glommen ihre Augen rötlich.

Jim hatte fast den Zaun des inneren Gehöftes erreicht – da hörte er ein Pferd im Stall stampfen. Seine Hand zügelte den Wallach. Er horchte. Da war es wieder zu hören, dies Stampfen im Stall. Jim hob das Gewehr und stieg geräuschlos aus dem Sattel. Er ließ sein Pferd laufen und schlich auf den Stall zu.

In der Dunkelheit konnte er die Zähne des Pferdes beim Heufressen mahlen hören. Er ging den Stall entlang, bis er zu der benutzten Box kam. Nachdem er einen Augenblick gelauscht hatte, strich er am Kolben seines Gewehres ein Schwefelholz an. Ein gesatteltes und aufgezäumtes Pferd war in der Box. Das Gebiß war unters Kinn geschoben und der Sattelgurt gelockert. Das Pferd hörte auf zu fressen und wandte den Kopf dem Licht zu.

Jim blies das Schwefelholz aus und ging rasch aus dem Stall hinaus. Er setzte sich auf die Kante der Pferdetränke und schaute ins Wasser. Die Gedanken kamen ihm so langsam, daß er sie in Worte formte und die Worte leise vor sich hinsprach.

«Soll ich durchs Fenster sehen? Nein. Mein Kopf würde einen Schatten ins Zimmer werfen.»

Er betrachtete das Gewehr in seiner Hand. Wo es abgewetzt, abgegriffen war, hatte sich die schwarze Mattierung verflüchtigt, und das Metall schimmerte silbrig.

Endlich hatte er einen Entschluß gefaßt; er stand auf und ging auf das Haus zu. An den Stufen prüfte sein tastender Fuß vorsichtig jedes Brett, ehe er sein Gewicht darauf legte. Die drei Hofhunde kamen unter dem Haus hervor, schüttelten und streckten sich, schnupperten, wedelten mit den Schwänzen und gingen zurück auf ihr Lager.

Die Küche war dunkel, aber Jim wußte, wo jedes Möbelstück war. Er streckte die Hand aus und berührte die Ecke des Tisches, eine Stuhllehne, einen Handtuchständer, während er vorwärts ging. Er durchquerte den Raum so leise, daß sogar er selbst nur seinen Atem hören konnte und das Geräusch, mit

the whisper of his trousers legs together, and the beating of his watch in his pocket. The bedroom door stood open and spilled a patch of moonlight on the kitchen floor. Jim reached the door at last and peered through.

The moonlight lay on the white bed. Jim saw Jelka lying on her back, one soft bare arm flung across her forehead and eyes. He could not see who the man was, for his head was turned away. Jim watched, holding his breath. Then Jelka twiched in her sleep and the man rolled his head and sighed – Jelka's cousin, her grown, embarrassed cousin.

Jim turned and quickly stole back across the kitchen and down the back steps. He walked up the yard to the water-trough again, and sat down on the edge of it. The moon was white as chalk, and it swam in the water, and lighted the straws and barley dropped by the horses' mouths. Jim could see the mosquito wigglers, tumbling up and down, end over end, in the water, and he could see a newt lying in the sun moss in the bottom of the trough.

He cried a few dry, hard, smothered sobs, and wondered why, for his thought was of the grassed hill-tops and of the lonely summer wind whisking along.

His thought turned to the way his mother used to hold a bucket to catch the throat blood when his father killed a pig. She stood as far away as possible and held the bucket at arm's length to keep her clothes from getting spattered.

Jim dipped his hand into the trough and stirred the moon to broken, swirling streams of light. He wetted his forehead with his damp hands and stood up. This time he did not move so quietly, but he crossed the kitchen on tiptoe and stood in the bedroom door. Jelka moved her arm and opened her eyes a little. Then the eyes sprang wide, then they glistened with moisture. Jim looked into her eyes; his face was empty of expression. A little drop ran out of Jelka's nose and

dem sich der Stoff seiner Hosenbeine aneinander rieb, dazu das Ticken der Uhr in seiner Tasche. Die Schlafzimmertür stand offen und ließ einen Flecken Mondlicht auf den Fußboden der Küche fallen. Jim erreichte endlich die Tür und spähte hinein.

Der Mondschein lag auf dem weißen Bett. Jim sah Jelka auf dem Rücken liegend ; sie hatte den einen weichen nackten Arm über Stirn und Augen geworfen. Wer der Mann war, konnte er nicht sehen, denn sein Kopf war abgewandt. Jim schaute mit angehaltenem Atem. Da zuckte Jelka im Schlaf, und der Mann drehte den Kopf und seufzte – es war Jelkas Vetter, der herangewachsene, verlegene Vetter.

Jim kehrte um und stahl sich schnell durch die Küche, dann die rückwärtigen Stufen hinab. Er ging den Hof entlang wieder zum Wassertrog und setzte sich auf den Rand. Der Mond war weiß wie Kalk, er schwamm im Wasser und beleuchtete die Strohhalme und Gerstenkörner, die aus den Pferdemäulern gefallen waren. Jim konnte im Wasser die Tanzschwärme der Moskitos sehen, die auf und nieder und im Kreise taumelten, und erkannte einen Wassermolch, der im Sonnenmoos auf dem Grund des Troges lag.

Er schluchzte ein paarmal, hart, trocken, unterdrückt, und fragte sich selbst warum, denn seine Gedanken waren bei den grasbewachsenen Höhen und dem einsamen Sommerwind, der darüberwehte.

Er dachte daran, wie seine Mutter einen Eimer zu halten pflegte, um das Kehlblut aufzufangen, wenn der Vater ein Schwein schlachtete. Sie stand so weit wie möglich entfernt und hielt das Schaff in Armeslänge, damit ihre Kleider nicht bespritzt würden.

Jim tauchte seine Hand in den Trog und zerbrach den Mond in zitternde, wirbelnde Lichtstreifen. Er befeuchtete seine Stirn mit den nassen Händen und stand auf. Diesmal bewegte er sich nicht so behutsam, sondern ging auf Zehenspitzen durch die Küche und blieb in der Schlafzimmertür stehen. Jelka bewegte ihren Arm und öffnete die Augen ein wenig. Auf einmal riß sie die Augen weit auf, dann wurden sie glänzend feucht. Jim schaute ihr in die Augen ; in seinem Gesicht war kein Ausdruck. Ein kleiner Tropfen rann aus Jelkas Nase und blieb

lodged in the hollow of her upper lip. She stared back at him.

Jim cocked the rifle. The steel click sounded through the house. The man on the bed stirred uneasily in his sleep. Jim's hands were quivering. He raised the gun to his shoulder and held it tightly to keep from shaking. Over the sights he saw the little white square between the man's brows and hair. The front sight wavered a moment and then came to rest.

The gun crash tore the air. Jim, still looking down the barrel, saw the whole bed jolt under the blow. A small, black, bloodless hole was in the man's forehead. But behind, the hollow-point bullet took brain and bone and splashed them on the pillow.

Jelka's cousin gurgled in his throat. His hands came crawling out from under the covers like big white spiders, and they walked for a moment, then shuddered and fell quiet.

Jim looked slowly back at Jelka. Her nose was running. Her eyes had moved from him to the end of the rifle. She whined softly, like a cold puppy.

Jim turned in panic. His boot heels beat on the kitchen floor, but outside, he moved slowly towards the water-trough again. There was a taste of salt in his throat, and his heart heaved painfully. He pulled his hat off and dipped his head into the water. Then he leaned over and vomited on the ground. In the house he could hear Jelka moving about. She whimpered like a puppy. Jim straightened up, weak and dizzy.

He walked tiredly through the corral and into the pasture. His saddled horse came at his whistle. Automatically he tightened the cinch, mounted and rode away, down the road to the valley. The squat black shadow traveled under him. The moon sailed high and white. The uneasy dogs barked monotonously.

At daybreak a buckboard and pair trotted up to the ranch yard, scattering the chickens. A deputy sheriff

in der Vertiefung ihrer Oberlippe liegen. Sie erwiderte starr seinen Blick.

Jim spannte den Hahn. Das Knacken des Stahls klang durchs Haus. Der Mann auf dem Bett regte sich unruhig im Schlaf. Jims Hände zitterten. Er hob das Gewehr an die Schulter und hielt es ganz fest, um das Zittern zu unterdrücken. Über Kimme und Korn sah er das kleine weiße Viereck zwischen den Augenbrauen und dem Haar des Mannes. Das Korn schwankte ein wenig, dann kam es zum Stehen.

Das Krachen des Schusses zerriß die Luft. Jim, immer noch den Lauf entlangblickend, sah das ganze Bett unter dem Schlag wanken. Ein kleines, schwarzes, blutloses Loch war in der Stirn des Mannes. Aber hinten nahm das stumpfe Geschoß Hirn und Knochen mit und verspritzte sie auf das Kissen.

Jelkas Vetter gab gurgelnde Kehllaute von sich. Seine Hände kamen wie große weiße Spinnen unter der Decke hervorgekrochen, wanderten einen Augenblick, zitterten dann und wurden still.

Jim sah langsam zurück auf Jelka. Ihre Nase lief. Ihre Augen waren von ihm zur Mündung des Gewehrlaufs geglitten. Sie winselte leise wie ein frierendes Hündchen.

Jim wandte sich voll Entsetzen ab. Seine Stiefelabsätze hämmerten auf den Küchenboden, aber draußen ging er langsam wieder zum Wassertrog. In seiner Kehle war ein salziger Geschmack, und sein Herz schwoll schmerzhaft. Er zog den Hut herunter und tauchte den Kopf ins Wasser. Dann beugte er sich vor und erbrach sich auf die Erde. Im Haus konnte er Jelka herumgehen hören. Sie winselte wie ein Hündchen. Jim richtete sich auf, matt und schwindlig.

Er ging müde durch den Pferch und auf die Weide. Sein gesatteltes Pferd kam auf seinen Pfiff. Gedankenlos zog er den Sattelgurt an, saß auf und ritt fort, die Straße hinab zum Tal. Der plumpe schwarze Schatten ritt unter ihm mit. Der Mond segelte hoch und weiß. Die unruhigen Hunde bellten eintönig.

Bei Tagesanbruch fuhr ein Zweispänner im Trab auf den Hof, daß die Hühner auseinanderstoben. Ein Vizesheriff und ein

and a coroner sat in the seat. Jim Moore half reclined against his saddle in the wagon-box. His tired gelding followed behind. The deputy sheriff set the brake and wrapped the lines around it. The men dismounted.

Jim asked, "Do I have to go in? I'm too tired and wrought up to see it now."

The coroner pulled his lip and studied. "Oh, I guess not. We'll tend to things and look around."

Jim sauntered away towards the water-trough. "Say," he called, "kind of clean up a little, will you? You know."

The men went on into the house.

In a few minutes they emerged carrying the stiffened body between them. It was wrapped up in a comforter. They eased it up into the wagon-box. Jim walked back towards them. "Do I have to go in with you now?"

"Where's your wife, Mr. Moore?" the deputy sheriff demanded.

"I don't know," he said wearily. "She's somewhere around."

"You're sure you didn't kill her too?"

"No. I didn't touch her. I'll find her and bring her in this afternoon. That is, if you don't want me to go in with you now."

"We've got your statement," the coroner said. "And by God, we've got eyes, haven't we, Will? Of course there's a technical charge of murder against you, but it'll be dismissed. Always is in this part of the country. Go kind of light on your wife, Mr. Moore."

"I won't hurt her," said Jim.

He stood and watched the buckboard jolt away. He kicked his feet reluctantly in the dust. The hot June sun showed its face over the hills and flashed viciously on the bedroom window.

Jim went slowly into the house, and brought out a nine-foot loaded bull whip. He crossed the yard and walked into the barn. And as he climbed the ladder to

Untersuchungsrichter saßen im Sitz. Jim Moore lehnte im Wagenkasten gegen seinen Sattel. Sein müder Wallach trabte hinterher. Der Vizesheriff zog die Bremse an und wickelte die Zügel darum. Die Männer stiegen aus.

Jim fragte: «Muß ich hineingehen? Ich bin zu müde und kaputt, um es jetzt mit anzusehen.»

Der Untersuchungsrichter kniff die Lippen zusammen und dachte nach. «Oh, ich glaube nicht. Wir werden uns um alles kümmern und uns umsehen.»

Jim ging langsam weg, auf den Wassertrog zu. «Hören Sie», rief er, «könnten Sie nicht gleich ... etwas aufräumen? Sie verstehen mich schon. Bitte.»

Die Männer gingen ins Haus.

Ein paar Minuten später tauchten sie wieder auf, sie trugen den steifgewordenen Toten zwischen sich. Er war in eine Decke eingewickelt. Sie hoben ihn vorsichtig in den Kasten des Wagens. Jim kam wieder zu ihnen. «Muß ich jetzt mit Ihnen reinkommen?»

«Wo ist Ihre Frau, Mr. Moore?» fragte der Vizesheriff.

«Ich weiß es nicht», sagte er müde. «Sie ist irgendwo in der Nähe.»

«Sie sind sicher, daß Sie sie nicht auch umgebracht haben?»

«Nein. Ich habe sie nicht angerührt. Ich werde sie suchen und am Nachmittag mitbringen. Das heißt, wenn Sie mich jetzt nicht mitnehmen wollen.»

«Wir haben ja Ihr Geständnis», sagte der Untersuchungsrichter. «Und bei Gott, wir haben auch Augen im Kopf, nicht wahr, Will? Natürlich wird formal Mordanklage gegen Sie erhoben, aber man wird sie fallen lassen. Man läßt sie immer fallen in dieser Gegend. Seien Sie nicht zu hart zu Ihrer Frau, Mr. Moore.»

«Ich werde ihr nichts tun», sagte Jim.

Er stand und sah den Wagen davonholpern. Er scharrte zögernd mit dem Fuß im Staub. Die heiße Junisonne hob ihr Gesicht über die Berge und blitzte boshaft auf dem Schlafzimmerfenster.

Jim ging langsam ins Haus und brachte eine neun Fuß lange, bleibeschwerte Viehpeitsche heraus. Er überquerte den Hof

the hayloft, he heard the high, puppy whimpering start.

When Jim came out of the barn again, he carried Jelka over his shoulder. By the water-trough he set her tenderly on the ground. Her hair was littered with bits of hay. The back of her shirtwaist was streaked with blood.

Jim wetted his bandana at the pipe and washed her bitten lips, and washed her face and brushed back her hair. Her dusty black eyes followed every move he made.

"You hurt me," she said. "You hurt me bad."

He nodded gravely. "Bad as I could without killing you."

The sun shone hotly on the ground. A few blowflies buzzed about, looking for the blood.

Jelka's thickened lips tried to smile. "Did you have any breakfast at all?"

"No," he said. "None at all."

"Well, then, I'll fry you up some eggs." She struggled painfully to her feet.

"Let me help you," he said. "I'll help you get your shirtwaist off. It's drying stuck to your back. It'll hurt."

"No. I'll do it myself." Her voice had a peculiar resonance in it. Her dark eyes dwelt warmly on him for a moment, and then she turned and limped into the house.

Jim waited, sitting on the edge of the water-trough. He saw the smoke start out of the chimney and sail straight up into the air. In a very few moments Jelka called him from the kitchen door.

"Come, Jim, your breakfast."

Four fried eggs and four thick slices of bacon lay on a warmed plate for him. "The coffee will be ready in a minute," she said.

302
303

"Won't you eat?"

"No. Not now. My mouth's too sore."

und ging in das Stallgebäude. Als er die Leiter zum Heuboden hinaufstieg, hörte er von neuem das hohe, hündische Winseln.

Als Jim aus dem Stall kam, trug er Jelka über der Schulter. Beim Wassertrog setzte er sie vorsichtig auf die Erde. In ihrem aufgelösten Haar hingen Heuhalme. Ihre Bluse war hinten blutverschmiert.

Jim befeuchtete sein Taschentuch am Wasserrohr, kühlte ihre zerbissenen Lippen, wusch ihr das Gesicht und strich ihr das Haar zurück. Ihre düsteren schwarzen Augen folgten jeder Bewegung, die er machte.

«Du hast mir weh getan», sagte sie. «Du hast mir sehr weh getan.»

Er nickte ernst. «So sehr ich konnte, ohne dich totzuschlagen.»

Die Sonne schien heiß auf den Boden. Ein paar Schmeißfliegen surrten herum, sie suchten das Blut.

Jelkas verschwollene Lippen versuchten zu lächeln. «Hast du denn schon gefrühstückt?»

«Nein», sagte er, «überhaupt nicht.»

«Gut, dann werde ich dir ein paar Eier braten.» Sie versuchte mühsam, auf die Füße zu kommen.

«Laß mich helfen», sagte er. «Ich werde dir helfen, die Bluse auszuziehen. Sie klebt sonst an deinem Rücken an. Das wird weh tun.»

«Nein. Das mache ich selbst.» Ihre Stimme hatte einen besonderen Klang. Ihre dunklen Augen ruhten eine Sekunde warm auf ihm, und dann wandte sie sich um und hinkte ins Haus.

Auf der Kante des Wassertrogs sitzend wartete Jim. Er sah, wie der Rauch aus dem Kamin fuhr und steil in die Luft schwebte. In wenigen Augenblicken rief ihn Jelka aus der Küchentür.

«Komm, Jim, dein Frühstück.»

Vier gebratene Eier und vier dicke Scheiben Schinkenspeck lagen für ihn auf einem angewärmten Teller. «In einer Minute wird der Kaffee fertig sein», sagte sie.

«Willst du nicht essen?»

«Nein. Jetzt nicht. Mein Mund tut zu weh.»

He ate his eggs hungrily and then looked up at her. Her black hair was combed smooth. She had on a fresh white shirtwaist. "We're going to town this afternoon," he said. "I'm going to order lumber. We'll build a new house farther down the canyon."

Her eyes darted to the closed bedroom door and then back to him. "Yes," she said. "That will be good." And then, after a moment, "Will you whip me any more – for this?"

"No, not any more, for this."

Her eyes smiled. She sat down on a chair beside him, and Jim put out his hand and stroked her hair and the back of her neck.

James Joyce: Eveline

She sat at the window watching the evening invade the avenue. Her head was leaned against the window curtains and in her nostrils was the odour of dusty cretonne. She was tired.

Few people passed. The man out of the last house passed on his way home; she heard his footsteps clacking along the concrete pavement and afterwards crunching on the cinder path before the new red houses. One time there used to be a field in which they used to play every evening with other people's children. Then a man from Belfast bought the field and built houses in it – not like their little brown houses, but bright brick houses with shining roofs. The children of the avenue used to play together in that field – the Devines, the Waters, the Dunns, little Keogh the cripple, she and her brothers and sisters. Ernest, however, never played: he was too grown up. Her father used often to hunt them in out of the field with his blackthorn stick; but usually little Keogh used to keep *nix* and call out when he saw her father

Er verzehrte hungrig die Eier, dann schaute er auf zu ihr. Das schwarze Haar war glatt gekämmt. Sie hatte eine frische weiße Bluse an. «Wir fahren heute nachmittag zur Stadt», sagte er. «Ich werde Holz bestellen. Wir werden weiter unten im Cañon ein neues Haus bauen.»

Ihre Augen schossen zu der geschlossenen Schlafzimmertür und kamen dann zu ihm zurück. «Ja», sagte sie. «Das wird gut sein.» Und dann nach einer Weile: «Wirst du mich nochmal schlagen – deswegen?»

«Nein, deswegen nicht mehr.»

Ihre Augen lächelten. Sie setzte sich auf einen Stuhl neben ihn, und Jim streckte die Hand aus und streichelte ihr Haar und ihren Nacken.

James Joyce: Eveline

Sie saß am Fenster und sah zu, wie der Abend in die Straße eindrang. Ihr Kopf war an die Fenstervorhänge gelehnt, und in ihrer Nase war der Geruch von staubigem Kretonne. Sie war müde.

Wenige Menschen gingen vorüber. Der Mann aus dem letzten Haus kam auf dem Heimweg vorbei; sie hörte seine Schritte auf dem Betonpflaster klappern und später auf dem Schlackenweg vor den neuen roten Häusern knirschen. Früher einmal war da ein Feld gewesen, auf dem sie jeden Abend mit den Kindern von andren Leuten gespielt hatten. Dann kaufte ein Mann aus Belfast das Feld und baute Häuser darauf – nicht solche kleinen braunen Häuser wie ihre, sondern helle Backsteinhäuser mit glänzenden Dächern. Die Kinder der Straße spielten immer zusammen auf jenem Feld – die Devines, die Waters, die Dunns, der kleine Krüppel Keogh, sie und ihre Brüder und Schwestern. Ernest jedoch spielte nie mit: er war zu erwachsen. Ihr Vater jagte sie oft mit seinem Schwarzdornstock aus dem Feld in die Häuser; aber gewöhnlich stand der kleine Keogh immer Schmiere und rief, wenn er ihren Vater kommen sah. Trotzdem waren sie damals anscheinend ganz

coming. Still they seemed to have been rather happy then. Her father was not so bad then; and besides, her mother was alive. That was a long time ago; she and her brothers and sisters were all grown up; her mother was dead. Tizzie Dunn was dead, too, and the Waters had gone back to England. Everything changes. Now she was going to go away like the others, to leave her home.

Home! She looked round the room, reviewing all its familiar objects which she had dusted once a week for so many years, wondering where on earth all the dust came from. Perhaps she would never see again those familiar objects from which she had never dreamed of being divided. And yet during all those years she had never found out the name of the priest whose yellowing photograph hung on the wall above the broken harmonium beside the coloured print of the promises made to Blessed Margaret Mary Alacoque. He had been a school friend of her father. Whenever he showed the photograph to a visitor her father used to pass it with a casual word:

– He is in Melbourne now.

She had consented to go away, to leave her home. Was that wise? She tried to weigh each side of the question. In her home anyway she had shelter and food; she had those whom she had known all her life about her. Of course she had to work hard, both in the house and at business. What would they say of her in the Stores when they found out that she had run away with a fellow? Say she was a fool, perhaps; and her place would be filled up by advertisement. Miss Gavan would be glad. She had always had an edge on her, especially whenever there were people listening.

– Miss Hill, don't you see these ladies are waiting?

– Look lively, Miss Hill, please.

She would not cry many tears at leaving the Stores.

But in her new home, in a distant unknown country, it would not be like that. Then she would be

glücklich gewesen. Ihr Vater war damals noch nicht so schlimm; und außerdem lebte ja ihre Mutter noch. Das war lange her; sie und ihre Brüder und Schwestern waren alle erwachsen; ihre Mutter war tot. Tizzie Dunn war auch tot, und die Waters waren nach England zurückgekehrt. Alles ändert sich. Jetzt würde sie fortgehen wie die anderen, ihr Elternhaus verlassen.

Elternhaus! Sie blickte sich im Zimmer um, musterte alle seine vertrauten Gegenstände, die sie so viele Jahre lang einmal die Woche abgestaubt hatte, und fragte sich, wo in aller Welt der ganze Staub bloß herkomme. Vielleicht würde sie diese vertrauten Gegenstände, von denen jemals getrennt zu werden sie sich nie hatte träumen lassen, nie mehr wiedersehen. Und doch hatte sie während all der Jahre nie den Namen des Priesters herausbekommen, dessen vergilbende Photographie an der Wand über dem kaputten Harmonium neben dem Farbdruck der Verheißungen hing, die der Seligen Margareta Maria Alacoque gemacht worden waren. Er war ein Schulfreund ihres Vaters gewesen. Wann immer ihr Vater die Photographie einem Besucher zeigte, ging er mit einem beiläufigen Wort darüber weg:

– Er ist jetzt in Melbourne.

Sie hatte eingewilligt fortzugehen, ihr Elternhaus zu verlassen. War das klug? Sie versuchte, beide Seiten der Frage gegeneinander abzuwägen. Im Elternhaus hatte sie auf jeden Fall ein Dach überm Kopf und zu essen; um sich hatte sie die, die sie ihr ganzes Leben gekannt hatte. Natürlich mußte sie zu Hause und im Geschäft hart arbeiten. Was würden sie im Laden von ihr sagen, wenn herauskam, daß sie mit einem Burschen davongelaufen war? Daß sie närrisch war vielleicht; und ihre Stelle würde durch eine Anzeige neu besetzt werden. Miss Gavan wäre froh. Sie hatte sie immer auf dem Kieker gehabt, vor allem immer dann, wenn Leute zuhörten.

– Miss Hill, sehen Sie denn nicht, daß diese Damen warten?

– Nicht so verschlafen gucken, Miss Hill, bitte.

Dem Laden würde sie nicht viele Tränen nachweinen.

Aber in ihrem neuen Heim in einem fernen unbekannten Land würde es anders sein. Sie wäre dann verheiratet – sie,

married – she, Eveline. People would treat her with respect then. She would not be treated as her mother had been. Even now, though she was over nineteen, she sometimes felt herself in danger of her father's violence. She knew it was that that had given her the palpitations. When they were growing up he had never gone for her, like he used to go for Harry and Ernest, because she was a girl; but latterly he had begun to threaten her and say what he would do to her only for her dead mother's sake. And now she had nobody to protect her. Ernest was dead and Harry, who was in the church decorating business, was nearly always down somewhere in the country. Besides, the invariable squabble for money on Saturday nights had begun to weary her unspeakably. She always gave her entire wages – seven shillings – and Harry always sent up what he could but the trouble was to get any money from her father. He said she used to squander the money, that she had no head, that he wasn't going to give her his hard-earned money to throw about the streets, and much more, for he was usually fairly bad of a Saturday night. In the end he would give her the money and ask her had she any intention of buying Sunday's dinner. Then she had to rush out as quickly as she could and do her marketing, holding her black leather purse tightly in her hand as she elbowed her way through the crowds and returning home late under her load of provisions. She had hard work to keep the house together and to see that the two young children who had been left to her charge went to school regularly and got their meals regularly. It was hard work – a hard life – but now that she was about to leave it she did not find it a wholly undesirable life.

She was about to explore another life with Frank. Frank was very kind, manly, open-hearted. She was to go away with him by the night-boat to be his wife and to live with him in Buenos Ayres where he had

Eveline. Die Leute würden sie dann mit Respekt behandeln. Sie würde nicht behandelt werden wie einst ihre Mutter. Selbst jetzt, obwohl sie doch über neunzehn war, fühlte sie sich manchmal nicht sicher vor der Gewalttätigkeit ihres Vaters. Sie wußte, es war das, was ihr das Herzklopfen verursacht hatte. Als sie heranwuchsen, war er nie auf sie losgegangen, so wie er immer auf Harry und Ernest losging, weil sie ein Mädchen war; aber seit einiger Zeit hatte er angefangen, ihr zu drohen und zu sagen, was er mit ihr machen würde, wenn er sich nicht um ihrer toten Mutter willen zurückhielte. Und jetzt hatte sie niemanden, der sie in Schutz nahm. Ernest war tot, und Harry, der im Devotionalienhandel war, reiste fast immer irgendwo im Land umher. Außerdem hatten die unvermeidlichen Geldzankereien am Samstagabend angefangen, ihr unaussprechlich lästig zu werden. Sie gab stets ihren ganzen Lohn – sieben Shilling –, und Harry schickte immer, was er konnte, aber die Schwierigkeit war, irgendwelches Geld von ihrem Vater zu bekommen. Er sagte, sie verschwende immer das Geld, sie habe nichts im Kopf, er würde ihr doch nicht sein schwerverdientes Geld geben, damit sie es zum Fenster hinausschmeiße, und vieles mehr, denn an Samstagabenden war er gewöhnlich ziemlich schlimm. Schließlich gab er ihr das Geld dann doch und fragte sie, ob sie eigentlich die Absicht habe, das Sonntagsessen einzukaufen. Dann mußte sie so schnell wie möglich hinausstürzen und ihre Einkäufe machen, ihre schwarze Lederbörse fest in der Hand, während sie sich mit den Ellbogen den Weg durch die Menge bahnte, und erst spät kehrte sie, beladen mit ihren Vorräten, nach Hause zurück. Es war harte Arbeit für sie, den Haushalt in Ordnung zu halten und dafür zu sorgen, daß die beiden jüngeren Kinder, die ihr anvertraut waren, regelmäßig zur Schule gingen und regelmäßig zu essen bekamen. Es war harte Arbeit – ein hartes Leben –, aber jetzt, da sie im Begriff war, es zu verlassen, fand sie es kein gänzlich unerträgliches Leben.

Sie war im Begriff, mit Frank ein neues Leben zu erforschen. Frank war sehr gut, männlich, offenherzig. Sie sollte mit ihm auf der Nachtfähre wegfahren, um seine Frau zu werden und mit ihm in Buenos Aires zu leben, wo sein Heim auf sie

a home waiting for her. How well she remembered the first time she had seen him; he was lodging in a house on the main road where she used to visit. It seemed a few weeks ago. He was standing at the gate, his peaked cap pushed back on his head and his hair tumbled forward over a face of bronze. Then they had come to know each other. He used to meet her outside the Stores every evening and see her home. He took her to see *The Bohemian Girl* and she felt elated as she sat in an unaccustomed part of the theatre with him. He was awfully fond of music and sang a little. People knew that they were courting and, when he sang about the lass that loves a sailor, she always felt pleasantly confused. He used to call her Poppens out of fun. First of all it had been an excitement for her to have a fellow and then she had begun to like him. He had tales of distant countries. He had started as a deck boy at a pound a month on a ship of the Allan Line going out to Canada. He told her the names of the ships he had been on and the names of the different services. He had sailed through the Straits of Magellan and he told her stories of the terrible Patagonians. He had fallen on his feet in Buenos Ayres, he said, and had come over to the old country just for a holiday. Of course, her father had found out the affair and had forbidden her to have anything to say to him.

– I know these sailor chaps, he said.

One day he had quarrelled with Frank and after that she had to meet her lover secretly.

The evening deepened in the avenue. The white of two letters in her lap grew indistinct. One was to Harry; the other was to her father. Ernest had been her favourite but she liked Harry too. Her father was becoming old lately, she noticed; he would miss her. Sometimes he could be very nice. Not long before, when she had been laid up for a day, he had read her out a ghost story and made toast for her at the fire.

wartete. Wie gut erinnerte sie sich an das erste Mal, als sie ihn sah; er logierte in einem Haus an der Hauptstraße, wo sie immer Besuche machte. Es schien erst einige Wochen her zu sein. Er stand am Tor, die spitze Mütze nach hinten geschoben, und sein Haar fiel nach vorne in ein bronzenes Gesicht. Dann hatten sie sich kennengelernt. Jeden Abend holte er sie vor dem Laden ab und brachte sie nach Hause. Er ging mit ihr in *Die Zigeunerin*, und sie war in gehobener Stimmung, als sie mit ihm zusammen in einem ungewohnten Teil des Theaters saß. Er hatte Musik schrecklich gern und sang selber ein wenig. Die Leute wußten, daß sie miteinander gingen, und wenn er sang vom Mädchen, das den Seemann liebt, fühlte sie sich stets angenehm verwirrt. Aus Spaß nannte er sie immer Poppens. Zuerst war es ihr aufregend vorgekommen, einen Burschen zu haben, und dann hatte sie Gefallen an ihm gefunden. Er wußte Geschichten von fernen Ländern. Er hatte als Schiffsjunge für ein Pfund im Monat auf einem Schiff der Allan-Linie im Kanadadienst angefangen. Er nannte ihr die Namen der Schiffe, auf denen er gewesen war, und die Namen der verschiedenen Linien. Er war durch die Magellan-Straße gefahren, und er erzählte ihr Geschichten über die schrecklichen Patagonier. Er sei in Buenos Aires auf die Füße gefallen, sagte er, und in die alte Heimat sei er nur herübergekommen, um Ferien zu machen. Natürlich hatte ihr Vater von der Affäre Wind bekommen und ihr verboten, irgendetwas mit ihm zu tun zu haben.

– Ich kenne diese Seesäcke, sagte er.

Eines Tages hatte er mit Frank gestritten, und danach mußte sie ihren Geliebten heimlich treffen.

Der Abend wurde dunkler auf der Straße. Das Weiß der beiden Briefe auf ihrem Schoß wurde undeutlich. Der eine war an Harry; der andere an ihren Vater. Ernest war ihr der liebste gewesen, aber auch Harry mochte sie gern. Ihr Vater wurde in letzter Zeit alt, stellte sie fest; er würde sie vermissen. Manchmal konnte er sehr nett sein. Vor noch nicht so langer Zeit, als sie einen Tag lang das Bett hüten mußte, hatte er ihr eine Gespenstergeschichte vorgelesen und am Feuer für sie Toast gemacht. Ein andermal, als ihre Mutter noch am Leben

Another day, when their mother was alive, they had all gone for a picnic to the Hill of Howth. She remembered her father putting on her mother's bonnet to make the children laugh.

Her time was running out but she continued to sit by the window, leaning her head against the window curtain, inhaling the odour of dusty cretonne. Down far in the avenue she could hear a street organ playing. She knew the air. Strange that it should come that very night to remind her of the promise to her mother, her promise to keep the home together as long as she could. She remembered the last night of her mother's illness; she was again in the close dark room at the other side of the hall and outside she heard a melancholy air of Italy. The organ-player had been ordered to go away and given sixpence. She remembered her father strutting back into the sick-room saying:

– Damned Italians! coming over here!

As she mused the pitiful vision of her mother's life laid its spell on the very quick of her being – that life of commonplace sacrifices closing in final craziness. She trembled as she heard again her mother's voice saying constantly with foolish insistence:

– Derevaun Seraun! Derevaun Seraun!

She stood up in a sudden impulse of terror. Escape! She must escape! Frank would save her. He would give her life, perhaps love, too. But she wanted to live. Why should she be unhappy? She had a right to happiness. Frank would take her in his arms, fold her in his arms. He would save her.

She stood among the swaying crowd in the station at the North Wall. He held her hand and she knew that he was speaking to her, saying something about the passage over and over again. The station was full of soldiers with brown baggages. Through the wide doors of the sheds she caught a glimpse of the black

war, hatten sie alle zusammen einen Ausflug zum Hill of Howth gemacht. Sie erinnerte sich, wie ihr Vater sich die Haube ihrer Mutter aufgesetzt hatte, um die Kinder zum Lachen zu bringen.

Ihre Zeit wurde allmählich knapp, aber sie blieb weiter am Fenster sitzen, lehnte den Kopf an den Fenstervorhang und atmete den Geruch von staubigem Kretonne ein. Weit entfernt auf der Straße konnte sie eine Drehorgel hören. Sie kannte die Melodie. Seltsam, daß sie ausgerechnet an diesem Abend zu hören war und sie an das Versprechen erinnerte, das sie ihrer Mutter gegeben hatte, ihr Versprechen, das Elternhaus so lang sie konnte zusammenzuhalten. Sie mußte an die letzte Nacht der Krankheit ihrer Mutter denken; wieder war sie in dem engen dunklen Zimmer auf der anderen Seite des Flurs, und draußen hörte sie eine wehmütige italienische Melodie. Den Drehorgelmann hatte man aufgefordert, zu verschwinden, und ihm Sixpence gegeben. Sie mußte daran denken, wie ihr Vater zurück ins Krankenzimmer gestelzt war und gesagt hatte:

– Diese verdammten Italiener! hier herüber zu kommen!

Während sie so sann, drang ihr die Vorstellung von dem kläglichen Leben ihrer Mutter wie eine Verwünschung bis ins Mark – dieses Leben aus banalen Opfern, das schließlich im Wahnsinn endete. Sie zitterte, als sie ihre Mutter wieder mit törichter Hartnäckigkeit sagen hörte:

– Derevaun Seraun! Derevaun Seraun!

Von jähem Schrecken gepackt, stand sie auf. Fliehen! Sie mußte fliehen! Frank würde sie retten. Er würde ihr Leben schenken, vielleicht auch Liebe. Aber sie wollte leben. Warum sollte sie unglücklich sein? Sie hatte ein Anrecht auf Glück. Frank würde sie in seine Arme nehmen, sie in seine Arme schließen. Er würde sie retten.

Sie stand in der hin- und herdrängenden Menge auf den Landungsbrücken am North Wall Quay. Er hielt ihre Hand, und sie wußte, daß er auf sie einsprach, daß er immer wieder etwas von der Überfahrt sagte. Die Landungsbrücken waren voller Soldaten mit braunen Gepäckstücken. Durch die weiten Türen der Schuppen erblickte sie ein Stück der schwarzen

mass of the boat, lying in beside the quay wall, with illumined portholes. She answered nothing. She felt her cheek pale and cold and, out of a maze of distress, she prayed to God to direct her, to show her what was her duty. The boat blew a long mournful whistle into the mist. If she went, to-morrow she would be on the sea with Frank, steaming towards Buenos Ayres. Their passage had been booked. Could she still draw back after all he had done for her? Her distress awoke a nausea in her body and she kept moving her lips in silent fervent prayer.

A bell clanged upon her heart. She felt him seize her hand:

– Come!

All the seas of the world tumbled about her heart. He was drawing her into them: he would drown her. She gripped with both hands at the iron railing.

– Come!

No! No! No! It was impossible. Her hands clutched the iron in frenzy. Amid the seas she sent a cry of anguish!

– Eveline! Evvy!

He rushed beyond the barrier and called to her to follow. He was shouted at to go on but he still called to her. She set her white face to him, passive, like a helpless animal. Her eyes gave him no sign of love or farewell or recognition.

Masse des Schiffes, das mit erleuchteten Bullaugen an der Mauer des Quays lag. Sie antwortete nichts. Ihre Wangen fühlten sich bleich und kalt, und aus einem Labyrinth der Seelennot heraus bat sie Gott, ihr den Weg zu weisen, ihr zu zeigen, was ihre Pflicht war. Die Schiffssirene tönte lang und kummervoll in den Nebel. Wenn sie ginge, wäre sie morgen mit Frank auf dem Meer, unterwegs nach Buenos Aires. Ihrer beider Überfahrt war gebucht. Konnte sie noch zurück nach allem, was er für sie getan hatte? Ihre Seelennot verursachte ihrem Körper Übelkeit, und immerfort bewegte sie die Lippen in stummem inbrünstigen Gebet.

Eine Glocke dröhnte gegen ihr Herz. Sie fühlte, wie er ihre Hand packte:

– Komm!

Alle Wasser der Welt brandeten um ihr Herz. Er zog sie in sie hinein; er würde sie ertrinken lassen. Sie klammerte sich mit beiden Händen an das Eisengitter.

– Komm!

Nein! Nein! Nein! Es war unmöglich. Wild umklammerten ihre Hände das Eisen. Inmitten der Wasser stieß sie einen Schrei der Qual aus!

– Eveline! Evvy!

Er trat schnell hinter die Absperrung und rief ihr zu, ihm zu folgen. Er wurde angebrüllt, er solle weitergehen, aber immer noch rief er nach ihr. Sie richtete ihr weißes Gesicht auf ihn, passiv, wie ein hilfloses Tier. Ihre Augen gaben ihm kein Zeichen der Liebe oder des Abschieds oder des Erkennens.

Auch wer so gut Englisch kann, daß er keine deutsche Übersetzung braucht, wird dieses Buch schätzen (– haben Verlag und Redaktion sich gesagt). Denn so viele so gute Kurzgeschichten findet er nicht leicht in einem Buch dieses Umfangs beieinander – und geradezu stören wird ihn schließlich die beigegebene Übersetzung nicht.

Wer geübt oder versiert, aber nicht perfekt im Englischen ist, dem mag die Zweisprachigkeit der Ausgabe willkommen sein: Die Übersetzung liefert ihm nicht nur die fehlenden Vokabeln, sondern auch interessante Vorschläge zur Lösung von Satzbau-Problemen.

Der im eigentlichen Sinn Englisch Lernende wird, wenn oder solange er fleißig ist, sich mit dem Text befassen und ihn zu verstehen suchen und vielleicht übersetzen, um dann die eigene Übersetzung mit der des Buches zu vergleichen; ist er faul – oder trägt ihn die Spannung der Geschichte davon –, so wird er im Deutschen weiter-lesen, bis sein Gewissen ihn einholt und ermahnt, doch wenigstens ab und zu mal eine wichtige Passage im Originaltext nachzusehen.

Und wer überhaupt oder fast kein Englisch kann, für den gilt wieder das Argument von der Konzentration guter Erzählungen. Nebenbei mag es ihm angenehm zu denken sein, daß Übersetzungen, die dem Original gegenübergestellt werden, vermutlich um besondere Genauigkeit bemüht sind.

Über das Übersetzen von Literatur ist viel nachgedacht und geschrieben worden. Zukunftweisend ist wohl, was in dem Buch «Übersetzer-Werkstatt» von Helmut M. Braem, einem Sonderband der Reihe dtv zweisprachig, dargestellt ist. Nur zum Teil an solchen Vorstellungen orientiert waren die in diesem Buch vertretenen Übersetzer. Die meisten von ihnen haben nicht eine nahezu wissenschaftlich genaue Entsprechung angestrebt, sondern den Text (etwas mehr) pädagogisch erschließen oder (etwas mehr) erzählerisch nachzeichnen wollen. Das war zu respektieren und ist wahrscheinlich für den kritischen Leser eher interessant. Daß an jeder Übersetzung etwas ausgesetzt werden kann, weiß er längst.

Die Auswahl ist in erster Linie nach dem eigenen literarischen Geschmack getroffen; in zweiter nach einem nationalen Proporz: das Mengenverhältnis zwischen Briten, Amerikanern, Iren und Kanadiern sollte einigermaßen plausibel sein; in dritter nach Generationen: die Hälfte der Autoren ist zwischen 1870 und 1900 geboren, die andere zwischen 1900 und 1930; in vierter Linie danach, daß Ländliches und Städtisches, Vitales und Brüchiges, Behagliches und Abgründiges (und so weiter) hübsch gemischt sei oder, wenn man will: bunt gemischt. Die Reihenfolge hat keine Bedeutung.

Als eine «Fortsetzung nach vorne» ist erschienen: The Big Book of Classic Stories / Großes Kurzgeschichten-Buch (2) mit Erzählungen von Ambrose Bierce, William Carleton, Stephen Crane, Charles Dickens, Lord Dunsany, Nathaniel Hawthorne, O. Henry, Rudyard Kipling, Jack London, Herman Melville, Edgar Allan Poe, Saki, Robert Louis Stevenson, Mark Twain, Oscar Wilde.   K. W.